中国高职院校计算机教育课程体系规划教材

Visual Basic 程序设计
实用教程

邓振杰　李　瑛　主　编

李　楠　王慧娟　房好帅　副主编

中国铁道出版社

CHINA RAILWAY PUBLISHING HOUSE

内 容 简 介

本书以 Visual Basic 6.0 中文版为背景，全面介绍了 Visual Basic 程序设计的基本知识，同时兼顾了全国计算机等级考试二级（Visual Basic 语言）考试大纲的要求，主要内容包括：Visual Basic 概述、Visual Basic 程序设计基础、基本程序控制结构、数组、过程、常用控件、应用程序界面设计、文件、图形和绘图操作、数据库编程、多媒体程序设计、编译工程与创建安装包等，可进一步强化学生的编程能力。

本书内容丰富，通俗易懂，注重实用性和能力培养，提供了大量示例，所有程序都在 Visual Basic 6.0 环境中运行通过，每章都配有习题。

本书适合作为高职高专院校的教材，也可作为全国计算机等级考试二级（Visual Basic 语言）的培训教材，还可供从事计算机应用与开发的相关人员学习参考。

图书在版编目（CIP）数据

Visual Basic 程序设计实用教程 / 邓振杰，李瑛主编. --北京：中国铁道出版社，2010.1
中国高职院校计算机教育课程体系规划教材
ISBN 978-7-113-10903-5

Ⅰ. ①V… Ⅱ. ①邓… ②李… Ⅲ. ①BASIC 语言－程序设计－高等学校：技术学校－教材 Ⅳ. ①TP312

中国版本图书馆 CIP 数据核字（2009）第 236631 号

书　　名：Visual Basic 程序设计实用教程	
作　　者：邓振杰　李　瑛　主编	
策划编辑：秦绪好　何红艳	
责任编辑：姚文娟	编辑部电话：(010) 63560056
封面设计：付　巍	封面制作：李　路
责任印制：李　佳	版式设计：于　洋

出版发行：中国铁道出版社（北京市宣武区右安门西街 8 号　　邮政编码：100054）
印　　刷：北京新魏印刷厂
版　　次：2010 年 1 月第 1 版　　2010 年 1 月第 1 次印刷
开　　本：787mm×1092mm　1/16　印张：19.5　字数：472 千
印　　数：4 000 册
书　　号：ISBN 978-7-113-10903-5/TP・3709
定　　价：29.00 元

近年来，我国的高等职业教育发展迅速，高职学校的数量占全国高等院校数量的一半以上，高职学生的数量约占全国大学生数量的一半。高职教育已占了高等教育的半壁江山，成为高等教育中重要的组成部分。

大力发展高职教育是国民经济发展的迫切需要，是高等教育大众化的要求，是促进社会就业的有效措施，是国际上教育发展的趋势。

在数量迅速扩展的同时，必须切实提高高职教育的质量。高职教育的质量直接影响了全国高等教育的质量，如果高职教育的质量不高，就不能认为我国高等教育的质量是高的。

在研究高职计算机教育时，应当考虑以下几个问题：

（1）首先要明确高职计算机教育的定位。不能用办本科计算机教育的办法去办高职计算机教育。高职教育与本科教育不同。在培养目标、教学理念、课程体系、教学内容、教材建设、教学方法等各方面，高职教育都与本科教育有很大的不同。

高等职业教育本质上是一种更直接面向市场、服务产业、促进就业的教育，是高等教育体系中与经济社会发展联系最密切的部分。高职教育培养的人才的类型与一般高校不同。职业教育的任务是给予学生从事某种生产工作需要的知识和态度的教育，使学生具有一定的职业能力。培养学生的职业能力，是职业教育的首要任务。

有人只看到高职与本科在层次上的区别，以为高职与本科相比，区别主要表现为高职的教学要求低，因此只要降低程度就能符合教学要求，这是一种误解。这种看法使得一些人在进行高职教育时，未能跳出学科教育的框框。

高职教育要以市场需求为目标，以服务为宗旨，以就业为导向，以能力为本位。应当下大力气脱开学科教育的模式，创造出完全不同于传统教育的新的教育类型。

（2）学习内容不应以理论知识为主，而应以工作过程知识为主。理论教学要解决的问题是"是什么"和"为什么"，而职业教育要解决的问题是"怎么做"和"怎么做得更好"。

要构建以能力为本位的课程体系。高职教育中也需要有一定的理论教学，但不强调理论知识的系统性和完整性，而强调综合性和实用性。高职教材要体现实用性、科学性和易学性，高职教材也有系统性，但不是理论的系统性，而是应用角度的系统性。课程建设的指导原则"突出一个'用'字"。教学方法要以实践为中心，实行产、学、研相结合，学习与工作相结合。

（3）应该针对高职学生特点进行教学，采用新的教学三部曲，即"提出问题——解决问题——归纳分析"。提倡采用案例教学、项目教学、任务驱动等教学方法。

（4）在研究高职计算机教育时，不能孤立地只考虑一门课怎么上，而要考虑整个课程体系，考虑整个专业的解决方案。即通过两年或三年的计算机教育，学生应该掌握什么能力？达到什么水平？各门课之间要分工配合，互相衔接。

（5）全国高等院校计算机基础教育研究会于2007年发布了《中国高职院校计算机教育课程体系2007》（China Vocational-computing Curricula 2007，简称CVC 2007），这是我国第一个关于高职计算机教育的全面而系统的指导性文件，应当认真学习和大力推广。

（6）教材要百花齐放，推陈出新。中国幅员辽阔，各地区、各校情况差别很大，不可能用一个方案、一套教材一统天下。应当针对不同的需要，编写出不同特点的教材。教材应在教学实践中接受检验，不断完善。

根据上述的指导思想，我们组织编写了这套"中国高职院校计算机教育课程体系规划教材"。它有以下特点：

（1）本套丛书全面体现 CVC 2007 的思想和要求，按照职业岗位的培养目标设计课程体系。

（2）本套丛书既包括高职计算机专业的教材，也包括高职非计算机专业的教材。对 IT 类的一些专业，提供了参考性整体解决方案，即提供该专业需要学习的主要课程的教材。它们是前后衔接，互相配合的。各校教师在选用本丛书的教材时，建议不仅注意某一课程的教材，还要全面了解该专业的整个课程体系，尽量选用同一系列的配套教材，以利于教学。

（3）高职教育的重要特点是强化实践。应用能力是不能只靠在课堂听课获得的，必须通过大量的实践才能真正掌握。与传统的理论教材不同，本丛书中有的教材是供实践教学用的，教师不必讲授（或作很扼要的介绍），要求学生按教材的要求，边看边上机实践，通过实践来实现教学要求。另外有的教材，除了主教材外，还提供了实训教材，把理论与实践紧密结合起来。

（4）丛书既具有前瞻性，反映高职教改的新成果、新经验，又照顾到目前多数学校的实际情况。本套丛书提供了不同程度、不同特点的教材，各校可以根据自己的情况选用合适的教材，同时要积极向前看，逐步提高。

（5）本丛书包括以下 8 个系列，每个系列包括若干门课程的教材：

① 非计算机专业计算机教材

② 计算机专业教育公共平台

③ 计算机应用技术

④ 计算机网络技术

⑤ 计算机多媒体技术

⑥ 计算机信息管理

⑦ 软件技术

⑧ 嵌入式计算机应用

以上教材经过专家论证，统一规划，分别编写，陆续出版。

（6）丛书各教材的作者大多数是从事高职计算机教育、具有丰富教学经验的优秀教师，此外还有一些本科应用型院校的老师，他们对高职教育有较深入的研究。相信由这个优秀的团队编写的教材会取得好的效果，受到大家的欢迎。

由于高职计算机教育发展迅速，新的经验层出不穷，我们会不断总结经验，及时修订和完善本系列教材。欢迎大家提出宝贵意见。

全国高等院校计算机基础教育研究会会长

"中国高职院校计算机教育课程体系规划教材"丛书主编

2008 年 8 月于北京清华园

Visual Basic 是美国微软公司推出的 Windows 应用程序开发工具，它既继承了 BASIC 语言简单易学、操作方便的优点，又引入了面向对象的事件驱动编程机制和可视化的程序设计方法，从而极大地提高了 Windows 应用程序的开发效率。因此，它受到广大用户的热烈欢迎，应用越来越广泛，已经成为 Windows 应用程序开发的首选工具之一。

目前，越来越多的高等院校陆续开设了 Visual Basic 程序设计课程，而各高职高专院校更把 Visual Basic 作为学习面向对象程序设计的首选语言。为了适应教学需要，编者结合自己多年丰富的教学实践经验编写了这本教材，凝聚了编者多年的智慧和心血。

全书共 12 章，主要内容包括 Visual Basic 概述、Visual Basic 程序设计基础、基本程序控制结构、数组、过程、常用控件、应用程序界面设计、文件、图形和绘图操作、数据库编程、多媒体程序设计、编译工程与创建安装包等。

本书内容涵盖了全国计算机等级考试二级（Visual Basic 语言）考试大纲所规定的考试范围。全书在编排上从简到繁、由浅入深、围绕各章主题，通过大量示例循序渐进地讲解，力争做到内容新颖、结构完整、概念清晰、通俗易懂、实用性强。每章都配有一定数量的习题，并针对每章的重点、难点内容给出了相应的实训指导，帮助学生巩固基本概念和基本理论，强化编程能力培养。书中所有程序均在 Visual Basic 6.0 环境中运行通过。

本书由邓振杰、李瑛担任主编，李楠、王慧娟、房好帅担任副主编，各章编写分工如下：第 1、2、3、6 章由邓振杰编写，第 10、11 章由李瑛编写，第 4、5 章由李楠编写，第 7、8 章由王慧娟编写，第 9、12 章由房好帅编写。参加本书部分内容编写和资料整理的还有李新荣、李建义、刘立媛、曲凤娟、王静、杨丽娟、齐建玲等。

本书适合作为高职高专院校的教材，也可作为全国计算机等级考试（二级）的参考用书。本书在编写过程中，参考了大量文献资料，在此向这些作者表示深深的谢意。由于时间仓促以及编者水平所限，书中错误与不妥之处在所难免，敬请读者不吝批评指正。

编 者

2009 年 12 月

第❶章

Visual Basic 概述

通过本章的学习

您将能够：

- 了解 Visual Basic 的发展、版本等基本情况，掌握 Visual Basic 的主要特点。
- 熟悉 Visual Basic 的可视化编程环境。
- 掌握可视化编程的基本概念：对象、属性、事件和方法。
- 掌握利用 Visual Basic 设计应用程序的方法。

您应具有：

- 对 Visual Basic 可视化编程环境的操作能力。
- 设计简单 Visual Basic 应用程序的能力。

Visual Basic 是由微软公司推出的一种面向对象的可视化程序设计语言，是目前在 Windows 操作系统中广泛使用的应用程序开发工具，可以方便快捷地开发 Windows 应用程序。

1.1 Visual Basic 简介

"Visual"指的是开发图形用户界面（GUI）的方法，即用户不需编写大量代码去描述命令按钮、文本框等控件的外观和位置，而只要把预先建立的对象添加到屏幕上即可。"Basic"指的是 BASIC 语言，是一种应用非常广泛的程序设计语言。所以，Visual Basic 是基于 BASIC 的可视化程序设计语言，它使程序设计更加简单直观，降低了 Windows 应用程序开发的难度，可以把程序员从繁琐、复杂的界面设计中解脱出来，大大提高了程序开发效率。

1.1.1 Visual Basic 的发展和版本

微软公司于 1991 年推出 Visual Basic 1.0 版，获得巨大成功。公司总裁比尔·盖茨说："Visual Basic 是开发应用程序最强有力的工具，是令人震惊的新奇迹"。此后，微软公司对 Visual Basic 1.0 不断修改和完善，并增加了许多功能，于 1992 年秋推出 Visual Basic 2.0 版。1993 年 4 月经再次完善后，Visual Basic 3.0 版上市。从这一版开始，Visual Basic 在 Windows 中几乎无所不能。1995 年 10 月，伴随 Windows 95 的隆重发布，Visual Basic 4.0 版也随之问世。

1997 年，微软公司开始推出 Windows 开发工具套件 Microsoft Visual Studio 1.0，其中包括了 Visual Basic 5.0 版。1998 年发布的 Microsoft Visual Studio 98 则包含了 Visual Basic 6.0 版。2001 年又推出了 Visual Basic.net。从 1.0 版到 4.0 版，Visual Basic 只有英文版，而 5.0 以后的版本都有相应的中文版，大大方便了中国用户。

随着版本的更新，Visual Basic 进一步变得简单易学，功能也日益强大。目前使用最多的是 Visual Basic 6.0 版。它包括 3 种版本：学习版、专业版和企业版。

学习版是基础版本，可以用来开发 Windows 应用程序。该版本包括所有的标准内部控件、网格控件及数据绑定控件等，主要为初学者了解基于 Windows 的应用程序开发而设计。

专业版为专业编程人员提供了一整套功能完备的软件开发工具，包括了学习版的全部功能，同时包括 ActiveX 控件、Internet 控件、报表控件等，主要为专业人员创建客户/服务器应用程序而设计。

企业版可供专业编程人员开发功能强大的分布式应用程序。该版本包括专业版的全部功能，同时具有自动化管理器、部件管理器、数据库管理工具等。

本书编写过程中使用的是 Visual Basic 6.0 中文企业版，但其内容适用于专业版和学习版，所有程序均可以在专业版和学习版中运行。

1.1.2　Visual Basic 6.0 的主要特点

Visual Basic 6.0（简称 VB 6.0）是一种面向对象的可视化程序设计语言，采用事件驱动编程机制，简单易学，效率高，功能强大，可用于开发 Windows 环境下的各类应用程序，其主要特点如下：

1．可视化编程

在用传统设计语言设计应用程序时，都是通过编写程序代码来设计程序界面，在设计过程中看不到程序代码的实际效果，必须编译后运行程序才能观察。如果对程序的界面效果不满意，还要返回继续修改。有时这种编辑—编译—运行—修改的过程常常要反复多次，大大影响了软件开发效率。

VB 6.0 提供了可视化的程序设计平台，把 Windows 界面设计的复杂性"封装"起来，程序员不必再为设计界面而编写大量的程序代码。用户只需按设计要求，用系统提供的控件在屏幕上"画"出各种对象，VB 6.0 就会自动产生界面设计代码，程序员所要编写的只是实现程序功能的那部分代码，从而大大提高了编程效率。

2．事件驱动的编程机制

VB 6.0 通过事件来执行对象的操作。一个对象可能会产生多个事件，每个事件都可以通过事件过程来响应。例如命令按钮是一个对象，当用户单击该按钮时将产生单击事件，而在产生该事件时将执行一段程序，用来实现指定的操作。

多个事件可以对应多个事件过程，不同的事件过程对应不同的过程代码。因此，在用 VB 6.0 开发应用程序时，大多是编写若干个微小的子程序，即过程。这些过程分别面向不同的对象，由用户操作引发某个事件来驱动完成某种特定功能，或由事件驱动程序调用通用过程执行指定的操作。每一个事件过程的代码一般都较短，容易编写，不易出错。这种编程机制，方便了编程人员，提高了编程效率。

3. 结构化的程序设计语言

VB 6.0 是在 Basic 语言的基础上发展起来的，具有高级程序设计语言的语句结构，接近于自然语言和人类的思维方式，语句简单易懂。

VB 6.0 具有丰富的数据类型，大量的内部函数，支持标准的程序设计结构：顺序结构、选择结构和循环结构。

4. 强大的数据库管理功能

VB 6.0 具有很强的数据库管理功能。利用数据控件和数据库管理窗口，可以直接建立和编辑 MS Access 格式的数据库，并提供了强大的数据存储和检索功能。同时，还能直接编辑和访问其他外部数据库，如 dBASE、FoxPro、Paradox 等。

VB 6.0 提供的开放式数据库连接（ODBC）功能，可以通过直接访问或建立连接的方式使用并操作后台大型网络数据库，如 SQL Server、Oracle 等。在应用程序中，可以使用结构化查询语言 SQL 直接访问数据库，并提供简单的面向对象的库操作命令、多用户数据库的加锁机制和网络数据库的编程技术，为单机上运行的数据库提供 SQL 网络接口，以便在分布式环境中快速而有效地实现客户端/服务器（Client/Server）方案。

5. Windows 资源共享

VB 6.0 提供的动态数据交换（DDE）技术，可以在客户应用程序中与其他 Windows 应用程序进行通信，在不同的应用程序之间实现动态交换数据。

VB 6.0 提供的对象链接与嵌入（OLE）技术则是将每个应用程序都看做一个对象，将不同的对象链接起来，嵌入到某个应用程序中，从而得到具有声音、图像、影像、动画、文字等各种信息的集合式文件。

VB 6.0 还可以通过动态链接库（DLL）技术将 C/C++或汇编语言编写的程序加入到 VB 的应用程序中，或是调用 Windows 应用程序接口（API）函数，实现软件开发工具包（SDK）所具有的功能。

6. 得心应手的应用程序向导

VB 6.0 提供了许多应用程序向导，可以为用户自动创建多种类型和不同功能的应用程序的初始轮廓，另外，还有安装向导、数据对象向导、数据窗体向导、IIS 应用程序和 DHTML 应用程序等，使用起来得心应手。

1.2　Visual Basic 6.0 的可视化编程环境

VB 6.0 可以在 Windows 2000/ XP 等多种操作系统下安装运行。作为 Visual Studio 6.0 套装软件中的一员，VB 6.0 可以和 Visual Studio 6.0 一起安装，也可以单独安装。

单击"开始"/"程序"子菜单下的 Microsoft Visual Basic 6.0 项，即可启动并进入 VB 6.0 的可视化编程环境。启动 VB 6.0 后，将首先打开如图 1-1 所示的"新建工程"对话框。

该对话框有 3 个选项卡。"新建"选项卡用于建立新的工程，"现存"选项卡用来选择和打开现有工程，"最新"选项卡列出了最近使用过的工程。

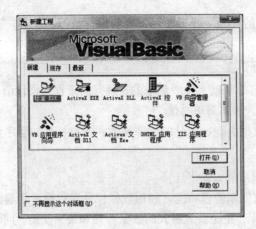

图 1-1 "新建工程"对话框

选择"新建"选项卡中列出的工程类型，单击"打开"按钮，即可进入如图 1-2 所示的 Visual Basic 6.0 的可视化编程环境。

由图可见，VB 6.0 的可视化编程环境中除了具有 Windows 环境下的标题栏、菜单栏和工具栏外，还有工具箱、属性窗口、工程资源管理器等窗口，习惯上称之为"主窗口"，用户还可以添加窗体布局窗口、立即窗口等。

可以通过关闭 VB 6.0 的可视化编程环境窗口，或通过选择"文件"|"退出"菜单命令来退出 VB 6.0。退出时，如果当前程序经过修改，则系统会弹出一个对话框，提醒用户保存所做的修改。如果当前程序未做任何修改，则直接退出到 Windows 环境。

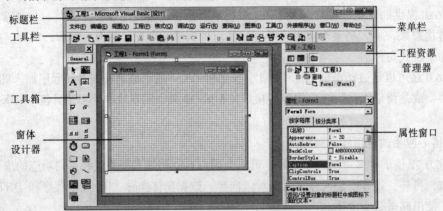

图 1-2 Visual Basic 6.0 可视化编程环境

1.2.1 主窗口

1. 标题栏

标题栏用于显示应用程序的名称和工作模式。启动 VB 6.0 后，标题栏中显示的默认标题为"工程 1–Microsoft Visual Basic[设计]"，方括号中的"设计"表明当前的工作模式为设计模式。VB 共有 3 种工作模式：设计模式、运行模式和中断（Break）模式。

（1）设计模式：可进行用户界面的设计和代码的编制，从而完成应用程序的开发。

（2）运行模式：当应用程序运行时 VB 处于此模式，此时不能进行界面的设计和代码的编辑。

（3）中断模式：主要用于调试程序，此时应用程序运行暂时中断，可以编辑代码，但不可设计界面。

2．菜单栏

菜单栏中共有 13 个下拉菜单，除了 Windows 标准的"文件"、"编辑"、"视图"、"窗口"和"帮助"外，还提供了一些专用的功能菜单，如"工程"、"格式"、"调试"、"运行"等，这些菜单中包含了程序设计过程中所需的各种命令。

3．工具栏

工具栏集中了 VB 6.0 中最常用的操作，利用工具栏按钮可以快速地访问常用的操作命令。VB 6.0 提供了 4 种工具栏：编辑、标准、窗体编辑器和调试，用户可根据需要定义自己的工具栏。一般情况下，VB 6.0 中只显示"标准工具栏"，其他工具栏可以通过"视图"菜单中的"工具栏"命令打开。

1.2.2 工具箱

工具箱位于 VB 可视化编程环境的左侧，由 21 个按钮形式的图标构成，这些图标称为"控件"，如图 1-3 所示。

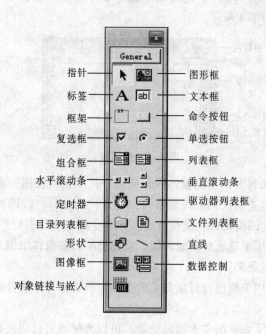

图 1-3　标准工具箱

VB 的标准工具箱包含了建立应用程序所需的各种控件。设计人员可以在设计阶段使用这些控件，在窗体上构造出所需的应用程序界面。用户可以通过"工程"菜单中的"部件"命令添加其他控件到工具箱中。

工具箱中的控件可以通过选项卡来重新组织。用户只要在工具箱上右击，并从快捷菜单中选择"添加选项卡"命令，然后输入新的选项卡名称，工具箱中就会有新的选项卡。接着，再用拖动的方式将一些功能相似的控件放到不同的选项卡中。因此，用户可以根据自己的意图来管理这些控件，并通过单击选项卡名称在不同的选项卡之间切换。

1.2.3 窗体设计器

窗体设计器也称为"对象窗口"或"窗体窗口",主要用来设计应用程序的界面。用户可以将控件对象添加到窗体设计器中,然后随意移动控件对象或改变其大小来获得满意的界面设计效果。

一个 VB 的应用程序至少要有一个窗体窗口。工程中的每一个窗体都必须有唯一的窗体名称,新建窗体时默认的窗体名为 Form1、Form2、Form3……

在设计状态下窗体是可见的,窗体的网格点可帮助用户准确定位控件。在窗体的空白区域右击,将弹出快捷菜单,可选择"代码窗口"、"菜单编辑器"、"属性窗口"、"锁定控件"和"粘贴"等命令。

VB 6.0 一般有两种窗体:单文档界面(SDI)和多文档界面(MDI)。对 SDI 选项,其所有窗口可在屏幕上任何地方自由移动,只要 Visual Basic 是当前应用程序,它们将位于其他应用程序之上;对 MDI 选项,所有窗口包含在一个大小可调的父窗口内。

1.2.4 代码窗口

代码窗口又称"代码编辑器",主要用于编写事件过程、显示和修改程序代码,是专门编写程序代码的窗口,如图 1-4 所示。

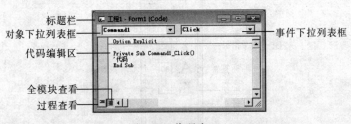

图 1-4 代码窗口

打开代码窗口的方法很多,双击窗体的任何地方,单击"视图"菜单中的"代码窗口"命令或单击工程窗口中的"查看代码"按钮都可以打开代码窗口。代码窗口中包含对象下拉列表框、事件下拉列表框、代码编辑区、过程查看图标和全模块查看图标等。

"对象下拉列表框"用于显示对象的名称。它列出了当前窗体中包含的所有对象名,单击右边下拉按钮可选择其他对象名。

"事件下拉列表框"用于列出与对象有关的事件。当选择一个事件时,代码编辑区就自动显示该事件过程。

"代码编辑区"提供了完善的文本编辑功能,可以方便地对代码进行删除、移动、复制、粘贴等操作。另外,它还具有自动列出成员特性、大小写字母转换、语法提示、自动语法检查等功能。

"过程查看"图标作用是使代码编辑区每次只显示一个过程代码。

"全模块查看"图标用于在代码编辑区内显示所有过程。

1.2.5 工程资源管理器

工程是指创建一个应用程序时所包含文件的集合。在 VB 中用工程资源管理器来管理工程中的窗体和各个模块,工程资源管理器窗口如图 1-5 所示。工程资源管理器采用类似 Windows 资源管理器的层次化管理方式列出当前工程中所有的文件，包括窗体文件（.frm）、类模块文件（.cls）、标准模块文件（.bas）、工程文件（.vbp）和资源文件（.res）。

在工程资源管理器窗口中有"查看代码"、"查看对象"和"切换文件夹"3 个按钮。单击"查看代码"按钮将打开代码窗口，可显示和编辑代码；单击"查看对象"按钮，可打开窗体设计器，查看正在设计的窗体；单击"切换文件夹"按钮，则可隐藏或显示包含在对象文件夹中的个别项目列表。

图 1-5　工程资源管理器窗口

1.2.6　属性窗口

单击工具栏中"属性窗口"按钮，或选取"视图"菜单中的"属性窗口"子菜单，均可打开属性窗口，如图 1-6 所示。属性窗口用于列出选定窗体和控件对象的属性列表，在设计时可通过修改对象或控件的属性来改变其外观、位置等属性，这些属性将是程序运行时各对象属性的初始值。属性窗口包括：

（1）对象下拉列表框：单击右端的下拉按钮可列出当前窗体所有对象的名称，供用户选择不同的对象。

（2）选项卡：代表显示属性的两种方法，可按字母序或按分类序显示所有对象。

（3）属性列表，它分为两栏，左列显示所选对象的所有属性名称，右列显示对应的属性值，可以查看和修改属性值。当用户选择一个属性时，其右侧可能会出现下拉按钮▼或三点式按钮，这表明该属性有预定值可供选择。

（4）属性说明：显示所选属性的简短说明。

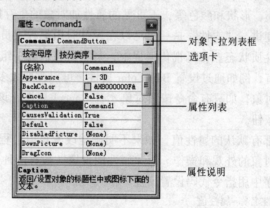

图 1-6　属性窗口

1.3　可视化编程的基本概念

传统编程方法采用的是面向过程、按顺序执行的机制，其缺点是程序员始终要关心什么时候发生什么事情。这种方法用于处理 Windows 环境下的各种事件工作量太大，而且因其操作的不确定性有时甚至不可能完成程序设计。VB 采用的是面向对象、事件驱动的编程机制，程序员只需编写响应用户动作的程序，如移动鼠标、单击命令按钮等，而不必考虑按精确次序执行的每个步骤，编程工作量大大减少。另外，VB 提供的多种标准控件可以快速创建强大的应用程序而不必设计细节问题。

1.3.1 对象

在现实生活中，任何一个实体都可以视为一个对象（Object），比如一辆汽车就是一个对象。我们时时刻刻都在和对象打交道，我们坐的椅子、穿的衣服、住的房子无一例外都是对象。

如果把问题抽象一下，会发现这些现实生活中的对象有两个共同的特点：一是它们都有自己的状态，如汽车有重量、排量、颜色等；二是它们都有自己的行为，如汽车可以前进、后退和转弯。在面向对象程序设计中，对象就是现实世界中对象的模型化，它同样有自己的状态和行为，只不过对象的状态用数据来表示，称为对象的属性；对象的行为用对象中的代码来实现，称为对象的方法。实际上，属性用于描述对象的一组特征，方法对对象实施一些动作，对象的动作则常常要触发事件，而触发事件又可以修改属性。因此，对象是具有特殊属性（数据）和行为方式（方法）的实体，是代码和数据的组合。不同的对象会有不同的属性和方法。一个对象建立以后，其操作就通过与该对象有关的属性、事件和方法来描述。

VB 中最主要的两种对象是窗体和控件。窗体是创建应用程序界面的基础，而应用程序的界面就是由一个个的控件对象来组成。这些对象是系统设计好提供给用户使用的，称为预定义对象。另外，用户还可以定义自己的对象。

1.3.2 对象的属性、事件和方法

1. 属性

对象的属性可以看做是对象本身固有的一些特征，其中包括可见的和不可见的。可见的属性如对象的大小、形状和颜色等；不可见的属性如对象的生存期等。

从编程角度讲，"属性"是一组可以在设计时由编程人员所定义的数据，它可以充分地反映对象的各种性质状态。在可视化编程中，每个对象都有一组特定的属性，其中许多属性为大多数对象所共有，例如通过设置 BackColor 属性，可以改变大多数对象的背景色。还有一些属性仅局限于个别对象，如只有命令按钮对象才有 Cancel 属性，该属性用来确定命令按钮是否为窗体默认的取消按钮。

各种对象都有默认的属性值，如果不明确地改变该值，程序就将使用它。通过修改对象的属性能够控制对象的外观和操作。对象属性的设置一般有两种途径：

（1）在程序中用指令代码设置属性，格式为：

对象名.属性名称=属性值

如将名称为 Text1 的文本框控件的 Text 属性设置为"你好"的程序代码为：

```
Text1.Text="你好"
```

（2）在设计时通过属性窗口的属性列表框设置属性。方法为选中对象，然后在属性窗口中找到相应的属性直接设置。有些属性，如标题（Caption）、文本（Text）需要用户修改建立对象时的默认值。有些属性，如边框样式（BorderStyle）、外观样式（Appearance）等属性可以通过下拉列表框进行选择，如图 1-7（a）所示。还有些属性，如图形（Picture）、图标（Icon）、字体（Font）等，在设置框的右端有 按钮，单击该按钮将打开一个对话框供用户进行属性设置，如图 1-7（b）。这种方法的特点是简单明了，每当选择一个属性时，在属性窗口的下部就显示该属性的一个简短提示，缺点是不能设置所有的属性。

（a）通过下拉列表框设置属性值　　　　　　（b）打开对话框设置属性值

图 1-7　通过属性窗口设置属性值

2．事件

Visual Basic 采用的是事件驱动的编程机制。所谓"事件驱动"是说只有在事件发生时，程序才能执行，在没有事件时，程序是不执行的。这种机制不需用户考虑事件执行的精确次序，而是建立一个由若干小程序组成的应用程序，这些小程序可以由用户启动的事件来激发。就像客观世界的任何对象都会对外界的刺激做出反应一样，当用户激发一个事件后，就会产生一个事件过程，执行一段程序代码。因此，事件（Event）就是预先定义好的、能够被对象识别的动作。如单击（Click）事件、双击（Dbclick）事件、装载（Load）事件、鼠标移动（MouseMove）事件等。不同的对象能够识别不同的事件。当事件发生时，VB 将检测两条信息，即发生的是什么事件和哪个对象接受了事件。

但并非每个事件都会产生结果，因为 VB 只是识别事件的发生，为了使对象能够对由用户或系统触发的某一事件做出响应，就必须编写事件过程。响应某个事件后所执行的操作可以通过一段程序代码来实现，这段独立的程序代码就是"事件过程"。事件过程在对象检测到某个特定事件时执行。一个对象可以识别一个或多个事件，同一对象对不同的刺激会产生不同的反应，当一个对象身上发生不同的事件后，也会引发不同的事件过程。因此，可以用一个或多个事件过程对用户的事件做出响应。

事件过程的一般格式为：

```
Private Sub 对象名称_事件名称()
        事件响应程序代码
End Sub
```

其中，对象名称就是该对象的 Name 属性，事件名称是由 VB 预先定义好的赋予该对象的事件，该事件必须是对象所能识别的。如当单击名称为 Text1 的文本框控件时，文本框中显示文本"你好"的事件过程（代码）如下：

```
Private Sub Text1_Click()
  Text1.Text="你好"
End Sub
```

当用户对一个对象发出一个动作时，可能同时会引发多个事件。如单击文本框，则同时会发生 Click、MouseDown、MouseUp 事件，只有编写了事件过程代码的事件系统才会做出响应。

3．方法

一般来说，方法就是要执行的动作，是系统提供的一种特殊函数或过程，用于完成某种特定功能而不能响应某个事件。如清除方法 Cls、显示方法 Show、移动方法 Move 等。

方法决定了对象可以进行的操作，只能在程序代码中使用。每个方法完成某个特定的功能，其实现步骤和细节用户看不到，也不能修改。用户可以按照约定直接调用它们，其调用格式如下：

　　对象名称.方法名称

例如：Picture1.Cls 语句的功能就是调用 Cls 方法清除图片框上显示的字符串或图形，其中 Picture1 为对象名称。

1.4　设计简单的 Visual Basic 应用程序

在 VB 环境下开发的任何应用程序都被称为"工程"。利用 VB 进行可视化编程的主要步骤如下：

（1）设计应用程序界面，包括建立窗体和利用控件在窗体上创建各种对象。

（2）设置窗体和控件等对象的属性。

（3）编写程序代码，编写事件过程。

（4）保存和运行程序。

下面通过一个简单的 VB 应用程序介绍可视化编程的基本步骤。

【例 1.1】设计一个程序，窗体上有三个命令按钮"欢迎"、"清除"和"退出"，一个文本框，单击"欢迎"按钮在文本框中显示"欢迎大家学习 VB6.0！"，单击"清除"按钮将清空文本框，单击"退出"按钮则退出应用程序。应用程序界面如图 1-8 所示。

图 1-8　例 1.1 应用程序界面

用户启动 Visual Basic 的可视化编程环境时，系统会自动弹出一个如图 1-1 所示的"新建工程"对话框，直接单击"打开"按钮即可新建一个工程，其默认的工程文件名为"工程 1"。此时，会有一个默认窗体 Form1 出现在屏幕上。

新建工程后，即可向窗体 Form1 添加控件，具体步骤如下：

（1）单击工具箱中的文本框（TextBox）控件图标，该图标反白显示。

（2）把鼠标指针移到窗体上，此时鼠标指针变为"+"号。

（3）把"+"号移到窗体的适当位置，按下鼠标左键，在窗体上画出适当大小的矩形框，矩形框中将显示此控件的默认标题 Text1，其默认名称也为 Text1。

（4）参照上述方法在工具箱中单击命令按钮（CommandButton）控件图标，在窗体上添加三个命令按钮控件，名称分别为 Command1、Command2 和 Command3。

界面设计完毕后，下面开始设置各控件的属性。

控件属性的设置是在属性窗口中进行的。要设置某个对象的属性，应先选取该对象。可以直接单击该对象，或者在属性窗口的对象下拉列表框中单击该对象名称来选取。对象选取后，控件对象四周将出现 8 个调整点。下面是各个控件对象的属性设置过程：

（1）单击窗体中的 Command1 控件，在属性窗口的属性列表框中选择 Caption 属性，设置属性值为"欢迎"。按照同样的方法将 Command2 和 Command3 控件的 Caption 属性分别设置为"清除"和"退出"。

（2）单击 Text1 控件，然后在属性窗口中选择 Font 属性，单击右边出现的■按钮，将打开如图 1-9 所示的"字体"对话框。在该对话框中可以设置字体、字形、大小、效果等属性，可以在示例中观看设置字体的效果。

（3）继续设置 Text1 控件的属性。在属性窗口中选择 Alignment 属性，单击右边出现的 ▼ 图标，在下拉列表框中设置 Alignment 属性为 2—Center。

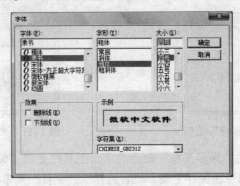

图 1-9 "字体"对话框

控件属性设置完毕后，下面的工作就是在代码窗口中编写应用程序代码。事件过程代码是针对具体的对象事件编写的，即单击"欢迎"按钮时，将在文本框中显示"欢迎大家学习 VB6.0！"；单击"清除"按钮将清空文本框，单击"退出"按钮则退出程序。编写代码的具体步骤如下：

（1）打开代码窗口。有两种方法可以代开代码窗口，分别为：

● 选中窗体，在工程资源管理器窗口中单击"查看代码"按钮，打开代码窗口。

● 双击"欢迎"按钮，直接打开代码窗口。

打开对象的代码窗口后，在事件下拉列表框中选择相应的事件，如 click（单击）。如果要编写其他对象的事件代码，则可在对象下拉列表框中选择其他对象的名称。

（2）编写代码。在代码编辑区输入如下代码：

```
Private Sub Command1_Click()
    Text1.Text="欢迎大家学习VB6.0！"
End Sub
Private Sub Command2_Click()
    Text1.Text=""
End Sub
Private Sub Command3_Click()
    Unload Me
End Sub
```

程序代码编写完后，就可以运行工程。在 Visual Basic 中，有两种模式可以运行工程：编译运行模式和解释运行模式。

（1）编译运行模式：由系统读取应用程序的全部代码，将其转换为机器代码，并保存在扩展名为.EXE 的可执行文件中，供以后多次运行。

（2）解释运行模式：由系统读取事件激发的相应事件过程代码，将其转换为机器代码，然后执行机器代码。由于转换后的机器代码不保存，如需再次运行该程序，必须再解释一次，显然这种模式的程序运行速度比编译运行模式慢。

下面我们以解释运行模式运行例 1.1。

● 选择"运行"菜单下的"启动"命令，或按【F5】键，或选择工具栏中的"启动"按钮 ▶ ，即可解释运行例 1.1。

- 工程运行后，单击"欢迎"按钮，将在文本框中显示"欢迎大家学习 VB6.0"，如图 1-10 所示。单击"清除"按钮，将清除文本框中显示的字符串，如图 1-11 所示。

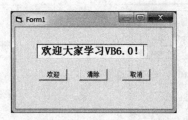

图 1-10 单击"欢迎"按钮

图 1-11 单击"清除"按钮

单击"文件"菜单中的"保存工程"命令或单击工具栏上的"保存工程"按钮，系统会自动保存所有文件。如果是第一次保存工程，或者选择了"文件"菜单中的"工程另存为"选项，系统会弹出图 1-12 所示的"文件另存为"对话框，提示用户输入一个文件名来保存文件。

由于一个工程可能含有多个文件，如窗体文件、标准模块文件、类模块文件和工程文件等，这些文件集合在一起才能构成应用程序。保存工程时，不同类型的文件会有不同类型的对话框，这就涉及一个选择存放位置的问题。因此，建议用户在保存工程时，应将同一工程的所有文件存放在相同的文件夹中，以便于管理工程文件。

至此，一个完整的应用程序设计完毕，若用户需要再次修改或运行该工程，只需选择"文件"菜单中的"打开工程"命令，输入要打开的工程文件名，就可以把保存好的工程文件打开进行操作。

前面我们运行工程采用的是解释运行模式，虽然可以看到程序运行的效果，但它必须在 Visual Basic 的可视化编程环境中才能运行。为了使程序能够脱离 Visual Basic 的可视化编程环境单独运行，可以采用编译运行模式，生成可执行文件。这样，即使关闭了 Visual Basic 的可视化编程环境，只要双击该可执行文件图标仍然可以运行工程。

工程生成可执行文件的步骤如下：

（1）单击"文件"菜单中的"生成工程 1.exe"项，显示如图 1-13 所示的对话框。

（2）在"生成工程"对话框中，"文件名"文本框中为生成可执行文件的名字，默认为与工程文件名相同，也可以键入新的文件名。单击"确定"按钮，即可生成可执行文件。

生成可执行文件后，就可以在 Windows 环境下直接运行了。用户可以关闭 Visual Basic 的可视化编程环境，然后在"VB98"文件夹下双击"工程 1.exe"文件，即可运行工程。

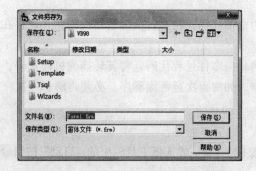

图 1-12 "文件另存为"对话框

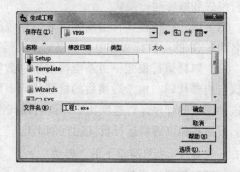

图 1-13 "生成工程"对话框

实训 1 简单 Visual Basic 应用程序设计

一、实训目的

1. 理解 Visual Basic 的主要特点。
2. 掌握启动/退出 Visual Basic 6.0 的方法，熟悉 Visual Basic 6.0 的可视化编程环境。
3. 掌握简单 Visual Basic 应用程序设计的步骤。
4. 理解对象的属性、事件和方法等概念。

二、实训内容

1. Visual Basic 6.0 的启动和退出

（1）启动 Visual Basic 6.0

- 通过"开始"菜单启动 Visual Basic 6.0。
- 在桌面上直接双击"Microsoft Visual Basic 6.0 中文版" 启动 Visual Basic 6.0。

（2）退出 Visual Basic 6.0

- 在"文件"菜单中选择"退出"命令，退出 Visual Basic 6.0。
- 单击右上角的"关闭"按钮，退出 Visual Basic 6.0。

2. 熟悉 Visual Basic 的可视化编程环境

（1）定制 Visual Basic 的可视化编程环境，将集成环境调整为如图 1-14 所示的样式。

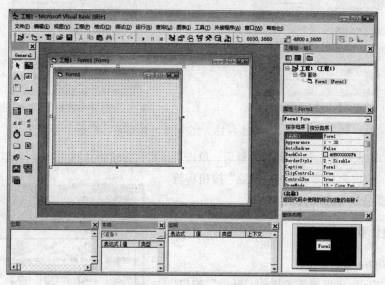

图 1-14　定制 Visual Basic 的可视化编程环境

（2）定制 Visual Basic 的可视化编程环境，将集成环境调整为如图 1-15 所示的样式。

（3）在工程 1 中添加 2 个窗体 Form2、Form3。

（4）在工程 1 中添加 2 个标准模块 Module1、Module2。

（5）在工程 1 中添加 1 个类模块 Class1。

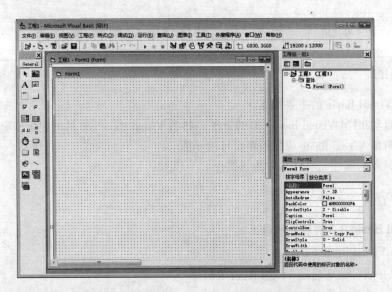

图 1-15　定制 Visual Basic 的可视化编程环境

3. 设计一个"应付款计算程序"

（1）"应付款计算程序"应用程序设计界面如图 1-16（a）所示，运行界面如图 1-16（b）所示。

（a）"应付款计算程序"设计界面

（b）"应付款计算程序"运行界面

图 1-16　"应付款计算程序"界面

（2）要求：输入商品单价和商品数量后，单击"计算"按钮将计算出"应付款"。"应付款"不能直接输入，应设为只读。单击"清除"按钮将清除商品单价、商品数量和应付款。

三、实训操作步骤

1. 启动 Visual Basic 6.0

（1）单击 Windows 桌面任务栏的"开始"按钮，在弹出的"开始"菜单中选择"程序"命令，在其级联菜单中选择"Microsoft Visual Basic 6.0 中文版"命令，即可启动 Visual Basic 6.0，弹出"新建工程"对话框如图 1-17 所示，单击"打开"按钮即可进入 Visual Basic 6.0 的可视化编程环境。

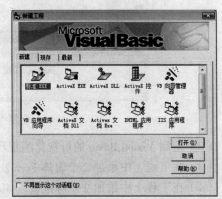

图 1-17　"新建工程"对话框

（2）在桌面上找到"Microsoft Visual Basic 6.0中文版"的快捷方式，直接双击也可以进入 Visual Basic 6.0 的可视化编程环境。

2．退出 Visual Basic 6.0

（1）在 Visual Basic 6.0 的可视化编程环境中，选择"文件"菜单中的"退出"命令，如果用户的文件没有保存过或做了修改，系统会弹出如图 1-18 所示的对话框，提示用户是否保存文件的更改。若单击"是"按钮，则系统会弹出如图 1-19 所示的"文件另存为"对话框。在该对话框中可以设置文件保存的路径和文件名；若单击"否"按钮，则直接退出 Visual Basic 6.0 的可视化编程环境。

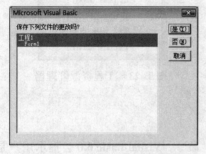

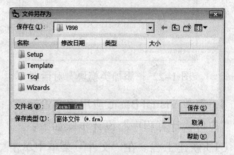

图 1-18　是否保存文件更改　　　　　　图 1-19　"文件另存为"对话框

（2）单击 Visual Basic 6.0 可视化编程环境右上角的"关闭"按钮，按照（1）所述的步骤操作也可以退出 Visual Basic 6.0 的可视化编程环境。

3．熟悉 Visual Basic 的可视化编程环境

（1）进入 Visual Basic 6.0 的可视化编程环境后，在"视图"菜单中选择"立即窗口"、"本地窗口"、"监视窗口"、"窗体布局窗口"，调整好位置即可出现图 1-14 所示的界面。

（2）单击"立即窗口"、"本地窗口"、"监视窗口"、"窗体布局窗口"中右上角的"关闭"按钮，即可出现如图 1-15 所示的界面。

（3）添加窗体。单击"工程"菜单中的"添加窗体"命令，或在工具栏中单击"添加窗体"工具按钮，Visaul Basic 6.0 会弹出一个"添加窗体"对话框，如图 1-20 所示，在该对话框中可以选择添加窗体的类型。本操作中只需单击"打开"按钮即可添加窗体 Form2。按照同样的方法添加窗体 Form3。

（4）添加模块。单击"工程"菜单中的"添加模块"命令，Visual Basic 6.0 会弹出"添加模块"对话框，如图 1-21 所示。在该对话框中直接单击"打开"按钮即可添加标准模块 Module1。按照同样的方法添加标准模块 Module2。

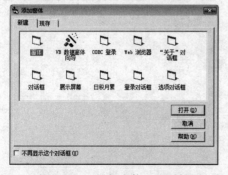

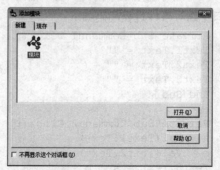

图 1-20　"添加窗体"对话框　　　　　　图 1-21　"添加模块"对话框

（5）添加类模块。单击"工程"菜单中的"添加类模块"命令，Visual Basic 6.0 会弹出"添加类模块"对话框，如图 1-22 所示。在该对话框中直接单击"打开"按钮即可添加类模块 Class1。

上述操作步骤完成后，工程资源管理器应包括 3 个窗体、2 个标准模块和 1 个类模块，如图 1-23 所示。

图 1-22 "添加类模块"对话框

图 1-23 工程资源管理器

4. 简单 Visual Basic 应用程序设计

"应付款计算程序"设计步骤如下：

（1）新建工程。在"文件"菜单中单击"新建工程"命令，Visual Basic 6.0 会提示用户是否保存文件的更改，单击"否"按钮即可打开"新建工程"对话框，在该对话框中单击"确定"按钮即可新建一个工程。

（2）设计应用程序界面。在窗体上添加 3 个标签控件 Label1～Label3、3 个文本框控件 Text1～Text3 和 2 个命令按钮控件 Command1～Command2，按照表 1-1 设置各控件的属性，并按照图 1-16（a）调整各控件的大小和位置。

表 1-1 各控件的属性设置

对　象	属　性	属性设置值	说　明
Form1	Caption	应付款计算程序	窗体标题
Label1	Caption	商品单价：	标签控件的标题
Label2	Caption	商品数量：	标签控件的标题
Label3	Caption	应付款：	标签控件的标题
Command1	Caption	清除	命令按钮标题
Command2	Caption	计算	命令按钮标题

（3）编写应用程序代码。在"视图"菜单中选择"代码窗口"就可以打开代码窗口，在该窗口中编写事件过程代码如下：

```
Private Sub Command1_Click()
Text1.Text = ""
Text2.Text = ""
Text3.Text = ""
End Sub

Private Sub Command2_Click()
a = Val(Text1.Text)
b = Val(Text2.Text)
Text3.Text = a * b
End Sub
```

（4）运行工程。单击"运行"菜单中的"启动"命令，或者单击工具栏中"启动"按钮 ▶，就可以运行"应付款计算程序"。工程运行后，输入商品单价和商品数量，单击"计算"按钮将在"应付款"项中显示应该支付的款额，如图 1-16（b）所示。单击"清除"按钮，将清除 3 个文本框中的内容。

（5）保存工程。在"文件"菜单中选择"保存工程"命令，在弹出的"文件另存为"对话框中设置保存文件的路径和文件名，单击"保存"按钮即可保存工程。

注 意

保存工程时不仅要保存工程文件（扩展名为 .vbp），而且要保存窗体文件（扩展名为 .frm）。

（6）生成可执行文件。在程序调试通过后，可以生成可执行文件（扩展名为 .exe）。方法为在"文件"菜单中单击"生成工程 1.exe"命令，会弹出"生成工程"对话框，如图 1-24 所示。在该对话框中设置可执行文件的路径和文件名，然后单击"确定"按钮即可生成可执行文件。生成可执行文件后，就可以脱离 Visual Basic 的可视化编程环境，直接在 Windows 环境下运行"应付款计算程序"了。

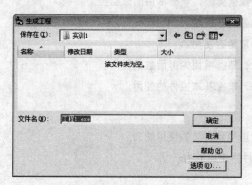

图 1-24 "生成工程"对话框

习题 1

1．与传统的程序设计语言相比，Visual Basic 具有哪些特点？
2．属性窗口的功能是什么？它由哪几部分组成？如何激活属性窗口？
3．VB 6.0 集成开发环境中包括多种类型的窗口，在设计时如何看到代码窗口？
4．简述 Visual Basic 的三种工作模式。
5．什么是对象的属性、方法和事件？
6．新建一个工程，在属性窗口中设置如下属性：

Width——6000;　　　　　　Height——2000;　　　　　　Caption——练习属性设置
Left——1800;　　　　　　Top——300;　　　　　　BackColor——蓝色
　　在设置过程中，注意观察窗体外观有什么变化？运行工程后，窗体外观又有什么变化？
7．按照建立应用程序的基本过程，建立一个工程，其功能为在窗口上输出文字"欢迎来到 VB 大世界"。

第❷章

Visual Basic 程序设计基础

通过本章的学习

您将能够：

● 熟悉 Visual Basic 的数据类型，掌握常用的数据类型。

● 掌握变量的声明及变量的作用域。

● 熟悉直接常量和符号常量的使用。

● 掌握运算符和表达式，熟悉常用内部函数的使用。

● 掌握常用语句和方法，掌握基本控件的使用。

您应具有：

● 常用内部函数、常用语句和方法的使用能力。

● Visual Basic 基本控件的使用能力。

Visual Basic 是在 BASIC 语言的基础上发展起来的，它保留了 BASIC 语言的基本数据类型和语法，对其中的某些语句和函数的功能做了扩展，并根据 Visual Basic 程序设计的可视性要求增加了新的功能。

2.1 数 据 类 型

人们日常生活中所用到的数据大多是一些数值信息，如年龄、工资、课程成绩等，而在 Visual Basic 语言中使用的数据不仅有数值信息，还有如姓名、出生日期、婚否等其他类型的信息，这些数据都是非数值型的，需要的存储空间也不尽相同。因此，为了给不同的数据分配合适的存储空间，使数据在存放时既不会溢出，又不会造成存储空间浪费，就需要相应的数据类型来处理各种各样的数据信息。

Visual Basic（简称 VB）提供了系统定义的数据类型，即标准数据类型，并允许用户根据需要自定义数据类型。表 2-1 所示是 VB 的标准数据类型。

由表 2-1 可见，VB 提供了丰富的数据类型，基本能够满足实际应用的需要。标准数据类型主要有数值型、字符串型、布尔型、日期型、对象型和变体型 6 大类，其中数值型又分为字节型、整型、长整型、单精度型、双精度型和货币型。不同的数据类型，所占的存储空间不一样，对其处理的方法也不同，这就需要进行数据类型的说明或定义。只有相同（相容）类型的数据之间才能进行操作，否则就会出现错误。

表 2-1　Visual Basic 的标准数据类型

数据类型	关 键 字	类 型 符	所占字节数
字节型	Byte	无	1
逻辑型	Boolean	无	2
整型	Integer	%	2
长整型	Long	&	4
单精度型	Single	!	4
双精度型	Double	#	8
货币型	Currency	@	8
日期型	Date(time)	无	8
字符型	String	$	与字符串长度有关
对象型	Object	无	4
变体型	Variant	无	根据分配确定

2.1.1　数值型数据

　　VB 提供了 6 种数值型数据（Numeric）：字节型、整型、长整型、单精度型、双精度型和货币型。

　　1. 字节型（Byte）

　　字节型数据表示无符号的整数，用 1 个字节的二进制数存储，取值范围为 0 ~ 255。

　　2. 整型（Integer）

　　整型数是不带小数点和指数符号的数，在机器内部以二进制补码形式表示。整型数的运算速度较快，且只占用 2 字节的存储空间，取值范围为 -32 768 ~ 32 767。

　　整型数有十进制整数、十六进制整数、八进制整数。十进制整数包含数字 0 ~ 9 和正、负号（正号可以省略），例如：-123、2578、45%。十六进制整数由数字 0 ~ 9 和 A ~ F 组成，并以 &H 引导，其后面的数据位数小于 4 位，范围为 &H0 ~ &HFFFF。八进制整数由数字 0 ~ 7 组成，并以 &O 或 & 引导，其后面的数据位数小于 6 位，范围为 &0 ~ &177777。

　　3. 长整型（Long）

　　长整型数用带符号的 4 字节二进制数存储，其取值范围为 -2 147 483 648 ~ 2 147 483 647。长整型数的数字组成与整数相同，在数值中不能出现逗号。

　　VB 中用 ±n& 来表示长整型数，其中 & 为长整型数的类型符。例如：-1234&、987654。十六进制长整数以 &H 开头，以 & 结尾，范围为 &H0& ~ &HFFFFFFFF&。八进制长整数以 &O 或 & 开头，以 & 结尾，范围为 &0& ~ &37777777777&。

　　4. 单精度型（Single）

　　单精度型数据用 4 字节表示，其中符号位占 1 位，指数部分占 8 位，其余 23 位表示尾数，另外包括一个附加的隐含位。在 VB 中，单精度型数据可以精确到 7 位十进制数，小数点可以位于这些数字的任何位置。例如：12.345 或 12.345!。

5. 双精度型（Double）

双精度浮点数用 8 字节二进制数存储，符号位占 1 位，指数部分占 11 位，其余 52 位表示尾数，另外包括一个附加的隐含位。在 VB 中，双精度浮点数可以精确到 15 位十进制数。

小数形式的双精度浮点数只要在数字后加上"#"即可，指数形式的双精度浮点数用"D"代替"E"或在指数后加"#"即可。例如：-12.3456#或-0.123456D+2。

6. 货币型（Currency）

货币型属于定点实数或整数，用 8 字节存储，用于表示钱款而设置，精确到小数点后 4 位（小数点前有 15 位），其余的数字被舍去。其表示形式为在数字后加上"@"，例如：1.23@、123@。

单精度型和双精度型数据的小数点是"浮动"的，即小数点可以出现在数的任何位置，故又称为浮点数据类型。而货币型数据的小数点是固定的，因此称为定点数据类型。

> **注 意**
>
> （1）如果数据包含小数，则应使用 Single、Double 或 Currency 型。如果数据为二进制，则应使用 Byte 型。
>
> （2）在 VB 中，数值型数据都有取值范围。如果数据超出规定的范围，就会出现"溢出（Overflow）"信息。如果小于范围的下限值，系统将自动按"0"处理；如果大于上限值，则系统只按上限值处理，并显示出错信息。
>
> （3）所有数值变量可相互赋值。在将浮点数赋予整数之前，要将其小数部分四舍五入。

2.1.2 字符型数据

字符型数据（String）是一个字符序列，由 ASCII 字符组成，包括标准的 ASCII 字符和扩展的 ASCII 字符。在 VB 6.0 中，字符串必须放在双引号内。一个西文字符占 1 字节，一个汉字或全角字符占 2 字节。不含任何字符的字符串称为空字符串。

在 VB 6.0 中有两种类型字符串：变长字符串和定长字符串。

1. 变长字符串

变长字符串的长度不固定，在程序执行过程中长度可增可减。VB 规定，一个字符串如果没有定义成定长字符串，就默认为变长字符串。例如："Visual Basic"、"欢迎你们！"。

2. 定长字符串

定长字符串是指在程序执行过程中，字符串长度固定不变。例如，下列语句声明一个长度为 15 个字符的字符串常量：

```
Dim Telephone As String*15
Telephone="0316-2008888"
```

如果赋予字符串的字符少于 15 个，则用空格将 Telephone 的不足部分填满。如果赋予字符串的长度超过 15 个，则截去超出部分的字符。

2.1.3 布尔型数据

布尔型数据（Boolean）又称逻辑型数据，其数据只有两个取值：真（True）和假（False），用 2 字节二进制数存储，经常用来表示逻辑判断的结果。

当把数值型数据转换为布尔型数据时，0 会转换为 Flase，其他非 0 值转换为 True。反之，当把布尔型数据转换为数值型时，Flase 转换为 0，True 转换为-1。

2.1.4　日期型数据

日期型数据（Date）用来表示日期和时间，可以有多种格式，在内存中占用 8 个字节存储。日期型数据要用两个"#"符号把表示时间和日期的值括起来。例如，#11/18/1999#、#1985–10–19:45:00 PM# 都是合法的日期型数据。如果输入的日期和时间是非法的或不存在的，系统将提示出错。

2.1.5　对象型数据

对象型数据（Object）用来表示图形、OLE 对象或其他对象，用于引用对象，在内存中用 4 个字节存储。

2.1.6　变体型数据

变体型数据（Variant）又称为可变型数据，是一种可以表示所有系统定义类型的数据。变体型数据可以表示任何值，包括数值型、日期型、对象型、字符型等数据类型。

Variant 变量能够存储所有系统定义类型的数据。如果把它们赋予 Variant 变量，则不必在这些数据的类型间进行转换，Visual Basic 会自动完成任何必要的转换。

假设 a 为一个 Variant 型的变量，则变量 a 可以存放任何类型的数据。例如：

a=12.34	（存放一个实数）
a="How are you!"	（存放一个字符串）
a=#01/31/2004#	（存放一个日期型数据）

根据赋给 a 的数据类型的不同，变量 a 的类型不断变化，这就是称之为变体型的由来。当一个变量未定义类型时，VB 自动将该变量定义为 Variant 型。不同类型的数据在 Variant 变量中是按其实际类型存放的。例如将一个整数赋给 Variant 变量，则该变量在内存中按整数方式存储，用户不必做任何转换，VB 会自动完成必要的转换。

注　意

（1）不同类型的数据，所占用的存储空间也不同。因此，选择合适的数据类型，可以优化代码，节省存储空间，提高程序运行速度。例如，表示学生成绩可以采用整型（Integer）或单精度型（Single）数据，没必要采用长整型（Long）或双精度型（Double）数据。

（2）数据类型可以通过在数据之后加上一个类型符来说明。例如，32%、4139&、86.7!178.9#、12.34@、hello$分别表示相应的数据为整型、长整型、单精度型、双精度型、货币型和字符串型。

2.2　变　量

所谓变量，是指在程序运行过程中其值可以变化的量。VB 在程序运行期间，对于输入的数据、运算的中间结果及最终结果等，都用变量临时存储在计算机的内存中，每个不同的变量都用变量的标识符来区分，变量的标识符就称为变量名，它实际代表在程序执行过程中值可以改变的内存单元。一旦定义了一个变量，该变量表示的就是某一个内存单元的位置。可以把变量理解为一个盒子，盒子有一个用来标识的名字，盒子中存放的东西就是数据。

用户在程序中使用变量名，就相当于在程序中引用该内存单元位置，直到释放该变量。一个变量在某一时刻只能存放一个值。

变量有两个特性：名字和数据类型。变量的名字用于在程序中标识变量和使用变量的值，数据类型则确定变量中能保存哪种数据。

在 VB 中，变量有两种形式：属性变量和内存变量。属性变量是 VB 系统自动创建的，内存变量则要靠程序员根据程序需要创建。

在窗体中设计用户界面时，VB 会自动为对象（包括窗体本身）创建一组变量，即属性变量，并为每个变量设置默认值，这类变量可供程序员直接使用。

2.2.1 变量的命名规则

VB 命名变量的规则为：

- 变量名只能由字母、数字和下画线组成，且第 1 个字符必须是英文字母，如 a2 是正确的变量名，2a 则是非法的。
- 变量名不能与关键字相同，也不能与过程名和符号常量名相同。
- 变量名不能包含小数点、空格等字符。如 x.1 和 x 1 都是非法的变量名。
- 变量名的字符个数不得超过 255 个字符。
- 变量名在同一个范围内必须是唯一的。
- 在 VB 6.0 中，变量名不区分大小写。如 hello、Hello 和 HELLO 代表同一个变量。

为了增加程序的可读性，一般按下面两个原则命名变量：

（1）一般在变量名前加上一个表示该变量数据类型的前缀。例如，strName、strDegree 表示字符串变量，intWeight、intMax 表示整型变量，dtmYear、dimMonth 表示日期型变量。

（2）取名最好使用具有明确意义，容易记忆并具有通用性的变量名，即要见名知意。比如用 student_name 代表学生姓名，用 max 代表最大值等。

下面是错误或使用不当的变量名：

```
3y          '变量名不能以数字开头
int M1      '变量名中不能出现空格
Type        '变量名不能与关键字同名
Abs         '最好不要与 VB 标准函数名相同或相似
Guo-1       '变量名中不能使用减号
```

2.2.2 变量声明

与其他高级语言不同，VB 允许变量未经声明而直接使用，这些未声明变量的数据类型默认为 Variant 类型。但是使用 Variant 类型存储通用数据有两个缺点：一是会浪费内存空间，二是用户在编程时有可能出现键盘输入错误的情况，但系统并不会检查出来，而是把它当做一个隐式声明的新变量来使用，这样就会产生误解。因此，在使用变量前最好先声明变量，定义变量要使用的数据类型。

声明变量就是用一个语句来定义变量的类型，这种方式称为显式声明。声明变量的语句并不把值分配给变量，而是告知变量将会包含的数据类型，以决定系统为它分配多大的存储空间。显式声明变量的方式有以下两种：

1. 用类型说明符表示变量

将类型说明符放在变量名的尾部，可以表示不同的变量类型，如 % 表示整型、& 表示长整型、! 表示单精度型、# 表示双精度型、@ 表示货币型、$ 表示字符串型。例如，intMax% 声明了一个整型变量 intMax；strName$ 声明了一个字符串型变量 strName。

在引用时，变量尾部的类型符可以省略。

2. 用声明语句声明变量

用声明语句声明变量的语法格式为：

[Dim|Private|Static|Public]<变量名 1>[As<类型 1>][,<变量名 2>[As<类型 2>]]…

> **说 明**
>
> Dim 或 Private 语句用来声明私有的模块级变量。Public 语句用来声明公有的全局变量。Static 用来在过程中声明静态变量。用 Static 声明的静态变量与用 Dim 声明的动态变量不同，静态变量在整个程序运行期间其值始终保留，不会丢失，而动态变量的值在过程结束时就会丢失，下次调用该变量时会自动重新初始化。

一条声明语句可以同时声明多个变量，也可以在变量名后紧接类型符以代替 "As<类型>"。例如：

```
Dim intMax As Integer,strName As String,varS1
```
等同于
```
Dim intMax%,intMin%,strName$,varS1
```
这两条语句都声明了整型变量 intMax、字符串型变量 strName 和变体类型变量 varS1。

使用声明语句声明一个变量后，VB 自动将数值型变量赋值为 0，将字符型或变体类型的变量赋值为空字符串，将逻辑型的变量赋值为 False。

使用变量时，VB 会自动转换变量值的类型，使变量值与声明语句中的名字相匹配。

在 VB 中，字符串变量存放的长度可以是定长的，也可以是变长的，下面是定义这两种字符串变量的例子：

```
Dim strName As String            'strName 为变长字符串变量
Dim strNative As String*15       '字符串变量 strNative 为定长的，长度为 15 个字符
```

3. 隐式声明与强制显式声明变量

VB 允许变量不经声明就使用。如果变量没有经过声明，就称为隐式声明。此时变量类型默认为变体类型。

VB 允许系统强制用户进行变量声明。如果变量必须经过声明才能使用，就称为强制显式声明。这样在编译时一旦发现未经声明的变量，马上就会报告 "Variable not defined（变量未定义）" 错误。因此，在使用变量前最好先声明变量，定义变量所要使用的数据类型。

为实现强制显式声明变量，应在类模块、窗体模块或标准模块的声明段中，加入 Option Explicit 语句。

2.2.3 变量的作用域

变量的作用域是指变量的有效使用范围，即变量的 "可见性"。定义了一个变量，就应当明确该变量能够在程序的什么范围内使用。根据变量的作用域可以把变量分为：局部变量、模块级变量和全局变量。

1. 局部变量

局部变量只能被所定义的函数或过程使用，其他过程或函数不能访问此变量，因此又称为过程级变量。局部变量在过程中用 Dim 或 Static 语句声明。在过程中声明的局部变量，只有当所

在过程被调用时才分配存储单元，并进行变量的初始化。一旦该过程调用结束，若定义的不是静态变量，则局部变量的内容会自动消失，所占用的存储空间自动释放。因此，局部变量常用来存放中间结果或用做临时变量。

由于局部变量的使用范围仅仅局限于本过程。因此，在不同的过程中可以定义具有相同名字的局部变量而不会出现错误。

2．模块级变量

模块级变量包括窗体变量和标准模块变量。在某一窗体模块或标准模块的通用声明段中，用 Dim 或 Private 语句声明的变量就是模块级变量。

模块级变量的有效范围为整个模块，即模块级变量可以被本模块的任何函数或过程访问，但不能被其他模块的过程调用。

当一个窗体模块或标准模块的不同过程要使用相同的变量时，必须把该变量定义成模块级变量。模块级变量必须先声明后使用，不能采用隐式声明。

3．全局变量

全局变量是指在一个窗体或标准模块的通用声明段中用 Public 语句声明的变量。方法同模块级变量，只需要把 Dim 或 Private 语句变成 Public 语句即可。

全局变量可以被应用程序的任何模块、任何过程访问。全局变量的值在整个应用程序中始终不会消失，也不会重新进行初始化。

> **注　意**
>
> 全局变量只能在窗体或标准模块的通用声明段中声明，不能在过程中声明全局变量。在标准模块中声明的全局变量可以直接使用，在窗体模块中声明的全局变量在使用时，前面必须加上定义该变量的窗体模块名。例如，在 Form1 中定义了一个全局变量 S1，在窗体 Form2 中要使用 S1 时，必须写成 Form1.S1 的形式。

2.3　常　量

在程序运行过程中，其值始终保持不变的量称为常量。在 Visual Basic 中，常量分为两种：直接常量和符号常量。

2.3.1　直接常量

直接常量就是在程序代码中，以直接明显的形式给出的数据，实际就是数据本身。根据使用的数据类型，直接常量可分为：数值常量、字符串常量、布尔常量、日期常量。

1．数值常量

数值常量实际就是常数。按照不同的数值类型，共有 5 种数值常量：整数、长整数、单精度、双精度和字节数。例如：123、456&、123.45、123.45E6、123D4E 分别为整型、长整型、小数形式的单精度型、指数形式的单精度型、双精度型。

2．字符串常量

字符串常量就是用双引号括起来的一串字符。例如："123"、"Beijing"。如果一个字符串仅有双引号，即""，则称该字符串为空串。

3. 布尔常量

布尔常量只有 True（真）和 False（假）两个值。

4. 日期常量

日期常量是用两个"#"符号把表示日期和时间的值括起来的常量，例如：#11/15/2002#。

2.3.2 符号常量

符号常量是在程序中用符号表示的常量。对于经常使用的有特定意义的常量，或者在程序中多次出现一些很大的数字或很长的字符串，为了增加代码的可读性和可维护性，应该使用符号常量来代替上述数据，这样便于程序修改和阅读。符号常量有两种：系统定义的常量和用户定义的常量。

1. 系统定义的常量

系统定义的常量是由 VB 和控件提供的。这些常量可与应用程序的对象、方法和属性一起在代码中使用。

系统定义的常量位于对象库中，在"对象浏览器"窗口中可以查看这些系统常量，如图 2-1 所示。

系统定义的常量常用两个代表对象特性的小写字母 vb 作为前缀来表示。例如：vbRed、vbCrLf 等。

图 2-1 "对象浏览器"窗口

2. 用户定义的常量

用户定义的常量是用户用 Const 语句来定义的，这类常量必须先声明后使用。

Const 语句格式如下：

```
[Public|Private] Const<符号常量名> [As<数据类型>]=<表达式>…
```

其中，**As<数据类型>**表明符号常量的数据类型，也可以使用类型符来说明。如果缺省 **As<数据类型>**项，则数据类型由表达式的类型决定。例如：

```
Const Pi=3.1415926
Const Date1=#12/18/1999#
Const strName="John"
```

符号常量名的命名规则与变量命名的规则一样。与变量声明一样，Const 语句也有范围，并使用相同的规则。常量一经声明，在其后的代码中只能引用，不能改变，且只能出现在赋值号的右边。符号常量形式上像变量，但不能像变量那样修改符号常量，也不能对符号常量赋以新值。例如：

```
Const Pi=3.1415926
Pi=3.14                    '该语句错误，符号常量不能再赋值
```

2.4 运算符和表达式

运算是对数据进行加工的过程。在程序设计语言中用不同的符号来描述不同的运算形式，这些符号就称为运算符或操作符，运算的对象就称为操作数。在高级程序设计语言中，通过运算符和操作数可以组成各种类型的表达式，从而实现程序中需要的大量运算。

由运算符将操作数连接起来即构成表达式。表达式描述了对不同类型的操作数以何种顺序进行何种操作，或者说描述了某个求值规则。每个表达式都产生唯一的值。操作数可以是常量、变量、函数、对象等，Visual Basic 提供了丰富的运算符，可以构成多种类型的表达式。

表达式的类型由运算符的类型决定。在 VB 中有 5 类运算符和表达式：算术运算符和算术表达式、字符串运算符和字符串表达式、日期运算符和日期表达式、关系运算符和关系表达式、逻辑运算符和逻辑表达式。

2.4.1 算术运算符和算术表达式

算术运算符是常用的运算符，用来对数值型数据执行简单的算术计算。Visual Basic 提供了 8 个算术运算符，其中取负运算符 "−" 是单目运算符，其他均为双目运算符。表 2-2 按照优先级别的高低列出了算术运算符。

表 2-2　算术运算符

运　算　符	名　　称	优先级	示　　例	结　果
^	乘方	1	2^3	8
−	负号	2	−5	−5
*	乘	3	2*3	6
/	除	3	3/5	.6
\	整除	4	3\5	0
Mod	取模	5	7 Mod 4	3
+	加	6	1 + 3	4
−	减	6	4 − 2	2

> **注　意**
>
> （1）/和\的区别：1/2=0.5，1\2=0。整除号\用于整数除法，在进行整除时，如果参加运算的数据含有小数，首先将它们四舍五入取整后再进行运算，其结果截尾成整型数。
>
> （2）Mod 用来求整数的余数。若操作数为小数，则首先把小数四舍五入取整后再进行运算。如 25.58 Mod 6.91，先将 25.58 和 6.91 取整为 26 和 7，然后运算，结果为 5。
>
> （3）不能按常规习惯省略表达式中的乘号*。如 a*b 不能简写成 ab 或 a·b。
>
> （4）可以在表达式中使用圆括号()来改变运算优先级，且圆括号()可以嵌套使用，但必须配对使用。不能使用大括号{}和中括号[ ]。例如，数学表达式 2[(a+b)*(x+y)/z]在 VB 中应书写为 2*((a+b)*(x + y) / z)。
>
> （5）表达式中的每个符号占 1 格，不能出现上标和下标。如 X1 不能写成 X_1。
>
> （6）不能出现非法的字符，如 π。

2.4.2 关系运算符和关系表达式

关系运算符也称比较运算符，用来对两个表达式的值进行比较，比较的结果为逻辑值，即若关系成立则返回 True，否则返回 False。在 VB 中，分别用−1 和 0 表示 True 和 False。表 2-3 列出了 VB 中的关系运算符。

表 2-3　关系运算符

关系运算符	含　义	示　例	结　果
=	等于	"abcd"="abd"	False
>	大于	"abcd">"abd"	False
>=	大于等于	"abc">="abcd"	False
<	小于	12<34	True
<=	小于等于	"12"<="3"	True
<>	不等于	"abc"<>"ABC"	True

> **注　意**
>
> （1）当两个操作数为数值型时，按数值的大小进行比较。
>
> （2）当两个操作数为字符型时，按字符的 ASCII 值从左到右逐一进行比较，直到出现不相同的字符为止，ASCII 码值大的字符串大。汉字字符大于西文字符。
>
> （3）所有关系运算符的优先级相同。
>
> （4）关系表达式不能比较布尔型数据。例如：假设 Y1 为布尔型变量，则 Y1=True 这样的写法是错误的。

2.4.3　逻辑运算符和逻辑表达式

逻辑运算符的作用是将操作数进行逻辑运算，结果是逻辑值 True 或 False。逻辑运算符中，除 Not 为单目运算符外，其他都为双目运算符。表 2-4 按优先级高低列出了逻辑运算符。

表 2-4　逻辑运算符

逻辑运算符	含义	优先级	说　　明
Not	取反	1	当操作数为假时，结果为真；当操作数为真时，结果为假
And	与	2	两个操作数都为真时，结果为真，否则为假
Or	或	3	两个操作数之一为真时，结果为真，否则为假
Xor	异或	3	两个操作数为一真一假时，结果为真，否则为假
Eqv	等价	4	两个操作数相同时，结果为真，否则为假
Imp	蕴含	5	第一个操作数为真，第二个操作数为假时，结果为假，否则为真

例如：

```
Not(5>11)            '结果为 True
2+3>5 And 5<3        '结果为 False
5>=5 Or 4*7<>7       '结果为 True
```

2.4.4　字符串运算符和字符串表达式

字符串运算符有两个："&"和"+"，如表 2-5 所示。

表 2-5　字符串运算符

运　算　符	说　　明	示　例	结　果
&	连接两个字符串表达式	"Chi"&"na"	"China"
+	计算和，也可连接字符串	"123"+"456"	"123456"

注　意

（1）运算符"&"两边可以是字符串型或数值型数据，或者一边是数值型数据，另一边是字符串型数据。不管哪种情况，Visual Basic 都将进行字符串连接运算。"12"&"34"、12&"34"和 12&34 都将连接为字符串"1234"。

（2）运算符"+"可以用于数值相加，也可以用于连接字符串。当两边的操作数都是字符串时，将连接两个字符串；当两边的操作数都是数值时，将进行算术加法运算；当其一为数字字符型，另一个为数值型时，则先将数字字符转换为数值，然后进行算术加法运算；当一个操作数为数值型，另一个操作数为非数字字符型，则出错。

（3）最好对数值运算使用"+"运算符，对字符串连接运算使用"&"运算符。

2.4.5　运算符的优先级

如前所述，算术运算符和逻辑运算符具有不同的优先级，可以按表 2-2 和表 2-4 的优先顺序进行处理。所有关系运算符优先级相同，运算时按出现的顺序从左到右进行处理。当多种运算符在一个表达式中出现时，其优先级按算术运算符、字符串运算符、关系运算符、逻辑运算符的顺序进行。

可以用括号改变优先顺序，强令表达式的某些部分优先运行。括号内的运算总是优先于括号外的运算。在括号之内，运算符的优先顺序不变。

2.5　常用内部函数

Visual Basic 中的函数有两类：内部函数和用户定义函数。用户定义函数是由用户根据需要自己定义的函数。内部函数也称标准函数，是由 Visual Basic 提供的，每个函数完成某个特定的功能，用户可以直接调用。Visual Basic 提供了大量的内部函数，这些函数按其功能可分为 5 类：数学函数、字符串函数、日期和时间函数、格式输出函数和转换函数等。

2.5.1　数学函数

数学函数用于完成各种数学运算。常用的数学函数如下：

1．三角函数

（1）Sin(x)：返回弧度的正弦。

（2）Cos(x)：返回弧度的余弦。

（3）Tan(x)：返回弧度的正切。

注　意

三角函数中的自变量需用弧度表示。

2．绝对值函数

Abs(x)：返回数的绝对值。例如 Abs(-2.4)将返回 2.4。

3．求平方根函数

Sqr(x)：返回数的平方根。例如 Sqr(16) 将返回 4。

4．符号函数

Sgn(x)：返回数的符号值。例如 Sgn(-100)将返回-1。

5．取整函数

（1）Int(x)：返回不大于给定数的最大整数。例如 Int(-3.6)将返回-4。

（2）Fix(x)：返回数的整数部分。例如 Fix(-3.6) 将返回-3。

> **注　意**
>
> Int 和 Fix 的不同之处在于：如果 x 为负数，则 Int 返回小于或等于 x 的最小负整数，而 Fix 则会返回大于或等于 x 的负整数。例如：Int 将-5.3 转换成-6，而 Fix 将-5.3 转换成-5。当参数 x 为正数时，两者的返回值相同。

6．随机函数

Rnd()：返回一个 0～1 之间的随机数。

> **注　意**
>
> 每次执行一个应用程序时，如果随机数的初始值（称为种子）相同，Rnd()函数将产生相同的随机数。要避免这种情况，可以执行 Randomize[n]语句来提供不同的种子，这样就可以产生不同序列的随机数。

2.5.2　字符串函数

VB 提供了大量的字符串函数，具有强大的字符串处理能力。常用的字符串函数如下：

1．字符串长度函数

Len(s)：返回字符串 s 的长度。例如 Len("MyName=王青")将返回 9。

2．删除空格字符函数

（1）LTrim(s)：删除字符串 s 左端的空格。

例如：LTrim("□□MyName")的结果为"MyName"。

（2）RTrim(s)：删除字符串 s 右端的空格。

例如：RTrim("MyName□□")的结果为"MyName"。

（3）Trim(s)：删除字符串 s 左、右两端的空格。

例如：Trim("□□□□MyName□□□□")的结果为"MyName"。

3．搜索子字符串函数

Instr([start,]s1,s2[,compare])：返回字符串 s2 在给定的字符串 s1 中出现的开始位置。其中 start 为数值表达式，可选参数，用于设置每次搜索的起点。如果省略，将从第一个字符的位置开始；compare 为可选参数，用于指定字符串比较的方式。如果指定了 compare 参数，则一定要有 start 参数。

例如：Instr(1,"ASDFDFDFSDSF","DF")的结果为 3。

4．取子字符串函数

（1）Left(s,length)：返回从字符串左边开始的指定数目的字符。

例如：Left("MyName",2)将返回"My"。

（2）Right(s,length)：返回从字符串右端开始的指定数目的字符。

例如：Right("MyName",4) 将返回"Name"。

（3）Mid(s,start[,length])：返回从字符串 s 指定位置开始的指定数目的字符。其中 start 表示 s 中被提取字符部分的开始位置。如果 start 超过了 s 中字符的数目，Mid()函数将返回零长度字符串""；length 表示要返回的字符数。如果省略 length 或 length 超过文本的字符数（包括 start 处的字符），将返回字符串中从 start 到字符串结束的所有字符。

例如：Mid ("MyName",2,3)将返回"yNa"。

5．大、小写函数

（1）Lcase(s)：返回以小写字母组成的字符串。

例如：Lcase("ABCabc"))将返回"abcabc"。

（2）Ucase(s)：返回以大写字母组成的字符串。

例如：Lcase("ABCabc")将返回"ABCABC"。

2.5.3　日期和时间函数

日期和时间函数可以显示日期和时间，提供某个事件发生及持续的时间。常用的日期和时间函数如下：

（1）Date：返回系统当前日期。

（2）Now：返回系统当前日期和时间。

（3）Time：返回系统当前时间。

（4）Timer：返回从午夜开始到现在经过的秒数。

（5）Day(date)：返回一个由参数 date 指定的整数，表示指定日期是某月中的第几天。date 参数可以是任何能够表示日期的表达式。

（6）WeekDay(date)：返回一个由参数 date 指定的整数，表示指定日期是星期几。

（7）Month(date)：返回一个由参数 date 指定的整数，表示指定日期是一年中的某月。

（8）Year(date)：返回一个由参数 date 指定的整数，表示指定日期是年份。

（9）Hour(time)：返回一个由参数 time 指定的整数，表示小时（0～23）。

（10）Minute(time)：返回一个由参数 time 指定的整数，表示分钟（0～59）。

（11）Second(time)：返回一个由参数 time 指定的整数，表示秒（0～59）。

2.5.4　格式输出函数

使用格式化函数 Format()可以使数值、日期或字符型数据按指定的格式输出。Format 函数的语法格式为：

```
Format(表达式[,格式字符串])
```

说　明

（1）"表达式"可以是数值、日期或字符型表达式。

（2）"格式字符串"表示输出表达式值的格式，为一个字符串常量或变量，由专门的格式说明字符组成。这些说明字符决定了数据项"表达式"的显示格式和长度。

（3）当"格式字符串"是字符串常量的时候，必须放在双引号中。

（4）格式输出函数 Format()返回一个 Variant 类型的值。

格式说明字符按照类型可以分为数值型、日期型和字符型，如表 2-6 ~ 表 2-8 所示。

表 2-6　常用的数值型格式说明字符

字符	说　　　　明	例　　子
#	数字占位符。如果表达式在格式字符串中#的位置上有数字存在，那么就显示出来，否则，该位置什么都不显示	Format(123.45,"####.###") 返回：123.45
0	数字占位符。如果表达式在格式字符串中 0 的位置上有一位数字存在，那么就显示出来，否则就以零显示	Format(123.45,"0000.000") 返回：0123.450
,	千分位符号占位符	Format(12345,"##,###") 返回：12,345
.	小数点占位符	Format(12.345,"##.##") 返回：12.35
%	百分比符号占位符，表达式乘以 100。而百分比字符（％）会插入到格式字符串中出现的位置上	Format(0.12345,"0.00%") 返回：12.35%

表 2-7　常用的时间日期型格式说明字符

字符	说　　　　明	例　　子
dddddd	以完整日期表示法显示日期（包括年、月、日）	Format(Date,"dddddd") 返回：2003 年 5 月 15 日
mmmm	以全称表示月（January ~ December）	Format(Date,"mmmm") 返回：May
yyyy	以四位数来表示年	Format(Date,"yyyy") 返回：2003
Hh	以有前导零的数字来显示小时（00 ~ 23）	Format(Time,"Hh:Nn:Ss") 返回：20:56:01
Nn	以有前导零的数字来显示分（00 ~ 59）	
Ss	以有前导零的数字来显示秒（00 ~ 59）	
ttttt	以完整时间表示法显示（包括时、分、秒）	Format(Time,"ttttt") 返回：20:56:01
AM/PM	在中午前以 12 小时配合大写 AM 符号来使用；在中午和 11:59PM 间以 12 小时配合大写 PM 符号来使用	Format(Time,"tttttAM/PM") 返回：20:56:01PM

表 2-8　常用的字符型格式说明字符

字符	说　　　　明	例　　子
@	字符占位符。显示字符或空白。如果字符串在格式字符串中@的位置有字符存在，那么就显示出来；否则就在那个位置上显示空白。除非有惊叹号字符（!）在格式字符串中，否则字符占位将由右到左被填充	Format("ABCD","@@@@@@") 返回：" 　ABCD"
&	字符占位符。显示字符或什么都不显示。如果字符串在格式字符串中和号&的位置有字符存在，那么就显示出来，否则就在那个位置上显示空白。除非有惊叹号字符（!）在格式字符串中，否则字符占位符将由右到左被填充	Format("ABCD","&&&&&&") 返回："ABCD"
<	强制小写。将所有字符以小写格式显示	Format("ABCD","<&&&&&") 返回："abcd"
>	强制大写。将所有字符以大写格式显示	Format("abcd",">&&&&&") 返回："ABCD"
!	强制由左至右填充字符占位符。默认值是由右至左填充字符占位符	Format("ABCD","!@@@@@@") 返回："ABCD 　"

2.5.5 转换函数

1．求 ASCII 字符

Chr()函数求一个 ASCII 码值所对应的 ASCII 码字符，其语法格式为：

```
Chr(charcode)
```

参数 charcode 是一个用来识别某字符的 Long 型数。charcode 的取值范围为 0 ~ 255。例如：Chr(10)对应换行字符，Chr(13)对应回车字符，Chr(65)将返回一个大写的字母 A。

2．字符串转换为数值

Val()函数的作用是返回包含于字符串内的数字，字符串中是一个适当类型的数值，其语法格式为：

```
Val(string)
```

参数 string 可以是任何有效的字符串表达式。Val()函数在它不能识别为数字的第一个字符上，停止读入字符串。

例如：Val("895.25")将返回双精度浮点型 895.25。

3．数值转换为字符串

Str()函数的作用是将一个数值表达式转换为一个字符串，且表达式的类型不变，其语法格式为：

```
Str(number)
```

参数 number 为一个 Long 型数值表达式，其中可包含任何有效的数值表达式。

当数字转换成字符串时，总会在前头保留一个空位来表示正负。如果 number 为正，返回的字符串包含一个前导空格暗示有一个正号。

使用 Format()函数可将数值转成必要的格式，如日期、时间、货币或其他用户自定义格式。与 Str()函数不同的是，Format()函数不包含前导空格来放置 number 的正负号。

例如：Str(45)将返回一个字符串"45"。

4．求 ASCII 码值

Asc()函数用来求一个字符串首字符的 ASCII 码值，其语法格式为：

```
Asc(string)
```

参数 string 可以是任何有效的字符串表达式。如果 string 中没有包含任何字符，则会产生运行错误。

例如：Asc(A)将返回一个整数 65。

2.6 常用语句和方法

VB 程序中的一行代码称为一条语句。语句是执行具体操作的指令，由 VB 关键字、属性、函数、运算符等组合而成，每个语句都以按【Enter】键结束。

程序语句必须遵循的构造规则称为语法。编写正确程序语句的前提，就是掌握语法，并在程序中能够使用语法正确地处理数据。

2.6.1 语句的书写规则

在程序中书写语句时，要遵守以下规则：

（1）一般情况下，输入程序时要求一行写一条语句，但是也可以使用复合语句行，即把几个语句放在一行中，语句之间用冒号“：”隔开。

例如：Text1.Text="hello" red=255:Text1.BackColor=red

VB 6.0 规定，一个程序行的长度最多不能超过 1 023 个字符。

（2）当一条语句很长时，在代码编辑窗口阅读程序时将不便查看，使用滚动条又比较麻烦。这时，可以使用语句的续行功能，即用续行符 "_" 将一个较长的语句分成多个程序行。例如：

```
strMyStr="当前用户为："&_
            strUsername
```

注　意

续行符 "_" 后面不能加注释，也不能将 VB 的关键字和字符串分隔在两行。

（3）字符不区分大小写，用户可以随意使用大小写字母书写语句。为了便于阅读，VB 6.0 会自动将代码中关键字的首字母转换为大写，其余字母转换为小写。

（4）各关键字之间，关键字和变量名、常量名、过程名之间一定要用空格隔开。

（5）除字符串常量和注释内容外，语句中使用的分号、引号、括号等符号都应是英文状态下的符号（半角字符），不能使用中文状态下的符号，否则会编译出错。

2.6.2　常用程序语句

1. 赋值语句

赋值语句是 VB 语句中最基本的语句，利用赋值语句可以把指定的值赋给某个变量或某个带有属性的对象，其语法格式为：

<变量名>=<表达式>

或

<对象名.>] <属性名>=<表达式>

其中，"=" 为赋值号，"表达式" 可以是算术表达式、字符串表达式、关系表达式和逻辑表达式等。例如：

```
x=100
Name$="John"
Label1.Caption="计算"
Text1.Text=Str$ (x)
```

说　明

（1）赋值语句中的赋值号 "=" 与数学中的等号意义不同。例如，Y=X+5.73 表示将变量 X 的值加上 5.73 后再赋给变量 Y，而不是表示两边的值相等。

（2）赋值语句具有赋值和计算的双重功能，即赋值语句执行时，先计算赋值号右边的表达式的值，然后将此值送给赋值号左边的变量或对象的属性。

（3）一般情况下，赋值号 "=" 要求两边的数据类型必须相同。如果赋值号 "=" 两边的数据类型不相同，VB 会自动对数据类型进行转换。

2. 注释语句

注释语句是非执行语句，不会被解释和编译。注释语句不能放在续行符的后面。注释语句的格式为：

[' | Rem] <注释内容>

3．暂停语句

暂停语句用来把程序设置为中断模式，暂停程序的执行。在程序调试时，往往需要对程序设置断点，这时可以将暂停语句放在断点处，当程序执行到此语句时，系统将暂停程序的执行，打开立即窗口，以方便用户调试。暂停语句的格式为：

```
Stop
```

在可执行文件中执行 Stop 语句时，将关闭所有文件。因此，在程序调试结束后，生成可执行语句之前，有必要删除程序代码中所有的 Stop 语句。

4．退出语句

Exit 语句用于退出某种控制结构或过程，如 Exit For、Exit Do、Exit Sub、Exit Function 等。

5．结束语句

结束语句用来使程序能够正常地结束。在一个应用程序中，应该至少有一个结束语句。结束语句的格式为：

```
End
```

例如：

```
Private Sub Command1_Click()
    End
End Sub
```

该程序包含两条结束语句，其中 End 语句是当用户单击命令按钮时，结束程序的执行。End Sub 语句的作用为结束一个过程。另外还有 End If 、End Select、 End Function 等语句都是经常使用的语句。要养成使用 End 语句正常地结束程序运行的习惯，并在执行 End 前给出必要的确认提示。

6．卸载语句

可以用 Unload 语句从内存中卸载窗体或某些控件。Unload 语句的语法格式为：

```
Unload 对象名
```

例如，Unload Form1 语句将卸载窗体 Form1。

7．With 语句

With 语句可以对某个对象执行一系列的语句，而不用重复指出对象的名称。With 语句的语法格式为：

```
With 对象
    [语句块]
End With
```

例如，要改变 MyLabel 标签对象的多个属性，可以在 MyLabel 控制结构中加上属性的赋值语句，这时只是引用对象一次而不是在每个属性赋值时都要引用它，例如：

```
With MyLabel
  .Height=2000
  .Width=2000
  .Caption="This is MyLabel"
End With
```

> **注 意**
> 当程序一旦进入 With 块，对象就不能改变。因此不能用一个 With 语句来设置多个不同的对象。属性前面的 "." 不能省略。

2.6.3 常用方法

1. Cls 方法

Cls 方法将清除 Print 语句运行时所产生的文本和图形，清除后的区域以背景色填充。但是设计时在 Form 中使用 Picture 属性添加的背景位图和放置的控件不受 Cls 方法影响。Cls 方法的语法格式为：

```
[对象名称.]Cls
```

其中，"对象名称"可以是窗体或图片框，如果省略"对象名称"，则清除窗体上由 Print 方法和图形方法在运行时所生成的文本或图形。

例如，Form1.Cls 语句将清除窗体 Form1 上的所有文本和图形。

2. Move 方法

Move 方法用于移动窗体或控件，并可以改变其大小，其语法格式如下：

```
Object.Move Left,Top,Width,Height
```

其中，Object 为可选项，表示移动的窗体或控件对象，如果省略，默认带有焦点的窗体为 Object；Left 为必需项，指示对象左边的水平坐标；Top 为可选项，指示对象顶边的垂直坐标；Width 为可选项，指示对象新的宽度；Height 为可选项，指示对象新的高度。

> **注 意**
>
> 虽然只有 Left 参数是必需的，但是要指定任何其他的参数，必须先指定该参数前面的全部参数。例如，如果不先指定 Left 和 Top 参数，则无法指定 Width 参数。

对于 Frame 控件中的窗体和控件，坐标系统总是用缇（Twip）作单位。移动屏幕上的窗体或移动 Frame 中的控件总是相对于左上角的原点（0，0）进行的。

【例 2.1】将窗体上的命令按钮 Command1 移动到窗体的左上角。

编写程序代码如下：

```
Private Sub Form_Click()
    Command1.Move 0,0
End Sub
```

2.7 基本控件介绍

控件是构成 VB 6.0 应用程序界面的基本元素，是 Visual Basic 中预先定义好的。VB 6.0 提供了十分丰富的控件资源，每个控件都有大量的属性、事件和方法，可在设计时或在代码中直接使用。只有掌握了控件的属性、事件和方法，才能编写具有实用价值的应用程序。

本节先介绍 Visual Basic 中常用的基本控件，如窗体控件 Form、标签控件 Label、文本框控件 TextBox 和命令按钮控件 CommandButton 等，其他控件留待第 6 章进行介绍。

2.7.1 Visual Basic 的控件种类

VB 的控件通常分为两类：内部控件和 ActiveX 控件。

1. 内部控件

内部控件又称标准控件，在默认状态下工具箱中显示的控件都是内部控件，如命令按钮、文本框和标签等控件都属于内部控件。这些控件由 Visual Basic 的系统文件提供，当系统成功安装以后，就可以直接使用，不可从工具箱中删除和添加。

启动 Visual Basic 后，在窗口的左侧显示如图 2-2 所示的工具箱，其中列出了全部的内部控件。关闭工具箱后，单击"视图"菜单中的"工具箱"命令或工具栏中的"工具箱"按钮 🛠 可以重新打开工具箱。表 2-9 简单介绍了内部控件的作用。

图 2-2　工具箱

表 2-9　Visual Basic 内部控件的作用

编号	名　　称	作　　用
1	Pointer（指针）	它不是一个控件，但只有选定指针后，才能改变窗体的位置和大小
2	PictureBox（图片框）	用于显示图像，可以装入位图、图标以及.wmf、.jpg、.gif 等各种图形格式的文件，也可作为其他控件的容器
3	Label（标签）	用来显示文本信息，但不能输入文本
4	TextBox（文本框）	既可输入也可输出文本，并可对文本进行编辑
5	Frame（框架）	组合相关的对象，将性质相同的控件集中在一起
6	CommandButton（命令按钮）	用于向 Visual Basic 应用程序发出操作命令
7	CheckBox（复选框）	用于多重选择，也称检查框
8	OptionButton（单选按钮）	用于表示单选按钮的开关状态，也称录音机按钮
9	ComboBox（组合框）	创建组合框或下拉列表框对象，用户可以从列表中选择一项或人工输入一个值
10	ListBox（列表框）	用于显示可供用户选择的固定列表
11	HscrollBox（水平滚动条）	用于表示在一定范围内的数值选择，常放在列表框或文本框中用来浏览信息，或用来设置数值输入
12	VscrollBox（垂直滚动条）	用于表示在一定范围内的数值选择，常放在列表框或文本框中用来浏览信息，或用来设置数值输入
13	Timer（计时器）	在给定的时间间隔内捕捉计时器事件，此控件在运行时不可见
14	DriveListBox（驱动器列表框）	显示当前系统中可用的驱动器列表供用户选择
15	DirListBox（目录列表框）	显示当前驱动器磁盘上目录列表供用户选择
16	FileListBox（文件列表框）	显示当前目录中的文件名列表供用户选择

续表

编号	名 称	作 用
17	Shape（形状）	设计时用于在窗体中绘制矩形、圆等几何图形
18	Line（直线）	设计时在窗体中绘制直线
19	Image（图像框）	显示一个位图图像，可作为背景或装饰的图像元素，单击时其动作类似于命令按钮
20	Data（数据）	用来连接数据库，并可在窗体的其他控件中显示数据库信息
21	OLE Container（OLE 容器）	用于对象的连接与嵌入

2. ActiveX 控件

为了方便用户设计功能强大的复杂应用程序，Visual Basic 和第三方开发商提供了大量的 ActiveX 控件，这类控件不在工具箱中，保存在.ocx 类型的文件中。ActiveX 控件是 Visual Basic 工具箱的扩充，它特有的方法和属性大大增强了程序员利用 Visual Basic 进行程序设计的能力和灵活性。

在 VB 工具箱中加入 ActiveX 控件，可按以下步骤执行：

（1）在"工程"菜单中单击"部件"命令，弹出"部件"对话框，如图 2-3 所示。也可以在工具箱中右击，选择"部件"命令来显示该对话框。

（2）该对话框中列出所有已经注册的 ActiveX 控件、设计器和可插入的对象。要在工具箱中加入 ActiveX 控件，应选定控件名称左边的复选框。

（3）单击"确定"按钮关闭"部件"对话框，选定的 ActiveX 控件将出现在工具箱中。

要将 ActiveX 控件加入"部件"对话框，可单击"浏览"按钮，并找到扩展名为.ocx 的文件。这些文件通常安装在\Windows\System 或 System32 目录中。在将 ActiveX 控件加入可用控件列表中时，Visual Basic 自动在"部件"对话框中选定它的复选框。

图 2-3 "部件"对话框

2.7.2 控件的基本属性

大多数 VB 标准控件和窗体都具有相同的基本属性，如 Name、Caption、Enabled、Visible、Font 等属性。但也不是全部控件都具有这些属性，对象属性变化时，其行为和外观也可能发生相应的变化。下面介绍常用控件的基本属性。

（1）Name：用于标识控件对象的名称，是区别某一控件的唯一标识。

（2）Caption：用于标识控件对象的标题。缺省情况下，默认为控件的名称。

（3）Enabled：用于标识控件对象是否有效。其值为 True 时，控件有效，否则无效。

（4）Visible：指定控件对象为可见或隐藏。其值为 True 时，控件可见，否则不可见。

（5）Height、Width、Top、Left：Height 和 Width 属性用来决定控件的高度和宽度，Top 和 Left 属性决定了控件在窗体中的位置，Top 属性决定控件到窗体顶部的距离，Left 属性决定控件到窗体左边框的距离。对窗体而言，Top 属性决定窗体到屏幕顶部的距离，Left 属性决定窗体到屏幕左边的距离。

（6）ForeColor、BackColor、BorderColor、FillColor：用来设置控件的前景颜色、背景颜色、边框颜色和填充颜色。

（7）BackStyle：指定控件的背景是透明的还是非透明的。

（8）BorderStyle：用来设置控件的边框样式。

（9）Alignment：该属性决定控件中文本的对齐方式。

（10）Font：设置控件上显示字体的属性，包括字体（FontName）、字号（FontSize）、字形（FontBold、FontItalic）等，如图 2-4 所示。

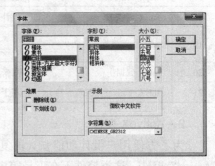

（11）AutoSize：设置控件是否具有自动改变大小以显示其全部内容的功能。

（12）TabIndex：该属性设置父窗体中大部分对象在按【Tab】键时获得焦点的次序。

图 2-4　"字体"对话框

2.7.3　窗体

在 Windows 应用程序中，窗体（Form）是最基本的对象，任何一个 Windows 应用程序至少应该包含一个窗体。Visual Basic 的窗体具有 Windows 窗体的基本特性，和一般的 Windows 应用程序窗体没有区别。窗体具有自己的属性、事件和方法，用户不仅可以在窗体上放置各种控件，直观地建立应用程序，而且也是应用程序运行时进行人机交互的操作界面。下面介绍窗体的主要属性、事件和方法。

1. 主要属性

（1）MaxButton、MinButton：用来设置在窗体上是否显示最大化和最小化按钮。

（2）ControlBox：用来设置是否在窗体左上角显示控制菜单。

（3）WindowState：用来指定在运行时窗体窗口的显示状态。

（4）Picture：在窗体中加载图片，可以通过"加载图片"对话框设置加载图片的路径。

2. 主要事件

（1）Click：单击窗体时发生。

（2）Load：在一个窗体被装载时，或者当使用 Load 语句启动应用程序时发生。

> **注　意**
> 窗体被加载时，窗体默认为不可视，即窗体上的文字显示不出来。需要用 Show 方法或将 Visible 属性设置为 True 来显示文字。

（3）Dblclick：双击窗体时发生。

（4）Unload：从内存中卸载窗体时发生。

3. 主要方法

（1）Print：在窗体上输出显示文本。

（2）Cls：清除运行时在窗体上产生的文本、图形等。

（3）Move：移动窗体到指定位置。

【例 2.2】程序运行后，在窗体上显示字符串"我爱北京天安门！"。然后单击窗体，窗体变宽；双击窗体时，则退出程序。程序运行结果如图 2-5 所示。

编写事件过程代码如下：

```
Private Sub Form_Load()
    Form1.Show
    Form1.Print "我爱北京天安门！"
End Sub
Private Sub Form_Click()        '单击窗体
    Form1.Width=Form1.Width+1000
End Sub
Private Sub Form_DblClick()'双击窗体
    Unload Me
End Sub
```

（a）Load 事件

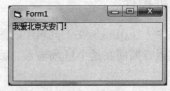
（b）Click 事件

图 2-5   例 2.2 运行界面

2.7.4　标签控件

标签控件（Label）在工具箱的图标为 **A**，主要用来显示不需要用户修改的文本信息。其显示内容一般由 Caption 属性来设置和修改，不能直接编辑。有些没有标题属性的控件可以用标签控件来标识。用户可以通过设置 BorderStyle、BackColor、ForeColor 和 Font 等属性来修改标签控件的外观和字体等。下面介绍标签控件的主要属性。

（1）AutoSize：用于设置标签是否自动改变尺寸以适应内容的多少。

（2）WordWrap：决定控件是否扩大以显示标题文字。

如果标签控件显示的内容较多，此时必须将 AutoSize 和 WordWrap 属性设置为 True，这样就可以适应较长或较短的标题。

【例 2.3】在窗体上建立一个 Label 控件和一个 Command 控件，按照表 2-10 设置其属性，编写如下代码，运行程序时单击命令按钮后，标签控件能自动调整以适应显示内容，自动换行且加上边框，背景色变为白色以突出显示文字。运行结果如图 2-6 所示。

```
Private Sub Command1_Click()
    Label2.Caption="  将 WordWrap 属性设置为 True，则 Caption 属性的内容自动"&_
                  "并换行垂直扩充；将 AutoSize 属性设置为 True，控件自动适应内容."
    Label2.BorderStyle=1
    Label2.BackColor=vbWhite
End Sub
```

表 2-10   控件属性设置

对　象	属　性	设计时属性值	说　明
Command1	Caption	改变	命令按钮标题
Label1	Caption	单击"改变"按钮使标签控件自动适应显示内容	标签控件标题
Label2	WordWrap	True	自动换行
	AutoSize	True	自动适应大小

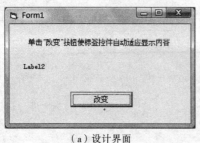 

（a）设计界面　　　　　　　　　　　　（b）运行结果

图 2-6　利用标签控件输出

2.7.5　文本框控件

文本框控件（TextBox）在工具箱中的图标为 [abl]，为用户提供一个文本编辑区域，可以在程序设计阶段或运行期间在这个区域输入、编辑和显示文本。下面介绍文本框控件的主要属性、事件和方法。

1．主要属性

（1）Text：设置文本框中显示的内容。

（2）PassWordChar：设置是否在控件中显示用户输入的字符。图 2-7 所示为 PassWordChar 属性设置为"*"时的情况。

图 2-7　PassWordChar 属性为"*"

（3）MultiLine：设置文本框是否允许显示多行文本。

（4）ScrollBars：设置文本框是否有水平滚动条或垂直滚动条。

（5）Locked：设置文本框中的内容是否可编辑。

（6）MaxLength：设置文本框中最多能够输入的字符数量。

2．主要事件

（1）Change：当改变文本框的内容（即 Text 属性值）时发生该事件。

（2）KeyPress：当用户按下和松开一个 ANSI 键时发生 KeyPress 事件，该事件将返回一个 KeyAscii 参数到该事件过程中。如当用户输入字符"a"时，KeyAscii 的值就为 97。

（3）LostFocus：当文本框控件失去焦点时发生该事件。

（4）GotFocus：当文本框控件得到焦点时发生该事件。

3．主要方法

SetFocus 方法用来将光标从其他位置移动到文本框中。

【例 2.4】在窗体上添加一个 Text 控件和一个 Label 控件。程序运行后，用户在文本框中输入字符串，标签中同步显示用户对文本框内容更新的次数。

程序设计如下：

（1）按照表 2-11 设置文本框和标签控件的属性，程序运行结果如图 2-8 所示。

表 2-11 控件属性设置

对　　象	属　　性	设　　置
Text1	Text	空
	MultiLine	True
Label1	Caption	空
	BorderStyle	1
	Alignment	2

图 2-8 例 2.4 运行结果

（2）编写事件过程代码如下：

```
Private Sub Text1_Change()
    Static i As Integer
    Text1.SetFocus
    i=i+1
    Label1.Caption=i
End Sub
```

2.7.6 命令按钮控件

命令按钮控件（CommandButton）在工具箱中的图标为 ，它提供了用户与应用程序交互最简便的方法。下面介绍命令按钮控件的主要属性和事件。

1．主要属性

（1）Default：设置默认命令按钮。当命令按钮的 Default 设置为 True，而且焦点没在窗体上的其他命令按钮时，用户可以按【Enter】键选择该按钮，激活其单击事件。

（2）Cancel：用来设置按钮是否为取消按钮。当某个命令按钮的 Cancel 设置为 True 时，窗体中其他的命令按钮自动设置为 False。当窗体是活动窗体时，用户可以通过按【Esc】键来取消选中按钮。

（3）Style：为了在命令按钮上显示图形，必须将 Style 属性设置为 1，然后就可以设置其 Picture 属性来加载图形文件。

2．主要事件

Click：单击命令按钮时发生此事件。

实训 2　Visual Basic 程序设计基础

一、实训目的

（1）掌握 Visual Basic 的数据类型。

（2）掌握变量和常量定义的方法及其使用。

（3）能够熟练运用运算符、表达式和常用内部函数。

（4）掌握常用语句和方法的使用。

（5）掌握窗体、标签、文本框和命令按钮控件的使用。

二、实训内容

1．编制窗体输出程序

要求：运用运算符、表达式和常用内部函数编制窗体输出程序，观察并分析输出结果。在窗体上放置"显示"、"清除"和"退出"3 个命令按钮，单击"显示"按钮将在窗体上显示输出结果，单击"清除"按钮将清除显示结果，单击"退出"按钮将退出该程序。

2．编制"设置字体程序"

（1）要求：在文本框中显示一段文字，单击相应的命令按钮可以设置文本框中显示字体的样式和字体颜色。其中，字体样式可以设置为"宋体"、"隶书"和"黑体"，字体颜色可以设置为黑色、红色和绿色。

（2）应用程序设计界面如图 2-9 所示，运行界面如图 2-10 所示。

图 2-9　"设置字体程序"设计界面

图 2-10　"设置字体程序"运行界面

三、实训操作步骤

1．编制窗体输出程序

（1）在窗体上添加 3 个命令按钮 Command1 ~ Command3，在属性窗口中分别将 3 个命令按钮的 Caption 属性设置为"显示"、"清除"和"退出"。

（2）在代码窗口中输入如下代码：

```
Private Sub Command1_Click()
    Dim x As Integer,y As String,z As Double
    x=10:y="abc":z=3.14
    Print x^2+3*20
    Print -z
```

```
    Print x\4
    Print x/4
    Print x Mod 4
    Print x<=15 And y="abcd"
    Print x>=10 Or 4*7<>7
    Print "Micro" & "soft"
    Print 123 & "456"
    Print 123 + "456"
    Print Now
    Print Len("MyName=王青")
    Print LCase("ABCabc")
    Print Format(Time,"tttttAM/PM")
End Sub

Private Sub Command2_Click()
    Form1.Cls
End Sub

Private Sub Command3_Click()
    Unload Me    '或使用 End 语句
End Sub
```

（3）运行程序。单击"显示"按钮，窗体上显示的输出结果如图 2-11 所示。

图 2-11　窗体输出程序显示结果

2. 编制"设置字体程序"

设计步骤如下：

（1）设计应用程序界面。在窗体上添加 1 个文本框控件 Text1 和 6 个命令按钮控件 Command1 ~ Command6，按照表 2-12 设置各控件的属性，并按照图 2-9 调整各控件的大小和位置。

表 2-12　各控件的属性设置

对　象	属　性	属性设置值	说　明
Text1	Text	但愿人长久，千里共婵娟	文本框标题
	Alignment	2—Center	居中显示
Command1	Caption	宋体	命令按钮标题
Command2	Caption	隶书	命令按钮标题
Command3	Caption	黑体	命令按钮标题
Command4	Caption	黑色	命令按钮标题
Command5	Caption	红色	命令按钮标题
Command6	Caption	绿色	命令按钮标题

（2）编写应用程序代码。在代码窗口中编写事件过程代码如下：

```
Private Sub Command1_Click()
    Text1.FontName="宋体"
End Sub

Private Sub Command2_Click()
    Text1.FontName="隶书"
```

```
End Sub

Private Sub Command3_Click()
    Text1.FontName="黑体"
End Sub

Private Sub Command4_Click()
    Text1.ForeColor=vbBlack
End Sub

Private Sub Command5_Click()
    Text1.ForeColor=vbRed
End Sub

Private Sub Command6_Click()
    Text1.ForeColor=vbGreen
End Sub

Private Sub Form_Load()
    Text1.FontSize=12
Text1.FontBold = True
End Sub
```

（3）运行工程。单击"隶书"和"红色"命令按钮，将出现图 2-10 所示的字体显示效果。

（4）保存工程。

习题 2

1. Visual Baic 对于没有赋值的变量，系统默认值是什么？

2. 如果希望存储 1.2345 这样的数据且所需的内存最少，应使用何种数据类型？

3. 下列符号（   ）不能作为 VB 中的变量名。

    A. ABCD   B. E0065700   C. 123TWDFF   D. zxy

4. "x 是小于 105 的非负数"，用 VB 表达式表示正确的是（   ）。

    A. 0 < =x < 105   B. 0 < =x < 105

    C. 0 < =x And x < 105   D. 0 < =x Or x < 105

5. 数学式子 tg45° 写成 VB 表达式是（   ）。

    A. Tan(45°)   B. Tan(45)

    C. Tan(45 * 3.1415926 / 180)   D. Tan45

6. 写出下列函数的值。

    A. Int(−4.5)   B. Int(Abs(10−11)/2)

    C. Fix(−5.2)   D. Sqr(2^3)

    E. Sgn(5*2−2*6)   F. Right("vbName",4)

    G. Ucase("vbName")   H. Val("10   5th")

    I. Str("123.45")   J. Len("vbName")

7. 下列数据是何种类型的变量或常量？

    A. vbName   B. " vbName"   C. True   D. My

  E. "123"   F. "12/22/01"   G. #12/22/2001#   H. 12.3

8. 写出下列各表达式的值。

  A. 10>=2*4   B. "ABCD"<"ABCEF"

  C. "ABC"&"ABC"<>"ABC"   D. 13<>12 Or Not 15>19–2

  E. (–1 Or 1<>1)+1   F. Not 10–5<>5

  G. (–1 And 1<>1)–1   H. 3>5 And 4<9

9. 用布尔表达式表示下列命题。

  A. a 是 b 或 c 的倍数   B. a 是 1 ~ 1000 以内的偶数

  C. |a|>|b|或 a≤b   D. x∉ [1,5]且 x∉ [10,15]

10. 根据条件写出 VB 表达式。

  A. 随机产生一个 50 ~ 100 范围内（包括 50 和 100）的正整数。

  B. 随机产生一个"A" ~ "P"范围内（包括 A 和 P）的大写字母。

  C. 表示 x 是 3 或 13 的倍数。

  D. 表示 15≤x<20 的关系表达式。

11. 按照建立应用程序的基本过程，建立一个工程，其功能为在文本框中输出显示文字"欢迎来到 VB 大世界"。

12. 在窗体上添加一个标签框，要求在程序运行时，单击窗体则改变标签的背景色、前景色和标题，双击窗体则还原。

13. 在窗体上绘制一个文本框，要求在窗体调整大小时，保持文本框和窗体的比例不变。请编写事件代码。

第 3 章

基本程序控制结构

通过本章的学习

您将能够：

- 掌握顺序结构、选择结构和循环结构的程序设计。
- 掌握有关数据输入/输出的方法和函数。
- 掌握 InputBox 函数、MsgBox 函数和 MsgBox 语句的使用。
- 掌握 If 条件语句、Select Case 语句、Do...Loop 语句和 For...Next 语句的应用。

您应具有：

- 利用 Visual Basic 进行程序设计的基本能力。
- Visual Basic 典型函数和语句的应用能力。

结构化程序设计使程序具有结构良好、层次清晰、可读性好、容易修改和查错的特点。在 Visual Basic 6.0 中，基本的程序控制结构有 3 种：顺序结构、选择结构和循环结构。

3.1 顺序结构程序设计

顺序结构是程序设计中最简单、最常用的基本结构。在顺序结构中，各个程序段按照先后顺序依次执行，中间没有跳转语句，程序的执行顺序不会改变。顺序结构是任何程序的基本结构，即使在选择或循环结构中，也常以顺序结构作为其子结构。

顺序结构的语句包括赋值语句、数据输入/输出语句等，主要用于描述简单的动作，不能控制程序的执行顺序。

3.1.1 数据输出

Visual Basic 的数据输出包括文本信息输出和图形图像输出两种。

1. Print 方法

Print 方法可用于在对象上输出显示文本字符串或表达式的值。Print 方法的语法格式为：

```
[对象.] Print [Spc(n)|Tab(n)] [表达式] [分隔符]
```

说 明

（1）"对象"可以是窗体、图片框、打印机等。如果省略对象，则默认在窗体上输出。

（2）"表达式"可以是一个或多个数值表达式或字符串。对于数值表达式，将输出表达式的值；对于字符串，将按原样输出。如果省略表达式，将输出一个空行。输出数值数据时，前面将有一个符号位，后面有一个空格，而输出字符串时，前后都没有空格。

（3）"分隔符"可以是逗号或分号。当输出多个表达式时，各表达式之间要用","或";"隔开。使用","分隔符，则各输出项按标准输出格式显示，即以 14 个字符为单位将输出行分为若干区段，逗号以后的表达式在下一个区段输出。如果使用";"分隔符，则按紧凑格式输出，直接将插入点定位在上一个被显示的字符之后。如果省略分隔符，则 Print 方法将自动换行。

【例 3.1】使用 Print 方法在窗体上直接输出数值表达式或字符串的值，输出结果如图 3-1 所示。程序代码如下：

```
Private Sub Command1_Click()
  Print
  Print "2*3+4=";2*3+4
  Print
  Print "欢迎学习"
  Print ,"Visual"
  Print ,,"Basic"
  Print
  Print "    欢迎学习",
  Print "Visual";"Basic"
End Sub
```

图 3-1　例 3.1 运行结果

2. 与 Print 方法有关的函数

（1）Tab 函数：在 Print 方法中，可以使用 Tab 函数对输出进行绝对定位。其格式为：

Tab(n)

其中 n 为数值表达式，其值为一整数。使用 Tab 函数可以把显示或打印位置移到由参数 n 指定的列数，从此列开始输出数据。要输出的内容放在 Tab 函数后面。当在一个 Print 方法中有多个 Tab 函数时，每个 Tab 函数对应一个输出项，各输入项之间用分号隔开。例如：

Print Tab(5);"学号";Tab(15);"姓名"

通常最左边的列号为 1。如果当前的显示位置大于 n，则 Tab 将显示位置移动到下一个输出行的第 n 列上。如果 n 小于 1，则 Tab 将显示位置移动到第 1 列。如果 n 大于输出行的宽度，则 Tab 函数使用以下公式计算下一个打印位置：n Mod 行宽。

（2）Spc 函数：在 Print 方法中，还可以使用 Spc 函数对输出进行定位。与 Tab 函数不同，Spc 函数的作用是在显示或打印列表中的下一个表达式之前插入 n 个空格。其格式为：

Spc(n)

其中 n 为 0 ~ 32 767 之间的整数。Spc 函数与输出项之间用分号隔开。例如：

Print "ABC";Spc(5);"DEF"　　　　'输出 ABC　　　　DEF

当 Print 方法与不同大小的字体一起使用时，使用 Spc 函数打印的空格字符的宽度总是等于选用字体内以磅数为单位的所有字符的平均宽度。

Spc 函数与 Tab 函数的作用类似，可以互相代替。但应注意，Tab 函数从对象的左端开始计数，而 Spc 函数只表示两个输出项之间的间隔。除 Spc 函数外，还可以用 Space 函数，该函数与 Spc 函数的功能类似。

【例 3.2】使用 Tab 函数与 Spc 函数输出显示数据，输出结果如图 3-2 所示。

```
Private Sub Form_Click()
  Print
  Print "1+2+3=";1+2+3
  Print
  Print "你们好！";Spc(6);"欢迎大家！"
  Print
  Print "有朋自远方来";Tab(13);"不亦乐乎！"
End Sub
```

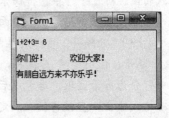

图 3-2　使用 Tab、Spc 函数输出显示数据

3．使用位置属性

位置属性 CurrentX 和 CurrentY 常用来把文本精确地输出到窗体、图片框或打印机上。这两个属性分别表示当前输出位置的横坐标与纵坐标。其格式为：

```
[对象.]CurrentX [=x]
[对象.]CurrentY [=y]
```

其中：x 为确定水平坐标的数值；y 为确定垂直坐标的数值。

【例 3.3】下面程序按指定尺寸、颜色和外观，把文本输出到窗体的中间，如图 3-3 所示。

程序代码如下：

```
Private Sub form_Click()
  Dim a As String,textW As Integer,textH As Integer
  FontName="隶书"
  FontSize=60
  ForeColor=vbRed
  BackColor=vbBlue
  a="你好"
  textW=TextWidth(a)/2
  textH=TextHeight(a)/2
  CurrentX=ScaleWidth/2-textW
  CurrentY=ScaleHeight/2-textH
  Print a
End Sub
```

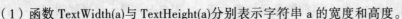

图 3-3　位置属性的应用

说明：

（1）函数 TextWidth(a)与 TextHeight(a)分别表示字符串 a 的宽度和高度。

（2）属性 ScaleWidth 与 ScaleHeight 分别表示窗体右下角的横坐标与纵坐标。

3.1.2　数据输入

在程序执行过程中可以有多种方式进行输入，采用文本框是最直接的方式。另外还可以通过输入对话框进行输入。

1．使用"文本框"控件进行输入

文本框（TextBox）是一种通用输入控件，可以由用户输入或输出显示文本信息。缺省时，文本框控件只能显示单行文本，若将该控件的 MultiLine 属性设置为 True，则可以实现多行文本显示。如果用户设置文本框控件的 PassWordChar 属性，则可以指定显示在文本框中的一串替代符号。例如将 PassWordChar 属性设置为"*"，则在文本框中输入"12345"时将只显示 5 个"*****"。此功能可以用于用户口令的输入。

【例 3.4】输入球的半径，然后计算并输出球的体积和表面积。

设计步骤如下：

（1）建立应用程序用户界面。

单击"文件" | "新建工程"，进入窗体设计器。建立 3 个标签控件 Label1 ~ Label3 和 3 个文本框控件 Text1 ~ Text3，增加 2 个命令按钮 Command1、Command2，设计界面如图 3-4 所示。

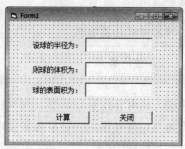

图 3-4　用户程序界面

（2）设置对象属性。

各控件对象的属性设置如表 3-1 所示。

表 3-1　文本框的主要属性

对　象	属　性	设计时属性值	说　明
Label1	Caption	设球的半径为：	标签控件的内容
Label2	Caption	则球的体积为：	标签控件的内容
Label3	Caption	球的表面积为：	标签控件的内容
Text1	Text	空白	文本框的内容
Text2、Text3	Text	空白	文本框的内容
	Alignment	1—Right Justify	文本内容右对齐
	Locked	True	文本内容只读
Command1	Caption	计算	按钮标题
Command2	Caption	关闭	按钮标题

（3）程序代码。

编写命令按钮 Command1 的 Click 事件代码如下：

```
Private Sub Command1_Click()
  Dim r As Single,v As Single,s As Single
  Const pi=3.14159
  r=Val(Text1.Text)
  v=4/3*pi*r^3
  s=4*pi*r^2
  Text2.Text=v
  Text3.Text=s
End Sub
```

编写命令按钮 Command2 的 Click 事件代码如下：

```
Private Sub Command2_Click()
  Unload Me
End Sub
```

（4）运行程序，结果如图 3-5 所示。

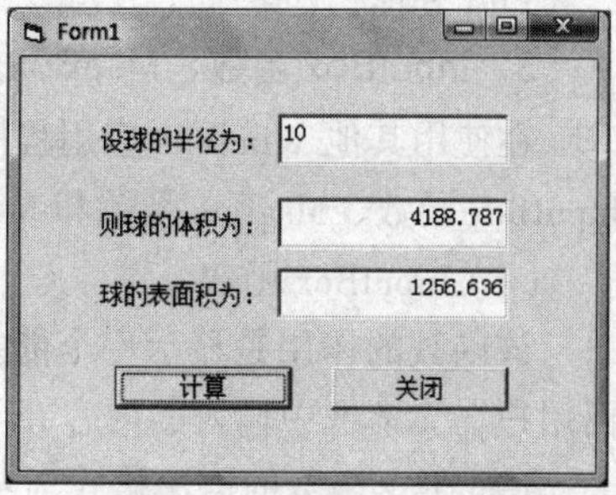

图 3-5　例 3.4 运行结果

说　明

转换函数 Val 将文本框中的输入内容转换为数值型数据。如果不用 Val 函数转换的话，将有可能计算有误。

2. 使用焦点

焦点（Focus）就是光标，当对象具有"焦点"时才能响应用户的输入，即对象可以接受用户键入的内容或鼠标单击。在 Windows 环境中，在同一时间只有一个窗口、窗体或控件能够获得焦点，具有焦点的对象通常会以突出显示标题或标题栏来表示。要使某个控件获得焦点，可以有三种方法：

（1）直接用鼠标单击这一控件。

（2）按 Tab 键以固定的次序在各控件之间移动焦点。

默认情况下，获得焦点的次序就是控件创建的次序，即先创建的先获得焦点。也可由 TabIndex 属性指定控件的次序。最先获得焦点的控件 TabIndex 属性值为 0，其余以此类推。

如果控件的 TabStop 属性设置为 False，则在运行中按 Tab 键选择控件时，将跳过该控件，并按焦点移动顺序把焦点移到下一个控件上。

（3）在代码中使用 SetFocus 方法使得某一控件获得焦点。

使用 SetFocus 方法的格式为：

`<对象名称>.SetFocus`

其中：对象名称必须是 Form 对象、MDIForm 对象或者能够接收焦点的控件。

调用 SetFocus 方法以后，用户的任何输入将指向获得焦点的窗体或控件。

注　意

只有可视的窗体或控件才能获得焦点。因为在窗体的 Load 事件完成前，窗体或窗体上的控件是不可视的。所以，如果不是在 Form_Load 事件过程完成之前，先使用 Show 方法显示窗体的话，就不能使用 SetFocus 方法将焦点移至正在加载的窗体上。

仅当控件的 Visible 和 Enabled 属性设置为 True 时，控件才能接受焦点。某些控件不能接受焦点，如标签、框架、计时器等。

例如可在例 3.4 的文本框 Text1 中调用 SetFocus 方法设置焦点，并添加如下程序代码：

```
Private Sub Form_Activate()
    Text1.SetFocus
End Sub
```

3. InputBox 函数、MsgBox 函数和 MsgBox 语句

在使用其他 Windows 应用程序时，经常会利用对话框和用户交换信息。在 VB 中，可以使用 InputBox 函数、MsgBox 函数和 MsgBox 语句实现这一交互过程。

（1）InputBox 函数

该函数的作用是显示一个能接受用户输入的对话框，等待用户输入正文或按下按钮，并返回用户在文本框中输入的内容，函数值的类型为 String 类型。

InputBox 函数的语法格式为：

变量=InputBox（<提示信息>[,<对话框标题>] [,<默认内容>]）

其中：<提示信息>为必选项。作为对话框消息出现的字符串表达式，最大长度大约为 1 024 个

字符，由所用字符的宽度决定。如果<提示信息>包含多个行，则可在各行之间用回车换行符来分隔。

<对话框标题>为可选项。显示对话框标题栏中的字符串表达式。如果省略<对话框标题>，则把应用程序名放入标题栏中。

<默认内容>为可选项。显示文本框中的字符串表达式，在没有其他输入时作为默认值。如果省略<默认内容>，则文本框为空。

 注　意

如果省略某些可选项，则必须加入相应的逗号分隔符。

【例 3.5】要求单击"输入"命令按钮后，显示提示您输入身份证号的对话框，并将输入内容保存在变量 strIDcard 中，如图 3-6 所示。

图 3-6　使用 InputBox 函数

设计步骤如下：

首先在窗体上添加一个命令按钮控件，将其 Caption 属性修改为"输入"。然后在代码窗口中输入如下的程序代码：

```
Private Sub Command1_Click()
Dim strIDcard As String, strText As String
    strText="请输入您的身份证号并单击"确定""&Chr(13)&Chr(10)&"重新填写请单击"取消""
    strIDcard=InputBox$(strText,"身份证号",123456789)
End Sub
```

如果单击"确定"按钮，则 strIDcard 的值为输入值"123456789"，单击"取消"按钮，则 strIDcard 的值为空字符串。

（2）MsgBox 函数和 MsgBox 语句

MsgBox 函数在对话框中显示信息，等待用户单击按钮，并返回一个整数以表明用户单击了哪个按钮。其语法格式为：

变量=MsgBox（<提示信息>[,<按钮>][,<标题>]）

若用户不需要返回值，则可以使用 MsgBox 语句。该语句的格式为：

MsgBox <提示信息>[,<按钮>][,<标题>]

其中：<提示信息>、<标题>的意义同 InputBox 函数。<按钮>为可选项，一般有 3 个参数，用来指定显示按钮的数目及形式、使用的图标类型、默认按钮等。3 个参数可以相加以达到所需要的样式。如果省略，则<按钮>的默认值为 0。<按钮>的设置值如表 3-2 所示。

说　明

第一组值（0～5）描述了对话框中显示的按钮的类型与数目；第二组值(16,32, 48, 64)描述了图标的样式；第三组值(0,256,512)说明哪个按钮是默认值，将这些数字相加以生成<按钮>参数值的时候，只能由每个分组取一个值。

例如：msg=Msgbox("请确认输入的数据是否正确！",3+48+0,"数据检查")

表 3-2　<按钮>设置值及其意义

分　组	系统常数	值	描　　述
按钮数目	vbOKOnly	0	只显示 OK 按钮
	vbOKCancel	1	显示 OK 及 Cancel 按钮
	vbAbortRetryIgnore	2	显示 Abort、Retry 及 Ignore 按钮
	vbYesNoCancel	3	显示 Yes、No 及 Cancel 按钮
	vbYesNo	4	显示 Yes 及 No 按钮
	vbRetryCancel	5	显示 Retry 及 Cancel 按钮
图标类型	vbCritical	16	显示 Critical Message 图标
	vbQuestion	32	显示 Warning Query 图标
	vbExclamation	48	显示 Warning Message 图标
	vbInformation	64	显示 Information Message 图标
默认按钮	vbDefaultButton1	0	第一个按钮是默认值
	vbDefaultButton2	256	第二个按钮是默认值
	vbDefaultButton3	512	第三个按钮是默认值

MsgBox 函数的返回值如表 3-3 所示。

表 3-3　MsgBox 函数的返回值

系统常数	返 回 值	描　　述
vbOK	1	确定
vbCancel	2	取消
vbAbort	3	终止
vbRetry	4	重试
vbIgnore	5	忽略
vbYes	6	是
vbNo	7	否

说　明

如果对话框显示<取消>按钮，则按下【Esc】键与单击 <取消> 按钮的效果相同。

【例 3.6】在例 3.5 中，如果要求在单击 InputBox 对话框中的"确定"按钮后，弹出图 3-7 所示的对话框，以便用户进行检查并做出如下选择：

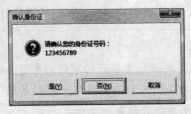

图 3-7　MsgBox 对话框的应用

单击"是"按钮：完成提交操作，显示如图 3-8（a）所示对话框，单击"确定"按钮结束程序。

单击"否"按钮：执行 Command1_Click 事件，重新显示图 3-6 所示的输入对话框。

单击"取消"按钮：没有提交操作，显示图 3-8（b）所示对话框，单击"确定"按钮结束程序。

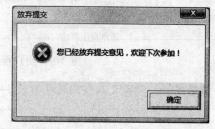

（a）"已经提交"对话框   （b）"放弃提交"对话框

图 3-8 "已经提交"和"放弃提交"对话框

修改后的 Command1_Click 事件代码为：

```
Private Sub Command1_Click()
 Dim intMsgin As Integer
 Dim strmsg As String
 strText="请输入您的身份证号并单击"确定""&Chr(13)&Chr(10)&"重新填写请单击"取消" "
 strIDcard=InputBox$(strText,"身份证号",123456789)
 strmsg="请确认您的身份证号码: "&Chr(13)&Chr(10)&strIDcard
 If strIDcard<>""Then
  intMsgin=MsgBox(strmsg,3+32+256,"确认身份证")
 End If
 Select Case intMsgin
   Case 6
     '...提交意见单的代码略
     MsgBox "您的意见已经提交，谢谢！",0+64,"已经提交"
   Case 7
     Command1_Click         '重新执行 Command1_Click 事件
   Case 2
     MsgBox "您已经放弃提交意见，欢迎下次参加！",0+16,"放弃提交"
 End Select
 End
End Sub
```

注 意

　　MsgBox 中的参数必须按语法格式要求规定的顺序提供参数值来表示，默认部分可用逗号分界符跳过。按钮值可以用系统常数组合来表示，也可以输入数值之和。

【例 3.7】密码校验程序。事先在程序中设定一个密码为"12345"。要求用户在一个文本框中输入密码，然后单击"校验密码"命令按钮，程序将核对用户输入的密码与实现设定的密码是否一致。

设计步骤如下：

（1）建立应用程序用户界面。

单击"文件|新建工程"命令，进入窗体设计器。建立 1 个文本框控件 Text1，增加 1 个命令按钮 Command1，设计界面及运行结果如图 3-9 所示。

（a）用户程序界面 　　　　　　　　　（b）运行结果

图 3-9　用户程序界面与运行结果

（2）设置属性：设置文本框的属性如表 3-4 所示。

表 3-4　文本框的主要属性

对　　象	属　　性	设计时属性值	说　　明
Text2、Text3	Text	空白	文本框的内容
	PasswordChar	*	输入密码时显示"*"
Command1	Caption	校验密码	按钮标题

（3）编写命令按钮 Command1 的代码如下：

```
Private Sub Command1_Click()
  Dim s1 As String
  Text1.SetFocus
  s1=Text1.Text
  If s1="12345" Then
      MsgBox "密码输入正确"
  Else
      MsgBox "密码输入错误，请重新输入"
  End If
End Sub
```

输入正确和输入错误时会弹出信息框如图 3-10 所示。

（a）密码输入正确 　　　　　　　　　（b）密码输入错误

图 3-10　信息框

3.2　选择结构程序设计

用顺序结构编写的程序比较简单，能够处理的问题类型有限。在实际应用中，有许多问题都要根据是否满足某些条件来选择程序下一步要执行的操作。选择结构程序设计恰好能满足这种需求，其特点是根据所给定的条件决定从各种可能的分支中执行某一分支的相应操作，从而控制程序执行的流程。

在 VB 中，实现选择结构的语句有 If 条件语句、Select...Case 语句等形式，这些语句的功能都是根据表达式的值有选择地执行一组语句。

3.2.1 If 条件语句

在条件语句中作为判断依据的表达式称为"条件表达式"。条件表达式的值为布尔值：真（True）或假（False）。在 VB 中，True 等价于-1，False 等价于 0。

If 条件语句有多种形式：单分支条件语句、双分支条件语句、多分支条件语句。

1. 单分支条件语句

单分支条件语句只有一个分支，可以有条件地选择执行一个或多个语句，其格式如下：

（1）If <表达式> Then <语句>

（2）If <表达式> Then

　　　　<语句块>

　　End If

其中：<表达式>通常是关系表达式、逻辑表达式和算术表达式，也可以是任何计算数值的表达式。Visual Basic 将这个值解释为 True 或 False。一个为零的数值为 False，而任何非零数值都被看做 True。<语句块>若用单行表示，只能是一句语句或复合语句（各语句之间用分号分隔），若用多行表示，可以是多句语句。

当<表达式>为 True 时，执行 Then 关键字后面的<语句块>，否则不执行任何操作，其流程图如图 3-11 所示。

图 3-11　单分支条件语句流程图

下面两条 If 语句等价：

（1）If x<y Then max=y

（2）If x<y Then

　　　　max=y

　　End If

> ### 注　意
>
> If...Then 语句的单行格式不用 End If 语句。如果 <表达式>为 True 时要执行多行代码，则必须使用 If...Then...End If 格式。例如：
>
> ```
> If  x<y Then
>     max=y
>     min=x
> End If
> ```

2. 双分支条件语句

双分支条件语句有两个分支，可以根据条件选择执行哪一个分支，每个分支可以有一个语句，也可以有多个语句，其格式如下：

（1）If <表达式> Then <语句 1> Else <语句 2>
（2）If <表达式> Then
      <语句块 1>
   Else
      <语句块 2>
   End If

当<表达式>的值为 True 时，执行 Then 后面的语句 1 或语句块 1，否则执行 Else 后面的语句 2 或语句块 2，其流程图如图 3–12 所示。

【例 3.8】编写程序，计算下面的分段函数。

$$y=\begin{cases} 1+x & x\geq 0 \\ 1-x & x<0 \end{cases}$$

设计步骤如下：

（1）建立用户界面及设置属性，运行结果如图 3–13 所示。

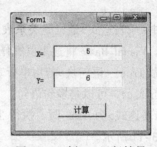

图 3–12　双分支条件语句流程图　　　　图 3–13　例 3.8 运行结果

（2）编写程序代码。

编写"计算"按钮的单击事件代码如下：

```
Private Sub Command1_Click()
  Dim x As Single,y As Single
  x=Val(Text1.Text)
  If x>=0 Then y=1+x Else y=1-x
  Text2.Text=y
  Text1.SetFocus
End Sub
```

上面的程序还可以写成块结构，形式如下：

```
Private Sub Command1_Click()
  Dim x As Single,y As Single
  x=Val(Text1.Text)
  If x>=0 Then
    y=1+x
  Else
    y=1-x
  End If
  Text2.Text=y
  Text1.SetFocus
End Sub
```

3. 多分支条件语句

多分支条件语句有多个分支，可以根据条件选择执行哪一个分支，其语句格式为：

```
If <表达式 1> Then
    <语句块 1>
```

```
ElseIf <表达式 2> Then
    <语句块 2>
    ...
[Else
    <语句块 n+1>]
End If
```

当程序运行到 If 语句时，首先测试<表达式 1>。如果条件为 True，则执行 Then 之后的语句块 1；如果条件为 False，Visual Basic 就测试<表达式 2>，如果条件为 True，就执行语句块 2；依此类推，直到找到一个为 True 的条件时，Visual Basic 就会执行在相关的 Then 之后的语句块。如果没有一个条件为 True，则程序会执行 Else 部分的语句块。在执行完 Then 或 Else 之后的语句块时，就从 End If 后面的代码继续执行。

> **注 意**
>
> （1）多分支结构是块结构，若某一个表达式条件成立时，就执行相应的操作。但不管有几个分支，程序执行完某个分支后，就会退出块结构，不再执行其他分支。
>
> （2）ElseIf 子句的数量没有限制。可以使用任意数量，也可以一个也不用。可以有一个 Else 子句，而不管有没有 ElseIf 子句

多分支条件语句的流程如图 3-14 所示。

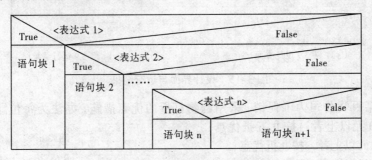

图 3-14 多分支条件语句流程图

【例 3.9】输入学生成绩，判断该学生成绩是"优秀"、"良好"、"中等"、"及格"、"不及格"，成绩标准如下：

$0 \leqslant C < 60$ 不及格；		$60 \leqslant C < 70$ 及格；
$70 \leqslant C < 80$ 中等；		$80 \leqslant C < 90$ 良好；
$90 \leqslant C \leqslant 100$ 优秀；		

设计步骤如下：

（1）建立应用程序用户界面，如图 3-15（a）所示。并按照表 3-5 设置对象属性。

表 3-5 控件属性值

控 件	属 性	设计时属性值
Label1	Caption	请输入成绩
Command1	Caption	判断

（2）编写程序代码如下：

```
Private Sub Command1_Click()
    ss=Val(Text1.Text)
```

```
    Text1.SetFocus
    If ss>=90 Then
      Label2.Caption="优秀"
    ElseIf ss>=80 Then
      Label2.Caption="良好"
    ElseIf ss>=70 Then
        Label2.Caption="中等"
    ElseIf ss>=60 Then
        Label2.Caption="及格"
    Else
        Label2.Caption="不及格"
    End If
End Sub
Private Sub Form_Load()
    Text1.Text=""
    Label2.Caption=""
End Sub
```

程序运行结果如图 3-15（b）所示。

（a）例 3.9 设计界面　　　　　　　（b）例 3.9 运行结果

图 3-15　设计界面与运行结果

【例 3.10】某百货公司为了促销，采用购物打折的优惠措施，办法为每位顾客一次购物：

（1）在 100 元以上者，按九五折优惠；

（2）在 200 元以上者，按九折优惠；

（3）在 300 元以上者，按八五折优惠；

（4）在 500 元以上者，按八折优惠；

编写程序，输入购物金额，计算并输出优惠价。

设计步骤如下：

（1）建立应用程序用户界面及设置对象属性，如图 3-16 所示。

（2）编写程序代码。

图 3-16　计算优惠价

编写按钮"计算"的单击事件代码如下：

```
Private Sub Command1_Click()
    Dim x As Single,y As Single
    x=Val(Text1.Text)
    If x<100 Then
      y=x
    ElseIf x<200 Then
      y=0.95*x
    ElseIf x<300 Then
      y=0.9*x
    ElseIf x<500 Then
      y=0.85*x
    Else
      y=0.8*x
```

```
      End If
      Text2.Text=y
   End Sub
```

4．If 语句的嵌套

上面学习了 If 语句的基本形式，可以通过这些基本形式加以复合，获得更为复杂的 If 语句，称为 If 语句的嵌套。一般形式如图 3–17 所示。图 3–18 为在 Else 块中嵌套 If 结构的形式。可根据实际情况选择采用何种结构。

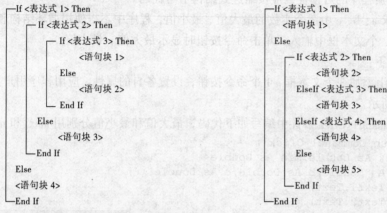

图 3–17　If 语句复合结构的一般形式　　　图 3–18　在 Else 块中嵌套 If 结构的形式

使用嵌套的 If 语句编写程序时，应该注意以下几点：

（1）If 语句嵌套的第一个语句必须是 If 语句，并且把 End If 语句作为该结构的结束语句。

（2）在 If 语句的嵌套结构中，若在 If 块、ElseIf 块和 Else 块中出现控制转移语句，则可在相应块内实现控制转移或控制转移到相应块外，但不能从当前块控制转移到其他 If 块、ElseIf 块和 Else 块内，如图 3–19 所示。

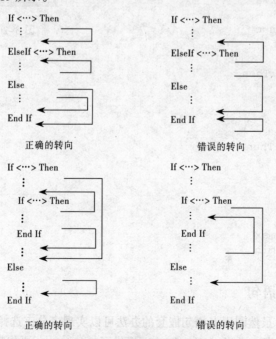

图 3–19　正确与错误的转向

（3）在 If 语句嵌套结构中，总是从最内层的 If...End If 语句开始组合一个正确的 If 结构，然后逐级向外扩展到外层。

（4）在 If 语句嵌套结构中，不管插入多少个 ElseIf 语句，他们均属于同一嵌套层且总出现在 If 语句和 End If 语句之间。

（5）任何一个 If 语句嵌套结构总是从它的 If 语句开始执行，不可能从某个 ElseIf 语句或 Else 语句开始执行。

（6）为了增强程序的可读性，应按缩进式结构书写代码。

【例 3.11】求 a、b、c 中 3 个实数的最大值、最小值，程序中不得使用循环结构和转向语句。a、b、c 三值从 3 个文本框中输入，单击命令按钮时显示最大值、最小值。

设计步骤如下：

（1）在窗体上添加 3 个文本框，1 个命令按钮，设置各自的属性。应用程序用户界面及运行结果如图 3-20 所示。

（2）在 Command1_Click 事件中编写如下代码，最大值和最小值分别用 max 和 min 表示。

```
Private Sub Command1_Click()
    Dim max As Double,min As Double
    Dim a As Double,b As Double,c As Double
    a=Val(Text1.Text)
    b=Val(Text2.Text)
    c=Val(Text3.Text)
    If(a<b) Then
        If(b<c) Then
            max=c
            min=a
        Else
            max=b
            If(a<c) Then
                min=a
            Else
                min=c
            End If
        End If
    ElseIf(a<c) Then
        max=c
        min=b
    Else
        max=a
        If(b<c) Then
            min=b
        Else
            min=c
         End If
    End If
    Text4.text=max
    Text5.text=min
End Sub
```

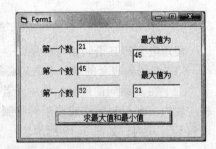

图 3-20　求 3 个数值的极值

3.2.2　Select Case 语句

从上面实例可知，虽然利用 If 语句嵌套的办法可以实现多分支选择，但如果嵌套层次太多，使用起来会感觉很不方便。为此，Visual Basic 提供了 Select Case 语句替代 If...Then...Else 语句，从而可在多个语句块中有选择地执行其中一个。而且对多条件选择的情况，Select Case 语句会使代码更加清晰、易读。Select Case 语句的格式为：

```
Select Case <测试表达式>
  [Case <表达式列表 1>
    [<语句块 1>]]
  [Case <表达式列表 3>
    [<语句块 2>]]
    ...
  [Case <表达式列表 n>
    [<语句块 n>]]
  [Case Else
    [<语句块 n+1>]]
  End Select
```

其中：<测试表达式>为数值型或字符串表达式；每个<表达式列表>是一个或几个值的列表，可以是表达式、枚举值、表达式 1 To 表达式 2、Is 关系运算表达式等几种形式。如果在一个列表中有多个值，就用逗号隔开；每一个<语句块>中含有零个到多个语句。

Select Case 选择结构执行的过程如下：

（1）计算<测试表达式>的值。

（2）将<测试表达式>的值与 Case 语句中的<表达式列表>中的每一个值逐一进行比较。如果与其中的一个值相匹配，则执行该语句中的<语句块>。如果不止一个 Case 与<测试表达式>相匹配，则只对第一个匹配的 Case 执行与之相对应的<语句块>。如果在表达式列表中没有一个值与测试表达式相匹配，则 Visual Basic 执行 Case Else 子句中的语句。最后执行 End Select 语句。

【例 3.12】使用 Select Case 语句改写例 3.9，同样用来判断学生成绩。修改"判断"按钮的代码如下：

```
Private Sub Command1_Click()
  ss = Val(Text1.Text)
  Text1.SetFocus
  Select Case ss
  Case Is>=90
    Label2.Caption="优秀"
  Case Is>= 80
    Label2.Caption="良好"
  Case Is>=70
    Label2.Caption="中等"
  Case Is>=60
    Label2.Caption="及格"
  Case Else
    Label2.Caption="不及格"
  End Select
End Sub
```

【例 3.13】使用 Select Case 语句改写例 3.10，同样用来计算优惠价格。修改"计算"按钮的代码如下：

```
Private Sub Command1_Click()
  Dim x As Single,y As Single
  x = Val(Text1.Text)
  Select Case x
      Case Is<100
          y=x
      Case Is<200
```

```
        y=0.95*x
    Case Is < 300
        y=0.9*x
    Case Is<500
        y=0.85*x
    Case Else
        y=0.8*x
    End Select
    Text2.Text=y
End Sub
```

3.2.3　条件函数 IIF

条件函数 IIF 用来实现比较简单的选择结构。其功能是根据测试表达式的值，返回两部分中的其中一个，或者为真值部分，或者为假值部分。其语法格式为：

IIF(<测试表达式>, <真值部分>, <假值部分>)

其中，"测试表达式"可以是关系表达式、逻辑表达式、数值表达式。如果用数值表达式进行测试，则非 0 为真，0 为假。"真值部分"和"假值部分"可以是任何表达式、变量和函数。

例如，求分段函数：

$$y = \begin{cases} 3x-2 & x<0 \\ x+5 & x \geqslant 0 \end{cases}$$

该分段函数可以简单地表示为：

y = IIf (x<0,3*x-2, x+5)

注　意

（1）条件函数 IIF 的 3 个参数都不能省略。

（2）虽然 IIF 函数只返回<真值部分>和 <假值部分>中的一个，但是两个部分都会计算。因此要注意到其副作用。例如，即使<测试表达式>为真，如果<假值部分>产生一个被零除错误，那么程序就会发生错误。

3.3　循环结构程序设计

在实际应用中，经常遇到一些操作并不复杂，但需要反复多次执行一组语句的问题，如统计某班的总成绩，求若干个数之和等。显然，反复编写这一部分程序会使程序变得庞大，降低程序的可读性。

解决这一问题的途径是使用循环结构。循环是指在程序设计中，从某处开始有规律地反复执行某一程序块。重复执行的一组语句或过程称为"循环体"。使用循环可以避免重复不必要的操作，简化程序，节约内存，提高效率。

Visual Basic 支持的循环结构有：Do...Loop、For...Next 等。无论何种类型的循环结构，都要注意循环体执行的循环条件并设置退出循环的条件，必须避免死循环。

3.3.1　Do...Loop 语句

用 Do 循环重复执行一语句块，且重复次数不定。Do...Loop 语句主要有两种形式：前测型循环结构与后测型循环结构，但每种都计算数值条件以决定是否继续执行。

1. 前测型 Do...Loop 循环

在前测型 Do...Loop 循环中，只要 <循环条件>为 True 就执行<循环体>，语法格式为：

```
Do [{While|Until} <循环条件>]
    <循环体>
Loop
```

> **说　明**
>
> （1）Do While...Loop 为当型循环语句。如果<循环条件>为 False 或 0，则终止循环。如果<循环条件>为 True 或非 0，则 VB 执行<循环体>，然后退回到 Do While 语句再测试条件。
>
> Do Until...Loop 为直到型循环语句，条件为 False 时执行<循环体>，为 True 时退出循环。
>
> （2）在 Do...Loop 循环中的任意位置可以放置 Exit Do 语句，随时跳出 Do...Loop 循环。

【例 3.14】编写程序，求 1+2+3+⋯+100 的累加和。

设计步骤如下：

（1）设计应用程序界面。

设计应用程序界面如图 3-21（a）所示，程序运行结果如图 3-21（b）所示。

（a）计算累加和界面

（b）计算累加和结果

图 3-21　例 3.14 程序界面和运行结果

（2）编写程序代码。

采用当型循环编写"求和"按钮的单击事件代码如下：

```
Private Sub Command1_Click()
  Dim sum As Integer,n As Integer
  sum=0:n=1
  Do While n<=100
    sum=sum+n
    n=n+1
  Loop
  Text2.Text="1+2+3+⋯+100="&sum
End Sub
```

还可以改为直到型循环结构，代码如下：

```
Private Sub Command1_Click()
  Dim sum As Integer,n As Integer
  sum=0:n=1
  Do Until n>100
    sum=sum+n
    n=n+1
  Loop
  Text2.Text="1+2+3+⋯+100="&sum
End Sub
```

【例 3.15】编写程序，利用下面的公式计算 π 的值，计算时要求最后一项的绝对值小于 0.000001。

$$\pi = 4 \times (1 - \frac{1}{3} + \frac{1}{5} - \frac{1}{7} + \cdots + (-1)^{n+1} \frac{1}{2n-1})$$

这是一个累加求和的问题，累加次数未定，可以使用 Do...Loop 循环来实现。用 x 表示每一项的值，用 sum 表示累加和，循环终止条件为 x<0.000001。

设计步骤如下：

（1）设计应用程序界面。

在窗体上添加 1 个标签控件 Label1、1 个命令按钮控件 Command1 和 1 个文本框控件 Text1，界面如图 3-22（a）所示，程序运行结果如图 3-22（b）所示。

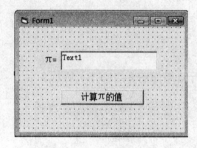
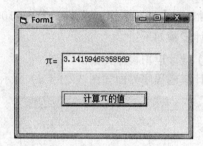

（a）程序界面   （b）运行结果

图 3-22 例 3.15 程序界面和运行结果

（2）编写程序代码。

采用当型循环编写"计算 π 的值"按钮的单击事件代码如下：

```
Private Sub Command1_Click()
  n=1
  sum=0
  x=1
  Do While Abs(x)>=0.000001
      x =(-1)^(n+1)/(2*n-1)
      sum=sum+x
      n=n+1
  Loop
  Text1.Text=4*sum
End Sub
```

还可以改为直到型循环结构，代码如下：

```
Private Sub Command1_Click()
  n=1
  sum=0
  x=1
  Do Until Abs(x)<0.000001
     x =(-1)^(n+1)/(2*n-1)
     sum=sum+x
     n=n+1
  Loop
  Text1.Text=4*sum
End Sub
```

2. 后测型 Do...Loop 循环

Do...Loop 语句的另一种形式是先执行<循环体>，在每次执行后再测试<循环条件>。称为后测型 Do...Loop 循环。这种形式保证<循环体>至少执行 1 次，其语法格式为：

```
Do
    <循环体>
Loop [{While | Until} <循环条件>]
```

 说　明

（1）Do...Loop While 语句为当型循环语句，当<循环条件>为真时执行循环体。条件为假时，终止循环。

Do...Loop Until 语句为直到型循环语句，当<循环条件>为假时继续循环。直到条件为真时，终止循环。

（2）可以用 Exit Do 语句随时跳出循环。

【例 3.16】使用后测型 Do...Loop 循环在文本框中显示 1~20 之内的所有整数。

设计步骤如下：

（1）设计应用程序界面

在窗体上添加 1 个文本框控件 Text1 和 1 个命令按钮控件 Command1，如图 3-23（a）所示，按照表 3-6 设置控件对象属性。程序运行结果如图 3-23（b）所示。

（a）程序界面　　　　　　　　　　　（b）运行结果

图 3-23　例 3.16 程序界面和运行结果

表 3-6　控件属性值

控　　件	属　　性	设计时属性值
Text1	Text	空白
	Multiline	True
Command1	Caption	显示

（2）编写程序代码。

采用当性循环语句编写窗体单击事件代码如下：

```
Private Sub Command1_Click()
    Dim i As Integer
    i=1
    Do
      Text1.Text=Text1.Text&i&","
      i=i+1
    Loop While i<=20
End Sub
```

还可以改为直到型循环结构，代码如下：

```
Private Sub Command1_Click()
   Dim i As Integer
   i=1
   Do
    Text1.Text=Text1.Text&i&","
   i=i+1
   Loop Until i>20
End Sub
```

3.3.2 For...Next 语句

在不知道循环体要执行多少次时，一般使用 Do...Loop 循环语句。但如果循环次数是已知的，这时最好使用 For...Next 循环。与 Do...Loop 循环不同，For...Next 循环使用一个循环变量，每循环一次之后，循环变量的值就会自动增加或者减少。For...Next 循环的语法如下：

```
For <循环变量> = <初值> To <终值> [Step <步长>]
    <循环体>
Next [<循环变量>]
```

 说　明

（1）参数<循环变量>、<初值>、<终值>和<步长>都是数值型的。

（2）<循环变量>为必要参数，该变量不能是数组元素。

（3）<步长>参数可正可负。如果<步长>为正，则只有当<初值>大于<终值>时，退出<循环体>，否则继续执行<循环体>。如果<步长>为负，则只有当<初值>小于<终值>时，退出<循环体>，否则继续执行<循环体>。如果没有设置<步长>，则<步长>默认值为1。

（4）可以在循环中的任何位置放置 Exit For 语句来随时跳出循环。

【例 3.17】利用 For...Next 语句求 n 的阶乘 $n!$。

在窗体上添加 1 个命令按钮控件 Command1，设置其 Caption 属性为"显示"，然后编写 Command1_Click 事件代码如下：

```
Private Sub Command1_Click()
  Dim i As Integer,s As Integer
  s=1
  n=Val(InputBox("输入自然数n"))
  For i=1 To n
    s=s*i
  Next
  Print s
End Sub
```

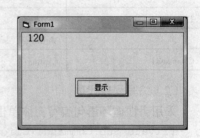

图 3-24　例 3.17 运行结果

运行程序，单击"显示"按钮，在弹出的输入对话框中输入一个自然数 n（例如 5），然后单击"确定"按钮，即可在窗体上看到结果如图 3-24 所示。

【例 3.18】利用 For 循环结构显示 1000 以内所有能被 37 整除的自然数。

（1）设计应用程序界面

在新建的窗体中增加 1 个文本框 Text1 和 1 个命令按钮 Command1。设置 Text1 的 MultiLine 属性为 True。应用程序界面及运行结果如图 3-25 所示。

（2）编写程序代码。

编写 Command1_Click 事件代码如下：

```
Private Sub Command1_Click()
  a=""
  For i=1 To 1000
    If i Mod 37=0 Then
        a=a&Str(i)&"  "
    End If
  Next
  Text1.Text=a
End Sub
```

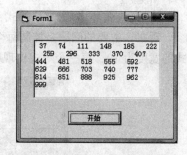

图 3-25　例 3.18 程序运行结果

3.3.3　循环嵌套

在一个循环体内又出现其他的循环语句称为循环嵌套。在使用循环嵌套时，应注意以下几点：

（1）内、外循环的循环变量不能同名。

（2）内循环必须完全处于外循环之中。不能出现任何交叉。

（3）循环语句如果出现在 If 语句、Select Case 语句中，则必须作为一个整体出现在条件语句的<语句块>中。

【例 3.19】分析下面程序的运行结果：

```
Private Sub Form_Click()
  Dim a As Integer,i As Integer,j As Integer
  a=0
  For i=1 To 5
    For j=-2 To 2
        a=a+i+j
    Next j
    Print a;
  Next i
  Print
  Print i,j,a
End Sub
```

上面程序真正用来计算的语句只有一条：a=a+i+j，显然它是用来求累加的语句。对每次内循环，j 的累加结果总是 0（-2+-1+0+1+2=0），因此该语句的作用只是对外循环变量 i 的值进行 5 次累加，每次累加的结果分别是 5，15，30，50，75。

退出循环后，循环变量的值为循环终值+步长，因此，最后 i、j 的值为 6 和 3。程序运行结果如图 3-26 所示。

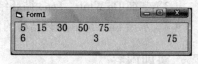

图 3-26　例 3.19 运行结果

【例 3.20】编程求图 3-27 所示的"乘法九九表"。

分析图 3-27 可知，如果将每一个乘式作为一个方阵的节点，则每一个等式出现的位置上行列的数字是相同的。因此，可以用如下嵌套的循环作为对一个节点的描述：

```
For i=1 to 9
  For j=1 to i
    <循环体>
  Next j
```

```
Next i
```
这里，<循环体>为乘法等式：expss=I &"×"& j & "=" & i*j。

现在，主要的问题是控制每个表达式出现的位置，可以用 Tab 函数来实现，假设给每个等式的宽度为 10，第一个等式出现在第 4 行，则 Tab 函数可以这样表示：Tab((j-1)*10+3);

图 3-27　乘法九九表

在窗体上添加 1 个命令按钮和 1 个 Pictrue 控件，编写 Command1_Click 事件的代码如下：

```
Private Sub Command1_Click()
  Dim i As Integer,j As Integer
  Dim expss As String
  For i=1 To 9
    For j=1 To i
      expss=i&"×"&j&"="&i*j
      Picture1.Print Tab((j-1)*10+3); expss;
    Next j
    Picture1.Print
  Next i
End Sub
```

实训 3　基本程序控制结构

一、实训目的

(1) 掌握顺序结构、选择结构和循环结构程序设计。

(2) 掌握单分支语句、双分支条件语句和多分支选择语句的使用。

(3) 掌握 Do While...Loop 循环结构的使用。

(4) 掌握 For...Next 循环结构的使用。

二、实训内容

1. 加、减、乘、除运算程序

要求：创建程序完成两个数的加、减、乘、除操作。

2. 数据排序程序

要求：利用 InputBox 函数输入 3 个不同的数，将它们从大到小排序。

3. 计算增加工资程序

要求：由基本工资计算增加后的工资。如果原工资大于等于 600 元，则增加原工资的 0.2 倍；

如果原工资大于等于 400 元而且小于 600 元，则增加原工资的 0.15 倍；其余则增加原工资的 0.1 倍。

4．根据月份和订票张数计算优惠率

要求：航空公司规定在旅游的旺季 7—9 月份，如果订票数超过 20 张，票价优惠 15%，20 张以下，优惠 5%；在旅游的淡季 1—5 月份、10 月份、11 月份，如果订票数超过 20 张，票价优惠 3%，20 张以下，优惠 2%；其他情况一律优惠 10%。要求输入月份，输入订票数量，计算出优惠率。

5．打印图形

要求：设计程序，打印出图 3-28 所示的图形。

图 3-28　第 5 题要打印的图形

6．显示满足要求的三位数

要求：求所有的三位数，它满足该数中有某两位为相同数字，且该数是一个完全平方数，并求出所有这些数的和。

三、实训操作步骤

1．加、减、乘、除运算程序

分析：本项目从文本框中读入数据，文本框中的内容是字符串类型，因此用 Val 函数把它强制转化成数字，然后再进行加、减、乘、除操作。在运算时要考虑到除数不能为 0。

（1）应用程序界面设计。

在窗体上添加 3 个标签控件、3 个文本框控件和 6 个命令按钮。设置属性如表 3-7 所示，完成后的界面如图 3-29 所示。

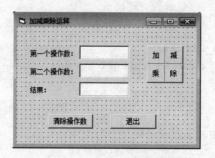

图 3-29　第 1 题设计界面

表 3-7　控件的主要属性设置

对　　象	属　　性	设计时属性值	说　　明
Form1	Caption	加减乘除运算	窗体 Form1 标题
Label1	Caption	第一个操作数：	标签控件标题
Label2	Caption	第二个操作数：	标签控件标题
Label3	Caption	结果：	标签控件标题
Text1、Text2、Text3	Text	空	文本框内容
Command1	Caption	加	命令按钮标题
Command2	Caption	减	命令按钮标题
Command3	Caption	乘	命令按钮标题
Command4	Caption	除	命令按钮标题
Command5	Caption	清除操作数	命令按钮标题
Command6	Caption	退出	命令按钮标题

（2）编写代码。

```
Private Sub Command1_Click()
Dim num1 As Integer, num2 As Integer
num1=Val(Text1.Text)
num2=Val(Text2.Text)
Text3.Text=num1+num2
End Sub

Private Sub Command2_Click()
Dim num1 As Integer, num2 As Integer
num1=Val(Text1.Text)
num2=Val(Text2.Text)
Text3.Text=num1-num2
End Sub

Private Sub Command3_Click()
Dim num1 As Integer, num2 As Integer
num1=Val(Text1.Text)
num2=Val(Text2.Text)
Text3.Text=num1*num2
End Sub
Private Sub Command4_Click()
Dim num1 As Integer, num2 As Integer
num1=Val(Text1.Text)
num2=Val(Text2.Text)
If num2 <> 0 Then
Text3.Text=num1/num2
Else
MsgBox "不能以 0 为除数"
End If
```

```
End Sub
Private Sub Command5_Click()
Text1.Text=""
Text2.Text=""
Text3.Text=""
Text1.SetFocus
End Sub
Private Sub Command6_Click()
Unload Me
End Sub
```

2. 数据排序程序

分析：先将 a 与 b 比较，把较大者放入 a 中，小者放入 b 中；再将 a 与 c 比较，把较大者放入 a 中，小者放 c 中，此时 a 为三者中的最大者；最后将 b 与 c 比较，把较大者放入 b 中，小者放 c 中，此时 a、b、c 已由大到小顺序排列。

（1）应用程序界面设计。

把窗体的 Caption 属性设置为"排序"，然后在窗体上添加 4 个标签控件、2 个命令按钮。设置属性如表 3-8 所示，完成后的界面如图 3-30 所示。

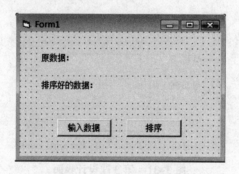

图 3-30　第 2 题设计界面

表 3-8　控件的主要属性设置

对　　象	属　　性	设计时属性值	说　　明
Label1	Caption	原数据：	标签控件标题
Label2	Caption	排序好的数据：	标签控件标题
Label3、Label4	Caption	空	标签控件标题
Command1	Caption	输入数据	命令按钮标题
Command2	Caption	排序	命令按钮标题

（2）编写代码。

```
Dim a As Integer, b As Integer, c As Integer
Private Sub Command1_Click()
a=InputBox("请输入第一个整数")
b=InputBox("请输入第二个整数")
c=InputBox("请输入第三个整数")
Label3.Caption=a&","&b&","&c
```

```
End Sub

Private Sub Command2_Click()
If b>a Then
    temp=a:a=b:b=temp
End If
If c>a Then
    temp=a:a=c:c=temp
End If
If c>b Then
    temp=b:b=c:c=temp
End If
Label4.Caption=a&","&b&","&c
End Sub
```

3. 计算增加工资程序

（1）应用程序界面设计。

在窗体上添加3个标签控件、1个文本框控件、1个命令按钮。设置属性如表3-9所示，完成后的界面如图3-31所示。

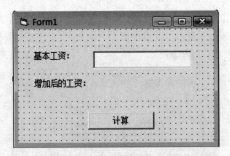

图 3-31　第 3 题设计界面

表 3-9　控件的主要属性设置

对　象	属　性	设计时属性值	说　明
Label1	Caption	基本工资：	标签控件标题
Label2	Caption	增加后的工资：	标签控件标题
Label3	Caption	空	标签控件标题
Text1	Text	空	文本框内容
Command1	Caption	计算	命令按钮标题

（2）编写代码。

```
Private Sub Command1_Click()
oldpay = Val(Text1.Text)
If oldpay >= 600 Then
    r = 0.2
ElseIf 400 <= oldpay < 600 Then
    r = 0.15
Else
```

```
    r=0.1
End If
newpay=oldpay*(1+r)
Label3.Caption=newpay
End Sub
```

4. 根据月份和订票张数计算优惠率

（1）应用程序界面设计。

在窗体上添加 4 个标签控件、1 个命令按钮、2 个文本框。设置属性如表 3-10 所示，完成后的界面如图 3-32 所示。

图 3-32　第 4 题设计界面

表 3-10　控件的主要属性设置

对　象	属　性	设计时属性值	说　明
Label1	Caption	请输入月份及订票数量：	标签控件标题
Label2	Caption	月份	标签控件标题
Label3	Caption	张	标签控件标题
Label4	Caption	空	标签控件标题
Text1、Text2	Text	空	文本框内容
Command1	Caption	计算优惠率	命令按钮标题

（2）编写代码。

```
Private Sub Command1_Click()
Dim m As Integer, n As Integer, r As Integer
m=Val(Text1.Text)
n=Val(Text2.Text)
Select Case m
    Case Is<=5, 10, 11
        If n<20 Then r=20 Else r=30
    Case 7 To 9
        If n<20 Then r=5 Else r=15
    Case Else
        r=10
End Select
Label4.Caption="所订机票的优惠率为："&Str(r)&"%"
End Sub


Private Sub Form_Load()
Text1.Text= Month(Date)
End Sub
Private Sub Text1_GotFocus()
Text1.SelStart=0    '返回选择文本的起始点或指明插入点的位置
Text1.SelLength=Len(Text1.Text)    '返回 text1 的字符数目
End Sub


Private Sub Text1_KeyPress(KeyAscii As Integer)    '判断是否输入回车
If KeyAscii=13 Then
    If Text1.Text>0 And Text1.Text<13 Then    '判断是否在 1～12 月之间
    Text2.SetFocus
```

```
    End If
  End If
End Sub
Private Sub Text2_GotFocus()
Text2.SelStart=0
Text2.SelLength=Len(Text2.Text)
End Sub

Private Sub Text2_KeyPress(KeyAscii As Integer)
If KeyAscii=13 Then
    If Text2.Text>0 Then Command1.SetFocus
    End If
End Sub
```

5. 打印图形

分析：利用 For 循环嵌套可实现打印图 3-28 所示的图形。外循环控制输出的行数，内循环控制一行中显示多少个*，注意，一行中的*是紧挨着的，用 Print 语句显示时应使用"；"。

（1）应用程序界面设计。

设置属性如表 3-11 所示。

表 3-11 控件的主要属性设置

对　象	属　性	设计时属性值	说　明
Form1	AutoRedraw	True	自动重画

（2）编写代码。

```
Private Sub Form_Click()
    For m=1 To 6                    '实现上三角的显示
      Print Tab(15-m);
      For n=1 To 2*m-1              '控制一行中显示多少个*，它是递增的
        Print "*";                 '一行中的*是紧挨着显示的，所以使用了；
      Next n
      Print
    Next m
For m=5 To 1 Step -1               '实现下三角的显示
    Print Tab(15-m);
    For n=1 To 2*m-1               '控制一行中显示多少个*，它是递减的
        Print "*";
    Next n
        Print
Next m
End Sub
```

6. 显示满足要求的三位数

编写代码如下：

```
Private Sub Form_Click()
Dim a As Integer
Dim b As Integer
Dim b1 As Integer, b2 As Integer, b3 As Integer
Dim sum As Integer
For a=10 To 31
```

```
    b=a*a                       'b 为一个完全平方数
    b3=b\100                    'b3 为百位
    b2=(b\10) Mod 10            'b2 为十位
    b1=b Mod 10                 'b1 为个位
    If b1=b2 Or b1=b3 Or b2=b3 Then    '判断是否该数中有某两位为相同数字
        Print a, b
        sum=sum+b
    End If
Next a
Print sum
End Sub
```
运行界面如图 3-33 所示。

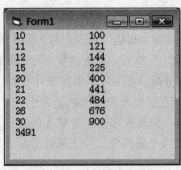

图 3-33   第 6 题运行界面

习题 3

1. 在命令按钮 Command1 的单击事件中编写如下代码：

```
Private Sub Command1_Click()
  a=InputBox("enter number1")
  b=InputBox("enter number2")
  Print a+b
End Sub
```

程序运行时，单击命令按钮 Command1，在打开的两个输入对话框中分别输入 1 和 2，写出输出结果。

2. 在命令按钮 Command1 的单击事件中编写如下代码：

```
Private Sub Command1_Click()
  Print Text1+Text2
End Sub
```

Text1 和 Text2 为窗体上的两个文本框。程序运行时，单击命令按钮 Command1，在 Text1 和 Text2 中分别输入 1 和 2，写出输出结果。

3. 下面的程序段执行时，语句 m=i+j 执行的次数是多少？最终 m 值是多少？

```
Private Sub Command1_Click()
  For i=1 To 5
    For j=5 To -5 Step -2
      m=i+j
    Next j
```

```
    Next i
  End Sub
```

4. 下面程序段执行后 a 的值是多少？

```
Private Sub Command1_Click()
    a=1:b=1
    Do While b<>5
      a=b-a:b=b+1
    Loop
End Sub
```

5. 编写程序，计算函数：

$$y = \begin{cases} 3n+2 & n<0 \\ 0 & n=0 \\ 2n-1 & n>0 \end{cases}$$

6. 某单位按如下方案分配住房：职称为高级，或者职称为副高级且工龄大于等于 20 年，分配四室二厅，职称为副高级且工龄小于 20 年，分配四室一厅，职称为中级且工龄大于等于 10 年，分配三室一厅，其余中级职称分配二室一厅。编程统计各类住房数和住房总数并显示输出。

7. 编写程序，连续输入 N 个值，直到输入非数值数据为止，求出其中的最大值和最小值。

8. 某次大奖赛，有七个评委打分，编写程序输出参赛者的得分，评分标准是对一名参赛者，输入七个评委的打分分数，去掉一个最高分、一个最低分后，求出平均分为该参赛者的得分。

9. 编写程序输出 50 以内的奇数。

10. 从 3 个文本框中输入 3 个数值，并判断能否构成一个三角形的三条边，若能，则显示三角形的特征（如等边三角形等）。

11. 如果要按图 3-34 所示显示"乘法九九表"，应如何修改例 3.20 的程序代码？

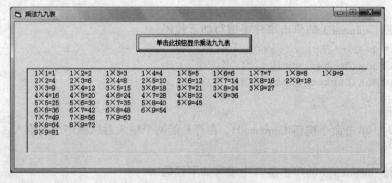

图 3-34　乘法九九表

第4章

数　组

通过本章的学习

您将能够：

- 掌握静态数组的声明、操作和使用。
- 熟悉动态数组的声明和使用。
- 掌握 For Each...Next 语句的使用。
- 掌握控件数组的概念，掌握建立控件数组的方法及其使用。
- 掌握自定义数据类型的使用

您应具有：

- 数组的使用能力。
- 自定义数据类型的应用能力。

在处理实际问题时，如果数据不太多时，使用简单变量就可以进行存取和处理，但事实上往往需要面对成批的数据，如果仍用简单变量进行存取和处理，就很不方便，甚至是不可能的。例如，需要处理 100 个学生某门课程的考试成绩，如果用简单变量来表示就很困难，这时就要使用数组。可以用 A_1，A_2，A_3，A_4，……，A_{100} 来分别代表每名学生的成绩，其中 A_1 代表第一个学生的成绩，A_2 代表第二个学生的成绩……显然，用一批具有相同名字、不同下标的变量来表示同一属性的一组数据，比用不同名字的变量能更方便、更清楚地表示它们之间的关系。在实际应用中，使用数组代表逻辑上相关的一批数据，用下标表示该数组中的元素，和循环语句结合使用，可以简化程序，方便操作，高效地解决这类问题。

综上所述，数组就是具有相同数据类型的元素所组成的集合，每个数组是用一个统一的名称表示的、顺序排列的一组变量。数组中的变量称为数组元素，用数字（下标）来标识它们，因此数组元素又称为下标变量。可以用数组名及下标唯一地标识一个数组元素，比如 A(5) 表示 A 数组中下标为 5 的数组元素。

4.1　数　组　概　述

当用户需要对多个具有相同数据类型的数据进行操作时，大多采用数组来处理。数组必须遵循先声明后使用的原则。声明一个数组就是声明其数组名、类型、维数和数组的大小。下标的个数决定数组的维数，各维下标之间用逗号分开。在 VB 中按下标个数的多少，有一维数组、二维数组和多维数组，最多可以达到 60 维。例如，定义学生成绩数组如下：

```
Dim mark(1 To 35) As Integer
```
就定义了一个一维数组，数组名为 mark，类型为整型，有 35 个元素，下标范围为 1 ~ 35，各元素依次为 mark(1)，mark(2)，…，mark(35)。在程序中一般只对某个具体的元素进行操作。

说　明

（1）数组名必须遵循 VB 关于标识符命名的规定。

（2）下标必须用括号括起来，不能把数组元素 A(5)写成 A5，后者是简单变量。

（3）下标可以是常数、变量或表达式。下标还可以是下标变量（数组元素），如 B(A(4))，若 A(4)=6，则 B(A(4))实际就是 B(6)。

（4）下标必须是整数，否则将被自动取整（舍去小数部分）。如 N(2.6)将被视为 N(2)。

（5）下标的最大和最小值分别称为数组的上界和下界。数组元素在上下界内是连续的。由于对每一个下标值都分配空间，所以声明数组的大小要适当。下标不能超过数组的上界和下界。

如在上面的程序中，打印第 5 个学生成绩的语句为：
```
Print mark(5)
```
在上例中如果有下列语句：
```
Print mark(36)
```
或
```
Print mark(0)
```
则程序运行时会显示"下标越界"出错信息。

数据有多种类型，相应的数组也有多种类型。可以声明任何基本数据类型的数组，包括用户自定义类型和对象变量。通常情况下，一个数组中的所有元素具有相同的数据类型。但数据类型为 Variant 时，各个元素能够包含不同类型的数据（对象、字符串、数值等）。

在 VB 中有两种类型的数组，一是固定大小的数组，它总是保持同样的大小，称为静态数组；二是在运行时可改变大小的数组，即动态数组。

4.1.1　静态数组

1. 数组的声明

在声明数组时，给定了数组元素个数的数组称为静态数组。静态数组声明的格式如下：
```
Public|Private|Dim 数组名([下界 to] 上界)  [As 类型]
```
例如：
```
Dim Mark(34) As Integer        '一维数组，有 35 个元素，下标从 0～34
Dim Arr(1 To 6)                '一维数组，有 6 个元素，下标从 1～6
Dim test(2,3) As Integer       '二维数组，有 3 行、4 列共 12 个数组元素
Dim M(3,4,5) As Double         '三维数组，有 4×5×6=120 个数组元素
```
如果没有指定下标下界，则下标下界默认为 0。下标下界也可以由 Option Base 语句设置，如在定义数组前，在 VB 的窗体或标准模块使用了如下语句：
```
Option Base 1
```
则下标下界默认为 1。

说　明

（1）只有在数组声明时，其中的下标说明数组的维数大小，而在其他情况下，则表示数组中的一个元素。

（2）在数组声明时，其中的下标只能是常数，在其他情况下下标可以是变量。

（3）数组的下界必须小于上界。

（4）如果不指明数组的类型，则默认为变体类型。

2. 数组的使用

在建立一个数组之后，就可以使用数组。使用数组就是对数组元素进行各种操作，例如：赋值、表达式运算、输入/输出等。对数组元素的操作就如同对简单变量的操作，但在引用数组元素时要注意以下几点：

（1）数组声明语句不仅定义数组，为数组分配存储空间，而且还能对数组进行初始化，使数值型数组元素初始化为 0，字符型数组初始化为空字符串等。

（2）引用数组元素时，数组名、数组类型和维数必须与数组声明时保持一致。下标值应在数组声明时所指定的范围之内，不能越界。

（3）在同一过程中，数组与简单变量不能同名。

【例 4.1】 随机产生 10 个两位数，找出其中的最大值、最小值和平均值。

设计步骤如下：

（1）建立应用程序用户界面并设置对象属性。在窗体中添加 1 个框架控件 Frame1、3 个标签控件 Label1 ~ Label3、3 个文本框控件 Text1 ~ Text3、3 个命令按钮 Command1 ~ Command3，激活 Frame1 后，在其中添加一个标签 Label4，并修改各个控件的属性，界面如图 4-1（a）所示。运行结果如图 4-1（b）所示。

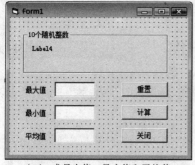
（a）求最大值、最小值和平均值

（b）运行结果

图 4-1　例 4.1 设计窗体

（2）编写代码。

由于要在不同的过程中使用数组，所以在模块的通用段声明数组：

```
Dim a(1 To 10) As Integer
```

随机整数的生成由窗体的 Load 事件代码完成：

```
Private Sub Form_Load()
  Dim p As String
  Randomize
  p=""
```

```
    For i=1 To 10
      a(i)=Int(Rnd*90)+10
      p = p&Str(a(i))&","
    Next
    Label4.Caption=p
End Sub
```

求最大值、最小值和平均值由"计算"按钮 Command2 的 Click 事件代码完成：

```
Private Sub Command2_Click()
    Dim n As Integer,m As Integer,s As Single
    Min=100:Max=10:s=0
    For i=1 To 10
      If a(i)>Max Then Max=a(i)
      If a(i)<Min Then Min=a(i)
        s=s+a(i)
    Next
    Text1.Text=Max
    Text2.Text=Min
    Text3.Text=s/10
End Sub
```

"重置"按钮 Command1 的 Click 事件代码为：

```
Private Sub Command1_Click()
    Form_Load
    Text1.Text=""
    Text2.Text=""
    Text3.Text=""
End Sub
```

"关闭"按钮 Command3 的 Click 事件代码为：

```
Private Sub Command3_Click()
    Unload Me
End Sub
```

【例 4.2】由计算机随机产生 10 个互不相同的数, 然后将这些数按由小到大的顺序排列显示, 如图 4-2（a）所示, 程序运行结果如图 4-2（b）所示。

（a）比较排序

（b）比较排序结果

图 4-2　例 4.2 设计窗体

分析：这是一个排序问题, 我们采用"比较排序法"。设随机产生的 10 个数存放在数组 A 中, 分别用 A(1) ~ A(10)表示。排序时, 第 1 轮先将 A(1) 与 A(2)比较, 若 A(2)>A(1), 则维持原顺序不变；若 A(2)<A(1), 则将 A(2) 和 A(1) 的值互换, A(1) 存放较小数, 再将 A(1) 分别与 A(3)… A(10)比较, 并且依次做出同样的处理, 将这 10 个数中的最小数放入 A(1) 中。

第 2 轮，将 A(2) 分别与 A(3)…A(10) 比较，按照第 1 轮同样的处理方法，将余下的 9 个数中的最小数放入 A(2) 中。

继续进行第 3 轮、第 4 轮……直到第 9 轮后，余下的 A(10) 自然就是 10 个数中的最大数。至此，10 个数已从小到大按顺序排列在 A(1) ~ A(10)中。

设计步骤如下：

（1）建立应用程序用户界面并设置对象属性，如图 4-2 所示。

（2）编写代码。

在例 4.1 的基础上做如下修改即可。由于要对 10 个随机数排序，故这 10 个随机数应互不相同，所以修改 Form_Load 事件代码如下：

```
Private Sub Form_Load()
  Dim p As String
  Randomize
  p=""
  For i=1 To 10
     Do
        X=Int(Rnd*90)+10
        yes=0
        For j=1 To 10
           If X=a(j) Then yes=1:Exit For
        Next
     Loop While yes=1
     a(i)=X
     p=p&Str(a(i))&","
  Next
  Label1.Caption=p
  Label2.Caption=""
End Sub
```

其中变量 X 用来存放产生的 10 个随机整数，变量 yes 作为标志。如果 X 与已放入数组中的某个数相同，则标志 yes 为 1，否则为 0。当第 2 层 Do...Loop 循环结束且标志 yes=0 时，可以把随机数放入数组之中，即 a(i)=X。

编写"排序"按钮 Command2 的 Click 事件代码为：

```
Private Sub Command2_Click()
  For i=1 To 9
     For j=i+1 To 10
        If a(i)>a(j) Then
           t=a(i):a(i)=a(j):a(j)=t
        End If
     Next
  Next
  p=Str(a(1))
  For i =2 To 10
     p=p&","& Str(a(i))
  Next
  Label2.Caption=p
End Sub
```

编写"重置"按钮 Command1 的 Click 事件代码为：

```
Private Sub Command1_Click()
  Form_Load
End Sub
```

4.1.2 动态数组

定义数组后，为了使用数组，必须在内存中为数组开辟所需要的存储空间。静态数组在定义时，已经指定了上、下界。这样，数组的大小在定义时就已经确定下来。但有时可能事先无法确认到底需要多大的数组，而希望在运行时改变数组的大小，这就要用到动态数组。动态数组在程序运行时才给数组开辟存储空间，当程序没有运行时，动态数组不占据内存。动态数组灵活、方便，有助于有效利用内存。例如，可在短时间内使用一个较大的数组，占用较多的存储空间，然后在不使用这个数组时，将存储空间释放给系统，这种情况下只能使用动态数组。

1. 动态数组的定义

动态数组的定义，通常分为两步：首先在窗体模块、标准模块或过程中声明一个没有下标的数组（括号不能省略），然后在过程中用 ReDim 语句指明该数组的实际大小。ReDim 语句的格式如下：

```
ReDim [Preserve] 数组名(下标[,下标2…])
```

其中，下标可以是常量，也可以是有了确定值的变量。例如，在窗体层声明如下数组：

```
Option Base 1
Dim this() As String
```

然后编写如下事件过程：

```
Private Sub Command1_Click()
  ReDim this(4)
  this(2)="Microsoft "
  Print this(2)
  ReDim this(6)
  this(5)="Visual Basic"
  Print this(5)
End Sub
```

在事件过程中，开始时用 ReDim 定义的数组 this 有 4 个元素，然后再一次用 ReDim 把 this 数组定义为 6 个元素。但是应注意，不能同时用 ReDim 改变数组的类型。例如，下面的程序是错误的：

```
Private Sub Command2_Click()
  ReDim this(4)
  this(2)="Microsoft "
  Print this(2)
  ReDim this(6) As Integer
  this(5)=200
  Print this(5)
End Sub
```

 说　明

（1）ReDim 语句只能出现在过程中。与 Dim 语句、Static 语句不同，ReDim 语句是一个可执行语句，由于这一语句，应用程序在运行时执行一个操作。

（2）ReDim 语句能改变数组的上、下界，但不能改变数组的维数。

（3）声明动态数组的时候并不指定数组的维数，数组的维数由第一次出现的 ReDim 语句指定。

（4）在过程中，可以多次使用 ReDim 语句定义同一个数组，随时修改数组中元素的个数，但每次使用 ReDim 语句都会使原来数组中的值丢失，可以在 ReDim 语句后加 Preserve 参数来保留数组中的数据。

ReDim 语句定义的数组实际是一个"临时"数组,即执行数组所在的过程时,为该数组开辟一定的内存空间,当过程结束时,这部分内存空间即被释放。

2．动态数组的应用

【例4.3】编写程序,输出杨辉三角形(又称 Pascal 三角形)。

分析:杨辉三角形中的各行是二项式$(a+b)^n$展开式中各项的系数。其算法为:

A(i,j)= A(i-1,j-1)+ A(i-1,j)

设计步骤如下:

(1)建立应用程序用户界面并设置对象属性,如图 4-3(a)所示,程序运行结果如图 4-3(b)所示。

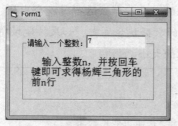

(a) 应用程序用户界面 　　　　(b) 程序运行结果

图 4-3　例 4.3 设计窗体

(2)编写代码。

在窗体模块的通用段声明一个动态数组:

```
Dim a() As Integer
```

编写文本框 Text1 的 KeyPress 事件代码如下:

```
Private Sub Text1_KeyPress(KeyAscii As Integer)
  Dim n As Integer
  If KeyAscii=13 Then
    n=Text1.Text
    ReDim a(n,n)
    For i=1 To n
       a(i,1)=1:a(i,i)=1
    Next
    p=Format(1,"!@@@@")&Chr(13)
    p=p&Format(1,"!@@@@")&Format(1,"!@@@@@")&Chr(13)
    For i=3 To n
       p=p&Format(a(i,1),"!@@@@")
       For j=2 To i-1
          a(i,j)=a(i-1,j-1)+a(i-1,j)
          p=p&Format(a(i,j),"!@@@@@")
       Next
       p=p&Format(a(i,i),"!@@@@@")&Chr(13)
    Next
    MsgBox p,o,"杨辉三角形"
  End If
End Sub
```

3．保留动态数组的内容

我们用 ReDim 语句定义动态数组的大小,但每次使用 ReDim 语句时,当前存储在数组中的值将全部丢失。VB 会将数值型数组的所有数组元素置为 0,字符串数组的所有数组元素置为空字符串或 Empty(对 Variant 数组)。

有时希望改变数组大小而不丢失原数组的数据，VB 提供了 Preserve 关键字来做到这点。如果在 ReDim 语句中使用了 Preserve 关键字，即可在重定义数组最末维的大小同时，仍保留数组中的内容，例如：

```
ReDim X(10,10,10)
    …
ReDim Preserve X(10,10,15)
```

就可以在动态数组 X 增加其最末维大小的同时，又不清除其中所含的任何数据。

> **说　明**
>
> （1）使用 Preserve 关键字，只能改变多维数组中最后一维的上界，而不能改变下界或多维数组的维数。如果改变了其他维或最后一维的下界，那么运行时就会出错。
>
> （2）如果将数组改小，则被删除的元素中的数据就会丢失。如果按地址将数组传递给某个过程，就不要在该过程内重定义该数组各维的大小。

【例 4.4】ReDim 和 Preserve 语句的使用。

程序代码如下：

```
Dim a() As Integer                      '声明可变长数组a()
Private Sub Picture1_Click()
  Dim i As Integer, j As Integer
  ReDim a(2,2)                          '指明数组的大小
  For i=0 To 2
    For j=0 To 2
      a(i,j)=i*2+j+i+1                   '为每个元素赋值并在图片框上显示
      Picture1.Print "a("; i; ","; j; ")="; a(i,j); " ";
    Next j
    Picture1.Print                      '换行
  Next i
  ReDim Preserve a(2,3)                 '重新指明数组的大小，并保留原来的值
  Picture1.Print "----------------------------------------------"
  For i=0 To 2
    a(i,3)=i
  Next i
  For i=0 To 2                          '在图片框上显示改变后的数组
    For j=0 To 3
      Picture1.Print "a("; i; ","; j; ")="; a(i,j); " ";
    Next j
    Picture1.Print
  Next i
End Sub
```

程序运行时，单击图片框，运行结果如图 4-4 所示。

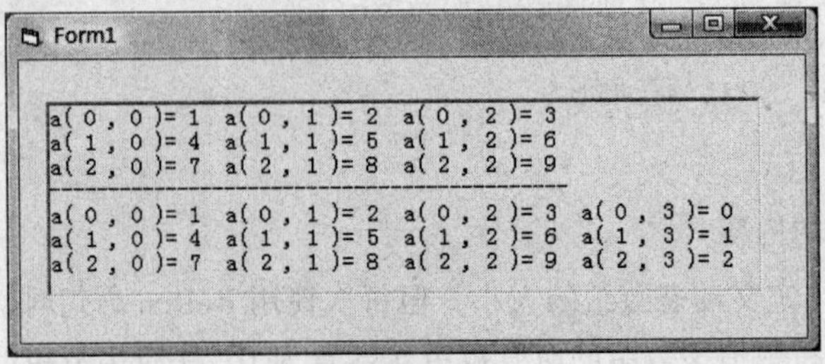

图 4-4　例 4.4 程序运行结果

【例 4.5】设计学生成绩录入程序，界面和程序运行结果如图 4-5 所示。当单击"输入成绩"按钮时，在 InputBox 对话框中输入学生人数，然后在对话框中依次输入不超过学生人数的几个成绩。再次单击"输入成绩"按钮将追加学生人数和成绩。单击"显示成绩"按钮将显示学生成绩、平均成绩和未输入成绩的人数。

程序代码如下：

```
Dim mark%(),aver%,k%,n%
Private Sub inputmark(k,n,aver)          '输入成绩的子过程
    Do While k<n
        markx=InputBox("输入第"&k+1&"位学生的成绩","数据输入")
        If markx="" Then Exit Do
        k=k+1:mark(k)=markx:aver=aver+markx
    Loop
End Sub
Private Sub Command1_Click()
    Dim m$
    m=InputBox("请输入学生人数")
    If m<>"" Then              '学生人数不为 0 时执行
      n=k+CInt(m)
        ReDim Preserve mark(1 To n)
        Call inputmark(k,n,aver)
    End If
End Sub
Private Sub Command2_Click()
    Print "已经输入的学生成绩为:"
    For i=1 To n
        Print mark(i);
        If i Mod 10 =0 Then Print
    Next
    Print
    Print "有";n-k; "个学生的成绩没有输入"
    Print "平均成绩为";aver/n
End Sub
```

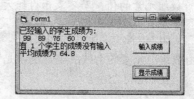

图 4-5　学生成绩统计程序运行结果

注意程序中 k 值决定数组元素的下标。程序运行时，第一次单击"输入成绩"按钮，输入人数 3，此时数组确定为 3 个元素，实际输入 2 个成绩赋给第 1、2 个元素后（k=2），第二次单击"输入成绩"按钮，输入人数 3，此时数组确定为 5 个元素，实际也输入 2 个成绩赋给第 3、4 个元素（k=4），但是数组还是有 5 个元素。单击"显示成绩"按钮，将输出 5 个元素的值，最后一个元素的值为 0。

4.1.3　For Each…Next 语句

For Each…Next 语句与 For…Next 语句类似，两者都用来执行固定重复次数的一组语句，但 For Each…Next 语句专用于数组或对象集合，对数组或对象集合中的每一个元素重复一组语句，而不是重复某语句一定的次数。For Each…Next 循环非常适合于不知道一个集合有多少元素的情况。For Each…Next 语句的格式为：

```
For Each <成员> In <数组>
    [<语句组>]
    [Exit For]
```

```
Next  [<成员>]
```

（1）<成员>是一个 Variant 变量。可以在 For Each...Next 语句中重复使用，它实际上代表数组或对象集合中的每一个元素。

（2）<数组>仅仅是一个数组名，没有括号和上、下界，也没有循环初值和终值。

（3）For Each...Next 语句重复执行的次数由数组中元素的个数确定。

（4）For Each...Next 语句不能与用户自定义类型的数组一起使用，因为 Variant 不可能包含用户自定义类型。

（5）不能使用 For Each...Next 语句对数组元素做赋值操作，因为语句中的<成员>表示数组元素的值，而不表示数组元素本身。

用 For Each...Next 语句可以对数组元素进行处理，包括查询、显示或读取。它所重复的次数由数组中元素的个数决定，也就是说，数组中有多少个元素，就自动重复执行多少次。例如：

```
Dim s(1 To 6)
For Each x In s
    Print x;
Next
```

上面程序中的 Print 语句重复 6 次（因为数组 s 有 6 个元素），每次输出数组的一个元素的值。这里的 x 类似于 For...Next 循环中的循环控制变量，但不需要为其提供初值和终值，而是根据数组元素的个数确定执行循环体的次数。此外，x 的值处于不断变化之中，开始执行时，x 是数组第一个元素的值，执行完一次循环体后，x 变为数组第 2 个元素的值……，当 x 为最后一个元素的值时，执行最后一次循环。

在数组操作中，For Each...Next 语句比 For...Next 语句更方便，因为它不需要指明循环的条件。

【例 4.6】建立一个数组，并通过 Rnd 函数为每个数组元素赋予一个 1～100 之间的整数。然后用 For Each...Next 语句输出值大于 50 的元素，求出这些元素的和。如果遇到值大于 90 的元素，则退出循环。

```
Dim aa(1 To 20)
Private Sub Form_Click()
  For i=1 To 20
    aa(i)=Int(Rnd*100)
  Next i
  For Each x In aa
    If x>50 Then
      Print x;
      s=s+x
    End If
    If x>90 Then Exit For
  Next x
  Print
  Print s
End Sub
```

4.2 控件数组

如果在程序中用到一些类型相同且功能相似的控件，则可将这些控件视为一个数组——控件数组。控件数组是具有相同名称、类型以及事件过程的一组控件，这些控件共用一个相同的控件名，即所有元素的 Name 属性必须相同，且具有相同的属性设置。数组中的每个控件都有唯一的索引号（即下标），下标值由 Index 属性指定。也就是说，控件数组的名字由 Name 属性指定，而数组中的每个元素则由 Index 属性指定。与普通数组一样，控件数组的下标也放在圆括号中，例如 Command1(0)。

控件数组适用于若干个控件执行相同操作的场合，其中每一个控件共享相同的事件过程。当数组中的一个控件识别某一事件时，它将调用此控件数组的相应事件过程，并把相应索引号作为参数传递给事件过程。例如，假定一个控件数组含有 4 个命令按钮，则不管单击哪一个，都会调用同一个 Click 过程。

为了区分控件数组的各个元素，VB 把下标值传递给一个过程。例如，假设在窗体上建立了两个命令按钮，将他们的 Name 属性都设置为 a。设置完第一个按钮的 Name 属性后，如果再设置第二个按钮的属性，则 VB 会弹出一个对话框，如图 4-6 所示，询问是否要建立控件数组。此时单击对话框中的“是”按钮，对话框消失，然后双击窗体上的第一个命令按钮，打开程序代码窗口，可以看到事件过程中加入了一个下标（Index）参数，即

```
Private Sub a_Click(Index As Integer)
End Sub
```

现在，不管单击哪一个命令按钮，都会调用这个事件过程，按钮的 Index 属性将传递给过程，由它指明按下了哪一个按钮。

在建立控件数组时，VB 给每个元素赋一个下标值，通过属性窗口中的 Index 属性，可以知道这个下标值是多少。可以看到，第一个命令按钮的下标值为 0，第二个为 1。在设计阶段，可以改变控件数组元素的 Index 属性，但不能在运行时改变。

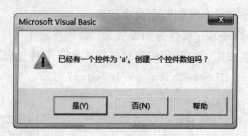

图 4-6 创建控件数组对话框

另外，若要在程序运行时创建新控件，则新控件必须是控件数组的成员。使用控件数组时，每个新成员继承数组的公共事件过程。没有控件数组机制是不可能在程序运行时创建新控件的，因为新控件不具有任何事件过程。控件数组解决了这个问题，每个新控件都继承了为控件数组编写好的事件过程。

4.2.1 控件数组的建立

控件数组可以通过以下两种方法来建立：

（1）给控件起相同的名称。步骤如下：

① 在窗体上画出作为数组元素的各个控件。

② 单击要包含到数组中的某个控件，将其激活。

③ 在属性窗口中选择"（名称）"属性，并输入控件的名称。

④ 对每个要加到数组中的控件重复②、③步，输入与第③步中相同的名称。

当对第二个控件输入与第一个控件相同的名称后，Visual Basic 将显示一个对话框，询问是否确实要建立控件数组。单击"是"按钮将建立控件数组，单击"否"按钮则放弃建立操作。

（2）利用复制控件的方法。步骤如下：

① 在窗体上画出一个控件，将其激活。

② 执行"复制"命令，将该控件放入剪贴板。

③ 执行"粘贴"命令，将显示一个对话框，询问是否建立控件数组。

④ 单击对话框中的"是"按钮，窗体的左上角将出现一个控件，它就是控件数组的第二个元素。

⑤ 重复执行"粘贴"命令，建立该控件数组的其他元素。

控件数组建立后，只要改变某一个控件的 Name 属性，并把其 Index 属性置为空（不是 0），就能把该控件从控件数组中删除。

4.2.2 控件数组的使用

控件数组元素通过数组名和括号中的下标来引用。例如建立含有两个命令按钮控件数组 a，当单击第一个命令按钮时，将第二个按钮的 Caption 属性更改为"你好"，则代码如下：

```
Private Sub a_Click(Index As Integer)
  a(1).Caption="你好"
End Sub
```

【例 4.7】建立含有 3 个命令按钮的控件数组，当单击某个命令按钮时，分别执行不同的操作。

（1）在窗体上建立一个命令按钮，并把其 Name 属性设置为 Cmdtest，然后用"编辑"菜单中的"复制"命令和"粘贴"命令复制两个命令按钮。

（2）把 3 个命令按钮的 Caption 属性分别设置为"命令按钮 1"、"命令按钮 2"、"退出"。

（3）双击任意一个命名按钮，打开代码窗口，输入如下事件过程：

```
Private Sub Cmdtest_Click(Index As Integer)
    FontSize=12
    If Index=0 Then
        Print "单击第一个命令按钮"
    ElseIf Index=1 Then
        Print "单击第二个命令按钮"
    Else
        End
    End If
End Sub
```

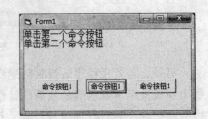

图 4-7　例 4.7 程序运行结果

程序运行结果如图 4-7 所示。

【例 4.8】编程实现如图 4-8 所示的简易计算器。

设计步骤如下：

（1）界面设计：新建工程，在窗体上创建 1 个框架 Frame1，选中 Frame1 后，在其中增加 1

个文本框控件、2 个命令按钮控件数组 Cmdnum(0) ~ Cmdnum(10)、Cmdop(0) ~ Cmdop(3)和 1 个命令按钮 Cmdeq。

（2）属性设置。设置 Text1 的"对齐方式"属性 Alignment 为 1—Right Justify。文本设为空；设置 Cmdnum(0) ~ Cmdnum(10)的 Caption 属性为"0"、"1"、"2"、"3"、"4"、"5"、"6"、"7"、"8"、"9"、"."；设置 Cmdop(0) ~ Cmdop(3)的 Caption 属性为"+"、"-"、"*"、"/"；设置 Cmdeq 的 Caption 属性为"="。

完成属性设置后的窗体如图 4-8 所示。

（3）编写程序代码：

```
Dim x As Double                           'x 存放第一个操作数
Dim y As Double                           'y 存放第二个操作数
Dim op As String                          'op 存放运算符
Private Sub cmdeq_Click()                 '运算符（=）的单击事件
  y=Val(Text1.Text)
  Select Case op
    Case "+"
      Text1.Text=x+y
    Case "-"
      Text1.Text=x-y
    Case "*"
      Text1.Text=x*y
    Case "/"
      If y<>0 Then
      Text1.Text=x/y
      Else
      Text1.Text="err"
      End If
  End Select
End Sub
Private Sub cmdnum_Click(Index As Integer) '数字键（0～9）及小数点的单击事件
  Text1.Text=Text1.Text+cmdnum(Index).Caption
End Sub
Private Sub cmdop_Click(Index As Integer)
  op=cmdop(Index).Caption                 '运算符（+-*/）的单击事件
  x=Val(Text1.Text)
  Text1.Text=""
End Sub
```

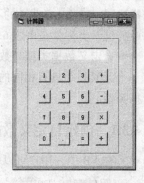

图 4-8　简易计算器

4.3　自定义数据类型

在 VB 中，可以用系统提供的标准数据类型定义变量。但在实际工作中，常见的并不都是孤立的数据项，而是由两个或两个以上的基本数据项组成的组合数据项。例如，学生对象由学号、姓名、性别、语文成绩、英语成绩、数学成绩……总成绩、平均成绩等基本项组成，这些基本项无法用一种数据类型描述。为此，系统提供了用户自定义数据类型的方法。假设某班的学生基本情况如表 4-1 所示。

表 4-1　学生基本情况表

学　号	姓　名	性别	出生日期	班　级	宿　舍
00001	李利	女	1985 年 3 月 9 日	99231	宿 5–310
00002	张卫华	男	1986 年 6 月 2 日	99231	宿 8–514
00003	陈小娟	男	1985 年 5 月 12 日	99231	宿 9–510
00004	赵红	女	1985 年 10 月 21 日	99231	宿 5–312

表 4–1 中每列的数据类型相同，都是前面介绍过的基本数据类型，在每一行中却有着不同的数据类型。虽然使用 VB 的 Variant 数组允许数组内的元素有不同的数据类型，但比较浪费存储空间。此时，VB 允许将基本数据类型组合起来，创建用户自定义的数据类型。

自定义数据类型又称为"记录类型"，类似于 C 语言中的结构体。它是一个由若干个基本数据类型的数据项组合而成的组合项。如表 4–1 中的每一列都是基本数据类型的数据项，分别描述同一对象（学生）的不同属性，称为"字段"，学号、姓名、性别等称为"字段名"。表 4–1 中的记录类型就是由这 6 个字段组成，其中每个学生的具体属性值称为"记录"。

自定义数据类型与数组一样是由多个数据项组成，但它与数组的最大区别是：数组中的每一个元素必须具有相同的数据类型，而自定义数据类型中的每一个数据项却可以具有不同的数据类型。

4.3.1　创建自定义数据类型

在 VB 中，用户可以利用 Type 语句在模块的声明部分创建自定义数据类型，其格式为：

```
[Private|public]  Type  自定义数据类型名
    字段名  As  类型名
    …
End Type
```

> **说　明**
>
> （1）Public 用于声明可在所有模块的任何过程中使用的自定义数据类型，Private 用于声明只能在本模块中使用的自定义数据类型。
>
> （2）字段名为自定义数据类型中的一个数据项，类型名为基本数据类型名或自定义数据类型名。
>
> （3）字段名可以是字符串，但必须是定长字符串。
>
> （4）自定义数据类型必须在标准模块或窗体模块的声明部分定义，在标准模块中定义时默认为 Public。在窗体模块的声明部分定义时，必须在关键字 Type 前加上 Private 关键字。

例如，创建一个有关学生成绩的自定义数据类型。

```
Private  Type  studentrec
   stunum  as string*6      '"学号"元素为定长 6 个字符的定长字符串型
   name  as string*8        '"姓名"元素为定长 8 个字符的定长字符串型
   credit  as single        '"成绩"元素为单精度型
End Type
```

4.3.2 建立和使用自定义数据类型变量

1. 建立自定义数据类型变量

用户数据类型定义后，在程序中可以像使用基本数据类型那样使用它。可以用 Dim、Static 等语句建立一个具有这种数据类型的变量。例如，定义一个具有 studentrec 类型的变量 stu 的语句为：

```
Dim stu as studentrec
```

2. 使用自定义数据类型变量

如果要存取自定义数据类型变量中的某个字段的数据，其格式如下：

```
<自定义数据类型变量>.<字段名>
```

例如要存取自定义数据类型变量 stu 中 name 字段的数据，可写为：

图 4-9 例 4.9 运行结果

```
stu.name
```

【例 4.9】把数据值分别赋给 stu 变量中的各个字段。

设计步骤如下：

建立应用程序用户界面，程序运行结果如图 4-9 所示。

首先在窗体模块的通用段创建自定义数据类型：

```
Private Type studentrec
    stunum As String *6
    name As String *8
    credit As Integer
End Type
```

编写命令按钮"显示"的 Click 事件代码如下：

```
Private Sub Command1_Click()
    Dim stu As studentrec
    stu.stunum="00001"
    stu.name="王 平"
    stu.credit=65
    Text1.Text=stu.stunum
    Text2.Text=stu.name
    Text3.Text=stu.credit
End Sub
```

4.3.3 自定义数据类型数组

自定义数据类型也可以作为数组元素的数据类型。如果一个数组中元素的数据类型是自定义数据类型，则称为"自定义数据类型数组"或"记录数组"。

与建立自定义数据类型变量一样，可以用 Dim、Static 建立一个具有这种数据类型的数组。例如，创建一个拥有 100 个元素的数组 student 的语句如下：

```
Dim student(1 to 100) as studentrec
```

使用自定义数据类型数组的某个字段数据的格式为：

```
<自定义数据类型数组>.<字段名>
```

【例 4.10】假设某班有 50 个学生，定义一个包含 50 个元素的自定义数据类型数组，并给第 32 位学生赋值。

首先在窗体模块的通用段创建用户定义类型：

```
Private Type studentrec
    stunum as String * 5
    names as String * 8
    credit as Integer
    avg as Single
End Type
```

编写命令按钮 Command1 的 Click 事件代码如下：

```
Private Sub Command1_Click
    Dim Student(1 to 50) As studentrec
    studentrec(32).stunum="00511"
    studentrec(32).names="王芳"
    studentrec(32).credit=65
    studentrec(32).avg=88
    text1.text=studentrec(32).stunum
    text2.text=studentrec(32).names
    text3.text=studentrec(32).credit
    text4.text=studentrec(32).avg
End Sub
```

实训 4   数组的使用

一、实训目的

（1）掌握数组的声明和数组元素的引用。

（2）掌握静态数组、动态数组和控件数组的使用。

（3）掌握 For Each...Next 语句的使用。

（4）能够运用数组解决一些复杂问题。

二、实训内容

1. 编制计算学生平均成绩的程序

要求：使用输入对话框 InputBox 输入 20 个学生的成绩，然后计算平均成绩。

2. 数组排序程序

要求：随机产生 10 个 10~100 之间的两位整数，将这 10 个数显示在窗体上。然后按照由小到大的顺序排列，将排列好的数据再显示在窗体上。

3. 设计"模拟计算器"程序

要求：该"模拟计算器"能够实现加、减、乘、除混合运算，能够清除错误输入，能够进行小数运算。

三、实训操作步骤

1. 编制计算学生平均成绩的程序

按照题目要求设计如下：

（1）在窗体上添加 2 个命令按钮 Command1 和 Command2、2 个标签控件 Label1 和 Label2、2 个文本框控件 Text1 和 Text2，应用程序界面如图 4-10 所示，然后按照表 4-2 设置它们的属性。

表 4-2　各控件的属性设置

对　象	属　性	属性设置值	说　明
Text1	Text	空	文本框标题
	Multiline	True	实现多行显示
Text2	Caption	空	文本框标题
Command1	Caption	输入学生成绩	命令按钮标题
Command2	Caption	计算平均成绩	命令按钮标题
Label1	Caption	学生成绩为:	标签控件标题
Label2	Caption	平均成绩为:	标签控件标题

（2）在代码窗口中输入如下代码：

```
Dim a(1 To 20) As Integer          '在程序通用声明段声明数组a(1 to 20)
Private Sub Command1_Click()       '输入 20 个学生成绩
    Dim i As Integer
    For i=1 To 20
        a(i)=InputBox("请输入学生成绩", , "输入学生成绩")
    Next i
    Text1.Text=""
    For i=1 To 20
        Text1.Text=Text1.Text & a(i) & ","
    Next i
End Sub

Private Sub Command2_Click()       '计算平均成绩
Dim s As Single,i As Integer
s=0
For i=1 To 20
    s=s+a(i)
Next
Text2.Text=s
End Sub
```

（3）运行程序。单击"输入学生成绩"按钮，将出现 20 个输入对话框，分别输入 20 个学生成绩，这些成绩将显示在文本框 Text1 中。单击"计算平均成绩"将在文本框 Text2 中显示学生成绩的平均值。程序运行结果如图 4-11 所示。

图 4-10　应用程序界面

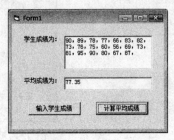

图 4-11　程序运行结果

2. 数组排序程序

（1）按照题目要求，编制数组排序程序如下：

```
Private Sub Form_Click()
```

```
        Dim a(1 To 10) As Integer
        Dim i As Integer,j As Integer
        Randomize (0)
        For i=1 To 10
            a(i)=Int(Rnd*90+10)
            Print a(i);" ";
        Next i
        Print
        Print
        Print "排序后: "
        Print
        For i=1 To 9
            For j=i+1 To 10
                If a(i)>a(j) Then
                m=a(j):a(j)=a(i):a(i)=m
                End If
            Next
            Print a(i);" ";
        Next
        Print a(10)
    End Sub
```

（2）运行工程。单击窗体将出现图 4-12 所示的数组排序结果。

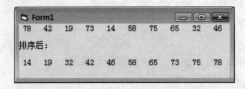

图 4-12　数组排序结果

3. 设计"模拟计算器"程序

"模拟计算器"程序界面如图 4-13 所示。

图 4-13　"模拟计算器"程序界面

其设计步骤为：

（1）在窗体上添加 1 个文本框控件 Text1 和 17 个命令按钮控件，这 17 个命令按钮构成 1 个控件数组，然后按照表 4-3 设置各控件的属性。其中 C 键用来清除错误输入。

表 4-3　各控件的属性设置

对　象	属　性	属性设置值	说　明
Text1	Text	空	文本框标题
Command1(0)	Caption	0	命令按钮标题
Command1(1)	Caption	1	命令按钮标题
Command1(2)	Caption	2	命令按钮标题
Command1(3)	Caption	3	命令按钮标题
Command1(4)	Caption	4	命令按钮标题
Command1(5)	Caption	5	命令按钮标题
Command1(6)	Caption	6	命令按钮标题
Command1(7)	Caption	7	命令按钮标题
Command1(8)	Caption	8	命令按钮标题
Command1(9)	Caption	9	命令按钮标题
Command1(10)	Caption	.	命令按钮标题
Command1(11)	Caption	=	命令按钮标题
Command1(12)	Caption	＋	命令按钮标题
Command1(13)	Caption	－	命令按钮标题
Command1(14)	Caption	×	命令按钮标题
Command1(15)	Caption	÷	命令按钮标题
Command1(16)	Caption	C	命令按钮标题

（2）在代码窗口中输入如下代码：

```
Dim Num1,Num2 As Single
Dim Runsign As Integer              '存储运算符号
Dim SignFlag As Boolean             '判断是否已有运算符号
Dim firstNum As Boolean

Private Sub Command1_Click(Index As Integer)
  Select Case Index
    Case 0 To 9
    If firstNum Then
        Text1.Text=Str(Index)
        firstNum=False
    Else
        Text1.Text=Text1.Text&Index
    End If
    Case 12 To 15
        firstNum=True
        If SignFlag Then                '前面已有运算符未运算
            Num2=Val(Text1.Text)
            Call Run
        Else
            SignFlag=True
            Num1=Val(Text1.Text)
        End If
```

```
            Runsign=Index-11            '存储键入的运算符
        Case 10                         '处理小数点
            If firstNum Then            '如果是第一个字符
                Text1.Text="0."
                firstNum=False
            Else
                Text1.Text=Text1.Text&"."
            End If
        Case 11
            Num2=Val(Text1.Text)
            Call Run
            SignFlag=False
        Case Else                       '清除按钮
            Call ClearData
    End Select
End Sub
Sub Run()
  Select Case Runsign
    Case 1                              '加法
      equal=Num1+Num2
    Case 2                              '减法
      equal=Num1-Num2
    Case 3                              '乘法
      equal=Num1*Num2
    Case 4                              '除法
      equal=Num1/Num2
    End Select
    Num2=Str(equal)
    Num1=Num2
    Text1.Text=Str(Num2)
End Sub
Sub ClearData()
  Num1=0
  Num2=0
  firstNum=True
  Runsign=0
  SignFlag=False
  Text1.Text="0"
End Sub
Private Sub Form_Load()
  Num1=0
  Num2=0
  firstNum=True
  Runsign=0
  SignFlag=False
End Sub
```

习题 4

1. 静态数组和动态数组有何区别？在声明静态数组以及重定义动态数组时是否可以用变量表示下标？

2. 写出以下程序的输出结果。

```
Dim a
A=Array(1,2,3,4,5,6,7,8)
For i=Lbound(A) To 5
A(i)=A(i)*A(i)
Next i
Print A(i)
```

3. 利用一维数组统计某班学生 0～9、10～19、20～29、……、90～99 及 100 各分数段的人数。

4. 设计程序随机产生 64 个 100～999 范围内的整数，存放在 8×8 数组中，然后找出该数组中最大值的元素（若有多个最大值元素，只需找出其中一个），并输出数值及行号和列号（行号和列号都从 1 算起）。

5. 设某班共 10 名学生，为了评定某门课程的奖学金，按规定超过全班平均成绩 10%者发给一等奖，超过全班成绩 5%者发给二等奖。试编写程序，输出应获奖学金的学生名单（包括姓名、学号、成绩、奖学金等级）。

6. 某数组有 20 个元素，元素的值由键盘输入，要求由前 10 个元素与后 10 个元素互换。即第 1 个元素与第 20 个元素互换，第 2 个元素与第 19 个元素互换，……，第 10 个元素与第 11 个元素互换。输出数组原来各元素的值和互换后各元素的值。

7. 设计一个程序，计算键盘输入的课程成绩的最高分、平均分、总分，运行界面如图 4-14 所示。

8. 设银行定期存款年利率为：1 年期 2.25%，2 年期 2.43%，3 年期 2.7%，5 年期 2.88%（不计复利）。今有本金 a 元，5 年以后使用，共有以下 6 种存法：
   - 存 1 次 5 年期；
   - 存 1 次 3 年期，1 次 2 年期；
   - 存 1 次 3 年期，2 次 1 年期；
   - 存 2 次 2 年期，1 次 1 年期；
   - 存 1 次 2 年期，3 次 1 年期；
   - 存 5 次 1 年期。

分别计算以上各种存法 5 年后到期的本息合计，界面如图 4-15 所示。

图 4-14　运行界面

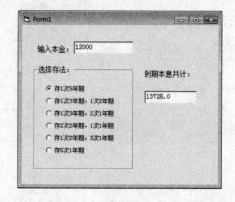

图 4-15　计算银行定期存款利率

9. 某校召开运动会。有 10 人参加男子 100 米短跑决赛，运动员号码和成绩如表 4-4 所示，试设计一个程序，按成绩排名次。

表 4-4　运动员号码和成绩

运动员号码	成绩/s	运动员号码	成绩/s
11	12.6	22	15.1
23	13.8	06	13.1
16	14.1	15	13.2
19	12.9	26	11.9
20	12.2	03	14.9

10. 将一个包含 10 个学生、4 门课程成绩数据的用户定义数组按平均分数从大到小排序，然后显示排序结果。

11. 设有如表 4–5 所示的人员名册。

表 4-5　人员名册

姓　　名	性　别	年　龄	文化程度	籍　贯
王一民	男	24	本科	河北
张经世	男	30	高中	天津
李鸣鸣	女	25	硕士	北京
……	……	……	……	……

　　试编写一个程序，对该名册进行检索。程序运行后，只要在键盘上输入一个人名，就可以在屏幕上显示出这个人的情况。例如，输入"王一民"，则在屏幕上输出：

　　王一民　　男　24　本科　　河北

　　要求：

（1）使用动态数组，输入的人数可以根据实际情况改变。

（2）当检索名册中没有要检索的人名时，输出相应信息。

（3）每次检索结束后，询问是否继续检索，根据输入的信息确定是否结束程序。

第5章

过　程

通过本章的学习

您将能够：

- 掌握过程的不同分类。
- 掌握事件过程、Sub 过程和 Function 过程的定义和调用方法。
- 掌握参数传递的方法。
- 掌握过程的作用域。
- 了解过程的嵌套和递归调用。

您应具有：

- 过程的使用能力。
- 在过程之间进行参数传递的能力。

对于一个复杂的应用问题，根据结构化程序设计的原则，往往要把它逐层细分成一个个简单的问题去解决，也就是将一个复杂的问题"模块化"，把一个复杂的任务按功能分成若干个小的模块，每个模块只完成某个特定的功能。这些模块通过执行一系列的语句来完成一个特定的操作过程，这些小的模块就可以称为"过程"。Visual Basic 应用程序是由过程组成的，利用过程来完成特定的任务，可以使程序更清晰，更有条理，也更容易理解和实现。

使用过程来进行程序设计的主要优点在于：

- 简化程序设计。使用过程，可以把一个规模较大的程序分解为若干独立的程序单元，使程序的结构更加清晰，从而便于编写、调试和维护。
- 提高代码的复用率。在 VB 中，可将许多重复执行的操作写成过程，然后在需要执行此操作的地方可直接调用该过程，从而实现了代码重用，提高了程序的效率。

5.1　过程的分类

按照过程的提供方式，可以把 VB 中的过程分为两类，一类是内部过程，另一类是外部过程。内部过程是由系统提供的、不需要用户编写、可直接用过程名调用的程序段，如各种内部函数。

系统提供的一些方法（如 Print 方法）等都可以理解为内部过程。外部过程是由用户根据自己的需要定义和编写的，可供事件过程多次调用的程序段。

按照过程的作用方式，还可以把 VB 中的过程分为事件过程和通用过程。事件过程是当发生某个事件（如 Click、Load）时，对该事件做出响应的程序代码。事件过程构成 VB 应用程序的主体。

有时，多个不同的事件过程因为执行相同的任务，所以要用到一段相同的程序代码，为了避免代码重复，可以把这一段代码独立出来作为一个过程，这样的过程称为"通用过程"。它独立于事件过程之外，可以单独建立，供事件过程或其他通用过程调用。和事件过程不同，通用过程一般是由用户根据需要来编写的，通常是一段用来完成某项特定任务的代码。它不与任何特定的事件相关联，也不能自动执行，必须由其他过程来调用。事件过程和通用过程的语法格式类似，区别是调用方式不同。通用过程并不是由对象的某种事件激活，也不依附于某一具体的控件对象。

通用过程可以定义在窗体模块和标准模块中。一般来说，我们都是将一些过程共用的代码组成一个通用过程，当程序中需要时就调用该过程，以此来提高代码利用率，同时也便于应用程序的维护。

在 Visual Basic 6.0 中，根据过程是否有返回值，可把通用过程进一步分为：子程序过程（又称 Sub 过程）和函数过程（又称 Function 过程）两种。它们的主要区别是 Sub 过程无返回值，故 Sub 过程不能出现在表达式中，且不具有数据类型；而 Function 过程有返回值，故具有一定的数据类型，能够返回一个相应数据类型的值，可以像变量一样出现在表达式中。

5.2 事 件 过 程

事件过程通常和窗体、控件等对象相关联，当 Visual Basic 中的某个对象发生事件时，VB 会自动调用该对象的事件过程。例如，Command1_Click() 就是一个事件过程。

事件过程只能放在窗体模块中，是由 Visual Basic 自动生成的，用户不能增加或删除，即事件过程不能由用户任意定义，而是由系统指定。事件过程又可分为控件事件过程和窗体事件过程。控件事件过程的语法为：

```
Private Sub <控件名>_<事件名> （[形参表]）
    ….
End Sub
```

窗体事件过程的语法为：

```
Private Sub Form_<事件名> （[形参表]）
    ….
End Sub
```

事件过程可以在"代码窗口"中创建。从"对象下拉列表框中"选择一个对象，从"事件下拉列表框"中选择一个事件，就可以获得一个事件过程模板，该模板能将正确的事件过程名和参数包括进来，用户只需添加具体的程序代码即可。

5.3 Sub 过程

Sub 过程可以被调用，也可以获取参数，执行一些语句来获得所要的结果。它和 Function 过程的区别是 Sub 过程执行完毕后没有返回值。

5.3.1　Sub 过程的定义

定义 Sub 过程有两种方法：直接在"代码窗口"中定义或使用"添加过程"对话框。

1. 在"代码窗口"中定义

在"代码窗口"中定义 Sub 过程的一般格式为：

```
[Public | Private] [Static] Sub <过程名>([<形参表>])
    [<语句块 1>]
    [Exit Sub]
    [<语句块 2>]
End Sub
```

> **说　明**
>
> （1）可以将通用过程放入标准模块、类模块或窗体中。如果定义通用过程时选用 Public（公用的），则该通用过程可以在所有模块中使用，这意味着在应用程序中可随处调用它们；如果选用 Private（私有的），则只有该过程所在模块中的程序才能调用该通用过程。系统默认为 Public。
>
> （2）<过程名>使用与变量名相同的命名规则。一个过程只能有一个唯一的过程名。
>
> （3）如果使用 Static 关键字，则该 Sub 过程中的所有局部变量都是静态变量，这些变量的值在整个程序运行期间都存在，即在每次调用该过程时，各局部变量的值一直存在；如果省略 Static 关键字，则该 Sub 过程的所有局部变量都是动态的，即每次调用 Sub 过程时，局部变量被初始化为零或空字符串，当该过程结束时释放变量的存储空间。
>
> （4）Sub 过程不能嵌套定义，但可以调用其他 Sub 过程或 Function 过程。
>
> （5）<形参表>指明了从调用过程传递给被调用过程的参数个数和类型，多个形参之间用逗号分隔。缺省类型为 Variant 数据类型。
>
> <形参表>中形参的格式如下：
>
> [ByVal | ByRef]　<变量名>[( )]　[As <数据类型>]
>
> 其中：
>
> ByVal 表示该参数按值传递。此时实参的值不随形参值的变化而变化。ByRef 表示该参数按地址传递。此时实参的值随形参值的变化而变化，ByRef 是 Visual Basic 的默认选项。
>
> <变量名>代表参数的变量的名称，遵循标准的变量命名约定。如果是数组变量，则括号不能省略。
>
> [As 数据类型]代表传递给该过程的参数的数据类型。如果形参中的变量声明了数据类型，则实参的对应变量也必须声明为相同的数据类型。
>
> （6）可以用 Exit Sub 语句从过程中跳出。

【例 5.1】定义一个计算 $n!$ 的 Sub 过程。

```
Private Sub jiecheng(n as integer)
  Dim i as Integer,j as Integer
  j=1
  For i=1 To n
    j=j*i
  Next
End Sub
```

2. 使用"添加过程"对话框定义

使用"添加过程"对话框定义 Sub 过程的方法为:

(1)打开窗体或模块的代码窗口,单击"工具|添加过程"命令,打开如图 5-1 所示的"添加过程"对话框。

(2)在名称栏内输入待定义的过程名,如 sub1。在类型选项组中选中"子过程"或"函数"。要定义公有的全局过程,则选中"范围"选项组中的"公有的"单选按钮;要定义一个局部过程,则选中"范围"选项组中的"私有的"单选按钮。根据需要可以选中"所有本地变量为静态变量"复选框。然后单击"确定"按钮,建立一个子过程或函数过程的模板,再编写所需的代码。

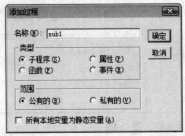

图 5-1 "添加过程"对话框

5.3.2 Sub 过程的调用

在 Visual Basic 中可以用以下两种方法调用 Sub 过程。

(1)使用 Call 语句调用通用过程,格式为:

```
Call  过程名 ([实参表])
```

其中<实参表>是向被调用过程的形参传递的数据。如果有多个参数需要传递,这些参数之间要用逗号","隔开。例如:

```
Call fac(5, 6)
```

在使用过程中,注意以下问题:

- 实参的个数、数据类型都要与被调用过程的参数一一对应。
- 如果调用的过程有参数,则应给出相应的实际参数,并要将参数放在括号中。如果过程没有参数,则参数和括号可以省略。

(2)直接使用过程名调用通用过程,格式为:

```
<过程名>  [实参表]
```

直接使用过程名来调用通用过程时,过程名后面不能加括号()。若有参数,则参数直接跟在过程名之后。参数与过程名之间用空格隔开,多个参数之间用","隔开。例如:

```
Fac 5, 6
```

【例 5.2】计算阶乘 5!、6!、8! 以及它们的和,如图 5-2 所示。

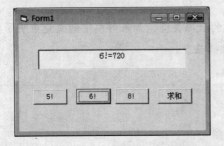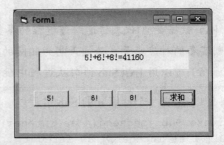

图 5-2 计算阶乘并求和

程序设计如下:

(1)应用程序用户界面与对象属性的设置参见图 5-2。

（2）程序代码如下。

下面给出通用过程 jiecheng 的程序代码：

```
Private Sub jiecheng(n As Integer,total As Long)
Dim i As Integer
total=1
For i=1 To n
    total=total*i
Next
End Sub
```

命令按钮组 Click 事件过程代码为：

```
Private Sub Command1_Click(Index As Integer)
  Dim s As Long,tot As Long
  n=Index
  Select Case n
    Case 0
      Call jiecheng(5,tot)
      Text1.Text="5!="&tot
    Case 1
      Call jiecheng(6,tot)
      Text1.Text="6!="&tot
    Case 2
      Call jiecheng(8,tot)
      Text1.Text="8!="&tot
    Case 3
      Call jiecheng(5,tot)
      s=tot
      Call jiecheng(6,tot)
      s=s+tot
      Call jiecheng(8,tot)
      s=s+tot
      Text1.Text ="5!+6!+8!="&s
  End Select
End Sub
```

【例 5.3】编写一个计算矩形面积的 Sub 过程，然后调用该过程计算矩形面积。

程序代码如下：

```
Private Sub recarea(rlen As Single,rwid As Single)
  Dim area As Single
  area =rlen*rwid
  Print "矩形面积为：";area
End Sub
Private Sub Form_click()
  Dim a As Single, b As Single
  a=Val(InputBox("请输入矩形的长"))
  b=Val(InputBox("请输入矩形的宽"))
  recarea a,b
End Sub
```

程序运行后，单击窗体将分别出现两个输入对话框，提示用户输入矩形的长和宽，假设输入矩形的长为 3，宽为 4，则计算出矩形面积如图 5-3 所示。

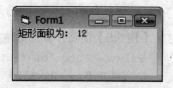

图 5-3　例 5.3 运行结果

5.4 Function 过程

函数是过程的另一种形式，当过程的执行返回一个值时，使用函数就比较简单。Visual Basic 的函数分为内部函数和用户自定义函数两种。内部函数是系统预先编制好的供用户直接使用的，如 Sin 函数、Abs 函数、Len 函数等。Visual Basic 中丰富的内部函数为程序设计提供了很多便利，但这些函数还不能完全满足用户的需要，当程序中需要多次用到某一公式或处理某一函数关系，而又没有现成的内部函数可以使用时，Visual Basic 还允许用户使用 Function 语句来自定义函数，也称为 Function 过程。

Function（函数）过程是通用过程的另一种形式，是用来完成某一特定功能的程序段，与系统提供的内部函数一样，可以在用户的应用程序中直接调用。当过程的执行需要一个返回值时，就应该使用 Function 过程。

5.4.1 Function 过程的定义

Function 过程的语法格式为：

```
[Public|Private] [Static] Function <函数过程名>[(<形参表>)][As<类型>]
  [<语句块 1>]
  [函数过程名 =<表达式>]
  [Exit Function]
  [<语句块 2>]
  [<函数过程名> =<表达式>]
End Function
```

说 明

（1）Function 过程以 Function 开头，以 End Function 结束。可以使用 Exit Function 语句从 Function 过程中退出。格式中的过程名、<形参表>等与 Sub 过程的有关说明相同。

（2）As<类型>指定过程返回值的类型，可以是标准数据类型 Integer、Single、Double、String 等。如果缺省，则默认为 Variant 类型。

（3）<表达式>的值是函数返回的结果。在语法中通过赋值语句将值赋给函数过程名，该值就是 Function 过程的返回值。如果在 Function 过程中省略"<函数过程名>=表达式"，则该过程返回一个默认值，数值函数过程返回 0，字符串函数过程返回空字符串，Variant 函数则返回 Empty。因此，为了能使一个 Function 过程完成所指定的操作，通常要在过程中为<函数过程名>赋值。

【例 5.4】定义计算圆周长的 Function 过程 peri。

```
Private Function peri(r As Integer) As Single
  Const pi As Single=3.1415926
  peri=2*pi*r
End Function
```

【例 5.5】定义计算任意整数 n 的阶乘 $n!$ 的函数过程 fact。

```
Private Function fact(n As Integer) As Long
  Dim p As Long,i As Integer
  p=1
  For i=1 To n
```

```
    p=p*i
  Next
  fact=p
End Function
```

5.4.2　Function 过程的调用

调用 Function 过程的方法与调用内部函数的方法相同，实际上由于 Function 过程能返回一个值，因此完全可以把它看成一个内部函数，只不过内部函数是由系统提供的，而 Function 过程由用户自己定义的。调用的方法有以下两种：

1．使用 Call 语句调用

和 Sub 过程一样，可以使用 Call 语句调用 Function 过程，这时的 Function 过程返回值的过程实质上相当于 Sub 过程。调用后，将返回所有在参数列表中列出的参数的值。

下面的语句调用了例 5.4 中的 Function 过程 peri，但放弃了返回值。

```
Call peri(4)
```

【例 5.6】求 3 到 10 的阶乘之和。

分析：利用例 6.4 中求任意整数的阶乘 Function 过程 fact，主程序通过调用该 Function 过程依次求得 3!、4!、……、10!，然后将这些阶乘进行累加。

应用程序用户界面与对象属性的设置如图 5-4 所示，Function 过程的代码参见例 5.5，下面给出命令按钮"计算"的程序代码：

```
Private Sub Command1_Click()
  Dim sum As Long,i As Integer
  For i=3 To 10
    sum=sum+fact(i)
  Next
  Text1.Text="3!+4!+…10!="&sum
End Sub
```

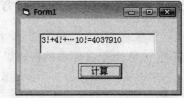

图 5-4　例 5.6 运行结果

【例 5.7】输入三个数，求出它们的最大值。

分析：根据题目要求将输入的三个数两两比较，才能求出三个数中的最大值。因此，编写求两个数中较大数的 Function 过程 max，调用该过程来求出最大值。

程序代码如下：

```
Private Function max(m As Single,n As Single) As Single
  If m>n Then
    max=m
  Else
    max=n
  End If
End Function
Private Sub Form_Load()
  Dim a As Single,b As Single,c As Single,s As Single
  Form1.Show
  a=Val(InputBox("请输入第一个数"))
  b=Val(InputBox("请输入第一个数"))
  c=Val(InputBox("请输入第一个数"))
  s=max(a, b)
  Print "三个数中的最大值为:";max(s,c)
End Sub
```

程序运行后，在三个输入对话框中分别输入 1、2 和 3，调用 Function 过程 max 可以求出其中的最大值，结果如图 5-5 所示。

图 5-5　例 5.7 运行结果

2．使用 Function 过程名直接调用

这种调用方法与 Sub 过程不同，不能单独将 Function 过程作为一个语句使用。在表达式中，可以通过使用函数名，并在其后用圆括号给出相应的参数列表来调用一个 Function 过程，就像使用 VB 内部函数一样，即在表达式中写上它的名字。

下面的语句调用了例 5.4 中的 Function 过程 peri 来计算圆周长，并显示在 text1 中。

```
Text1.text=peri(4)
```

5.5　参　数　传　递

从上面这些例子可以看出，一个过程在调用另一个过程来实现某种功能时，往往需要向对方提供一些相关的数据，即必须把实际参数传递给被调用过程，完成形式参数和实际参数的结合，然后用实际参数执行调用的过程，最后把程序执行的结果传递回来。

过程本身使用的参数列表称为"形参"，而调用过程传递给被调用过程的参数称为"实参"。在调用过程中，要考虑调用过程和被调用过程之间的数据是如何传递的，用实参代替形参，完成对数据的操作。

5.5.1　形参与实参的传递方式

形参是在定义通用过程时，出现在 Sub 或 Function 语句中的参数。形参可以是变量名或数组名。<形参表>中形参的格式如下：

```
[ByVal | ByRef]　<变量名>[( )] [As <数据类型>]
```

> **说　明**
>
> （1）ByVal 表示该参数按值传递。此时实参的值不随形参值的变化而变化。ByRef 表示该参数按地址传递。此时实参的值随形参值的变化而变化，默认的参数传递方式为 ByRef。
>
> （2）<变量名>代表参数的变量名称，遵循标准的变量命名约定。如果是数组变量，则圆括号（ ）不能省略。不能用定长字符串作为变量名。
>
> （3）[As 数据类型]代表参数的数据类型。如果形参中的变量声明了数据类型，则实参的对应变量也必须声明为相同的数据类型。

实参是在调用 Sub 或 Function 过程时，传递给 Sub 过程或 Function 过程的参数。实参可以是常数、表达式、合法的变量名和带（ ）的数组名。

在调用过程时，必须把实参传递给相应过程的形参，完成形参与实参的结合，然后用实参执行调用的过程，我们把这一过程称为参数传递，也称为"虚实结合"。在 Visual Basic 中，参数传递是采用按位置传递的方式，即实参与形参按位置一一对应，如图 5-6 所示。

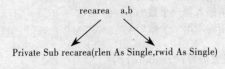

图 5-6　按位置传递参数的示意图

实参表和形参表中对应的变量名不必相同，但是变量的个数必须相等，而且各实参的书写顺序必须与相应形参的类型相符。

5.5.2 按地址传递和按值传递

调用过程时，必须要实现参数传递，即形参要获得从实参传递过来的数据，此数据可能是一个具体的数值，也可能是一个变量的地址，关键取决于参数传递的方式。在 Visual Basic 中，参数传递有两种方式：按地址传递与按值传递。

1. 按地址传递

如果调用语句中的实际参数是变量，或者定义过程时选用 ByRef 关键字，则参数就可以按地址传递。Visual Basic 默认的参数传递方式为按地址传递。

按地址传递也称为引用，是把实参变量的内存地址传递给被调用过程，即形参与实参使用相同的内存地址单元，这样在被调用的过程中对形参的任何改变都变成了对实参的改变。

> **注　意**
>
> 在按地址传递时，实参必须是变量，常量或表达式无法按地址传递。

2. 按值传递

如果调用语句中的实际参数是常量或表达式，或者定义过程时选用 ByVal 关键字，则参数就可以按值传递。

在按值传递方式下，程序在调用时将实参的值复制给形参。在这种情况下，系统把需要传送的实参的值复制到一个临时内存单元中，然后把临时单元的地址传送给被调用的形参。因此，实参与形参占用不同的地址单元，在过程体内对形参的任何操作都不会影响到实参。

【例 5.8】参数传递方式示例。本例题中有两个通用过程 Test1 和 Test2，分别设置为按值传递和按地址传递，直接在窗体上输出显示信息来比较两种不同的参数传递方式。

```
Private Sub Form_Click()
  Dim x As Integer
  x=5
  Print "执行 Test1 前，x=";x
  Call Test1(x)
  Print "执行 Test1 后，执行 Test2 前，x=";x
  Call Test2(x)
  Print "执行 Test2 后，x=";x
End Sub
Private Sub Test1(ByVal t As Integer)
  t=t+5
End Sub
Private Sub Test2(ByRef s As Integer)
  s=s-5
End Sub
```

程序运行后，单击窗体将显示如图 5-7 所示的结果。

由上例可以看出，调用 Test1 过程时，是按值传递参数的，因此在过程 Test1 中对形参 t 的任何修改都不会影响到实参 x。而 Test2 过程是按地址传递参数的，因此在过程 Test2 中对形参 s 的任何修

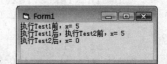

图 5-7　例 5.8 运行结果

改都变成对实参 x 的操作,当 s 减为 0 后,实参 x 的值也随之变为 0。

按值传递方式与按地址传递方式的比较如图 5-8 所示。

图 5-8　按值传递方式与按地址传递方式示意图

选择哪种参数传递方式,应考虑以下两条:

(1)形参为数组、自定义类型或控件时,只能使用按地址传递方式,如果要将过程中值的改变结果传递给调用过程,必须采用按地址传递方式,且实参必须是同类型的变量名,不可为常量或表达式。

(2)其他情况最好使用按值传递方式,以减少各程序、过程之间的相互干扰。

5.5.3　数组参数的传递

在 Visual Basic 中可以将数组或数组元素作为参数进行传递,但此时只能采用按地址传递的方式进行参数传递,并且,除遵循参数传递的一般原则外,还有如下的特殊要求:

(1)形参为数组时,其格式如下:

形参数组名()As 类型

不声明数组的大小,也不能省略括号。在过程体内,可使用 LBound 和 UBound 函数来确定数组参数的下界和上界。

(2)形参是数组时,对应的实参也必须是数组,并且类型相同。调用时实参数组的格式为:

实参数组名() 或　实参数组名

【例 5.9】求动态数组中各元素之和。

函数过程定义如下:

```
Public Function sum(p())
  Dim m%,n%
  For m=LBound(p,1) To UBound(p,1)
    For n=LBound(p,2) To UBound(p,2)
      sum=sum+p(m,n)
    Next n
  Next m
End Function
```

事件过程代码如下:

```
Private Sub Command1_Click()
  Dim s(),a%,b%,k%,sums%
  Cls
  a=CInt(Text1.Text)
  b=CInt(Text2.Text)
  ReDim s(1 To a,1 To b)
  For j=1 To b
    For i=1 To a
      s(i,j)=Int(80*Rnd+10)
  Next i,j
```

```
  sums=sum(s())
  Print "sums=";sums
End Sub
```

在 sum 函数过程中只有一个数组形参，形参中的数组名后加上一对括号以便与普通变量相区别。在事件过程中，实参数组 s 在这里定义为动态数组，应满足动态数组的使用规定，即在使用前应用 ReDim 语句说明动态数组的维数。实参与形参是按地址结合的，即实参数组 s 与形参数组 p 具有相同的起始地址。

由于在 sum 过程中不知道形参数组 p 的上下界，因此应用 Lbound 和 Ubound 函数求出其上下界。

如前所述，数组一般通过按地址方式传递参数。在传递数组参数时，除遵守参数传递的一般规定外，还应注意：为了把一个数组的全部元素传递给一个过程，应将数组名分别放入实参表和形参表中，并略去数组的上下界，但圆括号不能省略。

5.6 过程的作用域

一个 Visual Basic 的应用程序由若干个模块组成，这些模块分为 3 类，即窗体模块、标准模块和类模块，每个模块又可以包含多个过程，从而形成一种模块化的工程层次结构，方便用户管理工程，同时也便于代码的维护。

一个 Visual Basic 应用程序的组成可用图 5-9 来描述。

（1）窗体模块（*.frm）

在 Visual Basic 应用程序中，一个应用程序至少包含一个窗体模块，或者为多个，其中包含该窗体及其控件的属性设置、事件过程、通用过程以及变量、常量、类型声明等。可以通过执行"工具" | "添加窗体"命令，为工程添加多个窗体。

（2）标准模块（*.bas）

标准模块完全由代码组成，这些代码不与具体的窗体或控件相关联。当一个应用程序含有多个窗体，且这些窗体需要使用一些公共代码时，为了不重复键入代码，就可将这些代码写入标准模块中。

标准模块可以包含用户编写的通用过程、函数过程和一些变量、常量、用户自定义类型等内容的声明。缺省情况下，标准模块中的代码是公有的，任何窗体或模块的过程都可以访问它。可以执行"工程" | "添加模块"命令，为工程新建或添加模块文件。

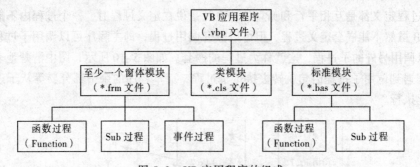

图 5-9　VB 应用程序的组成

由于过程所处的位置不同，可被访问的范围自然不同，我们把过程可被访问的范围称为过程的作用域。过程的作用域分为模块级和全局级。

（1）模块级过程

模块级过程是在某个模块内定义的过程，该过程的作用范围仅局限于本模块。在某个窗体或标准模块中定义的 Sub 过程或 Function 过程前加上 Private 关键字，则该过程只能被包含过程的窗体或标准模块中的过程调用。

（2）全局级过程

如果在某个窗体或标准模块中定义的 Sub 过程或 Function 过程前加上 Public 关键字或缺省，则该过程为全局级过程，可以被应用程序的所有窗体或标准模块中的过程调用。其调用方式根据过程所处的位置有如下两种：

- 在窗体中定义的过程，当外部过程要调用时，应在被调用的过程名前加上所在窗体的名称。
- 在标准模块中定义的过程，如果过程名唯一，则任何外部过程都可以直接调用，否则应在被调用的过程名前加上所处的标准模块名。

不同作用域的过程的调用规则如表 5-1 所示。

表 5-1   不同作用域过程的调用过程

作用域　规则	窗体/模块级过程		全局级过程	
定义位置	窗体	标准模块	窗体	标准模块
定义方式	过程名前加 Private 关键字		过程名前加 Public 关键字或省略	
能否被本模块中其他过程调用	能		能	
能否被本工程中其他模块调用	不能		能，但必须以窗体名.过程名的形式调用，如：Call Form1.Swap(a,b) 或 Form1.Swap a,b	能，但过程名必须唯一，否则要以模块名.过程名的形式调用，如 Call Module1.Sort(a)

5.7   过程的嵌套与递归调用

在一个过程（Sub 过程或 Function 过程）中调用另外一个过程，称为过程的嵌套调用。而过程直接或间接地调用其自身，则称为过程的递归调用。

5.7.1   过程的嵌套

VB 的过程定义都是互相平行和孤立的，也就是说在定义过程时，一个过程内不能包含另一个过程。VB 虽然不能嵌套定义过程，但可以嵌套调用过程，即主程序可以调用子过程，在子过程中还可以调用另外的子过程，这就称为过程的嵌套。如图 5-10 所示，图中清楚地表明，主程序或子过程遇到调用子过程语句就转去执行子过程，而本程序的余下部分要等从子过程返回后才得以继续执行。

图 5-10   过程的嵌套

5.7.2　过程的递归

通俗地讲，递归就是一个过程调用其自身。在 VB 中可以使用递归调用。在递归调用中，一个过程执行的某一步可能要用到它自身上面调用的结果。

递归分为两种类型，一种是直接递归，即在过程中调用过程本身；一种是间接递归，即间接地调用一个过程。例如第一个过程调用了第二个过程，而第二个过程又回过头来调用第一个过程。

【例 5.10】利用递归调用计算 $n!$。

窗体设计及对象属性设置参见图 5-11。求阶乘的递归 Function 过程 fact 的代码为：

```
Public Function fact(n) As Double
  If n>0 Then
    fact=n*fact(n-1)
  Else
    fact=1
  End If
End Function
```

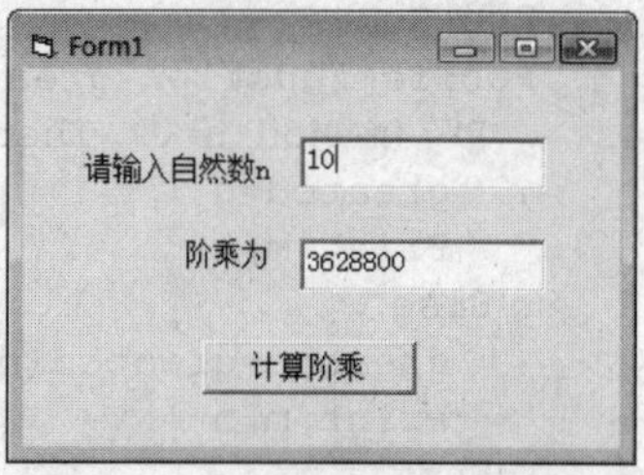

图 5-11　利用递归调用求阶乘

单击命令按钮 Command1 的事件过程代码为：

```
Private Sub Command1_Click()
  Dim n As Integer,m As Double
  n=Val(Text1.Text)
  If n<0 or n>170 Then MsgBox("非法数据！"): Exit Sub
  m=fact(n)
  Text2.Text=m
  Text1.SetFocus
End Sub
```

主程序把输入的值限定在小于等于 170 时才调用 fact 函数过程，执行阶乘运算。因为超过 171 的双精度值进行阶乘运算将产生溢出。对满足条件的 n 值，连续调用 fact 函数自身 $n-1$ 次，直到 $n=1$ 为止。如当 $n=4$ 时，调用过程为如图 5-12 所示。

从图 5-12 可以看出，递归过程分为"递推"和"回推"两个阶段。在"递推"阶段，把求 4 的阶乘转化为求 3（4-1=3）的阶乘的过程，由于 3 的阶乘仍然不知道，进一步"递推"到求 2 的阶乘，直到求 1 的阶乘，而 1 的阶乘已知为 1，"递推"过程结束。然后开始"回推"过程，从 1 的阶乘得到 2 的阶乘，最后得到 4 的阶乘。

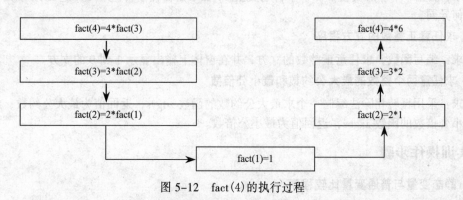

图 5-12　fact(4) 的执行过程

在递归过程中最重要的是既要有结束递归的条件，如上面程序中的 factorial(1)=1，又要求递归过程向着递归条件发展。

【例 5.11】用递归过程求两个整数 m 和 n 的最大公约数。

```
Private Sub Command1_Click()
  Dim x%,y%,gcdinxy%
  Cls
  x=CInt(InputBox("请输入第一个整数"))
  y=CInt(InputBox("请输入第二个整数"))
  Print x&"和"&y&"的最大公约数为"&greatcd(x,y)
End Sub
Public Function greatcd(m As Integer,n As Integer) As Integer
  If (m Mod n=0) Then
    greatcd=n
    Print m,n
  Else
    greatcd=greatcd(n,m Mod n)
    Print m,n
  End If
End Function
```

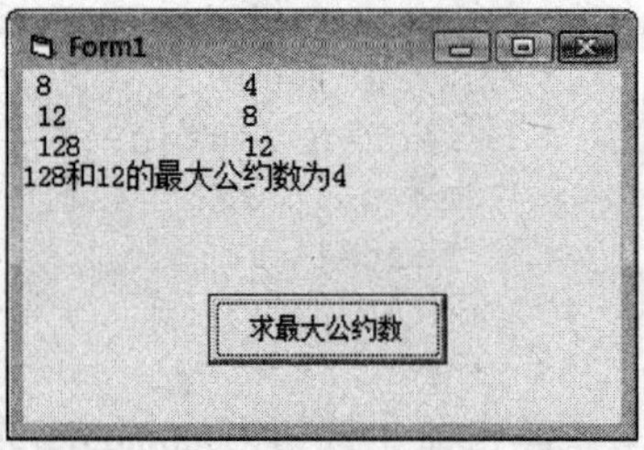

程序运行时，单击 Command1 按钮，在两个输入对话框中分别输入 128 和 12，程序运行结果如图 5-13 所示。

图 5-13　例 5.11 运行结果

由图可知，输出是按回推过程进行的，具体过程为：

Greatcd(128,12)=(12,128 Mod 12)=greatcd(12,8)=greatcd(8,4)=4。

实训 5　过　　程

一、实训目的

（1）掌握事件过程、Sub 过程和 Function 过程的定义和调用方法。

（2）掌握参数传递的方法。

（3）掌握过程的作用域。

二、实训内容

1．静态变量与普通变量比较程序

要求：设置一个静态变量 a 和一个普通变量 b，在单击窗体事件过程 Form_Click 中比较两种变量有何异同。

2．求任意正整数的立方程序

要求：编写函数，求任意正整数的立方，并在窗体上输出显示 1 到 9 的立方。

3．求任意两个整数的最大公约数和最小公倍数

要求：采用辗转相除法编制一个求最大公约数的函数 zdgys，返回值为最大公约数；编制一个求最小公倍数的函数 zxgbs，返回值为最小公倍数。

三、实训操作步骤

1．静态变量与普通变量比较程序

在代码窗口中输入如下代码：

```
Private Sub Form_click()
  Dim i As Integer
  Print "a", "b"
  For i = 1 To 10
    Call bijiao()
  Next
  End Sub
  Sub bijiao()
  Static a As Integer
  Dim b As Integer
  a = a + 1
  b = b + 1
  Print a, b
End Sub
```

运行程序。单击窗体将显示静态变量与普通变量的比较结果如图 5-14 所示。由比较结果可以看出，普通变量在过程结束时其值不能保留，即其占用的存储空间将释放，而静态变量在过程结束时其值仍然能够保留，实现累加。

2．求任意正整数的立方程序

在代码窗口中输入如下代码：

```
Private Sub Form_click()
Dim i As Integer
For i=1 To 9
    Print i; "的立方是"; lifang(i)
Next
End Sub
Private Function lifang(a As Integer)
lifang=a*a*a
End Function
```

运行工程。单击窗体将输出如图 5-15 所示的立方值。

图 5-14　变量比较结果

图 5-15　显示 1 到 9 立方值

3．求任意两个整数的最大公约数和最小公倍数

分析：求最大公约数最常用的方法就是"辗转相除法"，其设计思路如下：

① 假设 M 大于 N。

② 用 N 做除数除 M，得余数 R。

③ 若 R≠0，则令 M←N，N←R，继续相除得到新的 R，直到 R=0 为止。最后的 N 即为最大公约数。

把两个整数相乘，再除以它们的最大公约数就可以求出两个整数的最小公倍数。

根据上述分析设计程序如下：

（1）设计应用程序界面。在窗体上添加 4 个标签控件 Label1 ~ Label4，4 个文本框控件 Text1 ~ Text4，1 个命令按钮 Command1，应用程序界面如图 5-16 所示，程序运行界面如图 5-17 所示。按照表 5-2 设置各控件属性。

图 5-16 "求最大公约数和最小公倍数"程序界面　　图 5-17 程序运行界面

表 5-2 各控件的属性设置

对　象	属　性	属性设置值	说　明
Command1	Caption	计算	命令按钮标题
Label1	Caption	请输入第一个整数：	标签控件标题
Label2	Caption	请输入第二个整数：	标签控件标题
Label3	Caption	最大公约数为：	标签控件标题
Label4	Caption	最小公倍数为：	标签控件标题
Text1	Text	空	文本框控件内容
Text2	Text	空	文本框控件内容

（2）输入程序代码如下：

```
Private Sub Command1_Click()
  Dim x As Integer, y As Integer
  x=Val(Text1.Text)
  y=Val(Text2.Text)
  Text3.Text=zdgys(x,y)
  Text4.Text=zxgbs(x,y)
End Sub
Private Function zdgys(x As Integer, y As Integer) As Integer
Dim m As Integer, n As Integer, r As Integer
  m=x:n=y
  r=m Mod n
  Do While r <> 0
    m=n
    n=r
    r=m Mod n
  Loop
  zdgys=n
End Function
```

```
Private Function zxgbs(x As Integer, y As Integer) As Integer
    zxgbs=x*y/zdgys(x,y)
End Function
```

运行程序，单击"计算"按钮将在 Text3 和 Text4 中显示两个整数的最大公约数和最小公倍数，如图 5-17 所示。

习题 5

1. 以下语句用来定义过程 Sub1，其中正确的是（   ）。

    A. Dim Sub Sub1 (x,y)   B. Public Sub1 (x,y)

    C. Private Sub Sub1 (x,y) As Integer   D. Sub Sub1(x,y)

2. 下面语句合法的是（   ）。

    A. Funtion Fun %(Fun %)   B. Sub Fun (m%) As Integer

    C. Sub Fun (ByVal m%())   D. Funtion Fun (ByVal m%)

3. 假设已通过 Sub Mysub(x As Integer)语句定义了 Mysub 过程。若要调用该过程，可以采用（   ）。

    A. s = Mysub(2)   B. Mysub 32000

    C. print Mysub(120)   D. Call Mysub(4000)

4. 下面过程运行时，写出单击窗体时显示的结果。

```
Private Sub Form_Click()
    Dim b As Integer,y As Integer
    Call Mysub2(3,b)
    y=b
    Call Mysub2(4,b)
    Print y+b
End Sub
Private Sub Mysub2(x,t)
    t=0
    For i=1Tox
        t=t+k
    Next
End Sub
```

5. 写出下面程序的运行结果。

```
Private Sub Command1_Click()
Print myfun(5,10)
End Sub
    Public Function myfun!(x!,n%)
    If n=0 Then
    myfun=1
    Else
    If n Mod 2=1 Then
    myfun=x*myfun(x,n/2)
    Else
    myfun=myfun(x,n/2)/x
    End If
    End If
End Function
```

6. 编制判断是否能同时被 17 和 37 整除的 Function 过程。输出显示 1000～2000 之间所有能被 17 和 37 整除的数。

7. 编制 Function 过程，输入一个整数，判断其奇偶性。

8. 编写程序求 $S = A! + B! + C!$，阶乘的计算分别用 Sub 过程和 Function 过程两种方法来实现。

9. 统计输入的文章中的单词数和定冠词 The 的个数，并将出现的定冠词 The 全部去除。假定单词之间以一个空格分隔。

10. 编写输入一个 0～6 数字，显示汉英对照输出星期的 Function 过程。

11. 斐波纳契数列的第一项是 1，第二项是 1，以后各项都是前两项的和。使用递归算法和非递归算法各编写一个程序，求斐波纳契数列 n 项的值。

第❻章

常用控件

通过本章的学习

您将能够：

- 了解图片框和图像框控件的常用属性，掌握如何在图片框或图像框中载入图片。
- 掌握单选按钮和复选框控件的常用属性和使用，了解框架控件的使用。
- 掌握列表框和组合框控件的常用属性，添加、删除、清除列表框或组合框数据项的方法。
- 掌握并熟练使用 Timer 控件。
- 掌握鼠标和键盘的常用属性和使用。

您应具有：

- 利用常用控件进行程序设计的能力。
- 根据不同应用需求选择常用控件的能力。

控件是构成用户界面的基本元素，每种类型的控件都有自己的一套属性、方法和事件。VB 可视化编程的特点就是通过控件实现的。因此，控件就成为程序执行各项任务的操作对象。

VB 的控件有很多，有些控件适合在应用程序中输入或显示文本，有些控件则能够显示图片和图像，这些控件都有各自的应用场合。通过为窗体添加控件，为控件设置属性值和编写事件过程代码，大大降低了程序设计的工作量。

6.1 图片框和图像框控件

图片框（PictureBox）和图像框（Image）控件是 VB 中用来显示图形图像的基本控件，主要用于在窗体的指定位置显示图形信息。这两个控件以基本相同的方式出现在窗体上，都支持多种格式的图形文件，如.bmp、.jpg、.gif、.ico、.wmf 等格式的图形文件。其主要区别是：

（1）图片框可以用来显示动态的图形信息，而图像框只用来显示静态的图形信息。

（2）图片框控件可以作为父控件，即图片框控件可以做其他控件的容器，把其他控件放在其中。当图片框发生位移，其中的控件也跟着一起移动，而图像框不能作为容器。

（3）图片框可以通过 Print 方法显示文本，而图像框不能。

（4）图像框比图片框占用内存少，显示速度更快，因此，在图片框和图像框都能满足设计要求时应该优先考虑使用图像框。

（5）在图像自适应问题上有所不同。图片框用 AutoSize 属性控制图片框的尺寸自动适应图片的大小，而图像框用 Stretch 属性对图片进行大小调整。

6.1.1 图片框

图片框控件可以显示位图（*.bmp）、图标（*.ico）、元文件（*.wmf）、JPEG 文件（*.jpg）和 GIF 文件（*.gif）等格式的图形。

用户经常在以下 3 种情况下使用图片框：① 显示图形；② 使用 Print 方法打印字符数据；③ 存放其他控件，即作为容器控件使用。

1. 主要属性

（1）Picture 属性

该属性用于在程序设计时将图片载入图片框。

（2）Autosize 属性

该属性用于决定图片框控件是否自动改变大小以显示图形的全部内容，使图形能够充满图片框或随着图片框大小的变化而改变。AutoSize 属性有两个值：True 和 False，默认值为 False。当 AutoSize 属性的值设置为 True 时，图片框能自动调整大小以显示图片的全部内容，如图 6-1 所示；当 AutoSize 属性的值设置为 False 时，则图片框不能自动改变大小来适应其中的图形，这意味着如果图形比图片框大，则多余部分将被裁剪掉，如图 6-2 所示。

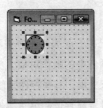   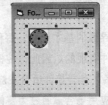

图 6-1　AutoSize 属性为 True　　　图 6-2　AutoSize 属性为 False

注　意

类型为.wmf 的图形文件会自动调整大小以适应图片框的大小，而类型为.bmp 和.ico 的文件，则图形不会自动调整大小。

（3）Width 和 Height 属性

这两个属性设置图片框控件的实际大小，它们总是表示空间容器的单位。假设将一个图片框控件放在使用默认坐标系 twips 的窗体上，则这个图片框控件的 Width 和 Height 属性表示为 twips。如果改变控件的坐标系，则这两个属性的值不变。如果通过拖动改变窗体上控件的尺寸，则 Width 和 Height 属性会相应发生变化。如果改变容器的坐标系，则 Width 和 Height 属性也会改变，从而反映控件在新坐标系中的尺寸。

（4）Left 和 Top 属性

Left 和 Top 属性是图片框控件左上角的坐标，用容器的坐标系表示。改变 Left 和 Top 属性值时，控件位置改变。如果改变容器的坐标系，则 Left 和 Top 属性也会随之改变，以反映控件在新坐标系中的位置。

（5）ScaleMode 属性

ScaleMode 属性设置或返回控件的当前坐标系。设置 ScaleMode 属性为选项之一时，可以建立新的坐标系。如果设置 ScaleMode 属性为 0，则还要设置 ScaleWidth 和 ScaleHeight 属性。反之，如果设置 ScaleWidth 和 ScaleHeight 属性，则 ScaleMode 属性值将复位为 0。

（6）ScaleWidth 和 ScaleHeight 属性

这两个属性是当前坐标系单位的控件内部尺寸。改变坐标系时，并不改变控件大小，但会改变控件两个轴向的单位数。

（7）ScaleLeft 和 ScaleTop 属性

ScaleLeft 和 ScaleTop 属性是用户定义坐标系中控件左上角的坐标。ScaleLeft 是 x 坐标的最小值，其最大值为 ScaleLeft+ScaleWidth。

【例 6.1】编写程序，交换两个图片框中的图形。

程序代码如下：

```
Private Sub Form_Load()
  Picture1.Picture=LoadPicture("d:\2DARROW3.WMF")
  Picture2.Picture=LoadPicture("d:\3DARROW6.WMF")
End Sub
Private Sub Form_Click()
  Picture3.Picture=Picture1.Picture
  Picture1.Picture=Picture2.Picture
  Picture2.Picture=Picture3.Picture
  '把第 3 个图片框设置为空
  Picture3.Picture=LoadPicture()
End Sub
```

【例 6.2】使用 Print 方法在图片框中输出字符串或数值表达式的值。运行结果如图 6-3 所示。

程序代码如下：

```
Private Sub Command1_Click()
  Picture1.Print "这是一个图片框"
  Picture1.Print
  Picture1.Print "在图片框上显示文本，可用 Print 方法"
  Picture1.Print
  Picture1.Print "将图片框的名称加在 Print 方法前面即可"
End Sub
```

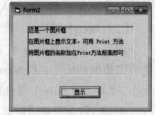

图 6-3　例 6.2 运行结果

2. 将图形载入图片框的方法

把图形载入图片框的方法主要有两种，一种是在程序设计阶段载入，另一种是在程序运行期间载入。

（1）在程序设计时载入图形文件

在设计阶段有如下两种方法可以载入图形文件。

① 通过 Picture 属性载入图形文件。方法为单击选中图片框，然后在属性窗口中改变 Picture 属性，单击 ▦ 出现图 6-4 所示的"加载图片"对话框，在该对话框中设置欲加载的图片文件名（包括路径）即可。

图 6-4 "加载图片"对话框

② 利用剪贴板来载入图形文件。方法为用 Windows 下的绘图软件(如 Photoshop、CorelDRAW 等) 绘制所需图形，并把该图形复制到剪贴板中。然后在窗体上建立一个图片框并选中，再单击 "编辑" 菜单中的 "粘贴" 命令，剪贴板中的图形即出现在图片框中。

（2）在程序运行时载入图形文件

在程序运行时可以用 LoadPicture 函数把图形文件载入图片框中。其语法格式为：

`[<对象名>.]Picture [= LoadPicture([<图形文件名>])]`

其中，<图形文件名>指的是要载入到图片框控件中的图形文件，可以包括路径。如果未指定文件名，LoadPicture 将清除图像框或图片框中的图形。例如：

`Picture1.Picture=LoadPicture("c:\flower.gif")`

则程序运行到该语句时，会把 C 盘下的 flower.gif 图形文件加载到图片框 Picture1 中。如果该文件不存在，则显示出错信息；如果图片框中已有图形，则被新装入的图形覆盖。

使用如下语句可以删除 Picture1 图片框中的图形文件。

`Picture1.Picture = LoadPicture()`

6.1.2 图像框

图像框的主要属性如下：

（1）Picture 属性

用于设置图像框要载入的图片文件。

（2）Stretch 属性

该属性取值为 True 或 False。当 Stretch 属性设置为 True 时，所载入的图形能够自动缩放以适应图像框的大小；当 Stretch 属性设置为 False 时，图像框本身会自动更改大小，以适应图片的大小。False 为 Stretch 属性的默认值。

例如，假设所建图像框大小如图 6-5 所示，然后载入图片。若 Stretch 属性设置为 False，则载入后可得到如图 6-6 所示的结果；如果 Stretch 属性设置为 True，则载入图片的结果如图 6-7 所示。

 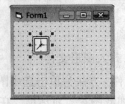 

图 6-5 图像框原始大小 　图 6-6 Stretch 属性为 False 　图 6-7 Stretch 属性为 True

6.2 单选按钮和复选框控件

在应用程序中，很多时候都需要用户做出选择，这些选择有的很简单，有的较复杂。为此，Visual Basic 6.0 提供了几个用于选择的标准控件，包括单选按钮（OptionButton）、复选框（CheckBox）、列表框（ListBox）和组合框（ComboBox）控件等。本节先介绍单选按钮和复选框控件，列表框和组合框控件留待 6.3 节介绍。

6.2.1 单选按钮

在 Visual Basic 6.0 的工具箱中，单选按钮控件 ⊙ 通常成组出现，主要用于处理"多选一"的问题。VB 规定用户在一组单选按钮中必须选择一项，并且最多只能选择一项。当某一项被选定后，其左边的圆圈中出现一个黑点（表示选中），同时其他单选按钮中的黑点消失。

为了把几个单选按钮编成一个组，可以采用如下方法：① 将它们放在同一窗体中；② 将它们放在同一个图片框中；③ 将它们放在同一个框架中。

1. 主要属性

（1）Value 属性：该属性用于设置单选按钮是否为选定状态，它是一个逻辑值。如果该属性为 True，表示单选按钮被选定；如果为 False，表示单选按钮未被选定。该属性默认值为 False。

（2）Style 属性：指定控件的显示方式，用于改善外观。Style 属性可以设置为数值 0 或 1。

0—Standard：（默认值）标准方式。

1—Graphical：图形方式，控件用图形的样式显示。

（3）Alignment 属性：该属性用来设置对齐方式。Alignment 属性可以设置为数值 0 或 1。

0—Left Justify：（默认值）左对齐格式，即控件在左边，标题显示在控件右边。

1—Right Justify：右对齐格式，即控件在右边，标题显示在控件左边。

2. 主要事件

使用单选按钮通常是直接对单选按钮的 Click 事件过程进行编程；或在命令按钮的 Click 事件中根据单选按钮的 Value 属性来确定进行何种操作。

【例 6.3】人民币兑换外币的程序设计。本程序允许输入人民币金额，依据所选定的单选按钮，计算出等值的外币。

设计步骤如下：

（1）应用程序界面如图 6-8 所示。

（2）设置控件的属性如表 6-1 所示。

表 6-1 控件的主要属性设置

对　象	属　性	设计时属性值	说　明
Option1	Value	True	被选中状态
Option2~Option3	Value	False	未选中状态

（3）程序代码如下：

```
Dim rates            '汇率变量
Dim usarates         '美元汇率
Dim eurates          '欧元汇率
```

```
      Dim engrates                        '英镑汇率
      Private Sub Command1_Click()
        Value=Val(Text1.Text)
        Value=Int(Value/rates*100)/100     '取两位小数
        Text2.Text=Trim(Str(Value))
      End Sub
      Private Sub Command2_Click()
        Text1.Text=""
        Text2.Text=""
      End Sub
      Private Sub Form_Load()
        usarates=8.28
        eurates=9.92
        engrates=14.89
        rates=usarates
      End Sub
      Private Sub Option1_Click()
        If Option1.Value=True Then
         rates = usarates
        End If
      End Sub
      Private Sub Option2_Click()
        If Option2.Value=True Then
          rates=engrates
        End If
      End Sub
      Private Sub Option3_Click()
        If Option3.Value=True Then
          rates=eurates
        End If
      End Sub
```

图 6-8　例 6.3 运行结果

6.2.2　复选框

复选框又称选择框或检查框。复选框列出可供用户选择的多个选项，用户根据需要选定其中的一项或多项。复选框控件☑允许用户在开和关两种状态间切换，单击复选框一次时被选中，其左边的小方框中会出现"√"；再次单击则取消选中，复选框中的"√"被清除。

单选按钮和复选框的最大区别在于，在一系列的单选按钮中只能有一个单选按钮被选定，而一系列的复选框中则可能有多个复选框被选定。

复选框的 Value 属性有如下三个值：

0—Unchecked：表示复选框未被选定，此为系统默认值；

1—Checked：表示复选框被选定；

2—Grayed：表示复选框不可使用，即禁止用户选择，此时复选框变成灰色。

【例 6.4】复选框的应用，应用程序界面如图 6-9 所示。在文本框内输入文字，选择粗体或斜体，文本框中的文字会相应变为粗体或斜体；取消选择，则文本框中的文字会恢复原状。

程序代码如下：

```
Private Sub Check1_Click()
  If Check1.Value=1 Then
    Text1.FontBold=True
  Else
    Text1.FontBold=False
  End If
End Sub
Private Sub Check2_Click()
  If Check1.Value=1 Then
    Text1.FontItalic=True
    Else
    Text1.FontItalic=False
  End If
End Sub
Private Sub Command1_Click()
  Text1.Text=""
End Sub
Private Sub Form_Load()
  Text1.FontBold=False
  Text1.FontItalic=False
End Sub
```

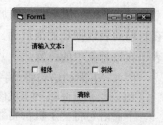

图 6-9　例 6.4 界面设计

6.3　列表框和组合框

6.3.1　列表框

列表框（ListBox）控件是将多个选项组合成一个列表，用户可以通过单击某一项选择自己所需要的选项。列表框通过显示多个选择项，供用户选择，达到与用户对话的目的，如果选择项较多，超出了列表框的显示区域时，会自动加上滚动条。列表框最主要的特点是只能从其中选择，不能直接写入和修改其中的内容，因此在 Windows 中，使用列表框输入数据是保证数据标准化的重要手段。

1．添加列表框内容

添加列表框内容有如下两种方法：

（1）在设计阶段添加列表框内容。这时可以利用 List 属性添加列表项的内容，该属性是一个字符型数组，用于放置列表框中显示的每一个列表项。该数组的大小由 ListCount 属性表示，当前选定列表项的下标是 Index，List 数组的下标是从 0 开始的。

注　意

设置完一个数据项以后，按【Ctrl+Enter】组合键后才能输入下一个数据项。

（2）在运行阶段添加列表框内容。可以利用 AddItem 方法向列表框中添加一个新的列表项。格式如下：

对象名.AddItem Item [,Index]

其中，Item 用来指定添加到该对象的列表项。建立数据不含 Index 时，则所建的列表项被放在目前列表数据项的最后面；如果含 Index，则用来指定所建的列
表项在该对象中的位置。

例如，下面的语句将"手机信息"加入到目前数据项的最后面。

`List1.AddItem "手机信息"`

下面语句将"手机价格"加入到列表框索引值为 2 的位置。

`List1.AddItem "手机价格",2`

2．列表框的重要属性

（1）List 属性：List 属性是一个字符串数组，用来存放列表框中各个选项的内容，每个数组元素是一个列表项。List 属性既可以在设计时通过属性窗口进行设置，如图 6-10 所示，也可以由程序语句设置。

图 6-10　List 属性

需要说明的是，List 数组的第一个元素的下标是 0，即 List 数组是从 List(0)开始，如果 List 数组中有 n 个元素，则最后一个列表项对应于元素 List(n-1)。用户可以将 Word 或其他表格中的一列复制到属性窗口的 List 栏中，这比在 List 栏中一项项输入要方便得多，粘贴后并不会显示表格。

（2）ListIndex 属性：表示执行时选中的列表项序号。如果未选中任何项，则 ListIndex 的值为-1。列表项的序号从 0 开始，即选中第一项时 ListIndex 属性值为 0。ListIndex 属性不能在设计时设置，只有程序运行时才起作用。

程序运行时，可以使用 ListIndex 属性判断列表框中哪个选项被选中。例如，在列表框 List1中选中第 2 项，则 ListIndex=1

（3）ListCount 属性：表示列表框中列表项的数量。由于列表项序号（ListIndex）从 0 开始，所以 ListCount-1 表示列表中最后一项的序号。该属性只能在程序中设置和引用。

（4）Selected 属性：用于判断列表项是否被选定，常用于多项选择时。Selected 属性是一个逻辑数组，其中的每个元素对应列表框中相应的项，表示对应的项在程序运行期间是否被选中。例如，Selected(0)的值为 True 时，表示第一项被选中，如为 False，表示未被选中。

（5）Text 属性：用于获取当前选定列表项的文本内容。该属性是只读的，不能在属性窗口中设置，也不能在程序中设置，只能在程序中引用。

（6）MultiSelect 属性：用于设置列表框内是否允许同时选择多个列表项。该属性必须在设计时设置，运行时只能读取该属性。它共有三个可选择的值：

0—None：（默认值）禁止复选。即在列表框中每次只能选择一项，如果选择另一项则会取消对前一项的选择。

1—Simple：简单复选。用鼠标单击或按下空格键在列表中选中或取消选中项。

2—Extended：扩展复选。按下【Shift】键并单击鼠标或按下【Shift】键以及一个方向键（上箭头、下箭头、左箭头、右箭头）可以选中连续的多个选项；按下【Ctrl】键并单击鼠标可在列表中选中或取消选中不连续的多个选项。

（7）Sorted 属性：用于设置列表框中的各列表项在程序运行时是否自动排列。它取值为逻辑值，True 表示自动按字符码顺序排序；False 表示不进行排序，项目按加入先后顺序排列显示，这是系统默认值。

（8）Columns 属性：该属性用于设置列表项排列的列数。默认值为 0，表示列表框以单列显示；若将这一属性功能设为一正整数，则表示列表项显示的列数，并会出现水平滚动条。

（9）SelCount 属性：其值表示在列表框控件中被选中列表项的数目，SelCount 属性只有在 MultiSelect 属性值设置为 1（Simple）或 2（Extended）时起作用，通常它与 Selected 数组一起使用，以处理控件中的所选项目。如果没有选项被选中，那么 SelCount 属性将返回 0。

（10）Style 属性：该属性控制列表框的外观，其取值可以设置为 0 和 1，不同的取值，列表框有不同的外观形式。

0—标准形式（默认值），不带复选框，单击选项即可选中。

1—复选框形式，列表框中的每个选项前面有一个复选框，当复选框中出现"√"时表示该选项被选中。

3．列表框的常用方法

列表框内的数据建立后，若要删除列表框中的某个列表项，可使用 RemoveItem 方法，格式如下：

```
控件名称.RemoveItem Index
```

若想要删除所有列表项，可以用 Clear 方法，格式如下：

```
对象名.Clear
```

【例 6.5】设计一个查询由北京飞往各城市的航班时间的程序。当程序运行时，用户从列表框中选择一个城市名，便可显示出航班的起飞时间。

（1）界面设计如图 6-11 所示，在窗体上添加 1 个列表框，2 个无边界的标签控件，用于显示提示文本"请选择目的地"和"航班信息"，一个有边界的标签用来显示航班信息。控件属性设置如表 6-2 所示。程序运行结果如图 6-12 所示。

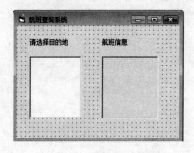

图 6-11　例 6.5 界面

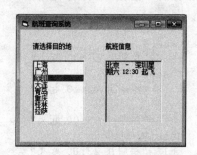

图 6-12　例 6.5 运行结果

表 6-2　控件属性设置

默认控件名	属　　性	设　　置
Form1	Caption	航班查询系统
Lable1	Caption	请选择目的地
Lable2	Caption	航班信息
Lable3	Caption	
	BorderStyle	1

（2）编写事件过程。

利用 Form Load()事件实现列表框的初始化，在程序一开始运行时就把所有日的地名都显示在列表框中，本例中为上海、广州等 8 个城市名。

```
Private Sub Form_Load()
    List1.AddItem "上海"
    List1.AddItem "广州"
    List1.AddItem "深圳"
    List1.AddItem "大连"
    List1.AddItem "青岛"
    List1.AddItem "重庆"
    List1.AddItem "桂林"
    List1.AddItem "拉萨"
End Sub
```

列表框支持单击事件。当用户单击列表框中任意一个选项时，触发列表框的单击事件过程 List1_Click()。在此过程中，用 Select Case 结构来判断选择的是哪一个选项，并确定应执行哪一个分支语句。如果用户选中"深圳"，则列表框的 Text 属性就获得一个值——"深圳"，同时 ListIndex 属性获得一个值——2，程序执行 Case 2 行下面的语句组。标签 3 中显示"北京 — 深圳 星期六 12:30 起飞"。相应事件过程如下：

```
Private Sub List1_Click()
    ch$="北京 — "
    Select Case List1.ListIndex
        Case 0
        ch1$="星期五 15:00 起飞"
        Case 1
        ch1$="星期一 09:00 起飞"
        Case 2
        ch1$="星期六 12:30 起飞"
        Case 3
        ch1$="星期三 10:00 起飞"
        Case 4
        ch1$="星期二 17:00 起飞"
        Case 5
        ch1$="星期四 22:20 起飞"
        Case 6
        ch1$="星期日 08:00 起飞"
        Case 7
        ch1$="星期五 23:00 起飞"
    End Select
    Label3.Caption=ch$+List1.Text+ch1$
End Sub
```

【例 6.6】在两个列表框间移动数据。

设计步骤如下：

（1）应用程序运行界面如图 6–13 所示。

选中左面列表框的数据项后，单击"＞"按钮，则所选的列表项移动到右面的列表框中；单击"＞＞"按钮，则左面列表框的所有列表项移到右面的列表框中；单击"＜"按钮，则在右面列表框中所选的列表项移动到左面的列表框中；单击"＜＜"按钮，则右面列表框的所有列表项移到左面的列表框中。

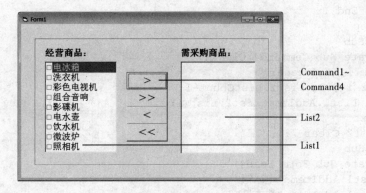

图 6-13　例 6.6 运行界面

（2）设置控件的属性如表 6-3 所示。

表 6-3　控件的主要属性设置

对　　象	属　　性	设计时属性值	说　　明
List1	Style	1-Checkbox	列表项带复选框
List2	List	空	
Command1~Command4	Caption	分别为>、>>、<、<<	

（3）程序代码如下：

```
Private Sub Command1_Click()
  Dim i As Integer
  i=0
  Do While i<List1.ListCount
    If List1.Selected(i)=True Then
      List2.AddItem List1.List(i)
      List1.RemoveItem i
    Else
      i=i+1
    End If
  Loop
End Sub
Private Sub Command2_Click()
  Dim i As Integer
  For i=0 To List1.ListCount-1
    List2.AddItem List1.List(i)
  Next
  List1.Clear
End Sub
Private Sub Command3_Click()
  Dim i As Integer
  i=0
  Do While i<List2.ListCount
    If List2.Selected(i)=True Then
      List1.AddItem List2.List(i)
      List2.RemoveItem i
    Else
      i=i+1
```

```
      End If
  Loop
End Sub
Private Sub Command4_Click()
  Dim i As Integer
  For i=0 To List2.ListCount-1
     List1.AddItem List2.List(i)
  Next
  List2.Clear
End Sub
Private Sub Form_Load()
  List1.AddItem "电冰箱"
  List1.AddItem "洗衣机"
  List1.AddItem "彩色电视机"
  List1.AddItem "组合音响"
  List1.AddItem "影碟机"
  List1.AddItem "电水壶"
  List1.AddItem "饮水机"
  List1.AddItem "微波炉"
  List1.AddItem "照相机"
End Sub
```

6.3.2　组合框

　　组合框（ComboBox）是组合了列表框和文本框（TextBox）的特性而形成的一种控件。也就是说，组合框是一种独立的控件，但它兼有列表框和文本框的功能。它可以像列表框一样，让用户通过鼠标选择所需要的项目，选中的项目内容自动装入文本框中；也可以像文本框一样，用键盘输入的方式选择项目，但输入的内容不能自动添加到列表框中。组合框占用屏幕空间比列表框要小。

　　组合框有三种不同的风格：下拉式组合框、简单组合框和下拉式列表框，如图 6-14 和图 6-15 所示。

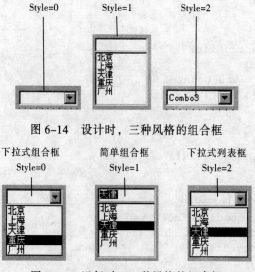

图 6-14　设计时，三种风格的组合框

图 6-15　运行时，三种风格的组合框

（1）下拉式组合框

下拉式组合框显示在屏幕上的是一个文本框和一个下拉按钮。执行时，用户可用键盘直接在文本框区域键入文本内容，也可用鼠标单击右面的下拉按钮，打开列表框供用户选择，选中内容显示在文本框上。这种组合框允许用户输入不属于列表框的选项。

（2）简单组合框

简单组合框将文本框与列表框一起显示在屏幕上。在列表框中列出所有的项目供用户选择，右面没有下拉按钮，列表框不能被收起和拉下。用户可以在文本框中输入列表框中没有的选项。

（3）下拉式列表框

下拉式列表框的功能与下拉式组合框类似，区别是不能输入列表框中没有的项。

组合框是输入控件中使用相当广泛的一种，它比文本框规范，比列表框灵活而省空间，所以使用组合框进行规范化内容的输入是一个好的选择。

在组合框中也可以通过在程序中使用 AddItem 方法添加数据项；用 RemoveItem 方法和 Clear 方法删除数据项。其操作方法与列表框一样。

【例 6.7】在窗体上设置三个组合框，用于选择计算机部分配置，包括 CPU、硬盘及内存。运行时，用户在选择了各项内容之后，单击"确定"按钮显示所选择的机器配置。

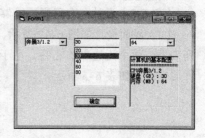

图 6-16　例 6.7 运行界面

（1）运行界面如图 6-16 所示。

（2）属性设置如表 6-4 所示。

表 6-4　控件的主要属性设置

对　象	属　性	设计时属性值	说　明
Combo1	Style	0-Dropdown Combo	下拉式组合框
	List	奔腾 3/0.8	
		奔腾 3/1.0	
		奔腾 3/1.2	
		奔腾 3/1.8	
		奔腾 3/2.0	
		奔腾 3/2.2	
		奔腾 3/2.4	
Combo2	Style	1-Simple Combo	简单组合框
	List	20	
		30	
		40	
		60	
		80	
Combo3	Style	2-Dropdown List	下拉列表框
	List	32	
		64	
		128	
		256	

（3）程序代码如下：

```
Private Sub Command1_Click()
  Picture1.Cls
  Picture1.Print "计算机的基本配置"
  Picture1.Print String(20,"=")
  Picture1.Print "CPU"; Combo1.Text
  Picture1.Print "硬盘（GB）: ";Combo2.Text
  Picture1.Print "内存（MB）: ";Combo3.Text
End Sub
Private Sub Form_Load()
  Combo1.Text=Combo1.List(0)
  Combo2.Text=Combo2.List(0)
  Combo3.Text=Combo3.List(0)
End Sub
```

【例 6.8】设计一个程序，能够实现对列表框中的选项进行添加、修改和删除操作。

（1）界面设计如图 6-17 所示，这是一个简单的报名窗口。在窗体上建立一个文本框和一个列表框、两个无边界的标签，用于显示提示文本"姓名"和"列表"；以及四个命令按钮。控件属性设置如表 6-5 所示。

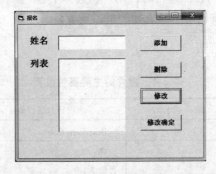

图 6-17 例 6.8 界面

表 6-5 控件属性设置

默认控件名	属　　性	设　　置
Form1	Caption	报名
Text1		
List1		
Lable1	Caption	姓名
Lable2	Caption	列表
Command1	Caption	添加
Command2	Caption	删除
Command3	Caption	修改
Command3	Caption	修改确定

（2）编写事件过程。

因为不能直接对列表框中的项目进行添加、修改和删除操作，所以利用了一个文本框。"添加"按钮的功能是将文本框中的内容添加到列表框,"删除"按钮的功能是删除列表框中选定的项目。如果要修改列表框中的内容,则要先选定项目,然后单击"修改"按钮,所选的项目显示在文本框中,当在文本框中修改完之后再单击"修改确定"按钮更新列表框。相应事件过程如下:

```
Private Sub Command1_Click()
  If (Text1.Text<>"") Then
    List1.AddItem Text1.Text
  Else
    MsgBox ("请输入添加内容")
  End If
End Sub
Private Sub Command2_Click()
  List1.RemoveItem List1.ListIndex
End Sub
Private Sub Command3_Click()
  Text1.Text=List1.Text                '将选定的项目送文本框供修改
  Text1.SetFocus
  Command1.Enabled=False
  Command2.Enabled=False
  Command3.Enabled=False
  Command4.Enabled=True
End Sub
Private Sub Command4_Click()    '将修改后的项目送回列表框,替换原项目,实现修改
  List1.List(List1.ListIndex)=Text1.Text
  Command1.Enabled=True
  Command2.Enabled=True
  Command3.Enabled=True
  Command4.Enabled=False
End Sub
```

程序运行结果如图 6-18 所示。

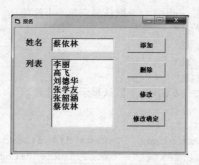

图 6-18　例 6.8 运行结果

【例 6.9】完善上例中的程序,要求界面如图 6-19 所示。性别和班级由组合框中选择输入,其中性别选项为下拉式列表框,班级选项为下拉式组合框(提供 4 种默认班级:电子 02、微机 02、电气 02 和网络 02,用户还可以输入其他的班级名)。然后将学生姓名、性别和班级添加到列表框中,用户可以删除列表框中选项,也可以把整个列表框清空。

(1)界面设计。

在窗体上建立 1 个文本框和 1 个列表框、3 个命令按钮、4 个无边界的标签,用于显示提示

文本"姓名"、"性别"、"班级"和"列表"；2 个组合框，分别用于选择输入"性别"和"班级"中的选项；控件属性设置如表 6-6 所示，程序运行结果如图 6-20 所示。

表 6-6　控件属性设置

默认控件名	属　　性	设　　置
Form1	Caption	报名
Text1		
List1		
Lable1	Caption	姓名
Lable2	Caption	列表
Lable3	Caption	性别
Lable4	Caption	班级
Command1	Caption	添加
Command2	Caption	删除
Command3	Caption	清空
Combo1	Style	2 — Dropdown List
Combo2	Style	0 — Dropdown Combo

（2）编写事件过程。

程序修改以后，"添加"按钮的功能是将文本框中的内容和"性别"、"班级"组合框中的选项一起被添加到列表框，"删除"按钮的功能仍是删除列表框中选定的项目，"清空"按钮的功能是将整个列表框中的内容全部清空。在程序中，"性别"和"班级"组合框的初始化是利用 Form_Load()事件完成的。

```
Private Sub Form_Load()
  Combo1.AddItem "男"
  Combo1.AddItem "女"
  Combo1.Text=Combo1.List(0)      '默认显示第一个选项
  Combo2.AddItem "电子02"
  Combo2.AddItem "微机02"
  Combo2.AddItem "电气02"
  Combo2.AddItem "网络02"
  Combo2.Text=Combo2.List(0)      '默认显示第一个选项
End Sub
Private Sub Command1_Click()
  If((Text1.Text<>"")And(Combo1.Text<>"")And(Combo2.Text<>""))Then
    List1.AddItem Text1.Text+""+Combo1.Text+""+Combo2.Text
  Else
    MsgBox("请输入添加内容")
  End If
End Sub
Private Sub Command2_Click()
  List1.RemoveItem List1.ListIndex
End Sub
Private Sub Command3_Click()
  List1.Clear    '清空列表框
End Sub
```

图 6-19　例 6.9 界面设计

图 6-20　例 6.9 运行结果

6.4　计 时 器

计时器（Timer）控件是一种定时触发事件的控件，它能每隔一定的时间间隔就产生一次 Timer 事件（可理解为报时），用户可以根据这个特性设置时间间隔控制某些操作或用于计时。

1. 主要属性

（1）Enabled 属性：设置定时器是否有效，它是一个逻辑值。其值为 True，表示开始有效计时，到达计时则触发 Timer 事件；若值为 False，则定时器控件停止工作，不再触发事件。

（2）Interval 属性：

该属性用来设置两个计时器事件之间的时间间隔，其值以 ms（0.001s）为单位，取值范围为 0~65 535，所以最大时间间隔不能超过 65.6s。例如，如果希望每 0.5ms 产生一个计时器事件，那么属性值应设为 500。这样每隔 500ms 引发一次 Timer 事件，从而执行相应的 Timer 事件过程。

2. 主要事件

计时器控件只支持 Timer 事件。对于一个有计时器控件的窗体，只要 Timer 控件的 Enabled 属性被设置为 True，而且 Interval 属性值大于 0，则 Timer 事件就以 Interval 属性值指定的时间间隔发生。可以在 Timer 事件过程中编写代码，告诉 VB 在一个时刻到来时该做什么操作。

Timer 控件只在设计时出现在窗体上，可以选定这个控件，查看属性，编写事件过程。在程序运行时，Timer 控件并不显示在屏幕上，所以其大小和位置无关紧要。

在 VB 中，可以用 Time 函数获取系统时钟的时间。而 Timer 事件是 VB 模拟实时计时器的事件，不能将两者混淆。

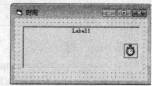

图 6-21　例 6.10 界面设计

【例 6.10】设计数字计时器，要求每秒钟时间变化一次。

（1）在窗体上建立一个标签和一个计时器控件，界面设计如图 6-21 所示。控件属性设置如表 6-7 所示。

表 6-7　控件属性设置

默认控件名	属　　性	设　　置
Form1	Caption	时间
Label1	BorderStyle	1 —— Fixed Single
Timer1	Interval	1000

（2）编写事件过程代码。

```
Private Sub Timer1_Timer()
    Label1.FontName="Times New Roman"
    Label1.FontSize=48
    Label1.Caption =Time  '将 Time 函数返回的系统时间显示在标签中
End Sub
```

运行上述程序，屏幕上显示如图 6-22 所示的数字计时器。设计时计时器控件显示在窗体上，但程序运行时它不会显示出来。

图 6-22　例 6.10 运行结果

【例 6.11】设计一个计时程序，如图 6-23 所示。单击"开始计时"按钮，开始计时，同时按钮变为"停止计时"；单击"停止计时"按钮，计时停止，并保留计时结果，按钮恢复为"开始计时"；再次单击"开始计时"按钮，接着上次结果继续计时。单击"清零"按钮，计时器清零。

设计步骤如下：

（1）建立应用程序用户界面如图 6-23 所示。

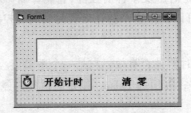

图 6-23　例 6.11 界面设计

（2）属性设置如表 6-8 所示。

表 6-8　控件的主要属性设置

对　　象	属　　性	设计时属性值	说　　明
Text1	Text	空	
Timer1	Enabled	False	
	Interval	1000	时间间隔为 1s
Command1	Caption	开始计时	
Command2	Caption	清零	

（3）编写程序代码。

```
Private Sub Command1_Click()
    If Command1.Caption="开始计时" Then
        Timer1.Enabled=True
        Command1.Caption="停止计时"
        Command2.Enabled=False
    Else
        Timer1.Enabled=False
        Command1.Caption="开始计时"
        Command2.Enabled=True
    End If
End Sub
Private Sub Command2_Click()
```

```
h=0:m=0:s=0
Text1.Text=Format(h,"00")&": "&Format(m,"00")&": "&Format(s,"00")
End Sub

Private Sub Timer1_Timer()
s=s+1
If s>59 Then
    m=m+1
    s=0
    If m>59 Then
        h=h+1
        m=0
    End If
End If
Text1.Text=Format(h,"00")&": "&Format(m,"00")&": "&Format(s,"00")
End Sub
```

运行界面如图 6-24 所示。

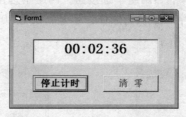

图 6-24   例 6.11 运行界面

6.5 框架控件

框架（Frame）控件是一种容器型的控件，它用来将窗体上的控件进行分类整理，在应用程序中可以将完成相同功能的控件分成一组。例如，当需要在同一窗体中建立几组功能相互独立的单选按钮时，就要使用框架控件对单选按钮进行分组。这样在一个框架内的单选按钮为一组，对每一组中单选按钮的操作不影响框外其他组的单选按钮。另外，对其他类型的控件用框架框起来，一方面可提供视觉上的区分，使窗体一目了然，另一方面可以利用框架的特性，使框内的各控件具有总体的激活或屏蔽特性。

为了将控件分组，必须在窗体中先画出框架，再在其中建立各种控件。在框架内建立控件时要注意，应该在工具箱中单击控件工具，然后用出现的"+"指针，在框架中适当的位置画出适当大小的控件。用这种方法在框架中建立的控件和框架形成一个整体，如果想把框架移动到窗体的其他位置，框架中的控件会随框架一起移动。如果激活框架，然后删除框架，框架内的控件随之一起删除。如果采用的不是单击工具箱中的控件工具，而是双击，并把新建立的控件拖入框架内，则它不能与框架构成一个整体，在移动框架时，其中的控件并不随之同时移动，此时的控件并未按框架分组。

如果需要对窗体上已有的控件进行分组，可以先选中需要放入框架中的控件，使用"编辑"菜单中的"剪切"命令将控件剪切到剪贴板中，然后选中框架，单击"编辑"菜单中的"粘贴"命令将剪贴板上的控件粘贴到框架中即可。

框架的主要属性有 Caption、Enabled、Visible 等。

（1）Caption 属性

Caption 属性用于设定框架的标题名称，它将显示框架的左上角，通常用于注明框架的用途。如果省略，则框架形式上为一个封闭的矩形框，但其中的控件与单纯用矩形框框起来的控件并不一样。

（2）Enabled 属性

有 True 和 False 两种设置，True 是默认值。当框架的 Enabled 属性设为 False 时，框架内的所有控件都将屏蔽，用户无法对其操作，此时框架的标题（Caption）为灰色。

（3）Visible 属性

设置对象是否可见。有 True 和 False 两个属性值。设置为 True 时框架可见，为 False 时，框架及其内部的所有控件都将隐藏起来。

【例 6.12】使用两个单选按钮组来改变文本框中文字的字体和字号，程序运行结果如图 6-25 所示。

（1）在窗体上建立一个文本框和两组单选按钮，两组单选按钮分别放在标题为"字体"和"字号"的两个框架中，设计时字体默认为宋体，字号默认为 20。

（2）控件属性设置如表 6-9 所示。

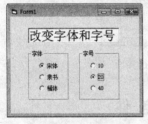
（a）宋体、20 号

（b）隶书、10 号

图 6-25　例 6.12 运行结果

表 6-9　控件属性设置

默认控件名	属　　性	设　　置
Form1	Caption	框架示例
Text1	Text	改变字体和字号
Frame1	Caption	字体
Frame2	Caption	字号
Option1	Caption	宋体
	Value	True
Option2	Caption	隶书
Option3	Caption	黑体
Option4	Caption	10
Option5	Caption	20
	Value	True
Option6	Caption	40

（3）编写事件过程

```
Private Sub Form_Load()          '程序开始运行时字体默认为宋体,字号默认为20
    Text1.FontName="宋体"
    Text1.FontSize=20
End Sub
Private Sub Option1_Click()
    Text1.FontName="宋体"
End Sub
Private Sub Option2_Click()
    Text1.FontName="隶书"
End Sub
Private Sub Option3_Click()
    Text1.FontName="黑体"
End Sub
Private Sub Option4_Click()
    Text1.FontSize=10
End Sub
Private Sub Option5_Click()
    Text1.FontSize=20
End Sub
Private Sub Option6_Click()
    Text1.FontSize=40
End Sub
```

【例 6.13】利用 Frame 控件对单选按钮进行分组，美化界面。界面设计如图 6-26 所示，此程序功能为：输入姓名，选择性别、民族、爱好后，单击"确定"按钮后，把刚才所选择的内容汇总显示在个人资料框架内，运行结果如图 6-27 所示。

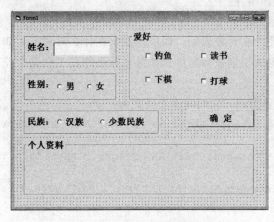

图 6-26　例 6.13 设计界面

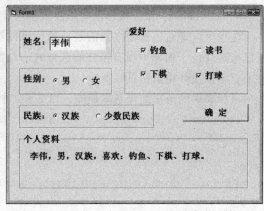

图 6-27　例 6.13 运行结果

```
Private Sub Command1_Click()
    If Text1.Text="" Then
    a = InputBox("您忘了输入姓名", "注意", "请输入姓名!")
    If a="" Or a="请输入姓名" Then Exit Sub
    Text1.Text=a
    End If
    p1=Text1.Text+", "
    p2=IIf(Option1.Value,"男, ","女, ")
```

```
p3=IIf(Option3.Value,"汉族","少数民族")
p4="，喜欢："
If Check1.Value=1 Then p4=p4+Check1.Caption+"、"
If Check2.Value=1 Then p4=p4+Check2.Caption+"、"
If Check3.Value=1 Then p4=p4+Check3.Caption+"、"
If Check4.Value=1 Then p4=p4+Check4.Caption+"、"
aa=p1+p2+p3+IIf(p4="，喜欢：","，无爱好。",p4)
Label4.Caption=Left(aa,Len(aa)-1)+"。"
Text1.SetFocus
End Sub
```

6.6　鼠标和键盘

鼠标和键盘是用户与计算机交流的重要工具。VB 应用程序可以响应多种鼠标事件和键盘事件。如前面经常用到的单击 Click、双击 DblClick 事件是最基本的鼠标事件。许多控件，如窗体、图像控件等都可以检测鼠标指针的位置，并响应相应的单击、双击、左（右）键按下等事件。同样，利用键盘事件也可以响应各种键盘操作，解释和处理 ASCⅡ 字符。

6.6.1　鼠标

由用户操作鼠标所引起的、能够被 VB 各种对象识别的事件即为鼠标事件。除了单击事件（ Click）、双击事件（ DblClick）之外，基本的鼠标事件还有 3 个：MouseDown、MouseUp 和 MouseMove 事件，工具箱中的大多数控件都能响应这 3 个事件。

- MouseDown：当鼠标的任一键被按下时触发该事件。
- MouseUp：当鼠标的任一键被释放时触发该事件。
- MouseMove：鼠标被移动时触发该事件。

在程序设计时，需要注意的是，鼠标事件被什么对象识别，即事件发生在什么对象上。如果鼠标事件位于窗体中没有控件的区域时，则窗体识别鼠标事件；如果鼠标事件发生在某个控件上，则该控件将识别鼠标事件。

鼠标事件的语法结构基本相同，以 Form 对象为例，它们的语法格式为：

```
Private Sub Form_MouseDown(Button As Integer,Shift As Integer,X As Single,Y As Single)
Private Sub Form_MouseMove(Button As Integer,Shift As Integer,X As Single,Y As Single)
Private Sub Form_MouseUp(Button As Integer,Shift As Integer,X As Single,Y As Single)
```

参数说明如下：

（1）Button：是一个 3 位二进制整数，表示用户按下或释放的鼠标键。Button 值与鼠标键状态的对应关系如表 6-10 所示。

表 6-10　Button 值与鼠标状态的对应关系

二　进　制　值	十　进　制　值	鼠标对应状态
000	0	未按任何键
001	1	左键被按下（默认）

续表

二 进 制 值	十 进 制 值	鼠标对应状态
010	2	右键被按下
011	3	左、右键同时被按下
100	4	中间键被按下
101	5	同时按下中间键和左键
110	6	同时按下中间键和右键
111	7	3 个键同时被按下

（2）Shift：是一个 3 位二进制整数，表示鼠标事件发生时【Shift】、【Ctrl】和【Alt】键的状态。Shift 参数值与 3 键状态的对应关系如表 6-11 所示。

表 6-11　Shift 值与【Shift】、【Ctrl】和【Alt】键状态的对应关系

二 进 制 值	十 进 制 值	鼠标对应状态
001	1	按下【Shift】键
010	2	按下【Ctrl】键
011	3	同时按下【Shift】和【Ctrl】键
100	4	按下【Alt】键
101	5	同时按下【Alt】和【Shift】键
110	6	同时按下【Alt】和【Ctrl】键
111	7	同时按下【Shift】、【Ctrl】和【Alt】键

（3）X，Y：这两个值表示当前鼠标的位置。

【例 6.14】显示鼠标指针的当前位置。

（1）在窗体上建立两个标签，用来显示提示信息 "X 坐标" 和 "Y 坐标"；建立两个文本框，用来显示鼠标指针的当前位置。控件属性设置如表 6-12 所示。

表 6-12　控件属性设置

默认控件名	属　　性	设　　置
Form1	Caption	鼠标位置
Label1	Caption	X 坐标
Label2	Caption	Y 坐标
Text1	Text	
Text2	Text	

（2）编写事件过程。

```
Private Sub Form_MouseMove(Button As Integer,Shift As
Integer,X As Single,Y As Single)
    Text1.Text=X
    Text2.Text=Y
End Sub
```

程序运行结果如图 6-28 所示。

图 6-28　例 6.14 运行结果

【例 6.15】设计绘图程序。要求：单击鼠标左键开始绘制，按下左键并移动鼠标进行绘制，释放鼠标则停止绘制，然后在新的位置开始绘制。用鼠标右键可以绘制较粗的线条。在窗体的左下角显示当前坐标值。

（1）界面设计。

因为只是响应鼠标事件，界面设计相当简单。只需在窗体的左下角添加两个标签控件，分别用来显示当前的 x 坐标和 y 坐标。

（2）编写事件过程。

```
Dim X0 As Integer,Y0 As Integer          'X0、Y0 存放新的图形的起点
 Private Sub Form_MouseDown(Button As Integer,Shift As Integer,X As Single,Y
As Single)
    Dim k As Integer
    k =k+1
    If k=1 Then
      X0=X:Y0=Y:Line(X0,Y0)-(X,Y)            '设置绘图起点
    End If
 End Sub
 Private Sub Form_MouseMove(Button As Integer,Shift As Integer,X As Single,Y
As Single)
    If Button=1 Then Line-(X,Y)              '按下鼠标左键时绘制图形
    If Button=2 Then Circle(X,Y), 25: Circle(X,Y),30:Circle(X,Y),35:Circle
(X,Y), 40                                  '用绘制圆的方式绘制粗线条
    Label1.Caption=Str(X):Label2.Caption=Str(Y)
 End Sub
 Private Sub Form_Resize()
    Label1.Top=Form1.ScaleTop+Form1.ScaleHeight- Label1.Height
    Label2.Top=Form1.ScaleTop+Form1.ScaleHeight- Label2.Height
 End Sub
```

程序中，用绘制圆的方式绘制粗线条。如果鼠标移动较快，则可见圆形。图 6-29 所示为程序运行时所绘图形。

6.6.2 键盘

虽然在 Windows 应用程序中，大多数情况下用户只需使用鼠标就可以操作，但是有时也需要用键盘进行操作。尤其是需要输入文本的地方，经常会用到键盘，这就需要对键盘事件进行编程。

在 VB 中，对象识别的键盘事件有 KeyPress、KeyUp 和 KeyDown 事件。

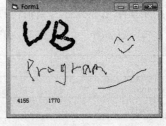

图 6-29　例 6.15 运行结果

- KeyPress 事件：用户按下并且释放一个会产生 ASCII 码的键时被触发。
- KeyDown 事件：用户按下键盘上任意一个键时被触发。
- KeyUp 事件：用户释放键盘上任意一个键时被触发。

键盘事件的语法格式为：

```
Sub Object_KeyPress([Index As Integer,] KerAscii As Integer)
Sub Object_KeyDown([Index As Integer,] KerCode As Integer,Shift As Integer)
Sub Object_KeyUP([Index As Integer,] KerCode As Integer,Shift As Integer)
```

参数说明如下：

- Index：整数，它用来唯一地标识一个在控件数组中的控件。

- Keyascii：返回一个标准 ANSI 键代码的 ASCⅡ值。keyascii 通过引用传递，对它进行改变可给对象发送一个不同的字符。将 keyascii 改变为 0 时可取消击键，此时对象接收不到字符。
- Keycode：返回用户操作键的扫描代码。它告诉事件过程用户所操作的物理键位，并不区分大小写。
- Shift：是一个整数，它的含义与鼠标事件过程中的 Shift 一样。

注　意

KeyDown 事件和 KeyUP 事件返回的是键盘的直接状态，而 KeyPress 事件并不反映键盘的直接状态。换言之，KeyDown 事件和 KeyUP 事件返回的是"键"，而 KeyPress 事件返回的是"字符"的 ASCII 码。例如，当按字母键 A 时，KeyDown 事件得到的 KeyCode 码与按字母键 a 是相同的，而对 KeyPress 事件来说，所得到的 ASCII 码是不一样的。

在引发键盘事件的同时，用户所按的键盘码作为实参传递给相应的事件过程，供程序判断并识别用户的操作。

【例 6.16】设计一个程序，实现在文本框中只能输入字母，且无论大小写，都要转换成大写字母。程序如下：

```
Private Sub Text1_KeyPress(KeyAscii As Integer)
  Dim str$
  If KeyAscii<65 Or KeyAscii>122 Then
    Beep
    KeyAscii=0
  ElseIf KeyAscii>=65 And KeyAscii<=90 Then
    Text1=Text1+Chr(KeyAscii)
  Else
    str=UCase(Chr(KeyAscii))
    KeyAscii=0
    Text1=Text1+str
  End If
End Sub
```

6.6.3　拖放

所谓拖放，就是使用鼠标将对象从一个地方"拖拉"（Dragging）到另一个地方再放下（Dropping）。其过程是单击要拖动的对象，按住鼠标键，然后移到指定的新位置释放鼠标放下对象。下面介绍与拖放有关的属性、事件和方法。

1. 属性

有两个属性与拖放有关，即 DragMode 和 DragIcon。

（1）DragMode 属性

该属性用来设置自动或手工拖放模式。其默认值为 0，即手工拖放模式，DragMode 属性为 1 时为自动拖放。如果一个对象的 DragMode 属性设置为 1，则该对象不再接收 Click 事件和 MouseDown 事件。

（2）DragIcon 属性

该属性用于改变拖动图标。拖动控件时，Visual Basic 将控件的灰色轮廓作为默认的拖动图标。对 DragIcon 属性进行设置，即可用其他图像代替该轮廓。

2．事件

与拖放有关的事件是 DragDrop 和 DragOver。

（1）DragDrop 事件。

当把控件（图标）拖到目标之后，如果松开鼠标键，则产生一个 DragDrop 事件。其语法格式为：

```
Sub <对象名>_DragDrop(Source As Control,X As Single,Y As Single)
```

其中 Source 是一个对象变量，其类型为控件。参数 X、Y 是松开鼠标键放下对象时鼠标光标的位置。

（2）DragOver 事件。

DragOver 事件用于图标的移动。当拖动对象越过一个控件时，产生 DragOver 事件。其语法为：

```
Sub <对象名>_DragOver(Source As Control,X As Single,Y As Single,State As
Integer)
```

其中 Source 参数的意义与 DragDrop 事件相同，X、Y 是拖动时鼠标光标的坐标位置。State 参数是一个整数，可以取以下 3 个值。

- 0—鼠标光标正进入目标对象的区域；
- 1—鼠标光标正退出目标对象的区域；
- 2—鼠标光标正位于目标对象的区域之内。

3．方法

与拖放有关的方法有 Move 和 Drag，其中 Move 方法比较熟悉，下面介绍 Drag 方法。

采用手动拖放方式时，必须使用 Drag 方法来启动拖动操作。但是在自动拖放方式下，也可以使用 Drag 方法。Drag 方法的语法为：

```
[对象名.]Drag [action]
```

其中，参数 action 的取值为 0、1 或 2，其含义分别为：

- 0—取消拖放操作，不引发 DragDrop 事件。
- 1—启动控件的拖动。
- 2—结束控件的拖动，并引发 DragDrop 事件。

【例 6.17】将图片框控件拖放到窗体的任意位置。

（1）在窗体上任意位置建立一个图片框 Picture1，将其 AutoSize 属性设置为 True，DragMode 属性设置为 1—Automatic。

（2）编写事件过程。

程序开始运行时，用 LoadPicture 函数把图形文件 qq.bmp 装入到图片框 Picture1 中，相应事件过程如下：

```
Dim X0 As Single,Y0 As Single
Private Sub Form_DragDrop(Source As Control,X As Single,Y As Single)
  Source.Move(X-X0),(Y-Y0)
End Sub
Private Sub Picture1_MouseDown(Button As Integer,Shift As Integer,X As
Single,Y As Single)
  Picture1.Drag 1          '启动控件拖放
  X0=X:Y0=Y
End Sub
Private Sub Form_Load()
  Picture1.Picture=LoadPicture("f:\qq.bmp")
End Sub
```

实训 6 常用控件

一、实训目的

（1）了解图片框和图像框的使用。
（2）熟悉使用单选按钮和复选框。
（3）熟练掌握列表框和组合框的常用属性和常用方法。
（4）熟练掌握计时器的应用。

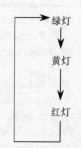

图 6-30 交通灯更
换方式

二、实训内容

（1）设计更换交通灯的程序，执行时出现绿灯信号，若按更换灯按钮可以更改灯，更改方式如图 6-30 所示。

（2）设计如图 6-32 所示的界面，在窗体上放置 3 个框架控件，其中 2 个框架对 6 个单选按钮分组，一个框架中放置 3 个复选框。运行时选择不同的样式、字号、字体时，标签中的文字会相应改变。

（3）设计一个城市列表单，用户可以浏览项目、添加项目、清除所有项目和删除用户选定的项目。

（4）编写加减法算术练习程序。计算机连续地随机给出两位数的加减法算术题，要求学生回答，答对的打"√"，答错的打"×"。将做过的题目存放在列表框中，并随时显示答题的正确率。

（5）设计一个倒计时程序。单击"开始计时"按钮，输入秒、分钟、小时开始计时，当倒计时器为 00:00:00 时，出现"计时到"消息框，程序结束。

三、实训操作步骤

1."更换交通灯"程序

（1）应用程序界面设计。

在窗体上添加 4 个图片框控件和 1 个命令按钮控件。设置属性如表 6-13 所示，完成后的界面如图 6-31 所示。

表 6-13　控件的主要属性设置

对　象	属　性	设计时属性值	说　明
Picture1	Picture	空	
Picture2	Picture	D:\Program Files\Microsoft Visual Studio\Common\Graphics\Icons\Traffic\TRFFC10A.ICO	绿灯
Picture3	Picture	D:\Program Files\Microsoft Visual Studio\Common\Graphics\Icons\Traffic\TRFFC10B.ICO	黄灯
Picture3	Picture	D:\Program Files\Microsoft Visual Studio\Common\Graphics\Icons\Traffic\TRFFC10C.ICO	红灯
Command1	Caption	更换灯	

（2）编写代码。

```
Private Sub Command1_Click()
Select Case Picture1.Picture
 Case Picture2.Picture          '绿转黄
    Picture1.Picture=Picture3.Picture
 Case Picture3.Picture          '黄转红
    Picture1.Picture=Picture4.Picture
 Case Picture4.Picture          '红转绿
    Picture1.Picture=Picture2.Picture
End Select
End Sub

Private Sub Form_Load()
Picture2.Visible=False
Picture3.Visible=False
Picture4.Visible=False
Picture1.Picture=Picture2.Picture
End Sub
```

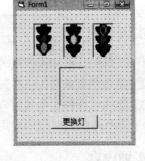

图 6-31　第 1 题设计界面

2．设置标签文字的样式、字号、字体

（1）应用程序界面设计。

在窗体上添加 1 个标签控件、3 个框架、3 个复选框、6 个单选按钮。设置属性如表 6-14 所示，完成后的界面如图 6-32 所示。

表 6-14　控件的主要属性设置

对　　象	属　　性	设计时属性值	说　　明
Label1	Caption	欢迎进入	标签控件标题
Frame1、Frame2、Frame3	Caption	分别为样式、字号、字体	框架控件标题
Check1、Check2、Check 3	Caption	分别为粗体、斜体、下画线	复选框标题
Option1、Option2、Option3	Caption	分别为 16、24、36	单选按钮标题
Option4、Option5、Option6	Caption	分别为隶书、宋体、幼园	单选按钮标题

（2）编写代码。

```
Private Sub Check1_Click()
Label1.FontBold=IIf(Check1.Value, True, False)
End Sub

Private Sub Option1_Click()
'Label1.FontSize=16
Label1.FontSize=Option1.Caption
End Sub
Private Sub Option4_Click()
Label1.FontName="隶书"
End Sub
Private Sub Check2_Click()
Label1.FontItalic=IIf(Check2.Value, True, False)
End Sub
```

```
Private Sub Check3_Click()
Label1.FontUnderline=IIf(Check3.Value, True, False)
End Sub
Private Sub Option2_Click()
Label1.FontSize=24
End Sub

Private Sub Option3_Click()
Label1.FontSize=36
End Sub

Private Sub Option5_Click()
Label1.FontName="宋体"
End Sub

Private Sub Option6_Click()
Label1.FontName="幼圆"
End Sub
```

图 6-32　第 2 题设计界面

3. 设计一个可操作的城市列表单

（1）应用程序界面设计。

在窗体上添加 2 个标签控件、1 个文本框、1 个列表框、3 个单选按钮。设置属性如表 6-15 所示，完成后的界面如图 6-33 所示。

表 6-15　控件的主要属性设置

对象	属性	设计时属性值	说　　明
Label1	Caption	添加城市名：	标签控件标题
Label2	Caption	中国城市列表：	标签控件标题
List1	List	空	列表框内容
	MultiSelect	Extended	允许用户在列表框中使用【Ctrl】或【Shift】键选择多个列表项目
Text1	Text	空	文本框内容
Command1	Caption	添加项目	命令按钮标题
Command2	Caption	删除所选项目	命令按钮标题
Command3	Caption	删除所有项目	命令按钮标题

（2）编写代码。

```
Private Sub Command1_Click()
If Trim(Text1.Text)="" Then
    MsgBox "不能添加空的城市名"
Else
    List1.AddItem Text1.Text
End If
End Sub

Private Sub Command2_Click()
Dim i As Integer
If List1.SelCount=1 Then
    List1.RemoveItem List1.ListIndex
```

```
ElseIf List1.ListCount>1 Then
    For i=List1.ListCount-1 To 0 Step -1
        If List1.Selected(i) Then
            List1.RemoveItem i
        End If
    Next
End If
End Sub

Private Sub Command3_Click()
List1.Clear
End Sub

Private Sub Form_Load()
List1.AddItem "北京"
List1.AddItem "上海"
List1.AddItem "大连"
List1.AddItem "广州"
List1.AddItem "深圳"
List1.AddItem "杭州"
List1.AddItem "重庆"
List1.AddItem "武汉"
List1.AddItem "天津"
End Sub
```

图 6-33　第 3 题设计界面

4．加减法的算术练习程序。

（1）应用程序界面设计。

在窗体上添加 1 个标签控件、1 个文本框、1 个组合框、2 个单选按钮、1 个框架，框架上添加 2 个标签。设置属性如表 6-16 所示，完成后的界面如图 6-34 所示。

表 6-16　控件的主要属性设置

对　　象	属　　性	设计时属性值	说　　明
Combo1	Style	2-Dropdown List	下拉式列表框
Label1、Label2、Label3	Caption	空	标签控件标题
Text1	Text	空	文本框内容
Frame	Caption	空	框架标题
Command1	Caption	重置	命令按钮标题
Command2	Caption	关闭	命令按钮标题

（2）编写代码。

```
Private Sub Form_Activate()
Randomize
a=Int(10+90*Rnd)              '随机产生两位数
b=Int(10+90*Rnd)
p=Int(2*Rnd)
Select Case p
Case 0
Label1.Caption=a&"+"&b&"="
Text1.Tag=a+b                 '存储正确答案
```

```
Case 1
If a<b Then t=a:a=b:b=t
Label1.Caption=a&"-"&b&"="
Text1.Tag=a+-b
End Select
Form1.Tag=Val(Form1.Tag)+1
Text1.SetFocus
Text1.SelStart=0
Text1.Text=""
End Sub
Private Sub Text1_KeyPress(KeyAscii As Integer)
If KeyAscii=13 Then
fm="!@@@@@@@@@@@@@@"
If Text1.Text=Text1.Tag Then
   Item=Format(Label1.Caption&Text1.Text, fm)&" √"
   Combo1.Tag=Combo1.Tag + 1
Else
     Item=Format(Label1.Caption&Text1.Text,fm)&"×"
End If
Combo1.AddItem Item, 0
Combo1.ListIndex=0
Label2.Caption="共"&Form1.Tag&"题，正确率为："
Label3.Caption=Format(Combo1.Tag/Form1.Tag,"#0.0#%")
Form_Activate
End If
End Sub
Private Sub Command2_Click()
Unload Me
End Sub
Private Sub Command1_Click()
Form1.Tag=0   '存储总题目数
Combo1.Tag=0      '存储正确题目数
Combo1.Clear      '清除组合框中的数据项
Label2.Caption="欢迎重新开始！"
Label3.Caption=""
Form_Activate
Text1.SetFocus
End Sub
```

图 6-34　第 4 题设计界面

5．设计一个倒计时程序

（1）应用程序界面设计。

在窗体上添加 1 个文本框控件、1 个计时器控件和 1 个命令按钮。设置属性如表 6-17 所示，完成后的界面如图 6-35 所示。

表 6-17　控件的主要属性设置

对　　象	属　　性	设计时属性值	说　　明
Text1	Text	00:00:00	
Timer1	Enabled	False	
	Interval	1000	时间间隔为 1 秒
Command1	Caption	&S 开始	S 为快捷键

（2）编写程序代码。

```
Dim h As Integer, m As Integer, s As Integer
Private Sub Command1_Click()
If Command1.Caption="&s 开始"Then
    s = Val(InputBox("请输入秒"))
    m = Val(InputBox("请输入分钟"))
    h = Val(InputBox("请输入小时"))
    Timer1.Enabled=True
    Command1.Caption="&e 结束"
Else
    Timer1.Enabled=False
    h=0:m=0:s=0
    Label1.Caption=Format(h,"00")&":"&Format(m,"00")&":"&Format(s,"00")
    Command1.Caption="&s 开始"
End If
End Sub
Private Sub Timer1_Timer()
s=s-1
If s<0 Then
    m=m-1
    s=59
    If m<0 Then
        h=h-1
        m=59
        If h<0 Then
            MsgBox "时间到！",,"倒计时器"
            Timer1.Enabled = False
            Exit Sub
        End If
    End If
End If
Label1.Caption=Format(h,"00")&":"&Format(m,"00")&":"&Format(s,"00")
End Sub
```

图 6-35 第 5 题设计界面

习题 6

1. 对于一个尺寸不确定的图片，使用 PictureBox 和 Image 控件如何能保证显示图片的全貌。
2. 在运行时如何在图片框或图像框控件中加载或删除图片？
3. 单选按钮和复选框控件在使用上有什么区别？
4. 组合框和列表框控件的主要区别是什么？
5. 框架控件的主要用途是什么？
6. 设计如图 6-36 所示的界面，在窗体上放置 2 个框架控件用来对 6 个单选按钮分组。运行时选择不同的文字颜色和背景色时，文本框中的文字颜色和背景颜色会相应改变。初始时文字颜色为黑色，背景颜色为白色。
7. 如何在列表框中添加项目？

8. 简易抽奖机如图 6-37 所示。在组合框文本框区域输入彩票号码，单击"添加"按钮，添加到组合框。反复操作后，单击"开始"按钮，则在组合框的彩票号码中随机抽取一彩票号码显示在文本框区域作为中奖号码。

图 6-36　习题 6 界面

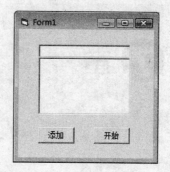

图 6-37　习题 8 界面

9. 设计一个计时器，能够设置倒计时的时间，并进行倒计时。

10. 设计一个数字表，用以显示当前的日期、时间，以及上午或下午。

11. KeyDown 与 KeyPress 事件的区别是什么？

12. 设计一个程序，在窗体上画两个图片框，单击鼠标左键显示左边的图片，单击鼠标右键显示右边的图片。

 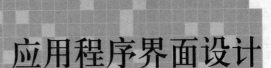

第7章 应用程序界面设计

通过本章的学习

您将能够：

- 熟悉自定义对话框的使用，掌握通用对话框的使用和属性。
- 掌握多重窗体和多文档界面的使用。
- 掌握菜单和工具栏的设计。

您应具有：

- 对话框的程序设计能力。
- 多重窗体和多文档界面的使用能力。
- 菜单和工具栏的程序设计能力。

在 Windows 应用程序设计中，界面设计是一个关键问题，界面是否友好、用户操作是否方便都将直接影响一个应用程序的使用。VB 提供了强大的界面设计能力，利用窗体、各种控件、对话框、菜单、工具栏等对象，通过属性设置来获得最佳的外观特征，可以设计出风格友好、操作方便的 Windows 标准界面。

7.1 对　话　框

对话框是一种实现用户和应用程序进行交互的特殊窗口，主要可让用户输入数据或输出显示提示信息，并可以进行打开文件、保存文件、设置字体、选择颜色等操作。它和普通窗体不同，区别主要表现在以下几个方面：

（1）一般情况下，用户没有必要改变对话框的大小，因此对话框的大小和边框是固定的。为了退出对话框，必须单击其中的某个按钮，不能通过单击对话框外部的某个地方关闭对话框。

（2）对话框只有关闭按钮而没有最大化和最小化按钮，以免被意外地扩大或缩小成图标，这是它与窗体的外观差别。

（3）对话框不是应用程序的主要工作区，只是临时使用，使用后就关闭。

Visual Basic 中的对话框有 3 种类型：预定义对话框、自定义对话框和通用对话框。

预定义对话框是由系统提供的，用于完成某些特定功能。例如，用来输入数据的"输入"对话框 InputBox 和用来输出提示信息的"消息"对话框 MsgBox。预定义对话框通常使用函数直接调用，简单灵活，但外观特征无法改变，而且对话框功能有限，经常无法满足需要。

自定义对话框由用户根据自己的需要进行定义，可以在窗体上添加各种控件来构成自己需要的对话框。

通用对话框不是 VB 的标准控件，使用时需要添加到工具箱中，经常用来实现打开和保存文件、选择颜色、设置字体和打印机等操作。这些对话框功能较为复杂，可以被用户直接应用。

7.1.1 自定义对话框

1. 建立自定义对话框

预定义对话框 MsgBox、InputBox 很容易建立，但在应用上有一定的限制。例如，MsgBox 只能显示简单的提示信息、一个图标和有限的命令按钮，程序设计人员不能改变命令按钮的说明文字，也不能接受用户输入的任何信息。InputBox 可以接受输入的信息，但只限于使用一个输入区域，而且只能使用"确定"和"取消"两个命令按钮，给人机交互带来较大的不便。

用户如果需要功能更加强大的对话框，就可以自行设计对话框的外观和功能，建立自定义对话框。自定义对话框实际就是用户所创建的含有控件的窗体，这些控件包括命令按钮、单选按钮和文本框等，通过设置控件属性来定义窗体的外观。和 InputBox、MsgBox 函数相比，自定义对话框有更大的灵活性。通常需要以下 3 个步骤来建立自定义对话框：

（1）添加窗体。

单击"工程"菜单中的"添加窗体"命令，在弹出的"添加窗体"对话框中选择"对话框"来新建一个标准的对话框，或者直接选择"窗体"来创建一个新窗体。

（2）根据需要设置窗体的属性和外观。

通常，作为标准对话框的窗体和一般窗体在外观上是有区别的，不包括菜单栏、滚动条、最大化和最小化按钮、状态栏等。因此，要求用户设置对话框窗体的基本属性，如表 7-1 所示。如果新建的就是标准对话框，则这些属性已经自动设置。

表 7-1 自定义对话框属性设置

属　　性	属性值	说　　　　明
BorderStyle	1、3	边框固定，以防运行时改变对话框尺寸
ControlBox	False	取消控制菜单
MaxButton	False	取消最大化按钮
MinButton	False	取消最小化按钮

注　意

如果将对话框窗体的 ControlBox 属性设置为 False，则对话框必须向用户提供退出该对话框的方法。一般是在对话框中添加"确定"、"取消"或者"退出"命令按钮，并编写相应的事件过程代码。

可以使用以下属性来设置对话框中的命令按钮。

- Default 属性：设置缺省按钮。在一个窗体上，只能有一个命令按钮的 Default 属性可以设置为 True。一般来说，代表最可靠或最安全的操作按钮应当是缺省按钮。例如，在"替换"对话框中，"取消"按钮应当是缺省按钮，而不应是"全部替换"按钮。
- Cancel 属性：设置配合【Esc】键的"取消"按钮。在一个窗体上，只能有一个命令按钮的 Cancel 属性可以设置为 True。但是，可以把同一个命令按钮的 Default 属性和 Cancel 属性设置为 True。
- TabIndex 属性：设置当按下 Tab 键时焦点移动的顺序。
- TabStop 属性：指定当对话框被显示时具有焦点的按钮。

（3）编写代码。

完成了对话框窗体的外观设计后，就可以编写代码，设计对话框的功能。

一种典型的自定义对话框如图 7-1 所示。

图 7-1　自定义对话框示例

2. 显示与卸载对话框

对话框就是一种窗体，因此可以像普通窗体一样进行加载、显示、隐藏和卸载。

对话框分为"模式对话框"和"无模式对话框"两种。所谓模式对话框就是在切换到其他窗体或对话框之前，必须单击"确定"或"取消"按钮以关闭该对话框，然后才能对其他窗体或对话框进行操作。一般情况下，显示重要信息的对话框要求在程序继续执行之前，必须采用模式对话框，以便对提供消息的对话框做出响应。例如，Visual Basic "文件"菜单中的"另存为"对话框就是一个模式对话框。

无模式对话框允许焦点在对话框和其他窗体之间进行切换，而不必关闭该对话框。因此，当无模式对话框正在显示时，可以对该对话框以外的其他窗体进行操作。通常无模式对话框用于显示频繁使用的命令和信息。例如，Visual Basic "编辑"菜单中的"查找"对话框就是一个无模式对话框。

"模式对话框"和"无模式对话框"的区别在于用 Show 方法打开对话框时所使用的参数不同，前者带有参数 vbModal（或 1），后者无参数 vbModal（或 0）。假设对话框名称为 Dialog1，显示该对话框的语句格式为：

```
Dialog1. Show [vbModal]
```

要卸载或隐藏自定义对话框，可以在对话框的"确定"或"取消"命令按钮的单击事件中使用 Unload 方法或 Hide 方法。例如：

```
Dialog1. Unload
```

或者：

```
Dialog1. Hide
```

7.1.2 通用对话框

使用 InputBox 函数和 MsgBox 函数可以建立简单的对话框。一些应用程序常常需要打开和保存文件，进行选择颜色和字体等操作，如果要实现应用程序中诸如"打开"、"另存为"等这种功能较为复杂的对话框，还必须利用 VB 提供的通用对话框控件和自定义对话框控件。这些对话框作为 Windows 的资源，可以被用户直接应用。

1. 添加"通用对话框"控件

通用对话框控件不是 VB 系统的标准控件，而是一个 ActiveX 控件，使用时需要添加到控件工具箱中。在工程菜单中选择"部件"命令打开"部件"对话框，或者用鼠标右键单击控件工具箱，在弹出菜单中选择"部件"命令，也可以打开"部件"对话框。在弹出的"部件"对话框中勾选"Microsoft Common Dialog Control 6.0"，然后单击"确定"按钮就可以将通用对话框控件添加到控件工具箱中，如图 7-2 所示。

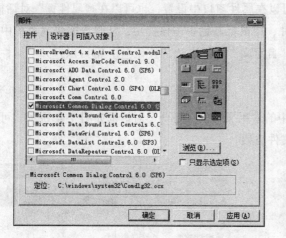

通用对话框控件

图 7-2 添加"通用对话框"控件

> **注 意**
>
> Microsoft Common Dialog Control 6.0 仅仅高亮显示还不够，一定要把复选框勾选上，才算真正的选中，然后再单击"确定"按钮。

2. 使用"通用对话框"控件

在应用程序中使用通用对话框控件时，应首先将其添加到控件工具箱中，然后再画到窗体上。设计时在窗体上绘制的通用对话框以图标形式显示，不能改变大小。程序运行后消失。由于在程序运行时看不到通用对话框控件，故可以将其放在窗体的任何位置。

通用对话框控件为程序设计人员提供了几种不同类型的对话框，可以通过设置不同 Action 属性值或使用不同的方法来决定对话框的类型，如表 7-2 所示。

表 7-2 CommonDialog 控件提供的对话框

所显示的对话框	方　　法	Action 属性值
显示"打开"对话框	ShowOpen	1
显示"另存为"对话框	ShowSave	2

续表

所显示的对话框	方 法	Action 属性值
显示"颜色"对话框	ShowColor	3
显示"字体"对话框	ShowFont	4
显示"打印"或"打印选项"对话框	ShowPrinter	5
调用 Windows 帮助引擎	ShowHelp	6

注 意

Action 属性只能在程序中设置，不能在属性窗口进行设置。

3．通用对话框的属性

通用对话框共有 6 种，其属性可以在属性窗口中设置，也可以在"属性页"对话框中设置。方法为在窗体上添加通用对话框控件，用鼠标右键单击该控件，从弹出的快捷菜单中选择"属性"命令；或者在属性窗口中单击"自定义"属性右边的按钮███，都可以打开"属性页"对话框，如图 7-3 所示。

（1）"打开"对话框。

打开文件是 Windows 应用程序中的常用操作。"打开"对话框如图 7-4 所示，可以在其中指定要打开文件的路径、文件名和文件类型。

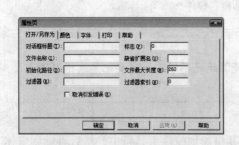

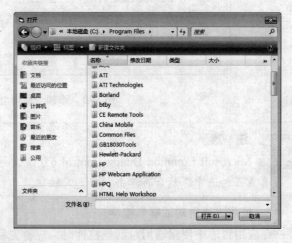

图 7-3 "属性页"对话框   图 7-4 "打开"对话框

使用 ShowOpen 方法可以显示"打开"对话框，其格式如下：

控件名．ShowOpen

"打开"对话框的主要属性有如下几种，这些属性既可以在属性窗口中设置，也可以在代码中设置，还可以在"属性页"对话框中设置，如图 7-5 所示。

- 对话框标题（DialogTitle 属性）：设置对话框标题栏所显示的字符串。"打开"对话框默认的标题是"打开"；"另存为"对话框默认的标题是"另存为"。当显示"颜色"、"字体"或"打印"对话框时，CommonDialog 控件忽略 DialogTitle 属性的设置。

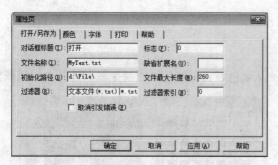

图 7-5　在"属性页"对话框中设置属性

- 文件名称（FileName 属性）：设置所选文件的路径和文件名。在通用对话框控件里，可以在打开对话框之前设置 FileName 属性以设定初始文件名。

　　如果在对话框中选择了一个文件并单击"打开"或"保存"按钮，则所选择的文件即为 FileName 属性的值，然后即可把该文件名作为要打开或保存的文件。如果没有选择文件，FileName 返回 0 长度字符串。

- 过滤器（Filter 属性）：用来指定在对话框中显示的文件类型。该属性可以设置多个文件类型，供用户在对话框的"文件类型"下拉列表框中选择。Filter 的属性值由一对或多对文本字符组成，每对字符串用管道符"|"隔开，在"|"前面的部分称为描述符，后面的部分一般为通配符或文件扩展名，称为"过滤器"，如*.txt 等。各对字符串也用管道符"|"隔开。其语法格式为：

```
object.Filter=description1|filter1|description2|filter2...
```

　　其中：object 表示 CommonDialog 控件名称，description 用来描述文件类型，filter 用于指定文件扩展名。

　　使用管道符号"|"将 filter 与 description 的值隔开。管道符的前后都不要加空格，因为这些空格会与 filter 和 description 的值一起显示。

　　下面的代码给出一个过滤器的例子，该过滤器允许打开所有文件（*.*）、文本文件（*.txt）、Word 文档（*.doc）等类型的文件。

```
CommonDialog1.Filter=所有文件(*.*)|(*.*)|文本文件(*.txt)|(*.txt)|Word 文档
(*.doc)|(*.doc)
```

- 过滤器索引（FilterIndex 属性）：用来指定默认的过滤器，其设置为一整数。用 Filter 属性设置多个过滤器后，每个过滤器都有一个值，第一个过滤器的值为1，第二个过滤器的值为 2……此时，需使用 FilterIndex 属性确定哪一个过滤器作为默认过滤器显示。例如，上面例子中要指定文本文件为默认的过滤器，可以这样表示：

```
CommonDialog1.FilterIndex=2
```

- 标志（Flags 属性）：Flags 属性用来修改通用对话框的每个具体对话框的默认设置。
- 默认扩展名（DefaultText 属性）：为对话框设置默认的文件扩展名，如.txt 或.doc。当保存一个没有扩展名的文件时，自动给该文件指定由 DefaulText 默认的文件扩展名。
- 初始化路径（InitDir 属性）：该属性用来指定文件对话框中的初始目录，如果该属性没有指定，则使用当前目录。

（2）"另存为"对话框。

　　"另存为"对话框可以指定文件要保存的路径、文件名及文件类型，其外观及其属性与"打开"对话框基本一致。

使用 ShowSave 方法可以显示"另存为"对话框,其格式如下:

控件名.ShowSave

（3）"颜色"对话框。

"颜色"对话框用来从调色板选择颜色,或是生成和选择自定义颜色,如图 7-6 所示。

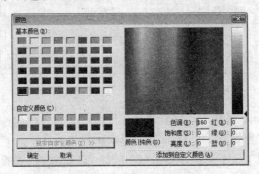

图 7-6 "颜色"对话框

使用通用对话框的 ShowColor 方法可显示"颜色"对话框,其格式如下:

控件名.ShowColor

使用"颜色"对话框前先设置通用对话框控件中与颜色对话框相关的属性,然后使用 ShowColor 方法显示对话框,使用 Color 属性检索所选的颜色。

Color 属性用来设置或返回选定的颜色,其语法格式为:

object.Color [= number]

（4）"字体"对话框。

"字体"对话框用来为文字指定字体、大小、颜色和样式。如要使用"字体"对话框,先设置通用对话框中与字体相关的属性,然后使用 ShowFont 方法显示对话框,其格式如下:

控件名.ShowFont

与"字体"对话框有关的属性如表 7-3 所示。

表 7-3 与"字体"对话框有关的属性

属　性	作　用
Color	选定的颜色。如要使用这个属性,必须先将 Flags 属性设置为 vbCFEffects
FontBold	是否选定了粗体
FontItalic	是否选定了斜体
FontStrikethru	是否选定删除线。如要使用这个属性,必须先将 Flags 属性设置为 vbCFEffects
FontUnderline	是否选定下画线。如要使用这个属性,必须先将 Flags 属性设置为 vbCFEffects
FontName	选定字体的名称
FontSize	选定字体的大小
Max、Min	指定字体大小范围,如要使用该属性,必须先将 Flags 属性设置为 vbCFLimitSize

（5）"打印"对话框。

使用通用对话框的 ShowPrinter 方法可显示"打印"对话框。"打印"对话框用来指定打印输出方式、打印范围、打印质量、打印份数等。该对话框还包含当前安装的打印机信息,并允许配置或重新安装默认打印机。该对话框并不给打印机传送数据,只是指定希望打印数据的情况。如果 PrinterDefault 属性为 True,可以使用 Printer 对象按选定的格式打印数据。

与"打印"对话框有关的属性如表 7-4 所示。

表 7-4 与"打印"对话框有关的属性

属　　性	作　　　　　用
Copies	打印的份数
FromPage	开始打印页
ToPage	结束打印页
HDC	分配给打印机的句柄，用于识别对象的设备环境，用于 API 调用
Max，Min	设置打印范围允许的最大和最小值
PrinterDefault	确定在"打印"对话框中的选择是否用于改变系统默认的打印机设置

（6）"帮助"对话框。

通用对话框的 ShowHelp 方法可运行 Windows 的帮助引擎（Winhelp.exe），并显示由 HelpFile 属性设定的一个帮助文件。通过 HelpCommand 属性的设置，可以告诉该帮助引擎想要哪种类型的联机帮助，比如上下文相关、特定关键字的帮助等。

与"帮助"对话框有关的属性如表 7-5 所示。

表 7-5 与"帮助"对话框有关的属性

属　　性	作　　　　　用
HelpCommand	返回或设置需要的联机帮助的类型
HelpFile	确定 Microsoft Windows Help 文件的路径和文件名，应用程序使用这个文件显示 Help 或联机文档
HelpKey	返回或设置标识请求的帮助主题的关键字
HelpContextID	为一个对象返回或设置一个相关联上下文的编号。它被用来为应用程序提供上下文有关的帮助

【例 7.1】利用"字体"对话框设置文本框中的字体，应用程序界面和运行结果如图 7-7 所示。

程序代码如下：

```
Private Sub Command1_Click()
  CommonDialog1.Flags=3
  CommonDialog1.ShowFont
  Text1.FontName=CommonDialog1.FontName
  Text1.FontSize=CommonDialog1.FontSize
  Text1.FontBold=CommonDialog1.FontBold
  Text1.FontItalic=CommonDialog1.FontItalic
  Text1.FontUnderline=CommonDialog1.FontUnderline
End Sub
```

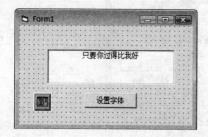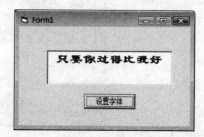

图 7-7 例 7.1 应用程序界面和运行结果

上面的程序中先把通用对话框的 Flags 属性设置为 3，目的是为了设置屏幕显示和打印机的字体，接着用 ShowFont 方法建立"字体"对话框如图 7-8 所示，在该对话框中可以设置字体、字形、字体大小等，然后单击"确定"按钮就会看到图 7-7 所示的运行结果。

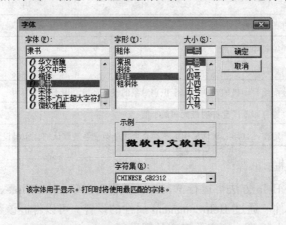

图 7-8　例 7.1 设置"字体"对话框

7.2　多重窗体和多文档界面

简单的 VB 应用程序通常只包括一个窗体，称为单窗体程序。在实际应用中，特别是对于较复杂的应用程序，单一窗体往往不能满足需要，必须通过多重窗体（MultiForm）来实现。在多重窗体程序中，每一个窗体可以有不同的界面和程序代码，以完成不同的功能。如有的窗体用来输入数据，有的窗体用来显示结果等。

7.2.1　多重窗体应用程序设计

在多重窗体程序中，要建立的界面由多个窗体组成，每个窗体的界面设计与以前讲的完全一样，只是在设计之前应先建立窗体，这可以通过"工程"菜单中的"添加窗体"命令实现，如图 7-9 所示。每执行一次该命令建立一个窗体。

在该对话框中选择"新建"标签，然后选择"窗体"，单击"打开"按钮即可在当前工程中添加一个新窗体，同时工程资源管理器窗口也会自动增加一个窗体，新增加窗体的名称和标题按工程中已有的窗体数自动排列序号。如第二个添加的窗体，其默认名称为 Form2，标题也为 Form2。

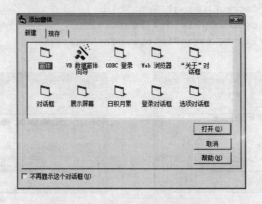

图 7-9　"添加窗体"对话框

若在"添加窗体"对话框中选择"现存"标签，并在窗口中选择一个已有的窗体文件，则可以把一个属于其他工程的窗体添加到当前工程中。

【例 7.2】利用多窗体编程，实现华氏温度 C 和摄氏温度 F 之间的转换。转换公式为：

$$C = \frac{5}{9}(F - 32)$$

程序分析：在本例题中使用 3 个窗体，窗体 Form1 作为主窗体，窗体 Form2 完成摄氏温度转为华氏温度，窗体 Form3 完成华氏温度转为摄氏温度。

应用程序设计如下：

（1）主窗体界面设计如图 7-10 所示。在其上添加 3 个命令按钮。

主窗体的程序代码如下：

```
Private Sub Command1_Click()
  Form1.Hide
  Form2.Show
End Sub
Private Sub Command2_Click()
  Form1.Hide
  Form3.Show
End Sub
Private Sub Command3_Click()
  End
End Sub
```

（2）Form2 窗体是单击了主窗体上的"摄氏转华氏"命令按钮后弹出的又一个窗体，用于输入摄氏温度，计算其对应的华氏温度。

Form2 的界面设计如图 7-11 所示。在其上添加 2 个命令按钮、1 个标签、2 个文本框控件，并按表 7-6 设置其属性。

图 7-10　主窗体界面

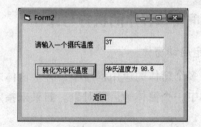

图 7-11　摄氏温度转华氏温度界面

程序运行时，在文本框 Text1 中输入一个摄氏温度，当用户单击"转化为华氏温度"命令按钮时，将在文本框 Text2 中显示相应的华氏温度。当用户单击"返回"命令按钮时，将返回主窗体。

表 7-6　控件属性设置

控　件	属　性	属　性　设　置
Command1	Caption	转化为华氏温度
Command21	Caption	返回
Label1	Caption	请输入一个摄氏温度
Text1	Text	空
Text2	Text	空

Form2 窗体的程序代码如下：

```
Private Sub Command1_Click()
  Dim c As Single,f As Single
  c=Text1.Text
  f=9/5*c+32
  Text2.Text="华氏温度为"+Str(f)
End Sub
Private Sub Command2_Click()
  Form2.Hide        '隐藏 Form2
  Form1.Show        '显示主窗体
End Sub
```

（3）Form3 窗体是单击了主窗体上的"华氏转摄氏"命令按钮后弹出的窗体，用于输入华氏温度，计算其对应的摄氏温度。可以参照 Form2 的界面来设计 Form3 的界面，如图 7-12 所示。参照表 7-6 来设计 Form3 中各对象的属性。

程序运行时，在文本框 Text1 中输入一个华氏温度，当用户单击"转化为摄氏温度"命令按钮时，将在文本框 Text2 中显示相应的摄氏温度。当用户单击"返回"命令按钮时，将返回主窗体。

Form3 窗体的程序代码如下：

```
Private Sub Command1_Click()
  Dim c As Single,f As Single
  f=Text1.Text
  c=5/9*(f-32)
  Text2.Text="摄氏温度为"+Str(c)
End Sub
Private Sub Command2_Click()
  Form3.Hide
  Form1.Show
End Sub
```

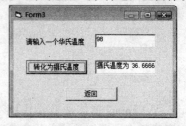

图 7-12　华氏温度转摄氏温度界面

7.2.2　多重窗体程序的执行与保存

1. 指定启动窗体

在具有多个窗体的应用程序中，各个窗体之间是并列关系。VB 规定：对于多重窗体程序，必须指定其中一个窗体为启动对象。如果未指定，就把设计时第一个创建的窗口 Form1 作为启动对象。

根据需要可以指定其他窗体或 Sub Main 子过程为启动对象。方法为：单击"工程|[工程名]属性"（[工程名]为当前打开的工程）命令即可打开如图 7-13 所示的工程属性窗口。

在工程属性窗口中单击"通用"选项卡中的"启动对象"下拉框，从中选择启动对象，然后单击"确定"按钮，即可把所选择的窗体设置为启动窗体。只有启动窗体才能在应用程序运行时自动显示出来，其他窗体则需要使用 Show 方法显示。

2. 多窗体程序的存取

单窗体程序的保存比较简单，通过"文件"菜单中的"保存工程"或"工程另存为"命令，可以把窗体文

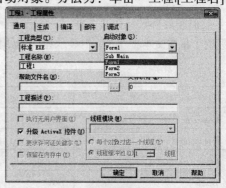

图 7-13　指定启动对象

件以.frm 为扩展名存盘，工程文件以.vbp 为扩展名存盘。多重窗体程序保存要复杂一些，因为每个窗体要作为一个文件保存，所有窗体作为一个工程文件保存。

（1）保存多窗体程序

为了保存多窗体程序，通常需要以下两步：

- 在工程资源管理器中选择需要保存的窗体，例如"MDIFrom1.frm"，然后执行"文件"菜单中的"MDIForm1.frm 另存为"命令，打开"文件另存为"对话框。用该对话框把窗体保存到磁盘文件中。在工程管理器窗口中列出的每个窗体或标准模块，都必须分别存入磁盘。窗体文件的扩展名为.frm，标准模块文件的扩展名为.bas。每个窗体通常用该窗体的 Name 属性值作为文件名存盘，也可以用其他文件名存盘。
- 执行"文件"菜单中的"工程另存为"命令，打开"工程另存为"对话框，把整个工程以.vbp 为扩展名存入磁盘。

（2）装载多窗体程序

保存文件通过以上两步实现，而打开（装入）文件的操作比较简单。即执行"文件"菜单中的"打开工程"命令，将显示"打开工程"对话框，在对话框中输入或选择工程文件（.vbp）名，然后单击"打开"按钮，即可把属于该工程的所有文件装入内存。

7.2.3 多文档界面

多文档界面（Multiple Document Interface，MDI）是一种典型的 Windows 应用程序结构。多文档界面由一个父窗体和一个或多个子窗体组成，MDI 窗体作为子窗体的容器，子窗体包含在父窗体之内，用来显示各自的文档，每个文档都在自己的窗体中显示，所有的子窗体都具有相同的功能。

Windows 中的"写字板"程序就是一个典型的单文档窗体界面。在该应用程序中，每次只能打开一个文档，若要打开另一个文档，必须先关上已打开的文档。但是，Microsoft Word 就是典型的多文档界面应用程序。启动 Word 之后，可以通过"新建"或"打开"操作打开多个文档窗口。每个文档窗口中可以编辑、处理一个 Word 文档，所有这些文档窗口都被限制在 Word 窗口中，也就是说，不能把某个文档窗口移动到 Word 的窗口之外；各个打开的文档窗口彼此独立，可以通过"窗口"菜单或直接用鼠标在不同窗体之间切换，这就是典型的多文档界面的特点。

> **注 意**
>
> 多文档界面与多重窗体是两个概念。多重窗体程序中的各个窗体是彼此独立的，多文档界面虽然也含有多个窗体，但它有一个父窗体，其他窗体（子窗体）都在父窗体内。

在 Word 中，多个打开的文档窗口被限制在一个窗口中，这个窗口称为主窗体。那些被限制在主窗体中的窗口称为子窗体。

实际上，一个多文档界面的应用程序可以包含三类窗体：MDI 父窗体（简称 MDI 窗体，即主窗体）、MDI 子窗体（简称子窗体）及普通窗体（或称标准窗体）。多文档界面应用程序只能有一个 MDI 窗体，它是所有子窗体的容器，管理所有的 MDI 子窗体。普通窗体与 MDI 窗体没有直接的从属关系，可以从 MDI 窗体中将普通窗体移动出去。

【例 7.3】参照 Windows 98 中的写字板，建立一个具有基本功能的简化写字板。建立简单写字板的步骤是：

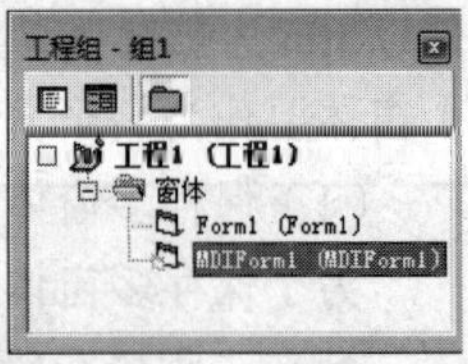

（1）在"工程"菜单下，选择"添加 MDI 窗体"命令，单击"打开"命令按钮，建立新的 MDI 窗体。这时，添加了一个 MDI 窗体，即是 MDI 父窗体。从图 7-14 所示的工程窗口中能看到这个新添加的窗体。

图 7-14　工程窗口

（2）设置 MDI 窗体的子窗体。子窗体原本就是普通的窗体。这个窗体既可以是已经存在的窗体，也可以建立新的窗体。在设计阶段子窗体与 MDI 窗体没有关系，能够单独添加控件，设置属性，编写代码。MDI 子窗体与普通窗体的区别在于其 MDIChild 属性被设置为"真"（True）。也就是说，如果某个窗体的 MDIChild=True，则该窗体作为它所在工程文件中 MDI 窗体的子窗体。

（3）添加一个通用对话框，用于"保存文件"等操作。

（4）在子窗体中添加一个文本框控件。文本框控件设置为可处理多行文本。

各控件的属性设置如表 7-7 所示。

表 7-7　对象属性设置

对象	属性	设置
MDI 窗体	Name	MDIWrite
	Caption	简易写字板
通用对话框	Name	CMDialog1
窗体	Name	FrmChild
	Caption	编辑区
	MDIChild	True
文本框	Name	TxtWrite
	Multiline	True
	Text	空

（5）建立菜单。我们要为初步建立的窗体添加菜单。选中 MDI 窗体，再打开"工具"菜单中的"菜单编辑器"。建立一个主菜单"文件"，包含两个子菜单项"新建"和"退出"，如图 7-15 所示。其中"新建"菜单命令的名称为 mnuNew，"退出"的名称是 mnuExit。

编写 MDI 窗体中的事件过程代码。分别编写两个菜单命令的单击事件过程。代码如下：

```
Private Sub mnuExit_Click()
    End
End Sub
Private Sub mnuNew_Click()
'定义新的窗体对象变量
    Dim NewDoc As New frmChild
    NewDoc.Show
End Sub
```

上面程序中涉及一些新的概念，我们先观察一下程序运行的结果，再对上面程序做具体说明。在程序开始运行后，单击两次"新建"按钮，屏幕上出现三个相同的文本编辑区，如图 7-16 所示。

每个新窗体对象都与原有窗体具有相同的属性、事件和方法，即继承了 frmChild 对象的属性、事件和方法。每个文本编辑区中都可以单独进行编辑操作，各窗口之间相互独立。

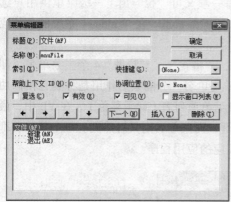

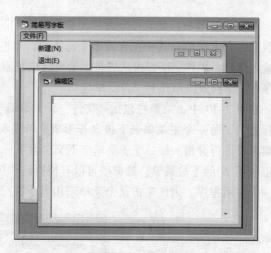

图 7-15　菜单编辑器　　　　　　　　　　　图 7-16　运行结果

现在，我们讨论事件过程 mnuNew_Click 中的一些问题。

在 mnuNew_Click 中，变量声明语句"Dim NewDoc As New frmChild"中定义了一个新的变量 NewDoc。但这个变量的类型不是我们所熟悉的整型、实型或已学过的其他的类型，而是一个特定的窗体 frmChild。FrmChild 是例题中 MDI 子窗体的名称。这条语句的作用是声明一个变量，这个变量的类型是我们自己定义的一个窗体，是一个对象变量。声明对象变量与声明普通变量的方式基本相同，一般格式如下：

Dim 变量名 As [New] 对象类型

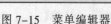

注　意

可以声明某一种类型的对象变量，如窗体 Form、文本框 TextBox、列表框 ListBox，但 As 后面不能有 New 关键字，而且除特定的窗体对象外，不能把变量声明为具体的控件。如已经定义了一个文本框控件 Text1，不能声明一个变量为 Text1 类型。如声明一个文本框对象变量 objText 的语句应为：

```
Dim objText As TextBox
```

不能写为：`Dim objText As Text1` 或 `Dim objText As New TextBox`

7.3　菜单和工具栏设计

对于 Visual Basic 应用程序来说，当操作比较简单时，一般可以通过控件来实现。当要完成的操作比较复杂时，使用菜单就具有十分明显的优势。标准的 Windows 应用程序都会以菜单的形式为用户提供一组命令，使用户容易访问这些命令，可以说菜单设计是 Windows 程序设计的重要组成部分，通常一个 Windows 应用程序的所有功能都可以通过菜单命令来完成。因此，菜单成为一个 Windows 应用程序功能的总汇。如果在用户开发的应用程序中加入一个设计完好的菜单，不仅会使应用程序的界面友好美观，程序设计显得更加专业化，而且用户使用也更加方便。

在 Windows 环境下，绝大多数应用程序都通过菜单实现各种操作。菜单提供了人机对话界面，方便使用者选择应用系统的各种功能。另外，通过菜单可以管理应用系统，控制应用程序各种功能模块的运行。

在实际应用中，菜单可分为两种基本类型：下拉式菜单和弹出式菜单。在下拉式菜单中，一般有一个主菜单，其中包含若干个选择项，单击每一项又可"拉"出下一级菜单供用户选择或输入信息，操作完毕即可从屏幕上消失，恢复原来的屏幕状态。在 Windows 系统的各种应用程序中，下拉式菜单得到了广泛的应用。

在图 7-17 中，菜单栏包括"文件"、"编辑"、"格式"、"帮助"4 个主菜单名（即菜单标题），每一个主菜单名下包含若干个菜单项和子菜单名。分隔条的作用是将具有相似功能的菜单项进行分组。每一个子菜单名下又包含下一级菜单项列表（即子菜单），在 VB 中，最多可以包括 6 层下拉菜单。菜单项可以有快捷键和热键，而菜单名则只有热键。每个菜单项都对应一个应用程序，因此单击某个菜单项相当于执行相应的应用程序。

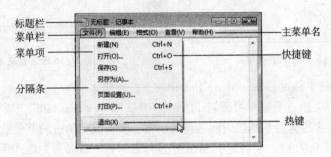

图 7-17　下拉式菜单的组成

鼠标右键单击窗体时显示的菜单就是弹出式菜单。弹出式菜单没有主菜单名，是显示于窗体之上、独立于菜单栏的浮动式菜单，只有在使用时才显示出来。弹出式菜单使用户能更加方便地进行菜单操作。

在 VB 中，菜单控件也是一个对象，有自己的属性、方法和事件过程，在设计或运行时可以设置其 Caption 属性、Enabled 属性、Visible 属性和 Checked 属性。菜单控件只包含一个事件，即 Click 事件，当用鼠标或键盘单击菜单控件时，将调用该事件过程。

7.3.1　设计下拉式菜单

对于可视化语言（如 Visual Basic、Visual C++）来说，菜单的设计非常简单且直观，全部设计都是在一个窗口内完成。在 Visual Basic 中，利用菜单编辑器来设计菜单。菜单编辑器窗口可以通过单击"工具|菜单编辑器"命令，或者在需要建立菜单的窗体上单击鼠标右键，在弹出的快捷菜单中选择"菜单编辑器"命令来打开。菜单编辑器窗口如图 7-18 所示。

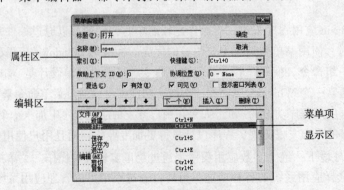

图 7-18　菜单编辑器

由图 7-18 可知，菜单编辑器窗口分为 3 部分，即属性区、编辑区和菜单项显示区。

（1）属性区：属性区为窗口标题栏下面的 5 行，用来输入或修改菜单项，设置菜单项的属性。其中的主要项目介绍如下：

- 标题（Caption）：用来设置菜单项中显示的文字，这些名字出现在菜单栏或菜单之中。分隔条的标题为一个减号（–）。
- 名称（Name）：用来设置菜单项的标识符，仅用于访问代码中的菜单项，不会出现在菜单中。
- 索引（Index）：设置菜单控件数组的下标。
- 快捷键（Shortcut）：允许为每个命令选定快捷键，即通过键盘来快速选择某个菜单项。
- 复选（Checked）：为 True 时，在相应的菜单项旁加上"√"以表明该菜单项处于选择状态。
- 有效（Enabled）：用来设置菜单项是否"有效"。该属性设置为 True 时，单击该菜单项才会执行相应的操作。当该属性设置为 False 时，相应的菜单项呈灰色，表明不会响应用户事件。
- 可见（Visible）：设置该菜单项是否可见。只有将菜单项的 Visible 属性设置为 True，该菜单项才显示。不可见的菜单项是不能被执行的。
- 协调位置：决定是否及如何在容器窗体中显示菜单。
- 显示窗口列表：在 MDI 应用程序中，确定菜单控件是否包含一个打开的 MDI 子窗体列表。该选项被设置为 on 时，将显示当前打开的一系列子窗体。

（2）编辑区：编辑区由 7 个按钮组成，用来对输入的菜单项进行简单的编辑。

- 左、右箭头 ← | → ：用来产生或取消内缩符号。单击右箭头将把选定的菜单向右移一个等级。单击左箭头将把选定的菜单向左移一个等级。
- 上、下箭头 ↑ | ↓ ：用来移动菜单项的位置。单击上箭头将把选定的菜单项在同级菜单内向上移动一个位置。单击下箭头把选定的菜单项在同级菜单内向下移动一个位置。
- "下一个"按钮：单击"下一个"按钮将开始一个新的菜单项。
- "插入"按钮：单击"插入"按钮将在某个菜单项前插入一个新的同级空白菜单项。
- "删除"按钮：单击"删除"按钮将删除选定的菜单项。

（3）菜单项显示区：菜单项显示区位于菜单编辑器的最下面，该列表框显示菜单项的分级列表，并通过内缩符号表明菜单的等级，条形光标标明该菜单项为当前的菜单项，如图 7-18 所示。

利用菜单编辑器设计下拉式菜单的步骤如下：

- 添加控件，设计应用程序的界面。
- 在 VB 窗体中选择"工具"菜单中的"菜单编辑器"命令，或者单击工具栏中的"菜单编辑器"命令按钮，进入菜单编辑器窗口，准备添加下拉式菜单。
- 在菜单编辑器窗口中设置各菜单项的属性和级别。
- 为菜单命令编写相应的事件过程。

下面通过一个实例程序来说明菜单栏的设计过程。

【例 7.4】设计一个菜单程序，该菜单用来控制电子标题板的显示内容、字体、风格等，如图 7-19 所示。

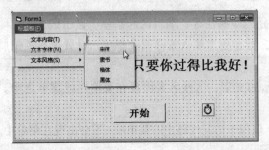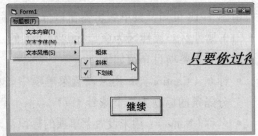

图 7-19   利用菜单控制电子标题板

设计步骤如下：

（1）建立应用程序界面。

在窗体中添加一个计时器控件 Timer1，一个命令按钮控件 Comman1，一个标签控件 Label1，并利用菜单编辑器设计一个下拉式菜单，各菜单项的设计见表 7-8。其中计时器控件 Timer1 由于程序运行时并不显示，故可以放在窗体的任何位置。

表 7-8   菜单项的设置

标题（Caption）	名称（Name）	说　　明
标题板(&F)	Menu	主菜单项 1
....文本内容(&T)	txt	子菜单项 11
....文本字体(&N)	Nam	子菜单项 12
........宋体	song	子菜单项 121
........隶书	li	子菜单项 122
........楷体	kai	子菜单项 123
........黑体	hei	子菜单项 124
....文本风格(&S)	Styl	子菜单项 13
........粗体	Bld	子菜单项 131
........斜体	Itl	子菜单项 132
........下画线	Undrln	子菜单项 133

注　意

为了能够通过键盘访问菜单项，可在一个字母前插入&符号。在运行时，该字母带有下画线（&符号是不可见的），表示该字符是一个热键字符，按住【Alt】键和该字母即可访问菜单或命令。

（2）设置控件对象属性，如表 7-9 所示。

表 7-9   属性设置

对　　象	属　　性	属　性　值
Command1	Caption	开始
Label1	Caption	只要你过得比我好
Timer1	Enabled	False
	Interval	100

（3）编写程序代码。

编写命令按钮 Command1 的 Click 事件过程如下：

```
Private Sub Command1_Click()
If Command1.Caption="&s 暂停" Then
    Command1.Caption="&c 继续"
    Timer1.Enabled=False
Else
    Command1.Caption="&s 暂停"
    Timer1.Enabled=True
End If
End Sub
```

编写计时器 Timer1 的 Timer 事件过程如下：

```
Private Sub Timer1_Timer()
If Label1.Left+Label1.Width>0 Then
    Label1.Move Label1.Left-100
Else
    Label1.Left=Form1.ScaleWidth
End If
End Sub
```

编写菜单项"文本内容"Txt 的 Cilck 事件过程如下：

```
Private Sub Txt_Click()
temp=InputBox("请输入标题板的新内容","输入",Label1.Caption)
If temp<>"" Then
    Label1.Caption=temp
End If
End Sub
```

编写菜单项"文本字体"中 4 个子菜单项的 Cilck 事件过程如下：

```
Private Sub song_Click()
Label1.FontName="宋体"
End Sub
Private Sub li_Click()
Label1.FontName="隶书"
End Sub
Private Sub kai_Click()
Label1.FontName="楷体_gb2312"
End Sub
Private Sub hei_Click()
Label1.FontName="黑体"
End Sub
```

编写菜单项"文本风格"中 3 个子菜单项的 Cilck 事件过程如下：

```
Private Sub Bld_Click()
Bld.Checked=Not Bld.Checked
Label1.FontBold=Bld.Checked
End Sub
Private Sub Itl_Click()
Itl.Checked=Not Itl.Checked
Label1.FontItalic=Itl.Checked
End Sub
Private Sub Undrln_Click()
Undrln.Checked=Not Undrln.Checked
Label1.FontUnderline=Undrln.Checked
End Sub
```

7.3.2　设计弹出式菜单

虽然下拉式菜单能够根据程序的运行情况动态地调整其可见性、有效性，也可以动态增减菜单项，但其对用户的当前操作跟踪不够。

弹出式菜单是一种独立于菜单栏的浮动菜单，能以灵活的方式为用户提供更加便利的操作，可以在窗体的某个地方显示，显示位置由单击鼠标时指针的位置决定。它可以对程序事件作出响应。通常用于对窗体中某个特定区域有关的操作或选项进行控制，例如用来改变某个文本区的字体属性等。与下拉式菜单不同，弹出式菜单无需在窗口顶部下拉打开，而是通过单击鼠标右键在窗口的任意位置打开，故使用方便，具有较大的灵活性。弹出式菜单又称"快捷菜单"。

在 VB 中，使用 PopupMenu 方法来显示弹出菜单。在设计菜单时，可以将菜单的"可见"（Visible）属性设置为 False，这样在窗口顶部菜单栏中将不显示该菜单。但是仍然可以使用 PopupMenu 方法来显示弹出菜单，即 PopupMenu 方法忽略 Visible 属性。PopupMenu 方法的语法为：

```
[对象.] PopupMenu 菜单名,flags,x,y
```

其中："对象"为可选项，默认为当前打开的窗体对象。"菜单名"是必需的，是要显示的弹出式菜单名，是在菜单编辑器中定义的主菜单项，该主菜单项必须至少含有一个子菜单。"flags"为可选项，是一个数值或常数，如表 7-10 和表 7-11 所示，用来指定弹出式菜单的位置和行为。两组参数可以单独使用或联合使用，也可以把两个值相加。"x、y"为可选项，指定显示弹出式菜单显示的位置。如果该参数省略，则使用鼠标的当前坐标。

表 7-10　指定菜单位置

常 数 位 置	值	描　　　述
vbPopupMenuLeftAlign	0	默认值，弹出式菜单的左上角定位于 x
vbPopupMenuCenterAlign	4	弹出式菜单上框中央位于 x
vbPopupMenuRightAlign	8	弹出式菜单的右上角定位于 x

表 7-11　定义菜单行为

常 数 行 为	值	描　　　述
vbPopupMenuLeftButton	0	默认值，弹出式菜单中的命令只接受鼠标左键单击
vbPopupMenuRightButton	2	弹出式菜单中的命令可接受鼠标左键或右键单击

为了显示弹出式菜单，通常把 PopupMenu 方法放在 MouseDown 事件中，该事件响应所有的鼠标单击操作。按照惯例，一般通过单击鼠标右键显示弹出式菜单，这可以用 Button 参数来判断。对于两键鼠标来说，左键的 Button 参数为 1，右键的 Button 参数为 2。

【例 7.5】在例 7.4 中实现弹出式菜单，如图 7-20 所示。

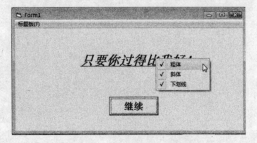

图 7-20　例 7.4 实现的弹出式菜单

在例 7.4 中增加窗体的 MouseDown 事件过程如下：

```
Private Sub Form_MouseDown(Button As Integer,Shift As Integer,X As Single,Y
As Single)
    If Button=2 Then
        PopupMenu Nam,6
    End If
End Sub
```

增加标签 Label1 的 MouseDown 事件过程如下：

```
Private Sub Label1_MouseDown(Button As Integer,Shift As Integer,X As Single,
Y As Single)
    If Button=2 Then
        PopupMenu Styl,6
    End If
End Sub
```

7.3.3　设计工具栏

工具栏是许多基于 Windows 应用程序的标准功能，它常与应用程序最常用的菜单命令建立联系，提供对这些命令的快速访问，以其直观、快捷的特点出现在各种应用程序中。一般情况下，工具栏是配合菜单使用的，但它使用户不必在一级级的菜单中去寻找所需要的命令，为用户带来比菜单更为快速的操作。

在 VB 中制作工具栏可以通过手工制作方式，利用图形框和命令按钮来实现，但这种方法比较繁琐。还可以通过 ToolBar、ImageList 控件制作，我们主要介绍后者。

使用工具栏控件可以使应用程序的工具栏更具标准化和更显专业性。工具栏控件是 VB 专业版和企业版所特有的 ActiveX 控件，可以将其添加到工具箱中，以便在工具箱中使用。操作方法为在"工程"中选择"部件"命令，在打开的"部件"对话框中选择 Microsoft Windows Common Controls 6.0，然后单击"确定"按钮即可在工具箱中添加一组控件，其中用来创建工具栏的控件是 ToolBar 和 ImageList 控件。添加 ToolBar 和 ImageList 控件的工具箱如图 7-21 所示。

利用 ToolBar、ImageList 控件在窗体上建立工具栏，一般可按以下步骤操作：

（1）首先按上面所述的方法在通用工具箱中添加工具栏控件。

（2）在窗体上画一个 ToolBar 控件和一个 ImageList 控件。

（3）在 ImageList 控件中添加图像。

（4）建立 ImageList 控件和 ToolBar 控件的关联。

（5）在 ToolBar 控件中添加按钮。

1．ImageList 控件简介

工具栏按钮本身没有 Picture 属性，不能像其他控件那样用 Picture 属性直接添加按钮上显示的图片。为此，VB 专门提供了图像列表控件 ImageList，在它的帮助下可以实现工具栏按钮图片的载入。

图 7-21　工具箱

ImageList 控件包含 ListImage 对象的集合，该集合中的每个对象都可以通过其索引或关键字被引用。ImageList 控件不能独立使用，只是作为一个便于向其他控件提供图像的资料中心。如工具栏控件（ToolBar）中的图像就是从 ImageList 控件中获取的。

一旦 ImageList 控件与某个 Windows 通用控件相关联，就可以在过程中用 Index 属性或 Key 属性的值来引用 ListImage 对象。如果添加一个一定大小（如 16×16 像素）的图像到 ImageList 控件中，然后将 ImageList 绑定到 ToolBar 控件，所有存储于 ImageList 控件中的图像将以同样大小显示，即使它们的尺寸是不同的。

在 ImageList 控件中添加图片的方法如下：

用鼠标右键单击 ImageList1 控件，在弹出的快捷菜单中选择"属性"命令，打开如图 7-22 所示的"属性页"对话框，选择其中的"图像"选项卡。该选项卡中各项的意义如下：

"索引（Index）"：为每个插入的图像的编号，可在 ToolBar 等控件中引用。

"关键字（Key）"：为每个插入的图像的关键字，可在 ToolBar 等控件中引用。

"插入图片"按钮：单击该按钮，将打开的对话框中选择合适的图片插入。图片文件的扩展名可以是.ico、.bmp、.gif、.jpg 等，插入的图像将依次排列在"图像"框中。

"删除图片"按钮：选中图像框中某个图像，单击该按钮，将删除该图像。

"图像数"：插入的图像总数。

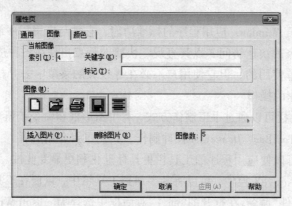

图 7-22　ImageList 控件属性页的"图像"选项卡

2. Toolbar 控件简介

ToolBar 控件包含一个按钮对象集合，该对象被用来创建与应用程序相关联的工具栏。工具栏包含一些按钮，这些按钮与应用程序中的菜单命令相对应，工具栏为用户访问应用程序的最常用功能和命令提供了图形接口。

用鼠标双击 Toolbar 控件，可以将其自动添加到窗体中，通过设置图片框的 Align 属性可以控制 Toolbar 控件在窗体中的位置。当改变窗体的大小时，Align 属性值非 0 的 Toolbar 控件会自动地改变大小以适应窗体的变化。用鼠标右键单击 Toolbar 控件，在弹出的快捷菜单中选择"属性"命令，或选中窗体上的 Toolbar 控件后在属性窗口中选择"（自定义）"右边的■按钮，都可以打开 Toolbar 控件的"属性页"对话框，如图 7-23 所示。

"通用"选项卡中的"图像列表"属性用来与 ImageList 控件建立关联。方法为单击"图像列表"属性右边的▼按钮，在下拉列表框中选择 ImageList1 即可建立 Toolbar 控件与 ImageList 控件的关联。

用鼠标选择"按钮"选项卡，如图 7-24 所示。

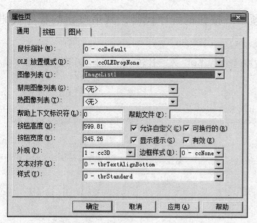

图 7-23 ToolBar 控件的"属性页"

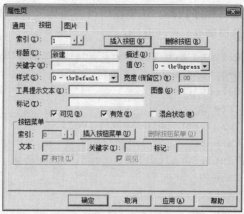

图 7-24 Toolbar 控件"按钮"选项卡

其中的属性简要说明如下：

"插入按钮"和"删除按钮"：这两个按钮可以在 Button 集合中添加或删除按钮，通过 Button 集合可以访问工具栏中的任何按钮。

索引与关键字：工具栏中的按钮通过 Button 集合进行访问，集合中的每个按钮都有唯一的标识。索引和关键字就是标识。索引为整型，关键字为字符串型，访问按钮时可以引用二者其一。

标题（Caption 属性）与描述：标题是显示在按钮上的文字，描述是按钮的说明信息。

值（Value 属性）：决定按钮的状态。0—tbrUnpressed 为弹起状态，1—tbrPressed 为按下状态。

样式（Style 属性）：确定按钮对象的状态和外观，并将影响按钮的功能，如表 7-12 所示。

表 7-12　按钮样式

值	常　数	按　钮	说　明
0	tbrDefault	普通按钮	按下按钮后恢复原状，如"新建"按钮
1	tbrCheck	开关按钮	按下按钮后保持按下状态，如"加粗"等按钮
2	tbrButtonGroup	编组按钮	在一组按钮中只能有一个有效，如对齐方式按钮
3	tbrSepatator	分隔按钮	将左右按钮分隔开
4	tbrPlaceholder	占位按钮	用来安放其他按钮，可以设置其宽度（width）
5	tbrdropdown	菜单按钮	具有下拉菜单，如 Word 中的"字符缩放"按钮

工具提示文本：程序运行时，当鼠标停留在工具按钮上时出现的提示信息。

图像（Image 属性）：按钮上显示的图片在 ImageList 控件中的编号。

【例 7.6】在一个文本编辑器中添加工具栏，如图 7-25 所示。

按照上面介绍的方法在窗体中添加 Toolbar1 控件和 ImageList1 控件，在 ImageList1 控件中添加图片。依次从 VB 的安装目录中添加 New.bmp、Open.bmp、Save.bmp、Bld.bmp、Itl.bmp、Undrln.bmp 等，并在 Toolbar1 控件的"属性页"中建立关联。然后在 Toolbar1 控件"属性页"的"按钮"选项卡中插入按钮，并设置相应的属性。

图 7-25 带有工具栏的文本编辑器

编写程序代码。这里仅给出"粗体"和"倾斜"按钮的程序代码，其余按钮的程序代码请读者参照例 7.1 自己设计。

```
Private Sub Toolbar1_ButtonClick(ByVal Button As MSComctlLib.Button)
n=Button.Index
Select Case n
Case 5
Text1.FontBold=Button.Value
Case 6
Text1.FontItalic=Button.Value
Case 9
Text1.Alignment=2
Case 10
Text1.Alignment=1
End Select
End Sub
```

实训 7　应用程序界面设计

一、实训目的

（1）掌握通用对话框的使用，熟悉自定义对话框。

（2）掌握菜单编辑器的使用。

（3）掌握下拉式菜单、弹出式菜单和工具栏的设计方法。

二、实训内容

1．利用通用对话框设计一个简单的文本编辑器

要求：在窗体上添加一组命令按钮控件，这些命令按钮使该文本编辑器能够利用通用对话框新建、打开、保存或另存为文件，可以设置字体样式和字体颜色。

2．利用菜单栏和工具栏重新设计上面的文本编辑器

要求：将上例中的命令按钮控件转换为菜单栏和工具栏，并增加编辑功能和设置字体格式功能，即可以利用"编辑"菜单进行文本的剪切、复制和粘贴操作，利用"格式"菜单可以设置字体风格。

三、实训操作步骤

1．利用通用对话框设计一个简单的文本编辑器

设计步骤如下：

（1）设计应用程序界面。

在窗体上添加一个文本框控件 Text1，添加一个控件数组 Command1（0）~ Command1（5），分别将其 Caption 属性修改为"新建"、"打开"、"保存"、"另存为"、"颜色"和"字体"。在"工程"菜单中选择"部件"命令，在弹出的"部件"对话框中勾选 Microsoft Common Dialog Control 6.0，如图 7–26 所示。

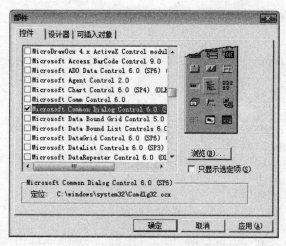

图 7-26　添加通用对话框控件

单击"确定"按钮就可以将通用对话框控件 CommonDialog 添加到工具箱中，其图标为 ▦。然后再将其添加到窗体上，并调整控件的大小和位置，简单文本编辑器的设计界面如图 7-27 所示。

运行工程。图 7-28 所示为单击"打开"按钮，在弹出的"打开"对话框中选择一个文件打开，并将该文件内容显示在文本框 Text1 中。

图 7-27　简单的文本编辑器界面

图 7-28　程序运行界面

（2）编写应用程序代码。

```
Private Sub Command1_Click(Index As Integer)
  n=Index
  Select Case n
  Case 0                              '新建文件
    Text1.Text=""
    Form1.Caption="未命名"
  Case 1                              '打开文件
    CommonDialog1.ShowOpen
    fname=CommonDialog1.FileName      'fanme 用来存放打开的文件名
    If fname <> "" Then
    Text1.Text=""                     '清空原有内容
    Open fname For Input As #1        '利用 Open 语句打开文件,作为 1 号文件
    b=""
    Do Until EOF(1)
      Line Input #1, nextline         '按行读出打开文件的内容
```

```
        b=b&nextline&Chr(13)&Chr(10)
      Loop
    Close #1                                    '关闭1号文件
    Text1.Text=b
    End If
    Form1.Caption=fname
  Case 2                                        '保存文件
    If Form1.Caption="未命名" Or Form1.Caption = "" Then
    CommonDialog1.ShowSave
      fname=CommonDialog1.FileName              '设置欲保存文件的文件名
    Else
      fname=Form1.Caption
    End If
    If fname <> "" Then
      Open fname For Output As #1               '将text1的内容写入1号文件
      Print #1, Text1.Text
      Close #1
    End If
  Case 3                                        '另存为
    CommonDialog1.ShowSave
    fname=CommonDialog1.FileName
    If fname <> "" Then
      Open fname For Output As #1
      Print #1, Text1.Text
      Close #1
    End If
  Case 4                                        '设置字体颜色
    CommonDialog1.ShowColor
    Text1.ForeColor=CommonDialog1.Color
  Case 5                                        '设置字体
    CommonDialog1.Flags=3 Or 256                '加载字体
    CommonDialog1.ShowFont
    With Text1
      .Font.Name=CommonDialog1.FontName
      .FontSize=CommonDialog1.FontSize
      .FontStrikethru=CommonDialog1.FontStrikethru
      .FontBold=CommonDialog1.FontBold
      .FontItalic=CommonDialog1.FontItalic
      .FontUnderline=CommonDialog1.FontUnderline
      .ForeColor=CommonDialog1.Color
    End With
  End Select
End Sub
```

2. 利用菜单栏和工具栏重新设计上面的文本编辑器

设计步骤如下：

（1）在对象窗口中，单击"工具"菜单中的"菜单编辑器"命令，打开"菜单编辑器"对话框如图 7-29 所示，按照表 7-13 设置各菜单项的属性。

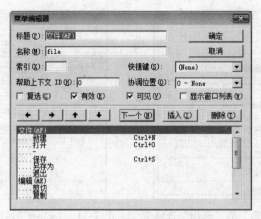

图 7-29 "菜单编辑器"对话框

表 7-13 各菜单项的属性设置

标题与缩进	名 称	快 捷 键	说 明
文件(&F)	file		
.....新建	new	Ctrl+N	
....打开	open	Ctrl+O	
....-	separate		分割线
....保存	save	Ctrl+S	
...另存为	saveas		
....退出	exit		
编辑(&E)	edit		
....剪切	cut		
....复制	copy		
....粘贴	paste		
格式(&O)	style		
....粗体	bold		
...斜体	italic		
....下画线	underline		

（2）在"工程"菜单中选择"部件"命令，在弹出的"部件"对话框中勾选 Microsoft Windows Common Controls 6.0，单击"确定"按钮将其添加到工具箱中，这时用户可以看到在工具箱中添加了一组控件。在其中选择"工具栏控件 Toolbar"和"图像列表控件 ImageList"，其图标分别为 □□ 和 □□，将它们添加到窗体上。

（3）在 Toolbar 控件上单击鼠标右键，在弹出的快捷菜单中选择"属性"命令，将弹出 Toolbar 控件的"属性页"对话框。在该对话框中的"通用"选项卡中设置"图像列表"属性为 ImageList1，如图 7-30 所示。在"按钮"选项卡中单击"插入按钮"命令按钮，插入 11 个按钮，如图 7-31 所示，并按照表 7-14 设置各按钮的属性。

（4）在 ImageList1 控件上单击鼠标右键，在弹出的快捷菜单中选择"属性"命令，将弹出 ImageList1 控件的"属性页"对话框，如图 7-32 所示。

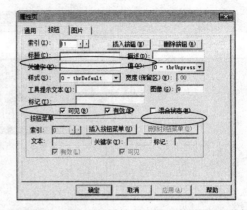

图 7-30　Toolbar "属性页" 的 "通用" 选项卡　　　图 7-31　Toolbar "属性页" 的 "按钮" 选项卡

表 7-14　Toolbar 控件的属性设置

按钮索引	样　式	图　像	说　明
1	0-tbrDefault	1	建立图像关联
2	0-tbrDefault	2	建立图像关联
3	0-tbrDefault	3	建立图像关联
4	3-tbrSeparator		
5	0-tbrDefault	4	建立图像关联
6	0-tbrDefault	5	建立图像关联
7	0-tbrDefault	6	建立图像关联
8	3-tbrSeparator		
9	0-tbrDefault	7	建立图像关联
10	0-tbrDefault	8	建立图像关联
11	0-tbrDefault	9	建立图像关联

　　在该对话框中选择 "图像" 选项卡，单击 "插入图片" 按钮，将出现 "选定图片" 对话框，如图 7-33 所示。在该对话框中可以选择欲插入图片的路径和文件名，单击 "打开" 按钮将把选定的图片插入到 ImageList1 控件 "属性页" 的图像框中，重复上述步骤 9 次，分别插入 9 个图片，如图 7-32 所示。

　　如果用户对插入的图片不满意，可以在图 7-32 所示的 "图像列表" 属性中取消图片关联，即将其属性设置为 "无"，然后在图 7-32 中单击 "删除图片" 按钮即可将图片删除。

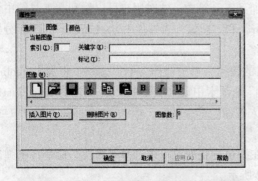

图 7-32　ImageList 控件的 "属性页" 对话框

图 7-33　"选定图片" 对话框

（5）最后在窗体上添加一个文本框控件 Text1，即可完成应用程序界面设计，设计好的界面如图 7-34 所示。

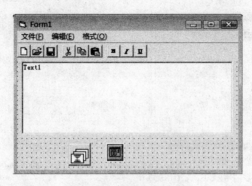

图 7-34　应用程序界面

（6）编写程序代码。

```
Private Sub new_Click()
  Text1.Text=""
  Form1.Caption="未命名"
End Sub
Private Sub open_Click()
  CommonDialog1.ShowOpen
  fname=CommonDialog1.FileName
    If fname <> "" Then
      Text1.Text=""
      Open fname For Input As #1
      b=""
      Do Until EOF(1)
        Line Input #1, nextline
        b=b&nextline&Chr(13)&Chr(10)
      Loop
      Close #1
      Text1.Text=b
    End If
  Form1.Caption=fname
End Sub
Private Sub save_Click()
If Form1.Caption="未命名" Or Form1.Caption = "Form1" Then
    CommonDialog1.ShowSave
    fname=CommonDialog1.FileName
  Else
    fname=Form1.Caption
  End If
  If fname <> "" Then
    Open fname For Output As #1
    Print #1, Text1.Text
    Close #1
  End If
End Sub
Private Sub saveas_Click()
```

```
CommonDialog1.ShowSave
    fname=CommonDialog1.FileName
    If fname <> "" Then
        Open fname For Output As #1
        Print #1, Text1.Text
        Close #1
    End If
End Sub
Private Sub exit_Click()
End
End Sub
Rem    剪切、复制和粘贴的程序代码略
Private Sub bold_Click()
Text1.FontBold=Not Text1.FontBold
End Sub
Private Sub italic_Click()
Text1.FontItalic=Not Text1.FontItalic
End Sub
Private Sub underline_Click()
Text1.FontUnderline=Not Text1.FontUnderline
End Sub

Private Sub Form_MouseDown(Button As Integer, Shift As Integer, X As Single,
Y As Single)
    If Button=2 Then
        PopupMenu file, 2
    End If
End Sub
Private Sub Toolbar1_ButtonClick(ByVal Button As MSComctlLib.Button)
n=Button.Index
Select Case n
Case 1
    new_Click
Case 2
    open_Click
Case 3
    save_Click
Case 9
    bold_Click
Case 10
    italic_Click
Case 11
    underline_Click
End Select
End Sub
```

习题 7

1. 菜单有哪几种类型？在应用程序中菜单的用处是什么？
2. 如何建立自定义对话框？

3. 在多文档界面的应用程序中，MDI 主窗体的菜单与 MDI 子窗体的菜单有何关系？

4. ToolBar 控件和 ImageList 控件是怎样的关系？如何为 ToolBar 控件增加一个按钮？

5. 设计图 7-35 所示的应用程序界面。该应用程序用来登记或查询学生的基本情况。主菜单项有"文件"、"编辑"、"帮助"。"文件"菜单下有"登记"、"查询"、"打印" 3 个子菜单；"编辑"菜单下的子菜单有"清除"、"查找"两个子菜单，而其中"查找"子菜单下又有 3 个子菜单；"帮助"菜单下有"内容"、"关于"两个子菜单。程序的基本功能如下：

- 当选择"文件"菜单下的"登记"子菜单时，用于登记学生情况（需要在"密码"对话框中输入正确的密码），此时可以在文本框中进行编辑操作，"编辑"菜单中的"清除"子菜单有效，单击图片框可以插入图片，在组合框中可以输入新的课程成绩，且每次单击"上一个"或"下一个"按钮，以及退出应用程序时自动保存输入的所有内容。

- 当选择"文件"菜单下的"查询"子菜单时，用于查询学生情况，此时不能进行各种编辑操作，"编辑"菜单中的"清除"子菜单无效。单击"查找"子菜单下的各个选项将打开相应的对话框以便输入查找条件。

　　要求：按图设计应用程序界面，并在学习了"文件"一章后完成应用程序所有代码的编写工作。

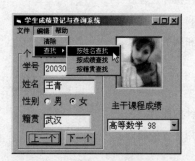

图 7-35　习题 5 应用程序界面

6. 为上述应用程序添加工具栏，包括为"上一个"和"下一个"按钮配置工具按钮。

7. 为上述应用程序添加状态栏，以便显示当前记录的位置以及系统时间。

第8章

文 件

通过本章的学习

您将能够：

- 掌握数据文件的类型和文件操作流程。
- 掌握顺序文件、随机文件和二进制文件的读写操作。
- 熟悉常用的文件操作语句和函数。
- 掌握文件系统控件的使用。

您应具有：

- 利用常用控件进行程序设计的能力。
- 根据不同应用需求选择常用控件的能力。

所谓"文件"是指存储在外部介质（如磁盘）上的数据集合。每个文件都有一个文件名作为标识。如果想访问存放在外部介质上的数据，必须先按文件名找到所指定的文件，然后再从该文件中读取数据。要向外部介质存储数据也必须先找到一个已存在的文件，或新建立一个文件，才能向它输出数据。存放在磁盘上的文件通过"路径"以指明其在磁盘上的位置，"路径"由目录和文件名组成。

VB 具有较强的文件处理能力，为用户提供了多种处理文件的方法。它既可以直接读写文件，同时又提供了文件系统控件以及大量与文件管理有关的语句和函数，程序员可以利用这些控件、语句和函数开发出功能强大的应用程序。

8.1　文件的种类

在 VB 中，按照存储方式的不同可把文件分为三类：顺序文件、随机文件和二进制文件。

1. 顺序文件

顺序文件的结构比较简单，数据按顺序依次排放。文件中的各个记录只能按实际排列的顺序，一个接一个地依次访问。在这种文件中，只知道第一条记录的存放位置，其他记录的位置无从知道。当要查找某个数据时，只能从文件头开始，逐条记录地顺序读取，直至找到要查找的记录为止。在顺序文件中，每条记录的长度可以变化。

该种存储方式的优点是占内存空间少，适用于有一定规律且不经常修改的数据。缺点是维护困难，为了修改文件中的某条记录，必须把整个文件读入内存，修改完再重新写入磁盘。而且不能灵活地存取和增减数据，如果要查找其中某一条记录，需从头开始，且必须将其前面的记录都读出。

2. 随机文件

随机文件又称直接文件。与顺序文件不同，在访问随机文件的数据时，不必考虑各个记录的排列顺序或位置，所要访问的记录不受其位置的约束，可以根据需要访问文件中的任一记录。在随机文件中，每个记录的长度是固定的，记录中的每个字段的长度也是固定的。

此外，随机文件的每个记录都有一个记录号。在写入数据时，只要指定记录号，就可以把数据直接存入指定位置。而在读取数据时，只要给出记录号，就可以直接读取该记录。

随机文件的优点是数据的存储效率高，存取较为灵活方便，速度较快。缺点是占用空间较大，数据组织较复杂，需要有索引文件的帮助。随机文件特别适合用于标准格式长度的文件，例如数据库文件。

3. 二进制文件

二进制文件是无结构文件，直接以二进制方式存放数据。由于二进制文件没有特别的结构，是以字节数来定位数据，故整个文件都可以当成一个长的字节序列来处理，允许程序按所需的任何方式组织和访问数据，也允许对文件中的各个字节数据进行存取访问和改变。

二进制文件的优点是便于对字节进行处理，占用空间较小。缺点是访问不太方便，工作量较大。二进制文件常用来存放非记录形式的数据或变长记录形式的数据，不能用普通的字处理软件编辑。EXE 文件、图形文件等都是二进制文件。

8.2 文件的打开与关闭

在 VB 中，要对一个文件进行任何访问操作，大致的流程都是相同的，即分为三步：①打开文件；②访问文件；③关闭文件。

打开文件时，系统会为这个文件准备一个读写操作时使用的缓冲区，同时声明这个文件的打开方式，以便后续的程序进行处理。在访问文件时，指定的访问对象将不再指向磁盘上的文件，而是指向这个缓冲区的代号。访问完成后，一定要关闭文件，清空缓冲区。

8.2.1 文件的打开

1. 顺序文件的打开

在对文件进行操作之前，必须用 Open 语句打开或建立一个文件。打开或建立顺序文件的 Open 语句格式如下：

```
Open 文件名 For 打开方式 As [#]文件号
```

其中，"文件名"指定要打开的文件所在的路径及文件名。"打开方式"有如下三种：

- Input：读打开，文件被打开后只能从中读取数据。
- Output：覆盖式写打开，文件被打开后只能写数据。若指定文件不存在，该方式可以建立文件；若指定文件存在，则该方式将以覆盖方式向文件写入数据。

- Append：追加式写打开，文件被打开后只能写数据。若指定文件不存在，该方式可以建立文件；若指定文件存在，则该方式将以追加方式在文件末尾写数据。

"文件号"就是我们指定的缓冲区的代号，用来代表所打开的文件，其值在 1～511 之间。文件号可以是整数或数值型变量，在实际使用时可以直接引用文件号来代替文件名。一个文件号指定给一个文件后，就不能再指定给其他文件，直到这个文件关闭为止。文件一旦打开，系统就会将该文件与指定的文件号相关联，程序可直接使用文件号对文件进行操作。文件号前面一般都要加上"#"号。

例如，以输入方式打开 E 盘根目录下的文件 stu1.dat，读入数据，并指定文件号为 1 的语句为：

```
Open "E:\stu1.dat" For Input As #1
```

以输出方式打开 E 盘根目录下的文件 stu2.dat，对文件 stu2.dat 进行写操作，并指定文件号为 2 的语句为：

```
Open "E:\stu2.dat" For Output As #2
```

打开 E 盘根目录下的文件 stu3.txt，向其中添加一些内容，并指定文件号为 3 的语句为：

```
Open "E:\stu3.txt" For Append As #3
```

2．随机文件的打开

打开或建立随机文件的 Open 语句格式如下：

```
Open  文件名  For Random  As [#]文件号  Len=长度
```

其中，"文件名"是要打开文件的名字，For Random 表示打开一个随机文件。随机文件的打开方式必须是 Random 方式。Len 用来指定记录的长度，记录长度是指一条记录所占的字节数。例如：

```
Open "E:\stu4.dat" For Random As #4 Len=50
```

执行该语句将打开 E 盘根目录下名为 stu4.dat 的随机文件，文件号为 4，记录长度为 50 个字节。

3．二进制文件的打开

打开或建立二进制文件的 Open 语句格式如下：

```
Open 文件名  For Binary  As [#]文件号
```

其中，"文件名"是要打开文件的名字，For Binary 表示打开一个二进制文件。二进制文件的打开方式必须是 Binary 方式。例如：

```
Open "E:\stu5.dat" For Binary As #5
```

执行该语句将打开 E 盘根目录下名为 stu5.dat 的二进制文件，文件号为 5。

注　意

（1）对任何文件做读/写操作之前都必须先打开文件。

（2）如果指定的文件名不存在，则在用 Output、Append、Random 或 Binary 方式打开文件时，可以建立这一文件。

8.2.2　文件的关闭

文件的读写操作结束后，应将文件关闭。在 VB 中，可以使用 Close 语句关闭文件，其格式为：

```
Close  [文件号表列]
```

其中，"文件号表列"是用 ","隔开的若干个文件号。这些文件号应与 Open 语句的文件号相对应。

在 Close 语句中指定文件号，VB 将关闭该文件号相关联的文件；若不指定文件号，则 VB 将关闭所有正在打开的文件。例如：

```
Close  #1              '将关闭文件号为 1 的文件
Close  #3,#7,#16       '将关闭文件号为 3、7、16 的三个文件
Close                  'Close 语句后面省略了文件号，表示关闭所有已打开的文件
```

在 VB 中，一个写入数据的文件如果没有正常关闭，那么数据可能不会正确写入到指定文件中，因此在使用完文件后应正常关闭文件。

8.3　文件的访问

文件的访问就是对文件进行读/写操作。在文件打开或建立以后，就可以对文件进行所需的输入/输出操作。例如，从数据文件中读出数据到计算机内存中，或是把内存中的数据写到数据文件。

8.3.1　顺序文件的读/写操作

1. 写操作

VB 6.0 提供了两个向顺序文件写入数据的语句：Print 语句和 Write 语句。

（1）Print 语句的格式如下：

```
Print  #文件号,[输出表列]
```

其中，"文件号"是在 Open 语句中指定的，"输出表列"是准备写入到文件中的数据，可以是变量名或常数。如果省略"输出表列"项，则向文件写入一个空行。多个数据之间用"，"或"；"隔开。例如：

```
Open "e:\shuxie.txt" For Output As #1
Print #1,"zhang";"wang";"li"
Print #1,78;99;67
Close #1
```

执行上面的程序后，写入到文件 shuxie.txt 中的数据为：

```
zhangwangli
78 99 67
```

在 Print 语句中用分号作为输出项的分隔符，字符串数据在写入文件后，它们之间没有空格。如果把上面 Print 语句中的分号改为逗号，例如：

```
Print #1,"zhang","wang","li"
Print #1,78,99,67
```

程序执行后，写入到文件 shuxie.txt 文件中的数据为：

```
zhang          wang          li
78             99            67
```

每一个数据占一个输出区，每个输出区为 14 个字符长。

（2）Write 语句的格式如下：

```
Write  #文件号,[输出表列]
```

其中，"文件号"和"输出表列"的意义与 Print 语句相同。

用 Write 语句向文件写入数据时，与 Print 语句不同的是，Write 语句能自动在各数据项之间插入逗号，并给字符串数据加上双引号，给日期数据两端加上"#"号。例如：

```
Open "e:\shuxie1.dat" For Output As #1
Write #1,"zhang";"wang";"li"
Write #1,78;99;67
Close #1
```

执行上面的程序段后，向文件 shuxie1.dat 写入了两条记录，每条记录的各数据项之间用逗号分隔，并给字符串加上了双引号。写入到文件中的数据为：

```
"zhang","wang","li"
78,99,67
```

2．读操作

顺序文件的读操作，就是从已存在的顺序文件中读取数据到计算机中。在读一个顺序文件时，首先要将准备读取数据的文件用 Input 方式打开。VB 提供了 Input、Line Input 语句和 Input() 函数 3 种方式对顺序文件进行读操作。

（1）Input 语句的格式如下：

```
Input #文件号,变量列表
```

其中，"变量列表"中的变量个数等于文件中记录的字段个数，变量名之间用逗号隔开，这些变量用来接收记录中各字段的值。该语句一次读取一条记录，以一条记录的结束符来判断。

使用 Input 语句将从文件中读取数据，并将读出的数据分别赋给指定的变量。为了能够用 Input 语句将文件中的数据正确读出，在将数据写入文件时，要使用 Write 语句而不使用 Print 语句。因为 Write 语句可以正确地将各个数据项分开。例如：

```
Private Sub Form_Click()
  Dim x$,y$,z$,a%,b%,c%
  Open "e:\shuxie1.dat" For Input As #1
  Input #1,x,y,z
  Input #1,a,b,c
  Print x,y,z
  Print a,b,c
  Print a+b+c
  Close #1
End Sub
```

如果顺序文件 shuxie1.dat 的内容如下：

```
"zhang","wang","li"
78,99,67
```

执行程序后单击窗体，则在窗体上将显示如下内容：

```
zhang    wang    li
 78      99      67
244
```

（2）Line Input 语句是从打开的顺序文件中读取一条记录，即一行信息。格式如下：

```
Line Input #文件号,字符串变量
```

其中，"字符串变量"用来接收从顺序文件中读出的一行数据。读出的数据不包括回车及换行符。例如，顺序文件 shuxie1.dat 的内容如下：

```
"zhang","wang","li"
78,99,67
```

我们用 Line Input 语句将数据读出并把它显示在文本框中。

```
Dim x$,y$
Open "e:\shuxie1.dat" For Input As #1
Line Input #1,x
Line Input #1,y
Text1.Text=x&y
Close #1
```

执行上面的程序后，将在文本框中显示如下内容：

"zhang","wang","li"78,99,67

（3）Input()函数可以从文件中读取指定字数的字符。格式如下：

```
Input(整数,[#]文件号)
```

其中，"整数"为要读取的字符个数。例如：

```
Dim a As String
Open "e:\shu.dat" For Input As #1
a=Input(15,1)
Print a
Close #1
```

如果顺序文件 shu.dat 的内容如下：

"zhang","wang","li"
78,99,67

则以上程序执行的结果是在窗体上显示：

"zhang","wang",

因为 Input()函数包括双引号和逗号在内共读入了 15 个字符。

8.3.2 随机文件的读/写操作

1. 写操作

VB 提供了 Put 语句进行随机文件的写操作，Put 语句的格式为：

```
Put  [#]文件号,记录号,变量
```

其中，"记录号"是一个大于或等于 1 的整数。Put 语句把变量内容写入随机文件中指定的记录位置。例如：

```
Put #1,3,x
```

该语句表示将变量 x 的内容写入到 1 号文件中的第 3 条记录中。

2. 读操作

VB 提供了 Get 语句用于随机文件的读操作。Get 语句的格式如下：

```
Get  [#]文件号,记录号,变量
```

Get 语句把文件中由记录号指定的记录内容读入到指定的变量中。例如：

```
Get  #2,3,y
```

表示将 2 号文件中的第 3 条记录读出后存放到变量 y 中。

【例 8.1】建立一个随机文件，文件包含 3 个学生的学号、姓名以及成绩信息，实现读/写文件操作。

（1）在窗体上添加 1 个文本框控件 Text1，将其 Text 属性设为空，再添加 2 个命令按钮控件 Command1、Command2，分别设置其 Caption 属性为"写文件"和"读文件"。

（2）编写程序代码。

首先在标准模块定义一个学生记录类型如下：

```
'标准模块代码
Private Type student
  no As Integer
  name As String *2
  score As Integer
End Type
```

在这个结构中包含 3 个成员：学生的学号（no）、学生姓名（name）、成绩（score）。下面我们按照这种数据结构建立随机文件，窗体代码如下：

```
Private Sub Command1_Click()
  Dim st As student
  Dim str1 As String,str2 As String,str3 As String
  Dim title As String
  Dim i As Integer
  Open "e:\student.dat" For Random As #1 Len=Len(st)
  title="写记录到随机文件"
  str1="输入学号"
  str2="输入姓名"
  str3="输入成绩"
  For i=1 To 3
    st.no=InputBox(str1,title)
    st.name=InputBox(str2,title)
    st.score=InputBox(str3,title)
    Put #1,i,st
  Next i
  Close #1
End Sub
Private Sub Command2_Click()
  Dim st As student
  Dim str1 As String,str2 As String,str3 As String,title As String
  Dim i As Integer
  Open "e:\student.dat" For Random As #2 Len=Len(st)
  i=InputBox("输入一个记录号1--3","读随机文件")
  Get #2,i,st
  Text1.Text=Str(st.no)+"  "+st.name+"   "+Str(st.score)
  Close #2
End Sub
```

执行以上过程后将以下 3 行信息从输入对话框中输入。每执行一次 InputBox()函数输入一项，如将 0001 输入给 st.no，将 Mary 输入给 st.name，将 95 输入给 st.score。然后用 Put 语句将上述 3 项作为一条记录输出到 1 号文件作为第一条记录（因为此时 i 的值为 1）。继续输入另外两个学生的信息。程序执行完毕后，随机文件 student.dat 中有如下 3 条记录：

```
0001    Mary    95
0002    John    90
0003  Stevens   92
```

如果读文件时选择的是第 2 号记录，文本框中将显示：

```
0002    John     90
```

8.3.3 二进制文件的读/写操作

对二进制文件的读/写操作同随机文件一样用 Get 语句和 Put 语句。它们的格式如下：

写操作：

```
Put [#]文件号,位置,变量
```

读操作：

```
Get [#]文件号,位置,变量
```

其中，"位置"指定读/写文件的开始地址，它是从文件头算起的字节数。Get 语句从该位置读 Len（变量）个字节到变量中；Put 语句则从该位置把变量的内容写入文件，写入的字节数为 Len（变量）。例如：

```
Private Sub Form_click()
    FileNumber=FreeFile                    'FreeFile 函数提供一个可用的文件号
    Open "e:\rest.dat" For Binary As #FileNumber
    const1="hello"
    const2="Visual Basic"
    Put #FileNumber,800,const1
    Put #FileNumber,1200,const2
    Get #FileNumber,800,const3
    Get #FileNumber,1200,const4
    Print const3
    Print const4
    Close FileNumber
End Sub
```

8.4 常用的文件操作语句和函数

VB 提供了许多与文件操作有关的语句和函数，因而用户可以方便地对文件或目录进行复制、删除等维护工作。

（1）FileCopy 语句的功能为复制一个文件。格式为：

```
FileCopy <源文件>,<目标文件>
```

注意：FileCopy 语句不能复制一个已打开的文件。

例如，下面的语句将 C 盘下的数据文件 test1.dat 复制到 D 盘下的 oldtest.dat 文件中。

```
Dim SourceFile,DestinationFile
SourceFile="C:\test1.dat"              '指定源文件名
DestinationFile="D:\oldtest.dat"       '指定目的文件名
FileCopy SourceFile,DestinationFile    '将源文件的内容复制到目的文件中
```

（2）Kill 语句的功能为删除文件，其语法格式为：

```
Kill pathname
```

其中，pathname 用来指定要被删除的文件名，可以包含文件的路径，可以使用通配符 "*" 和 "?"。例如：

```
kill "*.txt"
```

该语句将当前目录下所有的 "*.txt" 文件全部删除。

（3）FreeFile 函数可以得到一个在程序中没有使用的文件号，其语法格式为：

```
FreeFile[(rangenumber)]
```

其中，可选的参数 rangenumber 指定一个范围，以便返回该范围之内的下一个可用文件号。指定 0（默认值）则返回一个介于 1～255 之间的文件号。指定 1 则返回一个介于 256～511 之间的文件号。

当程序中打开的文件较多时，为了避免将一个正在使用的文件号指定给另一个文件，可以利用 FreeFile 函数获得尚未被使用的文件号。特别是在通用过程中使用文件时，用这个函数可以避免使用其他 Sub 过程或 Function 过程中正在使用的文件号。例如：

```
Dim FileNO As Integer
FileNO=FreeFile                          '获得未经使用的文件号
Open "A.TXT" For Input Aa # FileNO       '将该文件号指定给A.TXT文件
Close # FileNO                           '关闭文件，释放缓冲区
```

（4）FileLen 函数返回一个未打开文件的大小，单位是字节，文件名可以包含路径。格式为：

```
FileLen(文件名)
```

例如，使用 FileLen 函数获取未打开文件 e:\lx7.dat 的大小。

```
Dim Mysize As Long
Mysize=FileLen("e:\lx7.dat")
```

（5）LOF 函数返回一个由文件号指定的已打开文件的大小，单位是字节。格式为：

```
LOF(文件号)
```

例如，在 E 盘下的文件 test.dat 中含有数据 "Visual Basic 6.0"，程序运行时单击 Command1 命令按钮，将在窗体上显示数据 17（不包括引号）。

```
Private Sub Command1_Click()
    Dim FileLength
    Open "E:\test.dat" For Input As #3      '打开文件
    FileLength=LOF(3)                       '取得文件长度
    Close #1                                '关闭文件
    Print FileLength
End Sub
```

（6）EOF 函数的格式为：

```
EOF(文件号)
```

EOF 函数用于判断读取的位置是否已到达文件尾。当读到文件尾时，返回值为 True，否则返回值为 False。

对于顺序文件，用 EOF 函数测试是否到达文件尾；对于随机文件和二进制文件，如果读不到最后一个记录的全部数据，返回 True，否则返回 False。对于以 Output 方式打开的文件，EOF 函数总是返回 True。例如：

```
text1.Text=""
Open "e:\tud.txt" For Input As #1
Do While Not EOF(1)
  Line Input #1, dt
  text1.Text=text1.Text&dt&vbNewLine       'vbNewLine 为换行符
Loop
Close #1
```

8.5　文件系统控件

为方便用户使用文件系统，Visual Basic 提供了用于处理驱动器、目录、文件等信息的标准文件系统控件。它们分别是驱动器列表框（DriveListBox）、目录列表框（DirListBox）和文件列表框（FileListBox）。

8.5.1　驱动器列表框

驱动器列表框是一个下拉式列表框，如图 8-1 所示。该列表框用于显示计算机系统上的驱动器盘符，包括软盘、硬盘、光盘和网络映射驱动器。用户可以在下拉列表中选择所需的驱动器，默认情况下，列表中显示的是当前驱动器的盘符。

驱动器列表框的一个重要属性是 Drive 属性，在程序运行时，通过该属性可设置驱动器或返回所选定的驱动器盘符。Drive 属性不能在设计状态时设置，只能在程序中被引用或设置。其格式如下：

[对象.]Drive[=drive]

其中，"对象"为驱动器列表框名称，drive 为驱动器名称。

例如：

```
Drive1.Drive="d:"                '将驱动器列表的值设为 d 盘
Dir1.Path=Drive1.Drive           '将选择的驱动器名称赋值给 Dir1 对象的 Path 属性
```

驱动器列表框的一个重要事件是 Change 事件，当用户在驱动器列表框中选择新的驱动器后，即当 Drive 属性值发生改变时，就会触发该列表框的 Change 事件。

8.5.2　目录列表框

目录列表框用于显示当前驱动器的目录结构及当前目录下的所有子目录，供用户选择其中的某个目录作为当前目录。在目录列表框中，如果用鼠标双击某个目录，就会显示出该目录下的所有子目录。

目录列表框是一个下拉列表框，如图 8-2 所示。在运行状态下，该控件会显示当前磁盘某个路径下的目录列表。

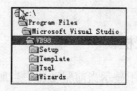

图 8-1　驱动器列表框　　　　　　　图 8-2　目录列表框

用户单击目录列表框中的某一目录时，系统将以蓝底突出显示该目录，以表示选中。如果双击某一目录，系统将会把该目录的路径赋值给列表框的 Path 属性，并在目录列表框中显示其直接相连的下一级子目录。

> **注　意**
>
> 目录列表框只能显示出当前驱动器下的子目录。如果要显示其他驱动器下的目录结构，就必须重新设置目录列表框上的 Path 属性。

目录列表框的几个常用属性为 Path、ListCount 和 ListIndex 属性。

（1）Path 属性：用于设置或返回列表框中的当前目录，其格式如下：

[对象.]Path[=pathname]

其中，"对象"为目录列表框或文件列表框，Pathname 为一个路径名字符串。

Path 属性不能在设计状态时设置，同驱动器列表框一样，每次 Path 属性值发生改变时，都会触发 Change 事件。

如果窗体上同时建立了驱动器列表框和目录列表框，可以通过编程实现二者之间的同步，即当在驱动器列表框中改变了驱动器，目录列表框中的内容立即同步跟着改变。可以在代码窗口中加入如下事件过程：

```
Private Sub Drive1_Change()
    Dir1.Path=Drive1.Drive
End Sub
```

当改变驱动器列表框（Drive1）中的驱动器时，就会触发 Drive1_Change 事件，执行 Drive1_Change()过程，在过程执行时就把刚选定的驱动器目录结构赋给目录列表框（Dir1）的 Path 属性。因此，在目录列表框内"同步"显示选定的驱动器的目录结构。

（2）ListCount 属性：返回与当前目录直接相连的子目录个数。

（3）ListIndex 属性：该属性可以实现在目录中上下移动。在目录列表中，当前目录的 ListIndex 属性值为-1，其上一级目录的 ListIndex 属性值为-2，再上一级为-3，依此类推。当前目录的第一个子目录 ListIndex 属性值为 0，与之并列的子目录 ListIndex 属性值按 1，2，3…顺序依次排列。可以使用下列代码实现将目录列表框的显示目录改为当前目录的上一级目录，其中 List 属性所带参数为相应的 ListIndex 值。

```
If Dir1.List(-2)<>"" Then
    Dir1.Path=Dir1.List(-2)
End If
```

下面的代码可以获得当前目录下的子目录数：

```
Private Sub Command1_Click()
    MsgBox Dir1.ListCount
End Sub
```

8.5.3　文件列表框

文件列表框用于显示当前驱动器中当前目录下的文件，如图 8-3 所示。当文件数量过多，无法在列表框中全部显示出来时，VB 会自动加上垂直滚动条用以浏览。

文件列表框有 3 个重要的常用属性：Path、Pattern 和 FileName。

（1）Path 属性：该属性用于设置或返回文件列表框中显示的文件所在的路径，默认值为系统的当前路径。其格式与目录列表框相同，但二者的含义不同。如果有以下两个赋值语句：

```
Dir1.Path="a:\"      '目录列表框
File1.Path="a:\"     '文件列表框
```

则在目录列表框中显示 a 盘根目录下的目录结构，在文件列表框中则列出 a 盘根目录下的全部文件名。

图 8-3　文件列表框

为了在程序运行时使目录列表框与文件列表框"同步"工作，即当用户改变目录列表框中的当前目录时，文件列表框也要显示新目录下的文件，为此需要添加如下的事件过程：

```
Private Sub Dir1_Change()
    File1.Path=Dir1.Path
End Sub
```

（2）Pattern 属性：该属性用来设置文件列表框所显示的文件类型，缺省值为"*.*"，表示显示所有文件。Pattern 属性既可以在设计时设置，也可以在程序中改变。其格式为：

[对象.]Pattern[=value]

其中，"对象"为文件列表框名称，value 为文件类型的字符串。例如：

File1.Pattern="*.frm"

则 File1 文件列表框中只显示"*.frm"类型的文件。

注 意

每次 Pattern 属性值的改变都会触发 PatternChange 事件。

（3）FileName 属性：该属性用来在程序运行时设置或返回所选中的文件名。其格式为：

[对象.]FileName[=pathname]

其中，"对象"为文件列表框名称，pathname 为一个指定文件名及其路径的字符串。例如：

File1.FileName="e:\vb\lx1.frm"

该语句将 e 盘中 vb 目录下的 lx1.frm 文件作为当前文件。但需要注意的是：FileName 属性值仅仅返回被选定文件的文件名，即 lx1.frm，要访问文件的路径需要引用 Path 属性才能得到，但设置时文件名之前可以带路径。

【例 8.2】下面我们通过一个简易"图片浏览器"实例，来进一步了解驱动器列表框、目录列表框和文件列表框的使用方法。界面如图 8-4 所示，界面中用于显示图片的控件为 Image，所有控件均使用默认属性。

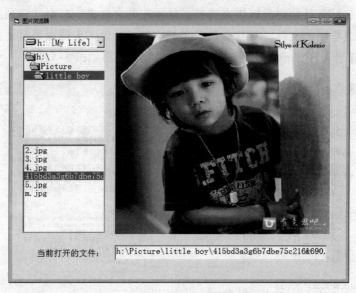

图 8-4　简易"图片浏览器"界面

应用程序代码如下：

```
Option Explicit
Private Sub Form_Load()
  Image1.Stretch=True
  File1.Pattern="*.bmp;*.wmf;*.jpg" '设置要显示文件的类型为*.bmp;*.wmf;*.jpg
End Sub
```

```
Private Sub Drive1_Change()
  On Error GoTo FileError          '若磁盘打开出错,则运行出错程序
  Dir1.Path=Drive1.Drive
  Exit Sub
FileError:
  MsgBox "磁盘打开错误!"
  Drive1.Drive="c:"
End Sub
Private Sub Dir1_Change()
  File1.Path=Dir1.Path
End Sub
Private Sub File1_Click()
  If Len(File1.Path)=3 Then         '判断 File1.Path 的值是否为某盘的根目录
    Image1.Picture=LoadPicture(File1.Path&File1.FileName)
  Else
    Image1.Picture=LoadPicture(File1.Path&"\"&File1.FileName)
  End If
End Sub
```

【例 8.3】设计一个打开文件的管理界面。

设计步骤如下:

(1)设计应用程序界面。

在窗体上添加 5 个标签控件,分别用来显示驱动器列表等提示信息;1 个驱动器列表框用来选择驱动器;1 个目录列表框用来选择文件所在的文件夹;1 个文件列表框用来选择文件,双击文件列表框中的文件,可打开所选定的文件;1 个文本框用来显示所选定文件的内容;1 个下拉式组合框用来选择文件的类型。应用程序界面如图 8-5 所示。

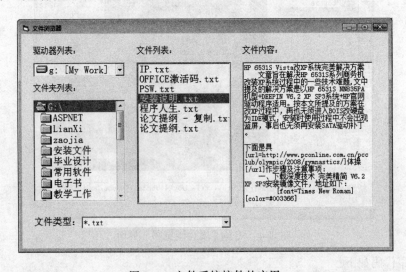

图 8-5　文件系统控件的应用

(2)设置控件属性。

各控件属性设置如表 8-1 所示。

表 8-1　控件属性设置

默认控件名	属　　性	设　　　置
Form1	Caption	文件浏览器
Label1	Caption	驱动器列表
Label2	Caption	文件夹列表
Label3	Caption	文件列表
Label4	Caption	文件内容：
Label5	Caption	文件类型
Command1	Caption	确定
Command2	Caption	取消
Text1	Text	
	Multiline	True
Combo1	Text	
	Style	0 — Dropdown Combo

（3）编写程序代码如下：

```
Dim fullName As String
Private Sub Combo1_Click()
    File1.Pattern=Combo1.Text
End Sub
Private Sub Dir1_Change()
    File1.Path=Dir1.Path
End Sub
Private Sub Drive1_Change()
    Dir1.Path=Drive1.Drive
End Sub
Private Sub File1_Click()
    ChDrive Drive1.Drive
    ChDir Dir1.Path
    Text1.Text=""
End Sub
Private Sub File1_DblClick()
    Open File1.FileName For Input As #1
    b=""
    Do Until EOF(1)
      Line Input #1, nextline
      b=b&nextline&Chr(13)&Chr(10)
    Loop
    Close #1
    Text1.Text=b
End Sub
Private Sub Form_Load()
    Combo1.AddItem "*.exe"
    Combo1.AddItem "*.bat"
    Combo1.AddItem "*.txt"
End Sub
```

实训 8 文件的基本操作

一、实训目的

（1）掌握顺序文件、随机文件的特点和使用。

（2）掌握文件的打开、关闭和读/写操作。

（3）掌握文件系统控件的使用。

二、实训内容

1."文件操作"程序

要求：单击"打开文件"命令按钮，则通过"打开"对话框选择要打开的文件路径和文件名；单击"逐行读取数据"命令按钮，则将从文件中一行一行地读取数据，并显示在文本框中。如果到达文件末尾，则显示"已到文件尾！"信息；单击"关闭文件"命令按钮，则将关闭刚才打开的文件。

2."文件加密"程序

要求：单击"打开"按钮，将 C:\hello.txt 文件显示在文本框 Text1 中；单击"加密"按钮将对该文件进行加密，并将加密后的文件显示在文本框 Text2 中；单击"解密"按钮将显示在 Text2 中的加密文本进行解密；单击"保存"按钮将 Text2 中显示的文本保存在 C:\hello1.txt 中；单击"退出"按钮将退出应用程序。

三、实训操作步骤

1."文件操作"程序

设计步骤如下：

（1）设计应用程序界面。在窗体上添加 3 个命令按钮控件 Command1～Command3 和 2 个文本框控件 Text1～Text2，调整各控件的大小和位置，并按照表 8-2 设置它们的属性。然后通过选择"工程"菜单中的"部件"命令，在弹出的"部件"对话框中勾选 Microsoft Common Dialog Control 6.0 复选框，然后单击"确定"按钮将通用对话框控件 CommonDialog🔲添加到工具箱中，并将其添加到窗体上。

表 8-2 各控件的属性设置

对　象	属　性	属性设置值	说　明
Command1	Caption	打开文件	命令按钮标题
Command2	Caption	关闭文件	命令按钮标题
Command3	Caption	逐行读取数据	命令按钮标题
Text1	Text	空	文本框控件内容
Text2	Text	空	文本框控件内容

设计好的应用程序界面如图 8-6 所示。

（2）编写应用程序代码如下：

```
Dim fname As String
```

```
    Private Sub Command1_Click()
        CommonDialog1.ShowOpen
            '打开文件对话框
        fname=CommonDialog1.FileName
        Open fname For Input As #1
            '利用 Open 语句打开文件
        Text1.Text="文件" & fname & "已被打开！"
        Text2.Text=" 文 件 长 度 为：" & Str(FileLen
(fname)) & "K"  '取文件长度
        Command1.Enabled=False
        Command2.Enabled=True
        Command3.Enabled=True
    End Sub
```

图 8-6 "文件操作"程序设计界面

```
    Private Sub Command2_Click()                                '关闭文件
        Close
        Text1.Text="文件" & fname & "已被关闭"
        Text2.Text=""
        Command1.Enabled=True
        Command2.Enabled=False
        Command3.Enabled=False
    End Sub

    Private Sub Command3_Click()                                '逐行读取数据
        Dim str1 As String
        If EOF(1) Then
            Command2.Enabled=False
            Text1.Text="已到文件尾！"
            Command1.Enabled=True
            Command2.Enabled=True
        Else
            Line Input #1, str1
            Text1.Text="从文件中读取的数据为：" & str1
             Command2.Enabled=True
        End If
    End Sub

    Private Sub Form_Load()
        Command1.Enabled=True
        Command2.Enabled=False
        Command3.Enabled=False
        Text1.Enabled=False
        Text2.Enabled=False
    End Sub
```

（3）运行程序。假设在"D:\唐诗.txt"文件中存有唐诗"静夜思"。单击"打开文件"按钮，在弹出的"打开"对话框中选择"D:\唐诗.txt"文件，程序运行界面如图 8-7 所示；单击"逐行读取数据"按钮，程序运行界面如图 8-8 所示；当程序读到文件尾时的运行界面如图 8-9 所示；单击"关闭文件"按钮的程序运行界面如图 8-10 所示。

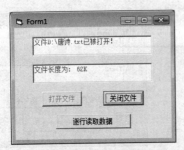

图 8-7 单击"打开文件"按钮的程序运行界面

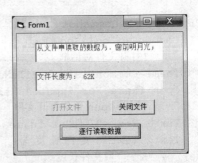

图 8-8 单击"逐行读取数据"按钮的程序运行界面

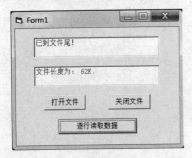

图 8-9 读到文件尾时的运行界面

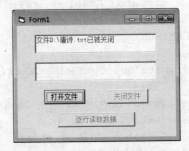

图 8-10 单击"关闭文件"按钮的程序运行界面

2."文件加密"程序

设计步骤如下：

（1）在 C 盘根目录下新建文件 hello.txt，其内容可以任意输入，例如"Welcome to BeiJing!"。

（2）在对象窗口中添加 2 个文本框 Text1 和 Text2、5 个命令按钮 Comand1～Command5，设计好的应用程序界面如图 8-11 所示，然后按照表 8-3 所示设置部分控件的属性。

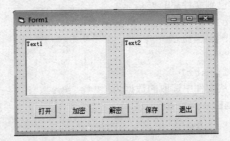

图 8-11 "文件加密"应用程序界面

表 8-3 部分控件的属性设置

对　象	属　性	属性设置值	说　明
Command1	Caption	打开	命令按钮标题
Command2	Caption	加密	命令按钮标题
Command3	Caption	解密	命令按钮标题
Command4	Caption	保存	命令按钮标题
Command5	Caption	退出	命令按钮标题

（3）编写程序代码如下：

```
Private Sub Command1_Click()                    '打开文件
```

```
    Dim str1 As String
    Text1.Text=""
    Open "c:\hello.txt" For Input As #1
    Do While Not EOF(1)
        Line Input #1,str1                          '逐行读取数据
        Text1.Text=Text1.Text+str1+ Chr(13)+Chr(10)
    Loop
    Close #1
End Sub
Private Sub Command2_Click()                         '加密文件
Dim wjm As String,yjm As String                     'wjm—未加密；yjm—已加密
Dim s As String * 1,asc1 As Integer
yjm=""
wjm=RTrim$(Text1.Text)                              '将Text1的内容保存到wjm变量中
l=Len(wjm)                                          '将变量 wjm 的长度保存到 l 变量中
For i=1 To l
    s=Mid$(wjm,i,1)                                 '依次从变量 wjm 中取一个字符
    If s>="A" And s<="Z" Then                       '如果是大写英文字母
        asc1=Asc(s) + 6                             '则 ASCII 码加 6
 Rem 如果加 6 后超出"Z"，则相应的 ASCII 码减 26
        If asc1>Asc("Z") Then asc1=asc1-26
        yjm=yjm+Chr$(asc1)                          '将加密结果保存到 yjm 变量中
    End If
    If s>="a" And s<="z" Then                       '如果是小写英文字母
        asc1=Asc(s)+6                               '则 ASCII 码加 6
 Rem 如果加 6 后超出"z"，则相应的 ASCII 码减 26
        If asc1>Asc("z") Then asc1=asc1-26
        yjm=yjm+Chr$(asc1)
    End If
  Rem 如果不是英文字母，则保留原值
    If s<"A" Or s>"z" Or (s>"Z" And s<"a") Then
        yjm=yjm+s
    End If
Next
Text2.Text=yjm                                      '将加密结果显示在 Text2 中
End Sub
Private Sub Command3_Click()
Dim wjm As String,yjm As String                     'wjm—未加密；yjm—已加密
Dim s As String * 1,asc1 As Integer
wjm=""
yjm=RTrim$(Text2.Text)                              '将 text2 的内容保存到 yjm 变量中
l=Len(yjm)                                          '将变量 yjm 的长度保存到 l 变量中
For i=1 To l
    s=Mid$(yjm,i,1)                                 '依次从变量 yjm 中取一个字符
    If s>="A" And s<="Z" Then                       '如果是大写英文字母
        asc1=Asc(s)-6                               '则 ASCII 码减 6
  Rem 如果减 6 后超出"A"，则相应的 ASCII 码加 26
        If asc1<Asc("A") Then asc1=asc1+26
        wjm=wjm+Chr$(asc1)                          '将加密结果保存到 wjm 变量中
    End If
    If s>="a" And s<="z" Then                       '如果是小写英文字母
```

```
            asc1=Asc(s)-6                                '则 ASCII 码减 6
   Rem 如果减 6 后超出 "a"，则相应的 ASCII 码加 26
       If asc1<Asc("a") Then asc1=asc1+26
       wjm=wjm+Chr$(asc1)
     End If
   Rem 如果不是英文字母，则保留原值
     If s<"A" Or s>"z" Or (s>"Z" And s<"a") Then
       wjm=wjm+s
     End If
   Next
Text2.Text=wjm
End Sub

Private Sub Command4_Click()                            '保存文件
    Open "c:\hello1.txt" For Output As #1
    Print #1, Text2.Text
    Close #1
End Sub

Private Sub Command5_Click()                            '退出程序
    Reset
    End
End Sub
```

（4）运行工程。单击"打开"按钮的运行界面如图 8-12 所示；单击"加密"按钮的运行界面如图 8-13 所示，注意椭圆框所示为加密文本；单击"解密"按钮的运行界面如图 8-14 所示。

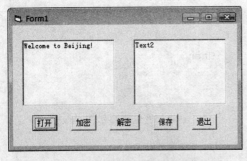

图 8-12　单击"打开"按钮的运行界面

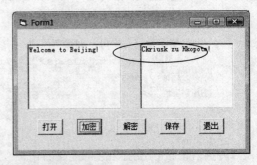

图 8-13　单击"加密"按钮的运行界面

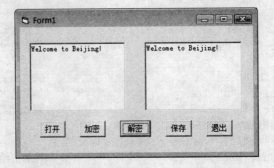

图 8-14　单击"解密"按钮的运行界面

习题 8

1. 文件存储方式有几种？它们各有什么特点？

2. 在打开顺序文件时，Output 方式和 Append 方式有什么不同？

3. 分别写出满足下列条件的 Open 语句。

(1) 建立一个新的顺序文件 newfile.dat，供用户写入数据，指定文件号为 1。

(2) 打开一个原有的顺序文件 oldfile.dat，准备从该文件读出数据，指定文件号为 2。

(3) 打开一个原有的顺序文件 oldfileapp.dat，在该文件后面添加数据，指定文件号为 3。

4. 在顺序文件写操作中，Print 语句和 Write 语句有何区别？

5. 设计程序对学生学号、姓名、性别、出生年月、系别、专业、班级等信息进行管理，程序应具有上下翻动查看功能、添加新记录功能及保存功能，数据保存到顺序文件 s1.dat 中。

6. 从顺序文件 score.txt 中读取数据，将其中平均成绩不及格的学生的数据存入一个新的文件 nosco.txt 中。

7. 通过键盘输入若干数据，并将数据保存到顺序文件 score.txt 中，数据项包括：学号、姓名、数学、英语和计算机成绩。

8. 编写程序，要求功能如下：

(1) 建立一个随机文件，存放 10 个学生的数据（学号、姓名、英语、计算机成绩）。

(2) 可以按姓名查找，并显示找到的记录信息。

9. 在 C 盘中创建一个顺序文件 Book.txt，并在文件中存入以下 5 条记录，每条记录由书名、出版社及单价 3 个数据项组成。

《汇编语言程序设计》，xxx 出版社，30.00 元

《虚拟现实技术》，xxx 出版社，25.00 元

《操作系统》，xxx 出版社，35.00 元

《微机原理》，xxx 出版杜，25.00 元

《接口技术》，xxx 出版杜，24.00 元

然后，打开文件 Book.txt，读出每行中的书名和单价并显示在文本框中。

10. 如何使驱动器列表框、目录列表框和文件列表框同步工作？

11. 按图 8-15 建立一个窗体。窗体上有驱动器列表框、目录列表框、文件列表框来显示任何目录下的文件。同时提供文件扩展名类型的选择，如*.txt、*.doc 等类型，支持多选。

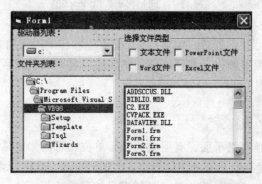

图 8-15

第**9**章

图形和绘图操作

通过本章的学习

您将能够：

- 了解图形操作基础。
- 掌握图形控件的使用。
- 熟悉常用的图形方法。

您应具有：

- 图形控件的应用能力。
- 利用 Visual Basic 进行图形操作的能力。

VB 具有强大的图形处理能力，不仅可以通过图形控件进行绘图操作，还可以通过 VB 提供的一系列基本图形函数、语句和方法在窗体或图形框上输出文字和图形，支持直接在窗体上产生图形、图像和颜色，控制对象的位置和外观。

VB 提供了两种绘图方式：一种是使用图形控件，如 Line 控件、Shape 控件；另一种是使用图形方法，如 Line 方法、Circle 方法等。使用图形控件无需编写代码，但它提供的绘图功能有限，只能实现简单功能，要实现高级绘图功能，还要采用图形方法。

9.1　图形操作基础

VB 进行图形操作时，往往要通过窗体、图片框等能够容纳图形的容器，每一个图形操作（包括调整大小、移动和绘图等操作）都要使用绘图区域或容器的坐标系统，并依靠这些容器上的坐标系统，才能表现出来。

9.1.1　坐标系统

坐标系统是一个二维网格平面，有明确的坐标单位，可用来定义窗体中或其他容器中的位置。坐标系统中每个位置有且只有一组坐标值，由水平坐标（也称 X 坐标）和垂直坐标（也称 Y 坐标）构成，标注为（X，Y）。沿这些坐标轴定义位置的坐标单位，统称为刻度。

在 VB 中，一般规定容器的左上角为坐标原点，坐标值为（0，0）。X 坐标从左向右递增，Y 坐标从上向下递增。

坐标系统的坐标单位是可以改变的，可分成 twip、point、pixel、character、inch、mm、cm 和用户自定义 8 种形式，默认的坐标单位为缇（twip）。该单位的物理意义为：1 缇等于 1 磅（point）的 1/20，1 英寸（inch）为 72 磅（point），所以 1 英寸（inch）为 1440 缇（twip）。坐标单位由容器对象的 ScaleMode 属性决定，其属性设置如表 9-1 所示。

例如下面的代码使窗体的坐标单位改为 mm。

```
ScaleMode=6
```

改变对象的 ScaleMode 属性值，不会改变容器的大小或它在屏幕上的位置。当设置 ScaleMode 属性值后，它只是改变容器对象的度量单位，Visual Basic 会重新定义对象坐标度量属性 ScaleHeight 和 Scalewidth，以便使它们与新刻度保持一致。无论采用哪一种坐标单位，默认的坐标原点（0，0）为对象的左上角，横向向右为 X 轴的正向，纵向向下为 Y 轴的正向。

> **注 意**
>
> 窗体的 Heigh 属性值包括了标题栏和水平边框宽度，同样 Width 属性值包括了垂直边框宽度。实际可用高度和宽度由 ScaleHeight 和 Scalewidth 属性确定。

表 9-1　ScaleMode 属性设置

属性设置	单　　位
0	用户自定义
1	缇（twip，默认值）
2	磅（point，每英寸 72 磅）
3	像素（pixel，与显示器分辨率有关）
4	字符（character，默认为高 12 磅宽 20 磅的单位）
5	英寸（inch，1inch=1440 twip）
6	毫米（mm）
7	厘米（cm）

9.1.2　自定义坐标系

大多数情况下，VB 会采用默认的刻度作为坐标系统。当需要采用系统提供的其他刻度单位时，可通过下面两种方法自定义坐标系。

方法一：通过对象的 ScaleTop、ScaleLeft、ScaleWidth、ScaleHeigh、CurrentX 和 CurrentY 六项属性来实现。这些属性不仅可以用来设置刻度系统，而且可以用于获取当前刻度的信息，属性说明如表 9-2 所示。

表 9-2　与坐标系统有关的属性

属　　性	说　　明	属　　性	说　　明
ScaleTop	对象左上角的纵坐标	Scaleheight	对象右下角的横坐标
ScaleLeft	对象左上角的横坐标	CurrentX	当前点的横坐标
ScaleWidth	对象右下角的纵坐标	CurrentY	当前点的纵坐标

ScaleTop 和 ScaleLeft 属性的默认值为 0，坐标原点在对象的左上角。

例如：下面语句的作用是设置当前窗体和图形框 Picture1 左上角坐标为（100，100）。

```
ScaleLeft=100
ScaleTop=100
Picture1.scaleLeft=100
Picture1.ScaleTop=100
```

改变 ScaleTop 或 ScaleLeft 的值后，坐标系的 X 轴或 Y 轴按此值平移形成新的坐标原点。右下角坐标值为（ScaleLeft+ScaleWidth,ScaleTop+ScaleHeight），根据左上角和右下角坐标值的大小自动设置坐标轴的正向。X 轴与 Y 轴的度量单位分别为 1/ScaleWidth 和 1/ScaleHeight。如果 ScaleWidth 和 ScaleHeight 为负数，则表示坐标系统反向。

方法二：采用 Scale 方法来设置坐标系。该方法是建立用户坐标系最方便的方法，其语法格式为：

```
[对象.]Scale[(xLeft,yTop)-(xRight,yBottom)]
```

其中，对象可以是窗体、图形框或打印机，如果省略对象名，则为带有焦点的窗体对象；（xLeft,yTop）表示对象的左上角的坐标值，（xRight,yBottom）为对象的右下角的坐标值，均为单精度数值。VB 根据给定的坐标参数计算出 ScaleLeft、ScaleTop、ScaleWidth、ScaleHeigh 的值：

```
ScaleLeft=xLeft
ScaleTop=yTop
ScaleWidth=xRight-xLeft
ScaleHeight=yBottom-yTop
```

例如：

```
Form1.Scale(-300,150)-(300,-150)
```

该指令是设定窗体 Form1 的左上角处的坐标为（-300,150），右下角处坐标为（300,-150），即 X 坐标从左至右的坐标值是从 -300 到 300，Y 坐标从上至下的坐标值是从 150 到 -150，X 坐标轴是指向右方，Y 坐标轴是指向上方的，坐标系统的原点位于窗体 Form1 的中心处。

任何时候在程序代码中使用 Scale 方法都能有效地和自然地改变坐标系统。当 Scale 方法不带参数时，则取消用户自定义的坐标系，而采用默认坐标系。

当自定义坐标系建立后，控件对象的位置和大小由 Left、Top、Width 和 Height 四项属性确定，控件的 Left 和 Top 属性决定了该控件对象左上角在容器内的坐标位置，改变对象的 Left 和 Top 属性值时，对象在容器内的位置也随之而改变。Width 和 Height 属性决定了该对象的大小，这四项属性所用单位总是与容器对象的坐标单位相同。

9.1.3 颜色函数

颜色函数使 VB 的颜色设置很灵活方便。Visual Basic 提供了两个颜色函数 QBColor 和 RGB。

（1）QBColor 函数：QBColor 函数能够选择 16 种颜色，见表 9-3。函数的语法格式为：

```
QBColor(color)
```

其中，color 参数是一个介于 0~15 之间的整数。

QBColor 函数返回一个用来表示对应颜色值的 RGB 颜色码。

（2）RGB 函数：RGB 函数能够选择更多的颜色。RGB 函数采用红、绿、蓝三基色原理，该函数有 3 个参数，语法格式如下：

```
RGB(Red,Green,Blue)
```

Red、Green、Blue 分别指明三基色中红色成分、绿色成分、蓝色成分的比例，它们的取值范围为 0~255。从理论上来说，用三基色混合可产生 256×256×256 种颜色，虽然 RGB 函数能够设置出更丰富的颜色，但也要依靠系统设置而定，如果系统只能显示 16 色，那么 RGB 函数不能设置出更多的颜色。

例如：下面第一条语句将 Form1 的背景色置为红色，第二条语句将 Form1 的前景颜色设置成黑色。

```
Form1.BackColor=RGB(255, 0, 0)
Form1.ForeColor=RGB(0, 0, 0)
```

表 9-3   QBColor 函数可选择的颜色

函　　数	颜　　色	函　　数	颜　　色
QBColor(0)	黑色	QBColor(8)	灰色
QBColor(1)	蓝色	QBColor(9)	亮蓝色
QBColor(2)	绿色	QBColor(10)	亮绿色
QBColor(3)	青色	QBColor(11)	亮青色
QBColor(4)	红色	QBColor(12)	亮红色
QBColor(5)	品红色	QBColor(13)	亮品红色
QBColor(6)	黄色	QBColor(14)	亮黄色
QBColor(7)	白色	QBColor(15)	亮白色

9.2　图形控件

图形控件主要有直线（Line）控件和形状（Shape）控件，可用来在窗体表面绘制图形元素。这些控件不支持任何事件，只用于表面装饰。可以在设计时通过设置其属性来确定显示某种图形，也可以在程序运行时修改属性以动态显示图形。

9.2.1　直线（Line）控件

直线控件用于在窗体或图片框中绘制线段，可以实现画水平线、垂直线或者对角线，主要作用是修饰界面。通过设置直线控件的位置、长度、颜色、宽度等属性，可以产生不同风格、不同颜色的线段，在设计时可以获得最佳效果。在运行时，不能使用 Move 方法移动 Line 控件，但可以通过改变 X_1、X_2、Y_1、Y_2 属性来移动它或调整它的大小。

下面介绍 Line 控件的主要属性。

（1）BorderStyle 属性：用于设置线条的类型，属性说明见表 9-4。

（2）BorderWidth 属性：用于设置线条的宽度，属性说明见表 9-5。

表 9-4   BorderStyle 属性说明

属　　性	说　　明	属　　性	说　　明
0	透明线	4	点画线
1	实心线	5	点点相间的长画线
2	长画线	6	内部实线
3	点线		

BorderWidth 属性受 BorderStyle 属性设置的影响，不同 BorderStyle 属性线条的 BorderWidth 计算方式不同，如表 9-5 所示。

表 9-5　BorderStyle 属性对 BorderWidth 属性的影响

BorderStyle 属性设置值	对 BorderWidth 属性的影响
0	BorderWidth 设置被忽略
1 ~ 5	边界宽度从中心开始计算
6	边界宽度从外向内计算

> **注　意**
>
> 设置 BorderStyle 属性的效果取决于 BorderWidth 属性的设置。如果 BorderWidth 不是 1，则应将 BorderStyle 设置成 1。

如果 BorderWidth 属性设置值大于 1，则 BorderStyle 属性的有效值是 1（实心线）和 6（内部实线），因为点画线的线宽不能大于一个像素。也就是说，对于 BorderStyle 属性为 2 ~ 4 的线条控件，如果设置 BorderStyle 属性值大于 1，则其表现形式会同实心线一样。

（3）BorderColor 属性：用于设置线条的颜色。

（4）X1、X2、Y1、Y2 属性：用于设置直线起点和终点的 X 坐标和 Y 坐标。可以通过设置 X1、X2、Y1、Y2 的属性值来改变直线的起止位置。

【例 9.1】运用 Line 控件编写一个秒表程序，程序设计界面如图 9-1（a）所示，程序运行界面如图 9-1（b）所示。

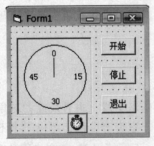

（a）程序设计界面

（b）程序运行界面

图 9-1　例 9.1 设计界面

程序设计如下：在窗体 Form1 上放置一个图片框 Picture1、3 个命令按钮、1 个定时器，在图片框 Picture1 中用 Shape 控件画一个圆 Shape1 作为表盘，用 Line 控件画一条直线 Line1 作为秒针，在画好的表盘上添加 4 个标签控件 Label1 ~ Label4 指示时间。调整好各控件的位置，设置各控件属性如表 9-6 所示。

表 9-6　属性设置

对　象	属　性	设计时属性值	说　明
Command1	Caption	开始	设置命令按钮标题
Command2	Caption	停止	设置命令按钮标题
Command3	Caption	退出	设置命令按钮标题

对　象	属　性	设计时属性值	说　明
Shape1	Shape	3–Circle	设置 Shape 控件的形状
Label1	Caption	0	设置标签控件标题
Label2	Caption	15	设置标签控件标题
Label3	Caption	30	设置标签控件标题
Label4	Caption	45	设置标签控件标题

程序代码如下：

```
Dim arlph
Const pi=3.1415926
Private Sub Form_Load()
    Timer1.Enabled=False
    Timer1.Interval=1000
    Picture1.Scale (-2,2)-(2,-2)
    Line1.X1=0
    Line1.Y1=0
    Line1.X2=0
    Line1.Y2=1
    arlph=pi/2
End Sub
Private Sub Command1_Click()
    Line1.X2=0
    Line1.Y2=1
    arlph=pi/2
    Timer1.Enabled=True
End Sub
Private Sub Command2_Click()
Timer1.Enabled=False
End Sub
Private Sub Command3_Click()
    End
End Sub
Private Sub Timer1_Timer()
    arlph=arlph-360/60*pi/180
    Line1.X2=1.2*Cos(arlph)
    Line1.Y2=1.2*Sin(arlph)
End Sub
```

9.2.2　形状（Shape）控件

形状控件用来画矩形、正方形、椭圆、圆、圆角矩形及圆角正方形。当 Shape 控件放到窗体时，原始显示为矩形，通过设置 Shape 属性可获得所需要的其他几何形状，配合 FillStyle 属性和FillColor 属性可以得到不同的显示效果。

下面介绍形状控件的主要属性。

（1）Shape 属性：设置其显示形状，如表 9–7 所示。

（2）FillStyle 属性：设置 FillStyle 属性可以构成不同的填充效果。FillStyle 属性可以在 0~7 之间取值，如表 9-8 所示。

表 9-7　形状控件的 Shape 属性

Shape 属性值	描　述
0	矩形
1	正方形
2	椭圆
3	圆
4	圆角矩形
5	圆角正方形

表 9-8　形状控件的 FillStyle 属性

FillStyle 属性值	描　述
0	实心
1	透明
2	水平线
3	垂直线
4	左上对角线
5	右下对角线
6	交叉线
7	对角交叉线

Shape 控件的 BorderStyle 属性、BorderWidth 属性和 BorderColor 属性与 Line 控件相同。

【例 9.2】本例显示 Shape 控件的 6 种形状，如图 9-2 所示。

```
Private Sub Form_Activate()
    Dim i As Integer
    print
    Print "    0        1        2        3        4        5"
    Shape1(0).Shape=0:Shape1(i).FillStyle=2
    For i=1 To 5
        Shape1(i).Left=Shape1(i-1).Left+750
        Shape1(i).Shape=i
        Shape1(i).FillStyle=i+2
        Shape1(i).Visible=True
    Next i
End Sub
```

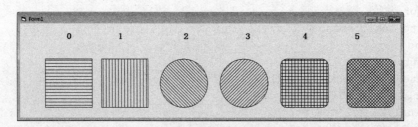

图 9-2　Shape 属性确定的形状

9.3　常用图形方法

VB 提供了 Pset、Line、Circle 等图形方法用来在窗体或图片框中绘制图形。当在程序代码中调用这些常用的图形方法时，通过准确的定位，可以更加灵活地绘制图形，并获得各种各样的显示效果。

9.3.1 画点方法（Pset）

Pset 方法可以在指定位置用指定颜色画点。其语法格式如下：

`[对象].Pset[Step](X,Y)[Color]`

其中，对象是使用 Pset 方法的对象名，可以是窗体和图片框；Step 为可选参数，加入此参数表明所画的点位于相对于当前点（由 CurrentX、CurrentX 指定）的坐标；（X，Y）用来设置点的位置坐标；Color 参数可选，用于设置点的颜色。如果省略，则使用前景色（ForeColor 属性值），也可以用 RGB 函数来指定颜色。

【例 9.3】单击窗体时，用 Pset 方法在窗体上绘制由下列参数方程决定的曲线。程序运行结果如图 9-3 所示。

$X=\operatorname{Sin}(2*t)*\operatorname{Cos} t$ $0 \leqslant t \leqslant 2\pi$

$Y=\operatorname{Sin}(2*t)*\operatorname{Sin} t$ $0 \leqslant t \leqslant 2\pi$

应用程序代码如下：

```
Private Sub form_click()
  Form1.Scale (-1,1)-(1,-1)
  For t =0 To 2*3.1415926 Step 0.001
      x=Sin(2*t)*Cos(t)
      y=Sin(2*t)*Sin(t)
      PSet(x,y),QBColor(2)
  Next t
End Sub
```

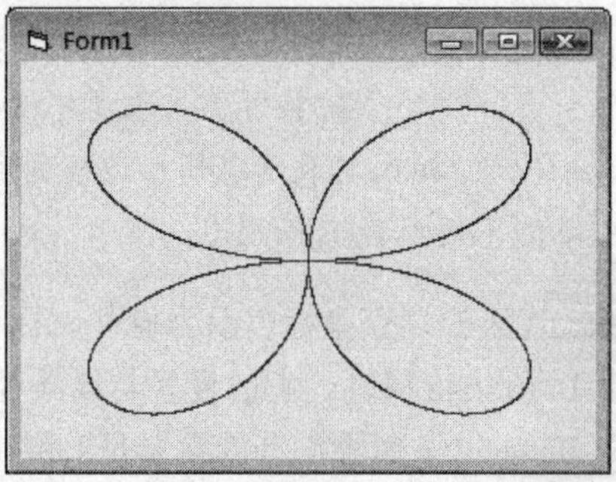

图 9-3　例 9.3 运行界面

【例 9.4】单击窗体中的命令按钮，在窗体上随机地显示若干彩色斑点，如图 9-4 所示。

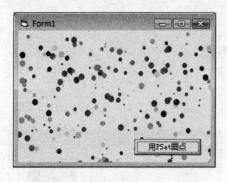

图 9-4　用 Pset 方法画彩色斑点

程序代码如下：

```
Private Sub Command1_Click()
  For i =1 To 300
    r=Int(256*Rnd)
    g=Int(256*Rnd)
    b=Int(256*Rnd)
    x=Rnd*Width
    y=Rnd*Height
    DrawWidth=(DrawWidth+1)Mod10+1
    PSet(x,y),RGB(r,g,b)
  Next
End Sub
```

9.3.2　画直线方法（Line）

Line 方法用来画线，窗体和图片框可用此方法在内部画线。此外，还常用 Line 方法绘制各种曲线，因为任何曲线都可看做是由无数小线段构成的。Line 方法的语法格式为：

[对象名]. Line[[Step](Xl,Yl)]-[Step](X2,Y2)][,[Color][,B[F]]

> **说　明**
>
> （1）（X1，Y1）和（X2，Y2）为一条线段的起止坐标。（X1，Y1）可以省略，若省略就表示从当前位置 CurrentX、CurrentY 开始画到（X2，Y2）点。
>
> （2）step 仍是相对意义，加入 step 后坐标为相对于当前点的坐标。
>
> （3）Color 用于设置画线的颜色。如果省略，则用 ForeColor 属性指定颜色。
>
> （4）参数 B 可选，表示以（X1，Y1）为左上角坐标，以（X2，Y2）为右下角坐标画一矩形。加入 F 表示以矩形边框的颜色填充矩形框。缺省则以属性 FillColor 和 FillStyle 填充。不能不用参数 B 而用 F。

直线的端点坐标表示为控件坐标系中单位。直线的宽度取决于 DrawWidth 属性，样式取决于 DrawStyle 属性，它的设置与线条控件的 Border Style 属性设置相同。如果线宽超过 1 个像素，则 Draw Style 属性的有效设置是 1 和 6，因为点画线的线宽不能大于 1 个像素。

【例 9.5】下面用 Line 方法的不同参数画出图形，如图 9-5 所示。

```
Private Sub Form_Paint()
  Cls
  Scale(0,0)-(13,11)
  Line(1,1)-(4,4),4
  Line(5,1)-(8,4),4,B
  Line(9,1)-(12,4),4,BF
  For i=1 To 3
    Line(i,i+4)-(7-i,11-i), ,B
  Next
End Sub
```

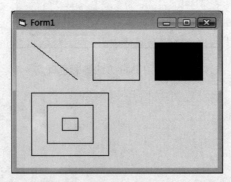

图 9-5　用 Line 方法的不同参数画出的图形

9.3.3　画圆方法（Circle）

Circle 方法用来画圆、椭圆、弧等，语法格式如下：

[对象].Circle[Step](x,y),radius[,[color][[,start][,end][,aspet]]

其中，对象名为使用 Circle 方法的对象；（x，y）为圆心坐标；radius 为半径长度；color 为图形颜色；start、end 设置圆弧或椭圆弧的起止角度，取值范围为−2π ~ 2π；aspet 为圆的纵横比，画圆时为 1，改变此值可绘制出不同的椭圆。下面语句可画出一纵横比为 1/2 的椭圆：

```
Circle(2000,2000),1500, , , ,1/2
```

同 Line 方法一样，Step 参数取相对于当前点的圆心坐标。与 Line 方法不同的是，Circle 方法不能用当前点作为圆心而省略坐标。要以当前点为圆心画圆，应使用下面的语句：

```
Circle Step(0,0),R
```

圆的半径用水平轴的单位指定。大多数坐标系中，用水平轴或垂直轴单位都一致，但在用户定义坐标系中，水平轴和垂直轴单位可能不同。

如果设置坐标系如下：

```
Form1.Scale(0,0)-(100,1000)
```

然后用半径为 50 单位画圆，则圆会占满窗体。

如果设置坐标系如下：

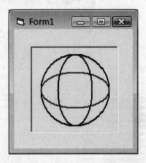

```
Forml.Scale(0,0)-(1000,100)
```

则同一半径的圆只有窗体宽度的 1/10，半径只是窗体宽度的 l/20。圆不会扭曲，但半径的选择会影响圆的大小。

【例 9.6】在窗体上放置一个图片框 Picture1，使用 Circle 方法在图片框中绘出如图 9-6 所示的图形。

图 9-6　用 Circle 方法画圆

```
Private Sub Picture1_Click()
    Picture1.Scale(-1,1)-(1,-1)
    Picture1.Cls
    Picture1.DrawWidth=2
    Picture1.Circle(0,0),0.8
    Picture1.Circle(0,0),0.8,vbRed, , , 1 / 2
    Picture1.Circle(0,0),0.8,vbBlue, , , 2
End Sub
```

【例 9.7】利用 Circle 方法在窗体中央画出图 9-7 所示的图形。

```
Private Sub Form_Paint()
  Const pi=3.1415926
  Circle(1500, 1250),1000,vbRed,-pi,-pi/2
  Circle Step(-500,-500),500
  Circle Step(0,0),500, , , ,5/25
End Sub
```

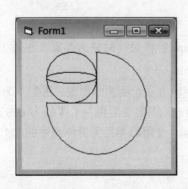

图 9-7　用 Circle 方法在窗体中央画圆

【例 9.8】单击窗体，在窗体上显示若干圆弧，如图 9-8 所示。

```
Private Sub Command1 Click()
  pi=3.1415926
  angel1=0
  c=1
  DrawWidth=1
  For r=800 To 1800 Step 200
    angel2 =(angel2+(pi/2))Mod(2*pi)
    Circle(2200,2000),r,QBColor(c),angel1,angel2
    angel=angel1+(pi/4)
    c=c+1
    DrawWidth=DrawWidth+1
  Next
End Sub
```

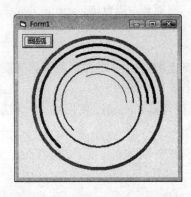

图 9-8　用 Circle 方法画圆弧

实训 9　图形程序设计

一、实训目的

（1）掌握直线控件 Line 和形状控件 Shape 的使用。

（2）掌握画点方法 Pset、画直线方法 Line 和画圆方法 Circle 的使用。

二、实训内容

1．设计一个指针式时钟

要求：利用 Line 控件和 Shape 控件设计时钟的界面，利用 Timer 控件控制指针的转动。

2．绘制艺术图案

要求：利用 Line 方法和 Circle 方法绘制艺术图案，图案 1 为把一个半径为 r 的圆周等分成 n 份，然后用直线将这些点两两相连。图案 2 为将一个半径为 r 的圆周等分为 n 份，以这 n 个等分点为圆心，以半径 r1 绘制 n 个圆。设圆的半径为窗体高度的 1/4，圆心在窗体的中心，在圆周上等分 50 份。

3．设计简单电子贺卡

要求：利用 Pset 方法设计一个简单的电子贺卡，在窗体上画 200 个大小不一的随机点，点的颜色也随机变化。

三、实训操作步骤

1. 设计一个指针式时钟

设计步骤如下：

（1）设计应用程序界面。

在窗体上添加 2 个形状控件 Shape1 和 Shape2，1 个 Timer 控件，3 个直线控件 Line1～Line3，4 个标签控件 Label1～Label4。设置各控件的大小和位置，应用程序界面如图 9-9 所示，并按表 9-9 设置各控件的属性。程序的运行界面如图 9-10 所示。

图 9-9　指针式时钟的设计界面

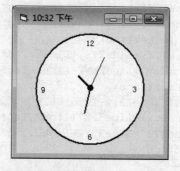

图 9-10　指针式时钟的运行界面

> **注 意**
>
> 在窗体上添加 3 个直线控件 Line1～Line3 时，不要画成水平直线，这样会避免使直线在运行时变成一个点。

表 9-9　各控件的属性设置

对　象	属　性	属性设置值	说　明
Timer1	Interval	100	时钟间隔
Shape1	Shape	3—Circle	圆
	BackColor	白色	背景色
	BackStyle	1—Opaque	背景不透明
	BordWidth	2	边框宽度
Shape2	Shape	3—Circle	圆
	BackColor	黑色	背景色
	BackStyle	1—Opaque	背景不透明
Line1	BordWidth	1	直线宽度
Line2	BordWidth	2	直线宽度
Line3	BordWidth	3	直线宽度
Label1	Caption	3	标签控件标题
Label2	Caption	6	标签控件标题
Label3	Caption	9	标签控件标题
Label4	Caption	12	标签控件标题

（2）编写应用程序代码。

在代码窗口中输入如下代码：

```
Const pi=3.1415926
Private Sub Form_Load()
Line1.Tag=Line1.Y2-Line1.Y1
Line2.Tag=Line2.Y2-Line2.Y1
Line3.Tag=Line3.Y2-Line3.Y1
Rem    在Form1的标题栏显示系统时间
Form1.Caption=Format(Time,"medium time")
t=Second(Time)
Line1.X1=Line1.X2+Line1.Tag*Sin(pi*t/30)          '秒针
Line1.Y1=Line1.Y2-Line1.Tag*Cos(pi*t/30)
u=Minute(Time)
Line2.X1=Line2.X2+Line2.Tag*Sin(pi*u/30)          '分针
Line2.Y1=Line2.Y2-Line2.Tag*Cos(pi*u/30)
v=Hour(Time)
s=IIf(v>=12,v-12,v)+u/60
Line3.X1=Line3.X2+Line3.Tag*Sin(pi*s/6)           '时针
Line3.Y1=Line3.Y2-Line3.Tag*Cos(pi*s/6)
End Sub

Private Sub Timer1_Timer()
t=Second(Time)
Line1.X1=Line1.X2+Line1.Tag*Sin(pi*t/30)          '秒针
Line1.Y1=Line1.Y2-Line1.Tag*Cos(pi*t/30)
If t=0 Then
    Rem    在Form1的标题栏显示系统时间
    Form1.Caption = Format(Time, "medium time")
    u=Minute(Time)
    Line2.X1=Line2.X2+Line2.Tag*Sin(pi*u/30)      '分针
    Line2.Y1=Line2.Y2-Line2.Tag*Cos(pi*u/30)
    v=Hour(Time)
    s=IIf(v>=12,v-12,v)+u/60
    Line3.X1=Line3.X2+Line3.Tag*Sin(pi*s/6)       '时针
    Line3.Y1=Line3.Y2-Line3.Tag*Cos(pi*s/6)
End If
End Sub
```

（3）运行程序。一个漂亮的指针式时钟如图 9-10 所示。

2. 绘制艺术图案

（1）应用程序界面设计。

在窗体上添加一个图片框控件 Picture1，2 个命令按钮控件 Command1 和 Command2，将它们的 Caption 属性分别设置为"图案 1"和"图案 2"。

（2）编写程序代码。

在代码窗口中输入如下代码：

```
Private Sub Command1_Click()
Dim x0, y0, x1, y1, x2, y2 As Single
Dim r1 As Single, n As Integer, t As Single
x0=Picture1.ScaleWidth/2
y0=Picture1.ScaleHeight/2
```

```
r1=1000
Randomize (1)
n=Int(10*Rnd+3)
t=360/n
For i=1 To n
    For j=i+1 To n
        r=255*Rnd
        G=255*Rnd
        B=255*Rnd
        x1=r1*Cos(i*t)+x0
        y1=r1*Sin(i*t)+y0
        x2=r1*Cos(j*t)+x0
        y2=r1*Sin(j*t)+y0
        Picture1.Line(x1,y1)-(x2,y2), RGB(r,G,B)
    Next j
Next i
End Sub
Private Sub Command2_Click()
Dim r, x, y, x0, y0, st As Single
Picture1.Cls
r=Picture1.ScaleHeight/4
x0=Picture1.ScaleWidth/2
y0=Picture1.ScaleHeight/2
st=3.1415926/25
For i=0 To 6.283185 Step st
    x=r*Cos(i)+x0
    y=r*Sin(i)+y0
    Picture1.Circle(x,y),r*0.9
Next i
End Sub
```

（3）运行工程。单击"图案 1"按钮，将在图片框 1 中显示如图 9-11 所示的艺术图案 1，单击"图案 2"按钮，将在图片框 1 中显示如图 9-12 所示的艺术图案 2。

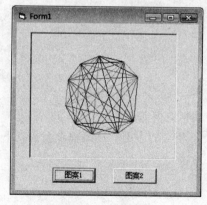

图 9-11 艺术图案 1

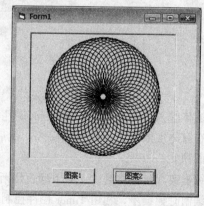

图 9-12 艺术图案 2

3. 设计简单电子贺卡

（1）新建一个工程。在代码窗口中输入如下代码：

```
Private Sub form_Click()
Dim str1 As String
```

```
str1="新年快乐!"
FontName="隶书"                                         '设置字体
FontSize=24
FontBold=True
ForeColor=vbRed
CurrentX=Form1.Width/2-TextWidth(str1)/2                '设置字体显示位置
CurrentY=Form1.Height/2-TextHeight(str1)/2
Print str1
For i=1 To 200                                          '显示100个随机点
r=Int(256*Rnd)
g=Int(256*Rnd)
b=Int(256*Rnd)
x=Rnd*Width
y=Rnd*Height
DrawWidth=(DrawWidth+1) Mod 10+1
PSet(x,y),RGB(r,g,b)
Next
End Sub
```

（2）运行工程。单击窗体将显示图9-13所示的图形。

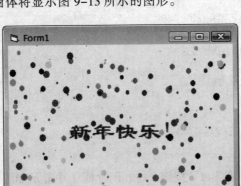

图9-13　电子贺卡

习题9

1. 窗体的 ScaleHeight、ScaleWidth 属性和 Height、Width 属性有何差别？
2. 在窗体上绘制一个红色的大圆，然后在其中绘制两个不相交的小圆，试编程求大圆剩下的面积。
3. 编程实现窗体背景由上至下颜色逐渐变浅的效果。
4. 编制时钟程序，利用 Timer 控件控制指针的转动。
5. 在窗体上绘制一个圆，然后自动在该圆上绘制一个内接的红色正五角星。
6. 在窗体上用一个圆饼形显示 3 种商品的销售额占总额的比例情况，每种商品用不同的颜色显示。

第⑩章

数据库编程

通过本章的学习

您将能够：

- 理解数据库的基本概念。
- 掌握数据库管理器的使用，能够建立数据库，添加数据表，增加、删除、修改、查询数据记录。
- 熟练使用结构化查询语言 SQL。
- 掌握数据控件 Data 的使用。
- 使用 ADO 访问数据库。
- 设计数据报表。

您应具有：

- 数据库的基本操作能力。
- 利用 Data 控件、ADO 等进行数据库编程的能力。

随着计算机技术的不断提高以及计算机应用领域的不断扩大，数据管理技术已从原来的文件系统阶段发展到现在的数据库系统阶段。数据库技术是计算机科学技术中发展最快以及应用最为广泛的技术之一，也成为各类计算机信息管理系统的核心技术和重要基础。

Visual Basic 6.0 作为应用程序开发工具，也向用户提供了功能强大且操作简单的开发平台，通过与数据库相结合，可以快速高效地设计出界面友好、简单实用的数据库应用程序。本章主要介绍数据库的基础知识，在 Visual Basic 6.0 中创建、访问和查询数据库的方法，以及数据报表技术。

10.1 数据库概述

在学习具体的数据库编程之前，读者必须具备一些数据库的基本知识和基本方法。

10.1.1 数据库的基本概念

在当前的信息时代，许多的应用程序中，人们常常需要对大批量的数据信息进行收集、加工和处理。如何存放和管理这些数据就成为一个突出的问题。采用过去的人工管理方式自然不能满足实际的需要，而文件系统虽然可以长期地存放数据，但是过分依赖于程序和数据冗余度大却成为其致命的弱点。20 世纪 60 年代后期产生了数据库技术，它可以快速有效地帮助用户存放和管理大量的数据资源。

下面介绍一些数据库的基本概念。

1. 数据库（DataBase）

数据是长期存储在计算机内的、有组织的、可共享的数据集合。它可以供各种用户共享，具有最小冗余度和较高的数据独立性。在数据库中，所有的数据被独立出来集中管理，按数据本身的内在联系组织、存放和管理。

2. 数据库管理系统（DataBase Management System）

在数据库系统中，如何科学地组织和存储数据，如何高效地获取和处理数据？完成这些任务的是专门的管理工具——数据库管理系统（简称 DBMS）。

目前比较流行的 DBMS 主要有 Oracle、Sybase、SQL Server、Microsoft Access、Visual Foxpro 等。

3. 数据库系统（DataBase System）

简单地说，数据库系统是基于数据库的计算机应用系统。一个完整的数据库系统是由数据库、数据库管理系统、数据库应用系统、数据库管理员以及用户共同组成的集合，它们之间的关系如图 10-1 所示。

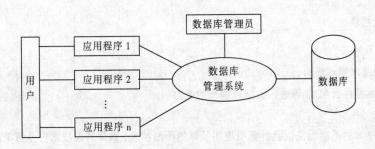

图 10-1　数据库系统简图

10.1.2　关系数据库

数据库按其结构可分为层次数据库、网状数据库和关系数据库。其中关系数据库是应用最为广泛的一种数据库。关系数据库是存储由列和行组成的表格的一种数据库，它功能强大、数据组织形式直观，数据操作简单方便，并且提供了结构化查询语言（SQL）的标准接口，所以关系数据库已经成为当前数据库设计的标准。下面来介绍关系数据库的有关概念。

1. 数据表（Data Table）

数据表是一组相关联的数据按行和列排列的二维表格，简称为表，通常用来描述一个实体。每个数据表均有一个表名，一个数据库由一个或多个数据表组成。各个数据表之间可以存在某种关系。例如，表 10-1 就是一个用于描述"学生"这一实体的若干信息的表，表名为"学生基本信息表"。

表 10-1 学生基本信息表 student

学号	姓名	性别	出生日期	籍贯	系部
0851101	张强	男	1982/5/11	河北石家庄	计算机系
0851102	王芳	女	1983/1/20	天津市红桥区	计算机系
0851103	李明	男	1984/7/15	河北唐山	计算机系
0851104	汪金伟	男	1982/9/15	河北廊坊	计算机系
0851105	崔晓红	女	1982/10/20	河北邯郸	计算机系

2. 字段（Field）

数据表都是多行和多列构成的集合，每一列称为一个字段（Field），用于描述对象的一个属性。字段具有一个名称，称为字段名，同一个表中各字段名互不相同。创建数据库时，要为每个字段分配数据类型、字段名、最大长度等信息。如表 10-1 中，学号、姓名等就称为字段。

3. 记录（Record）

数据库表中每一行称为一个记录（Record），它由若干个字段组成。每一条记录描述了一个实体或对象的各种属性值。如表 10-1 中，姓名为"张强"对应的行中所有数据即是一条记录，它描述了一个学生对象——"张强"的各种属性。

4. 关键字（KeyWord）

如果数据表中某个字段或多个字段能唯一地确定一个记录，则称该字段或多个字段组合为关键字。关键字可以是唯一，也可以有多个，但只能有一个作为主关键字（Primary Key）。主关键字中的每一个值必须是唯一的，且不能为空。如表 10-1 中，"学号"字段可作为主关键字，因为对于每一个学生来说，学号是唯一的。

5. 索引（Index）

为了提高数据库的访问效率，通常表中的记录应该按照一定顺序排列。例如表 10-1，可按学号排序。但数据库在访问过程中，经常要进行更新，如果每次都对表进行重新排列，必然浪费很多时间。为此，通常会建立一个较小的表——索引表，该表中只含有索引字段和记录号，通过该索引表可以快速确定要访问记录的位置。

10.1.3 数据访问对象模型

在数据库应用程序中，所使用的数据源种类繁多，在程序开发过程中，如何将程序与这些数据源之间连接起来，并完成数据存取操作，是每一个开发人员都非常重视的问题。在 Visual Basic 6.0 中，提供了三种数据访问对象模型来解决以上的问题。这三种模型分别是 DAO（Data Access Object，数据访问对象）、RDO（Remote Data Object，远程数据对象）和 ADO（ActiveX Data Object，ActiveX 数据对象）。它们是 Visual Basic 发展过程中不同阶段的产物，其中，ADO 是最新的也是目前使用最普遍的一种。

DAO 是最早的数据访问对象模型，通过编程可以直接控制 Jet 数据库引擎，方便地访问 Jet 和 ISAM 数据库（例如 Access、FoxPro、dBase、Paradox 等）。但是 DAO 不能提供远程数据的访问，它并不是真正的客户机-服务器数据库引擎。DAO 适合于单机应用系统或小范围本地的分布应用系统。RDO 是一个针对 ODBC（Open DataBase Connectivity，开放式数据库互连）数据源的、面向对象的数据访问接口，可以用来对远程数据库进行访问，主要适合于客户机-服务器模型数据库应用程序的开发。虽然它在访问 Jet 或 ISAM 数据库方面受到了限制，只能通过 ODBS 接口访问基于 ODBC 的数据源，但是，它仍然是 SQL Server、Oracle 以及其他大型关系数据库开发者经常选用的编程接口。在 DAO 和 RDO 之后，微软公司推出了 ADO 数据访问对象模型，它代替了原有的数据访问对象模型。ADO 是一种面向对象的、与语言无关的应用程序编程接口，它对数据源的访问是通过 OLE DB（Object Link and Embedding DataBase，对象链接嵌入数据库）实现。OLE DB 是微软开发的一种高性能、基于 COM 的数据访问技术，其作用是向应用程序提供一个统一的数据访问方法，而不需要考虑数据源的具体格式和存储方式。可以通过 OLE DB 来访问的数据源包括各种数据库、电子邮件和文件系统、文本和图形、自定义业务对象等。而且，由于 OLE DB 直接调用数据库提供方开发的数据驱动程序，所以访问的性能更高、速度更快。ADO 已经逐渐取代其他数据访问接口。

10.2 数据管理器的使用

可视化数据管理器（Visual Data Manager）是 Visual Basic 为进行数据库设计和开发的用户提供的一个实用程序。数据库管理器可在 Visual Basic 集成环境中运行，用户不必退出 Visual Basic 即可实现对各种格式的数据库的创建、访问和修改，在本节，我们来介绍数据管理器的使用。

10.2.1 建立数据库

1．打开数据管理器

启动 Visual Basic 6.0 程序，然后在主菜单上选择"外接程序"菜单，选择"可视化数据管理器"，如图 10-2 所示，即可打开可视化数据管理器"VisData"窗口。

2．建立示例数据库

在 VisData 窗口上，单击"文件"菜单中的"新建"选项，然后选择"Microsoft Access"，再选择"Version 7.0 MDB（7）"，如图 10-3 所示。

图 10-2 可视化数据管理器窗口

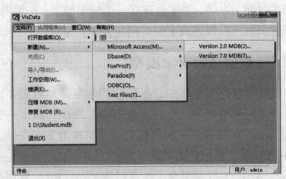

图 10-3 创建数据库

此时，将弹出文件对话框，用户可为此数据库命名并选择其存放位置。此处选择"D:\database"文件夹，并将数据库命名为"db_student"，用于进行学生信息的管理，单击"保存"按钮，随后将出现数据库窗口和 SQL 语句窗口。数据库窗口显示了当前所打开的数据库的属性，SQL 语句窗口用于在当前打开的数据库中执行任何合法的 SQL 语句，并能将它作为一个查询进行保存，如图 10-4 所示。

图 10-4　数据库窗口和 SQL 语句窗口

10.2.2　新建数据表

新建了数据库之后，在数据库窗口中除了具有本身属性列表外，并没有任何数据表存在，下面便要在此数据库中新增一个数据表。

在数据库窗口区域中右击，在弹出的菜单中选择"新建表"菜单项，出现表结构设计器，如图 10-5 所示。在该设计器中可完成新数据表的结构的创建。在窗口最上端"表名称"项中填入新建的数据表的名称，例如"student"。然后单击"添加字段"按钮，弹出"添加字段"对话框，如图 10-6 所示

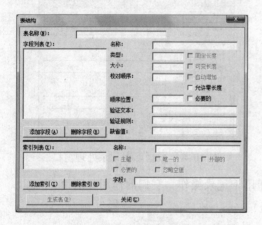

图 10-5　表结构设计器

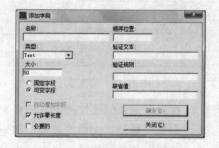

图 10-6　增加数据字段

在该对话框中依次填入数据表"student"的字段，如表 10-2 所示，完成之后单击"确定"按钮，返回表结构设计器。

表 10-2　学生信息数据表 student

字段名称	字段类型	字段大小	索　引	忽略空值	备　注
num	TEXT	默认	唯一、主索引	否	学号
name	TEXT	100			姓名
sex	TEXT	默认			性别
birthday	Date/Time	默认			出生日期
native	TEXT	100			籍贯
department	TEXT	默认			系部

接下来为数据表"student"建立索引，单击"添加索引"按钮，打开索引添加窗口，选择索引字段"num"，并选择"主要的"、"唯一的"复选框，如图 10-7 所示。其中，"主要的"表示该字段为主索引字段；"唯一的"表示当前建立的索引字段中，不能有重复的数据。完成以上操作之后单击"确定"按钮。

至此已完成"student"数据表的结构设计，单击"生成表"按钮并关闭数据库结构对话框后，即可在数据库窗口中看到"db_student.mdb"数据库中已经加入了"student"数据表。

如果要修改数据表结构，可以右击该数据表名称，选择"设计"命令来进行数据表结构的更改操作。

10.2.3 数据库记录的增加、删除、修改操作

建立数据表之后，同样可以使用数据管理器向表中添加记录，修改或删除表中的记录。操作步骤如下：

（1）打开数据库，在数据库窗口中选择所要操作的数据表。例如，在上例所建的数据库"db_student.mdb"中选择"student"数据表。

（2）右击数据表"student"，在弹出的菜单中选择"打开"菜单项，则出现数据库表记录处理窗口，如图 10-8 所示。

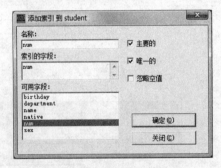

图 10-7　添加索引字段

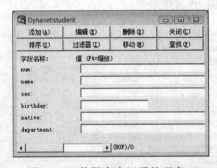

图 10-8　数据库表记录处理窗口

（3）在数据库表记录处理窗口中有 8 个按钮用于记录操作，它们的作用分别为：

- "添加"按钮：向数据表中添加记录。
- "编辑"按钮：修改窗口中的当前记录。
- "删除"按钮：删除窗口中的当前记录。
- "排序"按钮；按指定字段对表中记录进行排序。
- "过滤器"按钮：指定过滤条件，只显示满足条件的记录。
- "移动"按钮：根据指定的行数移动记录的位置。
- "查找"按钮：根据指定条件查找满足条件的记录。
- "关闭"按钮：关闭表处理窗口。

单击"添加"按钮，打开记录添加窗口，输入一个记录的值，单击"更新"按钮返回数据表记录处理窗口，依此类推输入其他记录，并且在记录处理窗口中可使用其他按钮完成删除、修改等相应的操作。

除了使用数据管理器来对数据库中的信息进行维护之后，也可以直接通过 Microsoft Access 2000/2003 打开创建的数据库，然后再为数据表增加、删除、修改记录。

10.2.4 数据查询

可视化管理器的"实用程序"菜单中提供了许多常用的工具，其中"查询生成器"可以快速建立查询，无论数据库中的数据表数据如何复杂庞大，均可以采用工具建立快速查询，从而实现数据管理。建立查询的方法主要是通过查询生成器进行条件设计和查询处理，其操作如下：

在数据管理器中单击"实用程序"|"查询生成器"菜单项，则出现查询界面。在查询界面中输入各种符合逻辑的条件，然后执行查询，即可获得查询信息。查询生成器如图 10-9 所示。

例如，查询"student"数据表中姓名为李明的学生记录，可在字段名称列表框中选择"student.num"，运算符选择"="，值输入"李明"，然后单击"将 Add 加入条件"按钮，之后选择"运行"按钮，在弹出的对话框中选择"否"，VisData 接着就将执行该查询并将结果显示在窗口中，如图 10-10 所示。

通过以上的例子可以看出，使用"查询生成器"可以在不知道数据库查询的语法细节的情况下轻松完成复杂的查询工作。

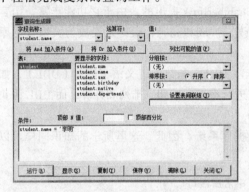

图 10-9　查询生成器

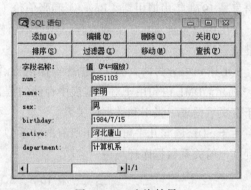

图 10-10　查询结果

10.2.5 数据窗体设计器

窗体是 Windows 应用程序中系统与用户进行交互操作的界面，对于一个数据库应用系统而言，数据库的管理操作不能总是在数据管理器中进行，也需要使用窗体来实现。在 VisData 中提供了数据窗体设计器，可以轻松地用数据控件和用于数据管理的命令按钮建造一个完整的数据管理窗体，所建立的窗体被保存在当前的 Visual Basic 项目中。下面我们来做一个简单的示范，操作步骤如下：

（1）在 Visual Basic 开发环境中新建一个工程。

（2）在 Visdata 中打开上例中所建数据库"db_student.mdb"，单击"实用程序|数据窗体设计器"菜单项，出现数据窗体设计器对话框。

（3）输入窗体名称为"student"，选择记录源"student"，单击按钮">>"将数据库所有字段都添加到窗体中，如图 10-11 所示。

（4）单击按钮"生成窗体"，则在当前工程中新建了一个窗体 frmstudent，如图 10-12 所示。

如果用户需要生成另外一个窗体，则可以再创建一个新的窗体。如果不需要创建新的窗体，则关闭窗体生成器。在 VB 工程设计窗口中，如果对于用可视数据管理器设计的窗体不满意，可以对它进行各种各样的修改。

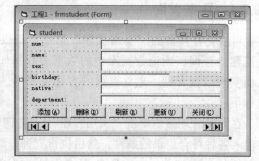

图 10-11　数据窗体设计器　　　　图 10-12　完成后 frmstudent 窗体

10.3　结构化查询语言（SQL）

结构化查询语言 SQL（Structure Query Language）是一个功能强大的通用关系数据库语言。该语言是 1974 年由博伊斯（Boyce）和张伯伦（Chamberlin）提出的，由于它功能丰富，语言简捷，备受用户及计算机工业界欢迎，经过不断修改、扩成和完善，最终发展成为关系数据库的标准语言。

SQL 语句可分为两大类：数据库操作语言语句（DML）和数据定义语言语句（DDL），如表 10-3 所示。DML 语句用于对数据表中存储的信息进行选取、求和、排列和计算，而 DDL 语句则用于定义数据表、索引和数据库关系。

由于 SQL 语句几乎可以用于所有的关系型数据库系统，因此，这里所学的知识同样可以应用到其他的关系数据库环境中。

表 10-3　SQL 中常用语句

语　句	功　能	类　型
Create	创建数据表	DDL
Alter	修改数据表	DDL
Drop	删除数据表	DDL
Select	对数据表进行查询	DML
Insert	插入数据记录	DML
Delete	删除数据记录	DML
Update	更新数据记录	DML

1. 数据定义语言语句

SQL 对数据表的操作主要有创建、修改和删除，其语法格式如下所示：

（1）Create 语句：

```
Create Table 表名(列名1 类型 [NOT NULL][，列名2 类型 [NOT NULL]]…)  [其他参数];
```

（2）Alter 语句：

```
Alter  Table 表名
[Add  Column  新列名  数据类型];
[Drop  Column  列名 ];
[Modify 列名 数据类型 数据类型];
```

（3）Drop 语句：

```
Drop Table 表名；
```

2．数据库操作语言语句

SQL 中数据库操作语言语句主要包括 Select、Insert、Delete、Update 四个语句，用于数据表中进行查询、插入、删除和更新操作。

（1）Select 语句

Select 语句用于从数据库中检索用户指定条件的数据，任何从数据库中取得数据的操作最终都将体现为 Select 语句。因此，Select 语句是 SQL 中最重要且使用频率最高的语句。

Select 语句可以根据实际需要从一个或多个表中选择一个或多个行或列的数据，这些数据就是 Select 语句查询的结果。在从数据库检索数据时，我们通常需要指出从哪一个或几个表中来选取数据，要选取表中的哪些字段，以及选取数据的条件，除此之外，Select 语句还可实现对查询记录的排序、对字段进行汇总以及用检索到的记录创建新表等。因此，Select 语句语法格式为：

```
Select 字段列表 [Into 新表] From 数据源 [Where 条件表达式][Order By 排序表达式
[ASC|DESC]][Group By 分组表达式][Having 搜索表达式]
```

其中各参数说明如下：

- Select 子句用于指出查询结果集合中的各字段名，多个字段名之间用逗号分隔。当要查询的是表中所有列时，可用 "*" 代表，不需要一一列出。
- Into 子句用于将查询结果集合创建一个新的表，给出新表的表名。
- From 子句用于指出所查询的表名以及各表之间的逻辑关系，多个表名之间用逗号分隔。
- Where 子句用于指出查询的条件，可以是一个逻辑表达式或条件表达式。
- Order By 子句用于对查询结果进行排序，需指出所要排序的列，其中 "ASC" 为升序排列，"DEC" 为降序排列。默认的排序方式为 "ASC"。
- Group By 子句用于对查询结果分组。
- Having 子句用于为分组或集合指定搜索条件，通常与 Group By 子句一起使用。

在上面的子句中除了 Select 和 From 子句外，其他的子句均可省略。

除此之外，SQL 还为 Select 语句提供了许多函数，来帮助用户快速地实现一些特殊的运算和操作。例如，获得时间信息、执行有关计算、实现数据转换等。表 10-4 列出了一些常用的集合函数及功能。

例如，从上例中所建数据库 "db_student" 的学生基本信息表 student 中查询性别为 "女"，且出生日期小于 "1984" 大于 "1980" 的学生，并按照学号进行升序排列，则语句如下：

表 10-4　常用函数及功能

函数	功　　能
Count	计算记录个数
Avg	计算某列值的平均值
Max	计算某列值的最大值
Min	计算某列值的最小值
Sum	计算某列值的和
GetDate	返回当前日期和时间
Rand	返回 0～1 之间的一个随机数

```
Select * from student where sex='女' and
(birthday<1984 and birthday>1980) order by num
```

再比如，查询当前数据库中学生的个数，则语句如下：

```
Select Count(*) from student
```

（2）Insert 语句

使用 Insert 语句可以给表添加一个或多个新记录行，同时为新记录的全部或部分字段赋值，其语法格式为：

```
Insert Into 表名[（字段名1 [，字段名2 ]…）] Values（常量1 [，常量2]…）；
```

　　如果指定了字段名，则 Values 后的多个值依次赋给指定的字段，如果未指定字段名，这些值会按表结构中的次序赋给各个字段。并且，Values 后的数据值的数据类型、精度和小数位数也必须与相应的列匹配，字符、日期等数据类型用单引号或双引号来界定，数值型则不需要引号。

　　例如，向上例中的学生基本信息表 student 中插入一条新的学生信息，则可使用以下语句：

```
Insert  Into  student  Values ('0851106' , '王菲' , '女' , '1981-2-22' , '计算机系' )
```

　　如果插入的新纪录只提供"num"和"name"两个字段的值，则可使用以下语句：

```
Insert  Into  student ( num,name ) Values ('0851107' , '张杰')
```

　　此时，新记录中没有赋值的字段会被自动地赋以空值（NULL）或默认值（如果在定义表结构时为字段指定了默认值）。但必须要注意的是，如果未赋值的列在定义表结构时说明了 NOT NULL 的属性列，即不能取空值，就会出错。

　　（3）Delete 语句

　　Delete 语句用于从数据表中删除一条或多条记录。一般的语法格式如下：

```
Delete  From 表名 [Where 条件表达式]
```

　　Delete 语句的功能是从指定表中删除满足 Where 子句条件的所有记录，如果省略了 Where 子句，则表示删除表中的全部记录，但表仍然在数据库中存在。即 Delete 语句只是删除数据表的记录，而不是删除表的定义。例如，对上例中的学生基本信息表 student 删除所有计算机系的学生记录，则语句如下：

```
Delete  from  student  Where  department='计算机系'
```

　　（4）Update 语句

　　对数据表的记录进行更新操作是数据库维护过程中一项常见操作。Update 语句可以修改数据表中满足规定条件的记录中指定字段值，语句的语法格式为：

```
Update 表名 Set  字段名1=表达式1 [, 字段名2=表达式2]…[Where 条件表达式]
```

　　例如，对上例中的学生基本信息表 student 中学号为 0851102 的学生的性别修改为'男'，则语句如下：

```
Update Students Set sex='男' Where num='0851102'
```

　　通常在数据更新过程中，当进行一些涉及数据表的数据完整性操作时，通常会使用事务处理，来保证数据库的数据一致性。

10.4 数　据　控　件

　　在前面的介绍中可以看到，一个完整的数据库系统除了包括可以共享的数据库外，还需要包括用于处理数据的数据库应用系统。数据库应用系统是一个计算机应用程序，通过该程序可以选择数据库中的数据项，并将所选择的数据项按用户的要求显示出来。Visual Basic 6.0 也为开发数据库应用程序提供了许多专门的控件。通过这些控件，程序设计人员可以轻松、快速地实现各种操作。

10.4.1　功能简介

　　Data 控件是 Visual Basic 6.0 提供的一种用于访问数据库的标准控件，在工具箱中的图标为 ▦。它是通过 Jet 数据库引擎接口实现数据访问的。数据控件可以将 Visual Basic 6.0 的窗体与数据库方便地进行连接，并提供有效的、不需要编程即能访问数据库的功能。将 Data 控件放

置到窗体上，控件的外观如图 10-13 所示，中间显示的是控件名，
4 个按钮实现移动到第一条、上一条、下一条和最后一条的记录
操作。

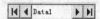

图 10-13　窗体中的 Data 控件

　　Data 控件的工作原理是：通过设置 Data 控件的属性，将 Data 控件与一个特定的数据库及其中的数据表连接起来，然后通过数据绑定控件在窗体上显示数据库中的相应数据，同时，Data 控件可以在当前记录上执行所有操作。

10.4.2　主要属性

　　（1）Connect 属性：

　　该属性用于指定 Data 控件所连接的数据库类型。数据库类型均列在 Connect 属性右边的下拉列表框中。默认的数据库类型是 Access 数据库，此外，也可连接 DBF、XLS、ODBC 等其他类型数据库。如果是 ODBC 数据库，该属性还包括参数，比如用户和密码等。

　　（2）DataBaseName 属性：

　　该属性用于指定 Data 控件连接的数据库。该属性为字符串类型，可在属性窗口中直接选择，也可以通过代码来进行设置，例如：

```
Data1.DataBaseName="D: \DataBase\db_student.mdb"
```

DataBaseName 属性指定的数据库文件应与 Connect 属性中选择的数据库类型相一致。

　　（3）RecordSource 属性：

　　该属性用于指定 Data 控件的具体数据源，可以是数据库中的单个数据表，如"student",也可以是使用 SQL 语言中的一个查询记录集，例如"Select * from student where sex='男'"。由 RecordSource 确定的可访问的具体数据也称为 RecordSet 记录集，该记录集也是一个对象。

　　（4）RecordsetType 属性：

　　该属性用于指定 RecordSet 记录集的类型，各属性值的描述如表 10-5 所示。

表 10-5　RecordsetType 属性设置

选　　项	记录集类型	说　　　　明
0-Table	表类型	表示数据来自一个数据表，可对记录进行添加、删除、修改、查询等操作，可直接更新数据
1-Dynaset（默认值）	动态集类型	表示数据使用 Select 语句生成，是一个或多个表中的数据在内存中的动态拷贝。该类型的记录集可加快运行的速度，但不能自动更新数据
2-Snapshot	快照类型	表示数据是由数据库中的一个或多个表中的数据组成的静态拷贝，不能进行添加、删除、修改等操作

　　（5）ReadOnly 属性：

　　该属性用于设置能否对记录集进行写操作。设置值为 True 时，不能对 RecordSet 记录集进行写操作；否则表示可以进行写操作。默认值为 False。

　　（6）Exclusive 属性：

　　该属性用于设置被打开的数据库是否允许被其他应用程序共享。设置值为 True 时，表示不能对其共享，否则，表示可以共享。默认值为 False。

　　（7）BofAction 和 EofAction 属性：

　　该属性是当记录指针指向 RecordSet 对象的第一条前或最后一条记录后的记录时该采取何种操作，其属性值的描述如表 10-6 所示。

Data 控件主要起着链接数据库、建立数据源及移动数据记录指针等功能，但不能显示和编辑数据库中的数据，使用数据绑定控件与 Data 控件进行数据绑定可实现这样的功能，要想将数据绑定控件绑定到数据控件（Data）上，需对下列两个属性进行设置：

- DataSource 属性：用来将一个有效的数据控件与一个数据库连接。
- DataField 属性：设置绑定控件与数据库有效的字段建立联系。

表 10-6　BofAction 和 EofAction 属性设置

属　　性	取　　值	说　　　　明
BofAction	0—Move First（默认值）	将指针定位记录集的第一条记录
	1—Bof	将数据控件（Data）的向前移动按键无效
EofAction	0—Move Last（默认值）	将指针定位记录集的最后一条记录
	1—Eof	将数据控件（Data）的向后移动按键无效
	2—Add New	自动增加一条新记录

数据绑定控件、数据控件和数据库三者的关系如图 10-14 所示。

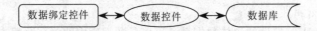

图 10-14　绑定控件、数据控件和数据库三者的关系

当数据控件与绑定控件绑定后，Visual Basic 将当前记录的字段值赋给绑定控件。如果修改了绑定控件内的数据，只要移动记录指针，修改后的数据会自动写入数据库。数据控件在装入数据库时，它把记录集的第一个记录作为当前记录。

10.4.3　主要事件

（1）Repositioning 事件：

该事件是在改变记录指针使其从一条记录移动到另一条记录时触发。通常可以在该事件中显示当前记录指针的位置。需要注意的是只有在 Repositioning 事件执行结束后，指针才真正地到达另一条记录，因此利用该事件可以在指针到达当前记录之前进行基于当前记录的数据操作，也可以改变其他对象的属性或使用其他对象的方法来设置窗体和界面。例如，可以使用以下代码实现在 Data 控件 Data1 中显示当前记录的编号。

```
Private Sub Data1_Reposition()
    Data1.Caption = Data1.Recordset.AbsolutePosition + 1
End Sub
```

（2）Validate 事件：

在移动到另一条记录之前，或使用 Update 方法之前，或进行 Delete、Unload 或 Close 操作之前触发该事件。该事件的格式如下：

```
Private Sub Data 控件名_Validate( [Index As Integer , ] Action As Integer ,
Save AsInteger )
    事件过程
End Sub
```

其中，Action 参数用于判断哪一种操作触发了 Validate 事件，Save 参数用于判断是否有数据变化，具体设置值如表 10-7 所示。

表 10-7　Action 参数的返回值

常　　数	Action 值	说　　　明
VbDataActionCancel	0	当 Sub 退出时取消对数据访问控件的操作
VbDataActionMoveFirst	1	执行 MoveFirst 方法
VbDataActionMovePrevious	2	执行 MovePrevious 方法
VbDataActionMoveNext	3	执行 MoveNext 方法
VbDataActionMoveLast	4	执行 MoveLast 方法
VbDataActionAddNew	5	执行 AddNew 方法
VbDataActionUpdate	6	执行 Update 方法
VbDataActionDelete	7	执行 Delete 方法
VbDataActionFind	8	执行 Find 方法
VbDataActionBookmark	9	Bookmark 属性已被设置
VbDataActionClose	10	执行 Close 方法
VbDataActionUnload	11	卸载窗体

10.4.4　主要方法

（1）Refresh 方法：

当程序运行过程中修改了 Data 控件的一些属性设置，如 DatabaseName、RecordSource、ReadOnly、Exclusive 等属性时，则必须用 Refresh 方法刷新记录。刷新的同时把记录集中的第一条记录设置为当前记录。另外，当多用户环境下，当多个用户同时访问同一数据表和表时，Refresh 方法将使各用户对数据库的操作有效。

（2）UpdateControls 方法：

该方法可以将数据从数据库中重新读到被数据访问控件绑定的控件内。UpdateControls 方法也可以终止任何挂起的 Edit 或 AddNew 操作。在修改数据后，可以调用该方法放弃修改。

（3）UpdateRecord 方法：

当对绑定控件内的数据修改后，数据控件需要移动记录的指针才能保持修改。如果使用 UpdateRecord 方法可强制将绑定控件内的数据写入到数据库中，而不再触发 Validate 事件。

10.4.5　Data 控件的记录集 RecordSet

正确设置了 Data 控件的 Connect、DataBaseName 和 RecordSource 属性之后，应用程序必须通过 Data 控件的记录集（RecordSet）才能访问它所连接的数据。

记录集由 Data 控件的 RecordSource 属性决定，是来自数据库中一个表或多个表中满足条件的结果集。在应用程序角度上看，记录集是一个由字符和记录组成的数据表。

VB 使用 RecordSet 对象来表示记录集，通过 RecordSet 对象可以对 Data 控件所连接的数据进行各种操作。通过 Data 控件的 RecordSet 属性可以访问 RecordSet 对象。下面是 RecordSet 对象的常用属性和方法。

1. RecordSet 对象的常用属性

（1）Enablcd 属性：

该属性设置 RecordSet 对象是否可操作

（2）EOF（End Of File）属性：

该属性用于判断当前位置是否在尾记录之后，如果"是"，其值为 True，否则为 False。

（3）BOF（Beginning Of File）属性：

该属性用于判断当前位置是否在首记录之前，如果"是"，其值为 True，否则为 False。

（4）RecordCound 属性：

该属性用于统计 RecordSet 对象的记录个数。

（5）AbsolutePosition 属性：

该属性用于设置或返回当前记录号。记录集中的每个记录都有一个临时的序号，称为记录号。如果记录集中有 n 条记录，则记录号依次为 0 ~ n-1。如果记录集中无记录，则该属性值为-1。

2. RecordSet 对象的常用方法

（1）AddNew 方法：

该方法用于将一条空记录添加到记录集末尾，并将记录指针定位到该记录上，此时用户可在绑定控件中输入数据。例如：

```
Data1.Recordset.AddNew
```

输入数据后，可以使用 Update 方法或 UpdateRecord 方法将数据保存到数据库中。在使用这两个方法之前，数据库中的数据不会发生改变，只有在使用 Update 方法或 UpdateRecord 方法或数据控件移动记录指针时，记录才被保存到数据库中。

（2）Delete 方法：

该方法用于删除当前记录。例如：

```
Data1.Recordset.Delete
```

在使用 Delete 方法之后，要移动记录指针来清除被删除记录的显示，否则，被删除记录仍显示在绑定控件中。

（3）Update 方法：

该方法用于将数据保存到数据库中。例如：

```
Data1.Recordset.Update
```

该方法与 Data 控件的 UpdateRecord 方法功能相似。

（4）Move 方法组：

使用 Move 方法组中的方法可代替对数据库控件对象的 4 个箭头以实现遍历整个记录集中记录。4 种 Move 方法如下：

- MoveFirst 方法使记录指针移至第一条记录。
- MoveLast 方法使记录指针移至最后一条记录。
- MoveNext 方法使记录指针移至下一条记录。
- MovePrevious 方法使记录指针移至上一条记录。

（5）Find 方法组：

该方法组包括 Findfirst 从第一条记录向后查找、FindLast 从最后一条记录向前查找、FindNext 从当前记录向后查找、FindPrevious 从当前记录向前查找 4 个方法。这些方法仅适用于 Dynaset 动态集和 Snapshot 快照集。

10.4.6 Data 控件的应用举例

【例 10.1】利用 Data 控件实现对 10.2 节中所建立的学生基本信息数据库的管理，要求完成对学生基本信息的添加、删除、修改和浏览的功能。

首先可使用 Data 控件与 10.2 节所建立的数据库"D:\DataBase\db_student.mdb"中的表 student连接起来，然后再利用窗体中的文本框来绑定表内的各字段信息，从而实现对 student 表中数据信息的浏览，最后在通过记录集对象的方法来实现数据的添加、删除和修改操作。具体的操作过程如下。

（1）设计程序界面。

打开 Visual Basic 6.0 开发环境，选择"文件"菜单中的"新建工程"，在随后出现的对话框中选择新建"标准 EXE"，单击确定按钮。然后建立如图 10-15 所示的窗体，窗体含有 1 个 Data 控件、1 个 Frame 控件、4 个CommandButton 控件、6 个 Label 控件以及 6 个 TextBox控件。各控件的属性参考表 10-8。

（2）编写代码：下面为程序添加代码。

① Form_Load 事件。

在该事件中完成 Data 控件的属性设置，以及 TextBox的 DataField 属性设置。Data 控件使用的数据库是 10.2 中所建立的数据库"D:\DataBase\db_student.mdb"。代码如下：

图 10-15 窗体设计界面

表 10-8 对象属性值

对　象	属　性	属性值	对　象	属　性	属性值
Form	Name Caption	Form1 学生基本信息管理	Label	Caption	籍贯：
CommandButton	Name Caption	cmdAdd 添加	Label	Caption	系部：
CommandButton	Name Caption	cmdDelete 删除	TextBox	Name DataSource	txtNum Data1
CommandButton	Name Caption	cmdUpdate 修改	TextBox	Name DataSource	txtName Data1
CommandButton	Name Caption	cmdExit 退出	TextBox	Name DataSource	txtSex Data1
Label	Caption	学号：	TextBox	Name DataSource	txtBirthday Data1
Label	Caption	姓名：	TextBox	Name DataSource	txtNative Data1
Label	Caption	性别：	TextBox	Name DataSource	txtDepartment Data1
Label	Caption	出生日期：	Data	Name Connect	Data1 Access

```
Private Sub Form_Load()
    Data1.DatabaseName="d:\database\db_student.mdb"        '设置数据库
    Data1.RecordSource="student"                           '设置数据表
    txtNum.DataField="num"                                 '绑定数据表字段
    txtName.DataField="name"
    txtSex.DataField="sex"
    txtBirthday.DataField="birthday"
    txtNative.DataField="native"
    txtDepartment.DataField="department"
End Sub
```

② 添加记录。

在程序中，单击"添加"按钮时，除了"退出"按钮之外，其他按钮都变为不可用，并且将"添加"按钮更换成"确定"按钮，此时使用记录集的 AddNew 方法添加数据。

数据输入完成后，再单击"确定"按钮，判断所输入的学号是否为空。如果是，则终止更新，并提示更新失败；否则，使用记录集的 Update 方法来根性数据库，并将指针 移动到新添加的记录上。代码如下：

```
Private Sub cmdAdd_Click()
    cmdUpdate.Enabled=False
    cmdDelete.Enabled=False
    If cmdAdd.Caption="添加" Then
        cmdAdd.Caption="确定"
        Data1.Recordset.AddNew
        txtNum.SetFocus
    Else
        cmdAdd.Caption="添加"
        cmdUpdate.Enabled=True
        cmdDelete.Enabled=True
        If Trim(txtNum.Text)="" Then
            MsgBox "学号不能为空，添加失败!", vbCritical, "错误"
            Data1.UpdateControls
            If Data1.Recordset.RecordCount>1 Then
                Data1.Recordset.MoveFirst
            End If
        Else
            Data1.Recordset.Update
            MsgBox "添加成功! ", vbInformation, "提示"
            Data1.Recordset.MoveLast
        End If
    End If
End Sub
```

③ 删除记录。

在程序中，单击"删除"按钮时，首先使用对话框提示用户，确认是否删除记录，以免误操作。如果确定删除，则使用记录集 Delete 方法删除当前记录，并将指针移到前一条记录上。并判断删除的是否为第一条记录，如果是，将记录指针移到当前的第一条记录上。代码如下：

```
Private Sub cmdDelete_Click()
    answer=MsgBox("您确定要删除此记录吗? ", vbYesNo + vbQuestion)
    If answer <> vbYes Then
        Exit Sub
```

```
        End If
     If Data1.Recordset.RecordCount <> 0 Then
        Data1.Recordset.Delete
        MsgBox "删除成功！", vbInformation, "提示"
        Data1.Recordset.MovePrevious
        If Data1.Recordset.BOF Then
            Data1.Recordset.MoveFirst
        End If
     End If
  End Sub
```

④ 修改记录。

需要修改记录时可直接在文本框中进行，修改后，单击"修改"按钮，提交所修改后的数据。代码如下：

```
Private Sub cmdUpdate_Click()
    Data1.Recordset.Edit
    Data1.Recordset.Update
    MsgBox "修改成功！", vbInformation, "提示"
End Sub
```

⑤ Data 控件的 Repositioning 事件。

移动记录指针时，在 Data 控件中显示当前记录号以及总记录数。代码如下：

```
Private Sub Data1_Reposition()
    Data1.Caption = "          当前记录：" &
(Data1.Recordset.AbsolutePosition
    + 1) & "      总记录：" & Data1.Recordset.
RecordCount
    End Sub
```

⑥ 退出程序。

退出程序是单击"退出"按钮，代码如下：

```
Private Sub cmdExit_Click()
    Unload Me
End Sub
```

到这里，该程序的设计和实现已经完成，程序运行的
界面如图 10-16 所示。

图 10-16　程序运行的界面

10.5　使用 ADO 访问数据库

ADO（ActiveX Data Object）是 Microsoft 继 DAO/RDO 后推出的数据库访问技术，是建立在 OLE DB 之上的高层数据库访问技术。OLE DB 是基于 COM 模型的数据库访问接口，它向应用程序提供了一个统一的数据访问方法，而不考虑它们的具体的格式和存储方法。在实际应用中，利用 OLE DB 不仅可以访问正规的数据库（如 Access、SQL Server、Oracle 等），还可以访问电子表格（Excel）、文本文件甚至邮件服务器中的数据。从性能上说，由于 OLE DB 调用的是数据库提供方开发的数据驱动程序，因此为其访问的任何数据源提供了高性能的访问方法。而 ADO 正是在 OLE DB 之上的对象模型，包含了所有可以被 OLE DB 标准接口描述的数据类型，通过 ADO 内部的属性和方法提供统一的数据访问接口方法。并且，ADO 对象模型具有可扩展性，当把数据库上层应用程序移植到不同的数据平台上时，只需更换连接数据库的驱动程序，而不需要对应用程序做任何修改。

因此，ADO 是如今使用最广泛、应用最成功的数据访问技术，不仅在 C/S（客户端/服务器）架构的数据库应用程序中得到认可，而且在 B/S（浏览器/服务器）架构的 Internet 交互式站点建设中，也深受开发者的青睐。

10.5.1　ADO 模型简介

ADO 对象模型定义了一个可编程的分层对象集合，由 7 个对象构成的，如图 10-17 所示。程序开发人员可以创建这些对象并且通过这些对象来访问数据库。这 7 个对象中常用的主要有三个，分别是 Connection、Command 和 Recordset 对象，其功能如表 10-9 所示。

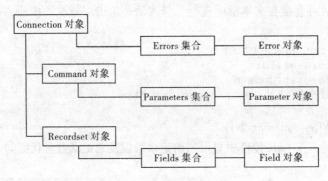

图 10-17　ADO 对象模型

表 10-9　ADO 对象模型中的各个对象

对象	说　　　　明
Connection	用于建立与数据源的连接
Command	建立 Connection 对象后，可以发出命令操作数据源。一般情况下，Command 对象可以在数据源中添加、删除或更新数据，或者在表中查询数据
Recordset	Recordset 对象描述来自数据表或命令执行结果的记录集合。在 ADO 对象模型中，是在行中检查和修改数据的最主要方法，所有对数据源的操作几乎都是 Recordset 对象完成的。Recordset 对象用于指定行、移动行、添加、更改、删除行

10.5.2　使用 ADO 对象编程

在使用 ADO 对象之前，首先要向当前工程添加 ADO 的对象库。添加的方法是：打开"工程|引用"菜单项，在打开的"引用"对话框中，在"可用的引用"列表中选择"Microsoft ActiveX Data Object 2.X Library"选择，单击"确定"按钮完成添加。

使用 ADO 对象以编程方式访问数据库的基本方法如下：

1. 使用 Connection 对象连接数据库

通过 Connection 对象可以建立与数据源的连接，数据库源可以使本地数据库，也可以是远程数据库等。在编程时，首先定义一个新的 Connection 对象，然后利用 Connection 对象的 ConnectionString 属性确定数据库的类型，接下来利用 Connection 对象的 Open 和 Close 方法打开和关闭与数据库的连接。

例如，可以使用以下语句连接并打开 10.2 节中所建立的学生基本信息数据库"db_student"。

```
Dim cn As New ADODB.Connection        '新建 Connection 对象
cn.ConnectionString = "Provider=Microsoft.Jet.OLEDB.3.51; " & _
```

```
                    "Data Source=D:\DataBase\db_Student.mdb"        '定义连接方式
cn.Open    '打开数据库连接
```

2. 使用 Recordset 对象操作数据库

打开数据库之后，可使用 Recordset 对象实现对数据库的各种操作。ADO 的 Recordset 对象与 10.4 节介绍的 Recordset 对象的功能及作用都一样，同样可以进行数据记录的查找、添加、删除、更新以及移动等操作，同样可以使用 BOF 和 EOF 来判断记录的位置。

【例 10.2】打开数据库"D：\DataBase\db_student.mdb"，显示数据库中所有学生的信息。

```
Private Sub Form_DblClick()
    Dim cn As New ADODB.Connection          '新建 Connection 对象
    Dim rs As New ADODB.Recordset           '新建 Recordset 对象
    cn.ConnectionString = "Provider=Microsoft.Jet.OLEDB.3.51; " & _
                    "Data Source=D:\database\db_student.mdb" '定义连接方式
    cn.Open                                  '打开数据库连接
    rs.Open "select * from student", cn     '打开一个由查询指定的记录集
    rs.MoveFirst                             '移动到记录集的第一条记录
    Do While Not rs.EOF
        Print rs.Fields("num"), rs.Fields("name"), rs.Fields("sex"), rs.
Fields("birthday"), rs.Fields("native"), rs.Fields("department")
        rs.MoveNext                          '移动到下一条记录
    Loop
    cn.Close                                 '关闭连接
    Set cn = Nothing
    Set rs = Nothing
End Sub
```

在上例中还使用了 Fields 集合，它包含了 Recordset 对象的所有 Field 对象。每个 Field 对象对应于 Recordset 中的一列。

运行结果如图 10-18 所示。

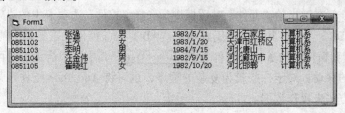

图 10-18　运行结果

3. 使用 Command 对象操作数据库

当一个 SQL 命令的描述文本相当复杂时，或有些命令中还用到若干参数，使用 Command 对象可以轻松解决这些问题。使用 Command 对象可以预先把命令和参数存储在它的属性和参数集合中，最后执行 Execute 方法即可。

【例 10.3】打开数据库"D：\DataBase\db_student.mdb"，使用 Command 对象向数据表 student 中添加一条新的学生信息。

```
Private Sub Command1_Click()
    Dim cn As New ADODB.Connection
    Dim cmd As New ADODB.Command
    Dim sqlstr As String
    cn.ConnectionString = "Provider=Microsoft.Jet.OLEDB.3.51; " & _
```

```
                              "Data Source=D:\database\db_student.mdb"
    cn.Open
    sqlstr="insert into student  values('0851106','王菲','女','1982-2-22','
河北廊坊','计算机系')"
    Set cmd.ActiveConnection=cn        '设置连接对象
    cmd.CommandText=sqlstr             '指定命令文本
    cmd.Execute                        '执行命令文本中的命令
    cn.Close
    Set cn=Nothing
    Set cmd=Nothing
    Form_DblClick                      '调用上例中的过程显示添加后的记录
End Sub
```

运行结果如图 10-19 所示。

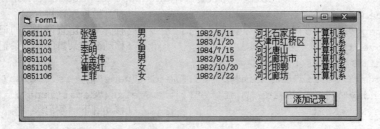

图 10-19   运行结果

10.5.3　使用 ADO 数据控件

ADO Data 控件是一种新的、支持 OLE DB 数据源控件，其功能与 10.4 节的 Data 控件类似，通过该控件，编程人员可以使用很少的代码来操作数据库。

ADO Data 控件不是 Visual Basic 的标准控件，使用之前需要进行添加。具体步骤为，打开菜单项"工程|部件"，在弹出的"部件"对话框中，选择"控件"选项卡中的"Microsoft ADO Data Control 6.0（OLEDB）"，将其添加到工具箱中。ADO Data 控件在工具箱中的图标为，类型名为 Adodc，放置到窗体上的 Adodc 控件为，其中 4 个箭头按钮可以进行记录集中的当前记录指针的移动，对于一些较为复杂的程序，也可将 Ado Data 控件隐藏起来，通过调用记录集的属性和方法来操作数据。

1. 主要属性

（1）ConnectionString 属性：

ADO Data 控件没有 DataBaseName 属性，它利用 ConnectionString 属性来与数据库建立连接，该属性包含于数据源建立连接的相关信息。

（2）RecordSource 属性：

该属性用于确定具体可访问的数据，这些数据构成记录集对象 Recordset。该属性值可以是数据库中的单个表名，一个查询结果，可以是 SQL 查询语句。

（3）ConnectionTimeout 属性：

该属性用于设置与数据连接的超时设置，若在指定时间内连接不成功显示超时信息。

（4）MaxRecords 属性：

用于设置一个查询中最多能返回的记录数。

2. 主要方法与事件

ADO Data 控件的主要方法与事件都与 Data 控件相同，这里不再赘述。

【**例 10.4**】下面通过 ADO Data 控件与 DataGrid 控件，实现对 10.2 节中的数据库"db_student"的查询、添加、删除与修改。运行界面如图 10-20 所示。

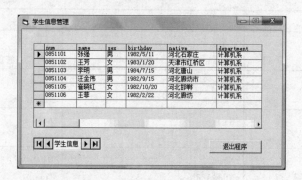

图 10-20　程序运行界面

操作步骤如下：

（1）新建工程。

选择"文件" | "新建工程"命令，建立一个新工程（标准 EXE），保存工程。

（2）添加控件。

选择"工程" | "部件"命令，在弹出的"部件"对话框中选择"Microsoft ADO Data Control 6.0（OLE DB）"和"Microsoft DataGrid Control 6.0（OLE DB）"，单击"确定"按钮。将 ADO Data 控件与 DataGrid 控件添加到工具箱中。

（3）设计窗体。

建立如图 10-20 所示的窗体，包含 1 个 ADO Data 控件、1 个 DataGrid 控件、1 个 CommandButton 按钮，各控件的属性设置参考表 10-10。

（4）设置数据源。

在进行数据库操作之前，首先需要建立 ADO Data 控件与数据库的连接，方法为：右击窗体上的 ADO Data 控件，选择"ADODC 属性"，弹出"属性页"对话框，如图 10-21 所示。

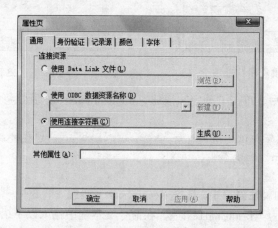

图 10-21　"属性页"对话框

选中"使用连接字符串"单选按钮，单击"生成"按钮，弹出"数据链接属性"对话框，如图 10-22 所示，在"提供程序"选项卡中选中"Microsoft Jet 3.51 OLE DB Provider"指定连接的数据类型（该类型用于连接 Access 数据库）。

表 10-10 控件属性设置

对　　象	属　　性	属　性　值
Form	Name	Form1
	Caption	学生信息管理
CommandButton	Name	Command1
	Caption	退出程序
Adodc	Name	Adodc1
	Caption	学生信息
DataGrid	Name	DataGrid1
	AllowAddNew	True
	AllowDelete	True
	AllowUpdate	True

单击"下一步"按钮，在"数据链接属性"对话框 2 中选择要连接的物理数据库，这里选择"D:\database\db_student.mdb"，如图 10-23 所示，单击"测试连接"按钮来测试连接，提示"测试连接成功"。

图 10-22　"提供程序"选项卡　　　　　图 10-23　"连接"选项卡

在创建连接字符串后，单击"确定"按钮，ConnectionString 属性将使用一个类似于下面这一行的字符串来填充：

```
Provider=Microsoft.Jet.OLEDB.3.51;Persist Security Info=False;Data Source=D:
\database\ db_student.mdb
```

（5）设置记录集。

在 ADO Data 控件的属性窗口中，选择 RecordSource 属性，单击"…"按钮，弹出对话框"属性页"，选择命令类型为"1-adCmdText"，在命令文本框中输入以下语句：

```
Select * from student
```

完成之后的界面如图 10-24 所示，完成后单击"确定"按钮。

其中，命令类型有四种，它们的名称与含义分别为：

- adCmdTable   表
- adCmdText   SQL 语句
- adCmdStoredProc   存储过程
- adCmdUnknown   其他类型

如果选择了表或存储过程，还可直接在"表或存储过程"下拉列表框中选择具体的名称。

图 10-24 "属性页"对话框

（6）将 DataGrid 控件绑定到 ADO Data 控件上。

完成以上设置后，就可将 DataGrid 控件绑定到 ADO Data 控件上，方法是右击窗体上的 DataGrid 控件，在属性窗口中选择"DataSource"属性，将其设置为"Adodc1"。

（7）关闭窗体。

为 CommandButton1 按钮编写事件，实现退出程序的功能。代码如下：

```
Private Sub Command1_Click()
    Unload Me
End Sub
```

到这里，我们就完成了该程序的编写，运行后，可在 DataGrid 控件中查看到 student 表的数据，同时也可以直接进行添加、删除和修改。

10.5.4　使用窗体向导

Visual Basic 6.0 提供了一个功能强大的数据窗体向导，通过几个交互过程，便能快速建立一个访问数据的窗口，包括用户界面和所需的代码。数据窗体向导属于外接程序，在使用前首先执行外接程序的加载。

下面通过建立学生信息管理窗体为例，来介绍窗体向导的使用方法。

【例 10.5】使用窗体向导建立一个窗体，以单个记录形式，显示 10.2 节中所建立数据库"db_student.mdb"中表"student"的信息。

创建步骤如下：

（1）新建工程。方法同上例，不再赘述。

（2）添加数据窗体向导。选择"外接程序|外接程序管理器"命令，弹出"外接程序管理器"对话框，在"可用外接程序"列表框中选择"VB6 数据窗体向导"，再选择"加载/卸载"选项，如图 10-25 所示，单击"确定"按钮，将"数据窗体向导"添加到"外接程序"菜单中。

（3）选择"外接程序" |"数据窗体向导"命令，启动"数据窗体向导—介绍"窗口。此窗口介绍了向导的基本功能，单击"下一步"按钮。

（4）在"数据窗体向导—数据库类型"窗口中，选择"Access"，如图 10-26 所示。由于 10.2 节中所建立的数据库为 Access 数据库。然后单击"下一步"按钮。

（5）在"数据窗体向导—数据库"窗口中，单击"浏览"按钮，在选择对话框中，选择"D:\database\db_student.mdb"数据库，如图 10-27 所示。单击"下一步"按钮。

（6）在"数据窗体向导—Form"窗口中，设置窗体名称为"frm_student"，选择"窗体布局"为"网格（数据表）"，设置"绑定类型"为"ADO 数据控件"，如图 10-28 所示。单击"下一步"按钮。

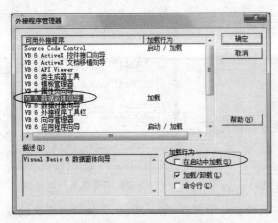

图 10-25　外接程序管理器

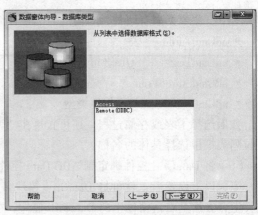

图 10-26　数据库类型窗口

图 10-27　数据库窗口

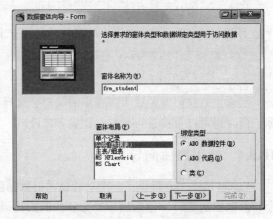

图 10-28　Form 窗体

（7）在"数据窗体向导—记录源"窗口中，选择记录源为"student"，然后单击 按钮将表中可用字段添加到选定字段中，然后通过按钮 调整字段的显示顺序，如图 10-29 所示。单击"下一步"按钮。

（8）在"数据窗体向导—控件选择"窗口中，选择在窗体中显示的按钮控件，去掉选择框"显示数据控件"选项，如图 10-30 所示。单击"下一步"按钮。

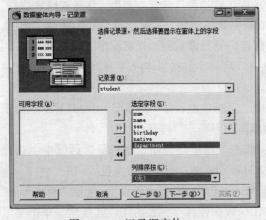

图 10-29　记录源窗体

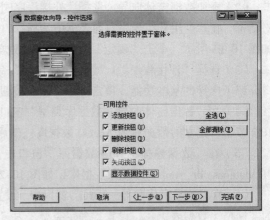

图 10-30　控件选择窗体

（9）进入"数据窗体向导—已完成"窗口，单击"完成"按钮，完成数据窗体的添加。

完成以上的设置之后，系统自动生成窗体，调整控件的大小，运行结果如图 10-31 所示。

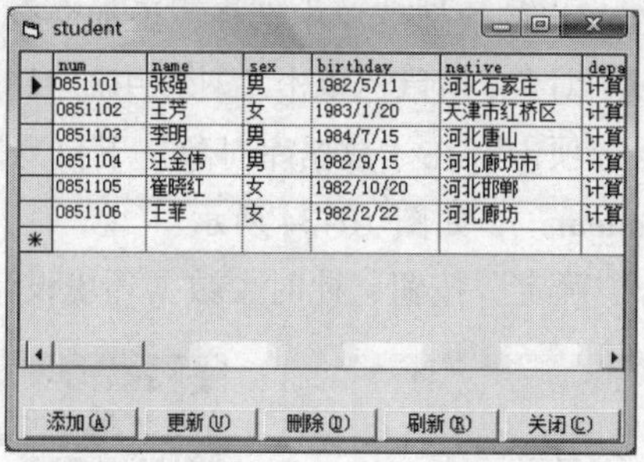

图 10-31　使用向导生成的结果窗体

10.6　数 据 报 表

对于一个数据库应用程序来说，制作并打印数据报表是不可缺少的环节。VB 6.0 提供了报表设计器 DataReport 对象，DataReport 对象除了具有强大的功能外，还提供了简单易操作的界面。DataReport 对象可以从数据环境得到报表所需的数据，数据报表设计器可以联机察看、打印格式化报表或将其导出到正文或 HTML 页中。

10.6.1　数据环境设计器

对于一个数据库应用程序来说，设计并打印报表是一个不可缺少的功能。Microsoft 的 Data Report Designer（数据报表设计器）是一个功能丰富的数据报表生成器，通过它可轻松地与某个数据源（例如某个"数据环境"）连接起来，就能够依据若干个不同的表中的数据创建报表。

一旦已经在工程中有了一个 Data Evironment（数据环境），并且有一个用于回送记录集的命令，即可创建一个 Data Report（数据报表），用于显示该命令的数据。

向工程中添加数据环境的方法是，单击"工程" | "添加 Data Environment"命令，同时打开数据环境设计器 DataEnvironment1，DataEnvironment1 中包含一个连接对象 Connection1，如图 10-32 所示。

接下来创建连接对象，右击 Connection1 对象，在弹出的快捷菜单中选择"属性"命令，打开"数据链接属性"对话框，在"提供程序"选项卡中，选择"Microsoft Jet 3.51 OLE DB Provider"，如图 10-33 所示。

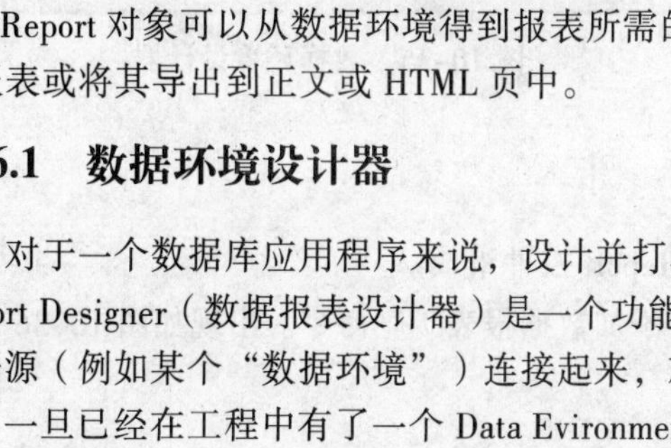

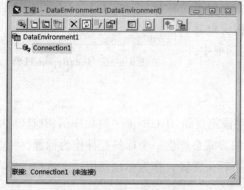

图 10-32　数据环境设计器

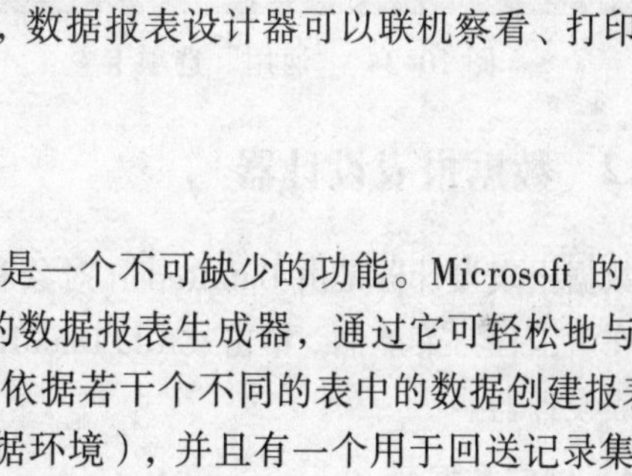

图 10-33　"数据链接属性"对话框

单击"下一步"按钮，在"连接"选项卡中，选择一个需要的数据库，例如，"D:\database\db_studcnt.mdb"，单击"测试连接"，测试连接成功后，单击"确定"按钮关闭对话框。

右击 Connection1 对象，在弹出的快捷菜单中选择"添加命令"，为数据环境添加一个命令对象 Command1。选中 Command1 对象，用鼠标单击工具栏中的"属性"按钮 ，打开"Command1属性"对话框。选择"通用"选项卡，在"数据库对象"下拉列表框中选择"表"，在"对象名称"下拉列表框中选择"student"，如图 10-34 所示。

完成数据源指定后，单击"确定"按钮，此时，数据环境设计器如图 10-35 所示。

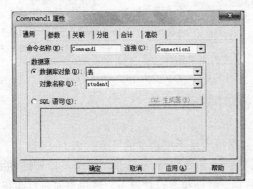

图 10-34 "通用"选项卡

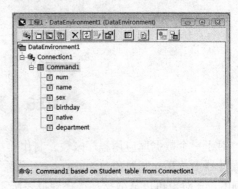

图 10-35 数据环境设计器

10.6.2 数据报表设计器

数据报表设计器是由 DataReport 对象和 DataReport 控件组成。

在"工程"菜单中，单击"Add Data Report（添加数据报表）"命令。出现如图 10-36 所示的报表设计器。

1. 绑定数据源

（1）设置 DataSource 属性为 DataEnvironment1（数据环境），该"数据环境"中包含到特定数据源的连接，而该数据源包含想用在该报表中的数据。

（2）设置 DataMember 属性为 Command1_分组，回送所需记录集的命令，该记录集中包含将显示在报表中的信息。

用鼠标右击报表设计器中的 DataReport 对象，在弹出的快捷菜单中选择"检索结构"，系统将根据数据源定义数据报表中应该有的各个标题栏，在打开的确认对话框中，单击"是"。

图 10-36 DataReport 对象

2. 设计报表界面

最快捷的方法是直接将数据环境中的各数据字段拖放到 DataReport 对象中的相应区域中。当某个字段被拖动到数据报表设计器中时，默认的方式会产生一个标签控件作为标题，一个文本控件显示该字段的数据。将每个标签控件拖到页标头带区，作为标题使用，文本控件留在细节带区，用来显示记录数据。

在报表标头带区放置标签控件，设置其"Caption"属性为"学生基本信息"，调整字号和字体大小。设置完成之后，报表设计器如图 10-37 所示。

3．运行报表设计器

显示报表有两种方式：

（1）将"数据报表"设置为启动对象。

采用这种方法后，当用户运行应用程序时，该报表即自动被显示。

将数据报表设置成"启动"对象的方法如下：选择"工程 | <工程名称>属性"菜单中，在启动对象框中，选择想使用的数据报表的名称。

（2）编写程序代码来显示"数据报表"。

调用该报表对象的 Show 方法，当想对报表的显示方式进行更大的控制时，则采用这一方法。下面的实例程序代码表明：当用户单击显示报表命令按钮时，将显示报表。

```
Sub cmdShowReport()
    DataReport1.Show
End sub
```

4．运行报表

运行报表结果如图 10-38 所示。可直接使用预览窗口左上角的"打印"按钮来打印报表内容，使用预览窗口工具栏中的"导出"按钮可将报表内容输出成文本文件或 HTML 文件。

图 10-37　设计完成后的报表设计器

图 10-38　运行界面

10.7　数据库编程实例

本节将以售后服务信息管理系统为例，利用本章所学的知识，开发一个实际的数据库应用程序。在本例的设计过程中，首先从系统需求分析入手，建立了系统功能模块图，然后根据该模块图设计了数据库，然后分别完成了各模块的界面设计与编码。通过本例的学习，读者应能举一反三，仿照开发出具备一定使用功能的数据库管理系统。

10.7.1　系统概述

根据生产实际需求，确定所开发的数据库编程实例——"售后服务信息管理系统"，其主要功能如图 10-39 所示。

图 10-39　系统功能模块

10.7.2 数据库设计

可利用 10.2 节所学的可视化数据管理器来创建数据库和数据表。所创建的数据库位于当前工程目录下的文件夹 DataBase 中，名为"Service.mdb"。所创建的数据表格式如表 10-11 ~ 表 10-14 所示。

10.7.3 功能模块设计与实现

1．公用模块

在程序中要对数据库进行大量操作，频繁地使用链接对象和数据库操作对象，但每次都编写重复的代码十分麻烦，所以建立了公用模块。该模块负责链接和关闭数据库。

表 10-11　用户信息表 tb_UserInfo

字段名称	字段类型	字段大小	索　引	忽略空值	备　注
UserId	Text	默认	唯一、主索引	否	用户名
Psw	Text	默认			密码

表 10-12　商品信息表 tb_Product

字段名称	字段类型	字段大小	索　引	忽略空值	备　注
pNum	Text	默认	唯一、主索引	否	商品编号
pName	Text	100			商品名称
pYear	Integer	默认			保修年限

表 10-13　维护人员信息表 tb_SMan

字段名称	字段类型	字段大小	索　引	忽略空值	备　注
smNum	Text	默认	唯一、主索引	否	维护人员编号
smName	Text	默认			维护人员姓名
smSex	Text	默认			维护人员性别
smBirthday	Date/Time	默认			出生日期
smCard	Text	默认			身份证号
smTel	Text	默认			联系电话

表 10-14　售后服务记录表 tb_Record

字段名称	字段类型	字段大小	索　引	忽略空值	备　注
rNum	Text	默认	唯一、主索引	否	维护人员编号
pNum	Text	默认			维护人员姓名
rName	Text	默认			维护人员性别
rTel	Text	默认			出生日期
smNum	Text	默认			身份证号
rItem	Text	默认			
rDate	Date/Time	默认			
rMoney	Currency	默认			联系电话

主要代码如下：

```
Public cn As ADODB.Connection        '公用的连接对象
Public rs As ADODB.Recordset         '公用的记录集对象
Public userid As String              '记录当前登录的用户名
Public Function Opencn() As Boolean
    On Error GoTo chuli
    Set cn = New ADODB.Connection
    cn.ConnectionString = "Provider=Microsoft.Jet.OLEDB.3.51;Persist Security
Info=False;Data Source=" & App.Path & "\DataBase\Service.mdb"   '设置连接字符串
    cn.CommandTimeout = 20
    cn.Open
    Opencn = True
    Exit Function
chuli:
        MsgBox "数据库连接失败，请重试！", vbCritical, "提示"
        Opencn = False
        Exit Function
End Function

Public Sub Closecn()
    On Error Resume Next
    cn.Close
    Set cn = Nothing
    rs.Close
    Set rs = Nothing
    End
End Sub
```

2. 登录模块

登录模块运行后的界面如图 10-40 所示。在该窗体中，输入用户名和密码，单击"确定"按钮登录系统，若退出登录则单击"取消"按钮。

在登录时，使用库中的数据表"tb_UserInfo"中的数据来进行验证，如果用户名和密码都正确，则进入系统的主界面；否则提示错误，重新输入。当输入错误的次数超过 3 次时，系统自动锁定，只能退出。

主要代码如下：

图 10-40   登录窗体

```
Private Sub cmdOK_Click()        '单击确定按钮
    Opencn
    Set rs = New ADODB.Recordset
    Set rs.ActiveConnection = cn
    Dim un As String
    Dim psw As String
    Dim sql As String
    Static count As Integer
    un = Trim(txtuserid.Text)
    psw = Trim(txtpsw.Text)
    If un = "" Then
        MsgBox "用户名不能为空，请重新输入！", vbOKOnly + vbExclamation, "警告"
        txtuserid.SetFocus
```

```
Else
    sql = "select * from tb_UserInfo where UserId= '" & un & "'"
    rs.Open sql, cn, adOpenKeyset, adLockOptimistic
    If rs.EOF = True Then
        MsgBox " 用户名不正确，请重新输入！", vbOKOnly + vbExclamation, "警告"
        txtuserid.SetFocus
        txtuserid.SelStart = 0
        txtuserid.SelLength = Len(un)
    Else
        If psw = Trim(rs.Fields("Psw")) Then
            userid = rs.Fields("UserId")
            rs.Close
            Me.Hide
            frm_Main.Show
        Else
            MsgBox "密码不正确，请重新输入！", vbOKOnly + vbExclamation, "警告"
            txtpsw.SetFocus
            txtpsw.SelStart = 0
            txtpsw.SelLength = Len(psw)
        End If
    End If
End If
count = count + 1
If count = 3 Then
    txtuserid.Enabled = False
    txtpsw.Enabled = False
    cmdok.Enabled = False
End If
End Sub
```

3. 主界面

登录成功后，进入主界面。主界面的运行效果如图 10-41 所示。主界面采用多文档 MDI 窗体。

图 10-41　程序主界面

主界面中包含一个菜单栏、工具栏和状态栏。其中，菜单栏的设计如表 10-15 所示。

表 10-15 菜单栏设计

标　　题	名　　称
用户信息管理(&U)	menuUser
……用户管理	menuUserManage
……修改密码	menuUpPsw
……-	menuLine
……退出	menuExit
商品信息管理(&P)	menuProduct
维护人员信息管理(&M)	menuSMan
售后服务记录管理(&R)	menuRecord
……售后服务记录添加	menuRecordAdd
……售后服务记录查询	menuRecordSelect

工具栏与状态栏的设计可根据图 10-41 进行，不再赘述。

主要的代码如下：

```
Private Sub MDIForm_QueryUnload(Cancel As Integer, UnloadMode As Integer)
    Dim x As Integer
    x = MsgBox("确认要退出系统吗？", vbQuestion + vbOKCancel, "退出")
If x = 1 Then
     Call Closecn
     Cancel = False
    Else
     Cancel = True
    End If
End Sub
Private Sub menuExit_Click()            '单击退出菜单项
    Closecn
End Sub
Private Sub menuProduct_Click()         '单击商品信息管理菜单项
    frm_Product.Show
End Sub
Private Sub menuRecordAdd_Click()       '单击售后服务记录添加菜单项
    frm_RecordAdd.Show
End Sub
Private Sub menuRecordSelect_Click()    '单击售后服务记录查询菜单项
    frm_RecordSelect.Show
End Sub
Private Sub menuSMan_Click()            '单击维护人员管理菜单项
    frm_sman.Show
End Sub
Private Sub menuUpPsw_Click()           '单击修改密码菜单项
    frm_Psw.Show
End Sub
Private Sub menuUserManage_Click()      '单击用户信息管理菜单项
    frm_UserInfo.Show
End Sub
```

```
Private Sub Toolbar1_ButtonClick(ByVal Button As MSComctlLib.Button)
    Select Case Button.Index
    Case 1:         frm_UserInfo.Show
    Case 2:         frm_Psw.Show
    Case 4:         frm_Product.Show
    Case 6:         frm_sman.Show
    Case 8:         frm_RecordAdd.Show
    Case 9:         frm_RecordSelect.Show
    Case 11:         Unload Me
    End Select
End Sub
```

4. 用户信息管理

该模块主要实现系统的用户信息的添加、删除操作。运行界面如图 10-42 所示。在左侧的
"用户信息"框架中输入用户名、密码和确认密码，单击"添加"按钮，可实现新用户的添加。
右侧的 DataGrid 中列出了当前系统的所有用户，可进行删除操作。

主要的程序代码如下：

```
Private Sub cmdAdd_Click()
    Dim sql As String
    Dim str As String
    Set rs = New ADODB.Recordset
    Set rs.ActiveConnection = cn
    If Trim(txtUserId.Text) = "" Then
      MsgBox "用户名不能为空！", vbInformation, "提示"
      Exit Sub
    End If
    If Trim(txtpsw) <> Trim(txtPsw2) Then
        MsgBox "密码不一致！", vbCritical, "提示"
        Exit Sub
    End If
    rs.Open "SELECT * FROM tb_UserInfo where (UserId='" & Trim(txtUserId.Text)
& "')", cn, adOpenStatic, adLockReadOnly
    If (Not rs.EOF) Then
        MsgBox "用户名为 " & Trim(txtUserId.Text) & " 的用户已经存在！", vbCritical,
"提示"
    Else
        str = "确定要添加用户名为 " & Trim(txtUserId.Text) & " 的 用户吗？"
        x = MsgBox(str, vbOKCancel + vbQuestion, " 添加")
        If x = 1 Then
            sql = "insert into tb_UserInfo values ('" & Trim(txtUserId.Text)
& "','" & Trim(txtpsw.Text) & "') "
            On Error GoTo Err
            cn.Execute (sql)
            MsgBox "添加成功！", vbInformation, "提示"
            Call ClearControl
            Adodc1.Refresh
            Exit Sub
    Err:
            MsgBox "添加失败！", vbCritical, "提示"
            Exit Sub
```

```
        End If
    End If
    rs.Close
End Sub
```

除了上述功能之外，系统还提供了修改密码的功能，运行界面如图 10-43 所示，实现的代码如下：

```
Private Sub cmdOK_Click()
    Dim sql As String
    rs.Open "select * from tb_UserInfo where ((UserId = '" & Trim(txtUserId.Text)
& "') and (Psw='" & Trim(txtOPsw.Text) & "'))", cn, adOpenDynamic, adLockOptimistic
    If rs.EOF <> True Then
        If txtNPsw.Text = txtNPsw2.Text Then
            sql = "update tb_UserInfo set Psw='" & Trim(txtNPsw.Text) & "' where
(UserId = '" & Trim(txtUserId.Text) & "')"
            cn.Execute (sql)
            MsgBox "密码修改成功! ", vbInformation, "提示"
            Unload Me
        Else
            MsgBox "两次输入的密码不一致! ", vbCritical, "提示"
        End If
    Else
    Dim rs1 As ADODB.Recordset
    Set rs1 = New ADODB.Recordset
    rs1.Open "select * from tb_UserInfo where UserId = '" & Trim(txtUserId.Text)
& "'", cn, adOpenDynamic, adLockOptimistic
        If rs1.EOF <> True Then
        MsgBox "密码错误! ", vbCritical, "提示"
        Else
        MsgBox "此用户不存在! ", vbCritical, "提示"
        End If
    End If
    rs.Close
End Sub
```

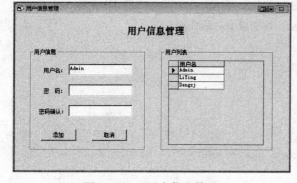

图 10-42　用户信息管理

图 10-43　修改密码

5. 商品信息管理

该模块主要实现所售商品信息的添加、删除、修改操作，使用 ADO Data 控件与 DataGrid 控件。运行界面如图 10-44 所示，具体的实现参照 10.5 节。

6. 维护人员信息管理

该模块主要实现售后服务维护人员信息的添加、删除、修改操作，使用 ADO Data 控件与 DataGrid 控件。运行界面如图 10-45 所示。

图 10-44　商品信息管理 　　　　　　图 10-45　　维护人员信息管理

7. 售后服务维护记录管理

该模块主要实现售后服务维护记录的添加、查询、删除和报表等功能。

（1）售后服务维护记录添加。

运行界面如图 10-46 所示。

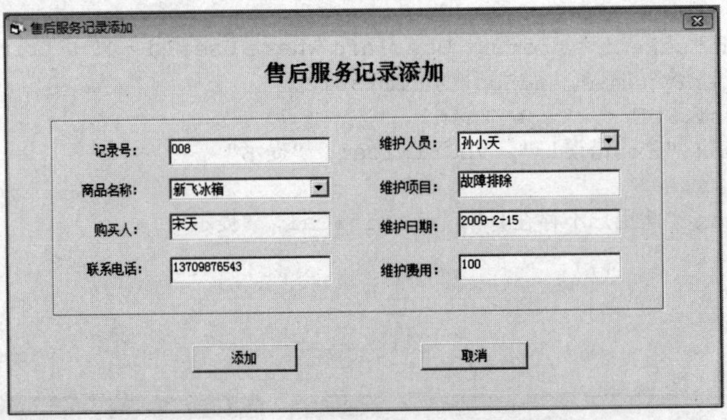

图 10-46　售后服务记录添加

主要的代码如下：

```
Dim pNum() As String
Dim smNum() As String
Private Sub cmdAdd_Click()
    Dim sql As String
    Set rs = New ADODB.Recordset
    sql = "select * from tb_Record where RNum='" & txtNum.Text & "'"
    Set rs = cn.Execute(sql)
    If rs.EOF Then
        sql = "insert into tb_Record values ('" & txtNum.Text & "','" &
pNum(cmbPName.ListIndex) & "','" & txtName.Text & "','" & txtTel.Text & "' " & _
                   "','" & smNum(cmbSMName.ListIndex) & "','" & txtItem.Text
& "','" & txtDate.Text & "','" & txtMoney.Text & "' )"
        cn.Execute (sql)
```

```
        MsgBox "添加成功！", vbInformation, "提示"
    Else
        MsgBox "该记录已存在！", vbCritical, "提示"
    End If
    rs.Close
    Set rs = Nothing
End Sub
Private Sub Form_Load()
    Dim rs1 As ADODB.Recordset
    Dim sql As String, i As Integer
    Set rs1 = New ADODB.Recordset
    sql = "select * from tb_Product"
    rs1.Open sql, cn, adOpenDynamic, adLockOptimistic
    i = 0
    Do While Not rs1.EOF
        If i = 0 Then
            ReDim pNum(i + 1)
        Else
            ReDim Preserve pNum(i + 1)
        End If
        pNum(i) = rs1.Fields("pNum")
        cmbPName.AddItem rs1.Fields("pName")
        i = i + 1
        rs1.MoveNext
    Loop
    cmbPName.ListIndex = 0
    rs1.Close
    sql = "select * from tb_SMan"
    rs1.Open sql, cn, adOpenDynamic, adLockOptimistic
    i = 0
    Do While Not rs1.EOF
        If i = 0 Then
            ReDim smNum(i + 1)
        Else
            ReDim Preserve smNum(i + 1)
        End If
        smNum(i) = rs1.Fields("smNum")
        cmbSMName.AddItem rs1.Fields("smName")
        i = i + 1
        rs1.MoveNext
    Loop
    cmbSMName.ListIndex = 0
    rs1.Close
    Set rs1 = Nothing
End Sub
```

（2）售后服务维护记录查询和删除

运行界面如图 10-47 所示。查询时可选择按记录号、按购买人或按维护人来进行，查询后
的结果可通过选择之后单击"删除"按钮进行删除。

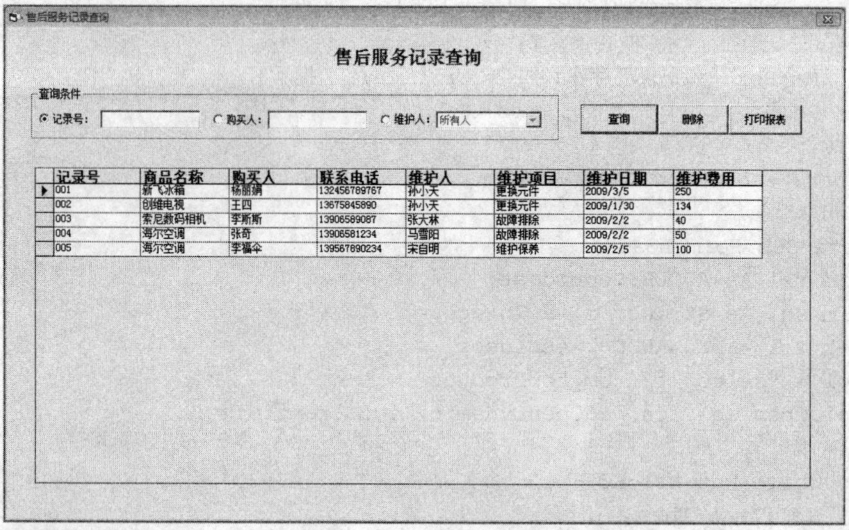

图 10-47　售后服务记录查询

主要代码如下：

```
Dim smNum() As String
Private Sub cmdcx_Click()
    Dim sql As String, i As Integer
    sql = "select * from tb_Record, tb_SMan ,tb_Product where tb_Record.
smNum=tb_SMan.smNum and tb_Record.pNum=tb_Product.pNum"
    If Option1.Value = True Then
    If Trim(txtNum.Text) <> "" Then sql = sql & " and rNum='" & Trim(txtNum.Text)
& "'"
    End If
    If Option2.Value = True Then
    If  Trim(txtName.Text)  <>  ""  Then  sql  =  sql  &  "  and  rName='"  &
Trim(txtName.Text) & "'"
    End If
    If Option3.Value = True Then
    If cmbSMName.ListIndex <> 0 Then sql = sql & " and tb_Record.smNum='" &
smNum(cmbSMName.ListIndex - 1) & "'"
    End If
    Adodc1.RecordSource = sql
    Adodc1.Refresh
End Sub
Private Sub cmdtc_Click()
    DataEnvironment1.Commands("command1").CommandText = Adodc1.RecordSource
    DataReport1.Refresh
    DataReport1.Show
End Sub
Private Sub Command1_Click()
    Dim sql As String
    If Option1.Value = True Then
        If Trim(txtNum.Text) <> "" Then
            On Error Resume Next
            sql = "delete from tb_Record where rNum='" & Trim(txtNum.Text) & "'"
```

```
            cn.Execute (sql)
            MsgBox "删除成功！", vbInformation, "提示"
            Adodc1.Refresh
        End If
    End If
End Sub
Private Sub Form_Load()
    Dim rs1 As ADODB.Recordset
    Dim sql As String, i As Integer
    Set rs1 = New ADODB.Recordset
    sql = "select * from tb_SMan"
    rs1.Open sql, cn, adOpenDynamic, adLockOptimistic
    i = 0
    Do While Not rs1.EOF
        If i = 0 Then
            ReDim smNum(i + 1)
        Else
            ReDim Preserve smNum(i + 1)
        End If

        smNum(i) = rs1.Fields("smNum")
        cmbSMName.AddItem rs1.Fields("smName")
        i = i + 1
        rs1.MoveNext
    Loop
    cmbSMName.ListIndex = 0
    rs1.Close
    Set rs1 = Nothing
End Sub
Private Sub Option1_Click()
    txtNum.Enabled = True
    txtNum.Text = ""
    txtName.Enabled = False
    cmbSMName.Enabled = False
End Sub
Private Sub Option2_Click()
    txtNum.Enabled = False
    txtName.Enabled = True
    txtName.Text = ""
    cmbSMName.Enabled = False
End Sub
Private Sub Option3_Click()
    txtNum.Enabled = False
    txtName.Enabled = False
    cmbSMName.Enabled = True
    cmbSMName.ListIndex = 0
End Sub
```

（3）售后服务维护记录报表

单击图 10-47 界面上的"打印报表"按钮，可对查询结果打印报表。报表的格式如图 10-48 所示。报表的具体实现参考 10.6 节。

图 10-48　售后服务维护记录报表

至此，一个完整的售后服务信息管理系统设计完毕。

实训 10　数据库编程实训

一、实训目的

（1）熟练使用 SQL 语言。

（2）掌握数据库管理器的使用，包括建立数据库，添加数据表，数据记录的增加、删除、修改与查询。

（3）掌握 ADO 中 Connection 对象、Command 对象和 Recordset 对象的使用。

二、实训内容

设计一个物资管理系统。

三、实训操作步骤

1. 系统功能设计

系统主要的功能模块如图 10-49 所示。

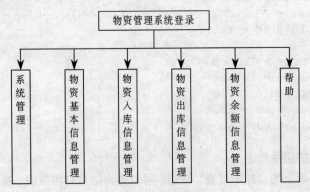

图 10-49　系统功能模块

2．数据库与数据表的创建

利用 VB 可视化数据管理器创建数据库和数据表（创建方法可参阅第 10.2 节数据管理器的使用），掌握和应用这一工具是必需的一个环节。

创建的数据库中各个表格设计如表 10-16 ~ 表 10-20 所示。

表 10-16　Material 物资基本信息表

字段名称	字段类型	字段大小	必添字段	说　明
wzid	Text	8	是	物资编号
wzname	Text	20	否	物资名称
wzspec	Text	20	否	规格型号
wzkind	Text	10	否	类别
wzunit	Text	10	否	计量单位

表 10-17　Msave 入库物资信息表格

列　名	数据类型	字段大小	必添字段	说　明
rkno	Text	14	是	入库编号
rkid	Text	8	是	入库物资编号
rkname	Text	20	否	物资名称
rkspec	Text	20	否	规格型号
rkkind	Text	10	否	种类
rkunit	Text	10	否	单位
rkaccount	Single		是	数量
rkprice	Single		是	单价
rkvalue	Single		是	金额
rkdate	Date/Time		是	入库时间
rkdeal_person	Text	10	是	经办人
rksave_person	Text	10	是	保管人
rkbase	Text	10	否	仓库
rkmemo	Memo		否	备注

表 10-18　Muse 出库物资信息表

列　名	数据类型	字段大小	必添字段	说　明
lyno	Text	14	是	入库编号
lyid	Text	8	是	入库物资编号
lyname	Text	20	否	物资名称
lyspec	Text	20	否	规格型号
lykind	Text	10	否	种类
lyunit	Text	2	否	单位
lyaccount	Single		是	数量
lyprice	Single		否	单价

续表

列　名	数据类型	字段大小	必添字段	说　明
Lyvalue	Single		否	金额
lydate	Date/Time		是	入库时间
lyuse_person	Text	10	是	经办人
lydeal_person	Text	10	是	保管人
lybase	Text	10	否	仓库
lymemo	Memo		否	备注

表 10-19 Msurplus 出库物资信息表

列名	数据类型	字段大小	必添字段	说明
yeid	Text	8	是	入库物资编号
yename	Text	20	否	物资名称
yespec	Text	20	否	规格型号
yekind	Text	10	否	种类
yeunit	Text	2	否	单位
yeaccount	Single		是	数量
yevalue	Single		否	金额
yebase	Text	10	是	入库时间
yememo	Memo		是	经办人

表 10-20　user_Info 系统用户表

字段名称	字段类型	字段大小	必添字段	说明
user_ID	Text	15	是	用户名称
user_PWD	Text	10	否	用户密码
user_Des	Text	10	否	用户描述

3. 创建登录界面 frmLogin 窗体（见图 10-50）

主要代码如下：

```
Private Sub cmdCancel_Click()
    OK = False
    Me.Hide
End Sub
Private Sub cmdOK_Click()
    Dim txtSQL As String
    Dim mrc As ADODB.Recordset
    Dim MsgText As String
    username = ""
  If Trim(txtUserName.Text = "") Then
    MsgBox "没有此用户，请重新输入用户名！", vbOKOnly + vbExclamation, "警告"
        txtUserName.SetFocus
  Else
txtSQL="select * from user_Info where user_ID='"&txtUserName.Text&"'"
  Set mrc=ExecuteSQL(txtSQL, MsgText)
```

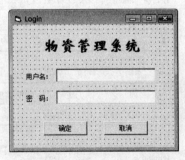

图 10-50　用户登录窗体

```
    If mrc.EOF = True Then
       MsgBox "没有此用户，请重新输入用户名!", vbOKOnly + vbExclamation, "警告"
       txtUserName.SetFocus
    Else
      If Trim(mrc.Fields(1)) = Trim(txtPassword.Text) Then
          OK = True
          mrc.Close
          Me.Hide
          username = Trim(txtUserName.Text)
      Else
          MsgBox "输入密码不正确，请重新输入！", vbOKOnly + vbExclamation, "警告"
          txtPassword.SetFocus
          txtPassword.Text = ""
      End If
    End If
  End If
    miCount = miCount + 1
    If miCount = 3 Then    Me.Hide
    Exit Sub
End Sub
```

4．创建标准模块

```
'全局变量
Public fMainForm As frmMain
Public flagMedit As Boolean
Public flagIedit As Boolean
Public flagLedit As Boolean
Public flagOedit As Boolean
Public gintMmode As Integer
Public gintImode As Integer
Public gintLmode As Integer
Public gintOmode As Integer
Sub Main()
    Dim fLogin As New frmLogin
    fLogin.Show vbModal
    If Not fLogin.OK Then    End
    Unload fLogin
    Set fMainForm = New frmMain
    fMainForm.Show
End Sub
Public Function ConnectString() As String
    '返回一个数据库连接
    ConnectString="Provider=Microsoft.Jet.OLEDB.4.0;Data Source=E:\wzgl\wzdb.
mdb;Persist Security Info=False"
    End Function
Public Function ExecuteSQL(ByVal SQL _
    As String, MsgString As String) _
    As ADODB.Recordset
    Dim cnn As ADODB.Connection
    Dim rst As ADODB.Recordset
    Dim sTokens() As String
    On Error GoTo ExecuteSQL_Error
```

```
      sTokens = Split(SQL)
      Set cnn = New ADODB.Connection
      cnn.Open ConnectString
      If InStr("INSERT,DELETE,UPDATE", _
         UCase$(sTokens(0))) Then
         cnn.Execute SQL
         MsgString = sTokens(0) & _
             " query successful"
      Else
         Set rst = New ADODB.Recordset
         rst.Open Trim$(SQL), cnn, _
            adOpenKeyset, _
            adLockOptimistic
         Set ExecuteSQL = rst
         MsgString = "查询到" & rst.RecordCount & _
            " 条记录 "
      End If
ExecuteSQL_Exit:
   Set rst = Nothing
   Set cnn = Nothing
   Exit Function
ExecuteSQL_Error:
   MsgString = "查询错误： " & _
      Err.Description
   Resume ExecuteSQL_Exit
End Function
Public Sub EnterToTab(Keyasc As Integer)
   If Keyasc = 13 Then
       SendKeys "{TAB}"
   End If
End Sub
```

5．物资管理系统菜单设计

物资管理系统菜单设计如图 10-51 所示，主窗体 frmMain 窗体如图 10-52 所示。

（1）系统用户管理模块的创建。

添加用户 frmAddUser 窗体，如图 10-53 所示。其实现代码略。

系统	
...	添加用户
...	退出
物资基本信息管理	
...	添加物资基本信息
...	修改物资基本信息
...	删除物资基本信息
...	查询物资基本信息
物资入库信息管理	
...	添加物资入库信息
...	修改物资入库信息
...	删除物资入库信息
....	查询物资入库信息
物资出库信息管理	
...	添加物资出库信息
...	修改物资出库信息
...	删除物资出库信息
...	查询物资出库信息
物资余额信息管理	
...	查询物资余额信息
帮助	
...	关于

图 10-51　主窗体中的菜单结构

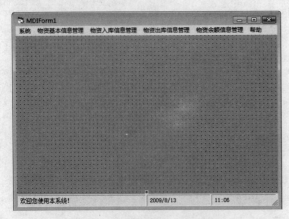

图 10-52　物资管理系统主窗体

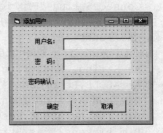

图 10-53　添加用户窗体

（2）物资基本信息管理模块的创建。

① 添加物资基本信息。选择"物资基本信息管理"|"添加物资基本信息"菜单命令，将出现如图 10-54 所示的 frmMater1 窗体。

图 10-54 添加物资基本信息窗体

```
Option Explicit
'是否改动过记录, ture 为改过
Dim mblChange As Boolean
Dim mrc As ADODB.Recordset
Public txtSQL As String
Private Sub cmdExit_Click()
    If mblChange And cmdSave.Enabled Then
If MsgBox("保存当前记录的变化吗？", vbOKCancel +
vbExclamation, "警告")=vbOK Then
            '保存
            Call cmdSave_Click
        End If
    End If
    Unload Me
End Sub
Private Sub cmdSave_Click()
    Dim intCount As Integer
    Dim sMeg As String
    Dim MsgText As String
    For intCount=0 To 4
        If Trim(txtItem(intCount) & " ") = "" Then
            Select Case intCount
                Case 0
                    sMeg="物资编号"
                Case 1
                    sMeg="物资名称"
                Case 2
                    sMeg="规格型号"
                Case 3
                    sMeg="计量单位"
                Case 4
                    sMeg="类别"
            End Select
            sMeg=sMeg&"不能为空！"
            MsgBox sMeg,vbOKOnly+vbExclamation, "警告"
            txtItem(intCount).SetFocus
            Exit Sub
        End If
    Next intCount
    '添加判断是否有相同的 ID 记录
    If gintMmode=1 Then
     txtSQL="select*from material where wzid='" & Trim(txtItem(0)) & "'"
        Set mrc=ExecuteSQL(txtSQL, MsgText)
        If mrc.EOF=False Then
        MsgBox "已经存在此物资编号的记录！", vbOKOnly + vbExclamation, "警告"
            txtItem(0).SetFocus
            Exit Sub
```

```
            End If
            mrc.Close
        End If
        '判断是否有相同内容的记录
        txtSQL = "select * from material where wzid<>'" & Trim(txtItem(0)) & "'
and wzname='" & Trim(txtItem(1)) & "' and wzspec='" & Trim(txtItem(2)) & "'"
        Set mrc = ExecuteSQL(txtSQL, MsgText)
        If mrc.EOF = False Then
            MsgBox "已经存在相同物资内容的记录！", vbOKOnly + vbExclamation, "警告"
            txtItem(1).SetFocus
            Exit Sub
        End If
        '先删除已有记录
        txtSQL="delete from material where wzid='" & Trim(txtItem(0)) & "'"
        Set mrc=ExecuteSQL(txtSQL, MsgText)
        '再加入新记录
        txtSQL="select * from material"
        Set mrc=ExecuteSQL(txtSQL, MsgText)
        mrc.AddNew
        mrc.Fields(0)=Trim(txtItem(0))
        For intCount=1 To 4
            mrc.Fields(intCount)=Trim(txtItem(intCount))
        Next intCount
        mrc.Update
        mrc.Close
        If gintMmode=1 Then
            MsgBox "添加记录成功！", vbOKOnly + vbExclamation, "添加记录"
            For intCount=0 To 4
                txtItem(intCount)=""
            Next intCount
            mblChange=False
            If flagMedit Then
                Unload frmMater
                frmMater.txtSQL="select*from material"
                frmMater.Show
            End If
        ElseIf gintMmode=2 Then
            Unload Me
            If flagMedit Then
                Unload frmMater
            End If
            frmMater.txtSQL="select*from material"
            frmMater.Show
        End If
    End Sub
    Private Sub Form_Load()
        Dim intCount As Integer
        Dim MsgText As String
        If gintMmode=1 Then
            Me.Caption=Me.Caption&"添加"
        ElseIf gintMmode=2 Then
```

```
        Set mrc=ExecuteSQL(txtSQL, MsgText)
        If mrc.EOF=False Then
            With mrc
                For intCount=0 To 4
                    txtItem(intCount)=.Fields(intCount)
                Next intCount
            End With
            txtItem(0).Enabled=False
        End If
        Me.Caption=Me.Caption & "修改"
    End If
    mblChange=False
End Sub
Private Sub Form_Unload(Cancel As Integer)
    gintMmode=0
End Sub
Private Sub txtItem_Change(Index As Integer)
    '有变化设置 gblchange
    mblChange=True
End Sub
Private Sub txtItem_GotFocus(Index As Integer)
    txtItem(Index).SelStart=0
    txtItem(Index).SelLength=Len(txtItem(Index))
End Sub
Private Sub txtItem_KeyDown(Index As Integer, KeyCode As Integer, Shift As
Integer)
        EnterToTab KeyCode
End Sub
```

② 修改物资基本信息。选择"物资基本信息管理"|"修改物资基本信息"菜单命令，将出现如图 10-55 所示的 frmMater 窗体。

```
Option Explicit
Dim mrc As ADODB.Recordset
Dim MsgText As String
Public txtSQL As String
Private Sub Form_Load()
    ShowTitle
    ShowData
    flagMedit=True
End Sub
Private Sub Form_Resize()
If Me.WindowState <> vbMinimized And
fMainForm.WindowState <> vbMinimized Then
        '边界处理
        If Me.ScaleHeight<10*lblTitle.Height Then
            Exit Sub
        End If
        If Me.ScaleWidth<lblTitle.Width+lblTitle.Width/2 Then
            Exit Sub
        End If
        '控制控件的位置
```

图 10-55　物资信息记录列表

```
            lblTitle.Top=lblTitle.Height
            lblTitle.Left=(Me.Width-lblTitle.Width)/2
            msgList.Top-lblTitle.Top+lblTitle.Height+lblTitle.Height/2
            msgList.Width=Me.ScaleWidth-200
            msgList.Left=Me.ScaleLeft+100
            msgList.Height=Me.ScaleHeight-msgList.Top-200
        End If
End Sub
'删除记录
Private Sub Form_Unload(Cancel As Integer)
        flagMedit=False
        gintMmode=0
End Sub
'显示 Grid 的内容
Private Sub ShowData()
        Dim i As Integer
        Set mrc=ExecuteSQL(txtSQL, MsgText)
        With msgList
        .Rows=1
         Do While Not mrc.EOF
            .Rows=.Rows+1
            For i=1 To mrc.Fields.Count
                Select Case mrc.Fields(i-1).Type
                    Case adDBDate
        .TextMatrix(.Rows - 1,i)=Format(mrc.Fields(i - 1) & "", "yyyy-mm-dd")
                    Case Else
                        .TextMatrix(.Rows-1,i)=mrc.Fields(i-1)&""
                End Select
            Next i
            mrc.MoveNext
         Loop
        End With
    mrc.Close
End Sub
'显示 Grid 表头
Private Sub ShowTitle()
    Dim i As Integer
    With msgList
        .Cols = 6
        .TextMatrix(0,1)="物资编号"
        .TextMatrix(0,2)="物资名称"
        .TextMatrix(0,3)="规格型号"
        .TextMatrix(0,4)="类别"
        .TextMatrix(0,5)="计量单位"
        '固定表头
        .FixedRows=1
        '设置各列的对齐方式
        For i=0 To 5
            .ColAlignment(i)=0
        Next i
        '表头项居中
```

```
            .FillStyle=flexFillRepeat
            .Col=0
            .Row=0
            .RowSel=1
            .ColSel=.Cols-1
            .CellAlignment=4
            '设置单元大小
            .ColWidth(0)= 300
            .ColWidth(1)= 1000
            .ColWidth(2)= 2000
            .ColWidth(3)= 2000
            .ColWidth(4)= 1000
            .ColWidth(5)= 1000
            .Row=1
        End With
    End Sub
    Private Sub msgList_MouseUp(Button As Integer, Shift As Integer, x As Single,
y As Single)
        '右键弹出
        If Button=2 And Shift=0 Then  PopupMenu fMainForm.menuMaterial
    End Sub
```

③ 删除物资基本信息。选择"物资基本信息管理" | "删除物资基本信息"菜单命令，在主窗体源代码基础上增加以下代码。

```
    Private Sub menuDeletematerial_Click()
        Dim txtSQL As String
        Dim intCount As Integer
        Dim mrc As ADODB.Recordset
        Dim MsgText As String
        If flagMedit Then
            If frmMater.msgList.Rows > 1 Then
                If MsgBox("真的要删除这条文件记录么？", vbOKCancel + vbExclamation, "
警告")=vbOK Then
                    intCount=frmMater.msgList.Row
                    txtSQL="delete from material where wzid='" & Trim(frmMater.
msgList.TextMatrix(intCount, 1)) & "'"
                    Set mrc=ExecuteSQL(txtSQL, MsgText)
                    Unload frmMater
                    frmMater.txtSQL="select * from material"
                    frmMater.Show
                End If
            End If
        End If
    End Sub
```

④ 查询物资信息。选择"物资基本信息管理" | "查询物资基本信息"菜单命令，将出现如图 10-56 所示的 frmMater2 窗体。

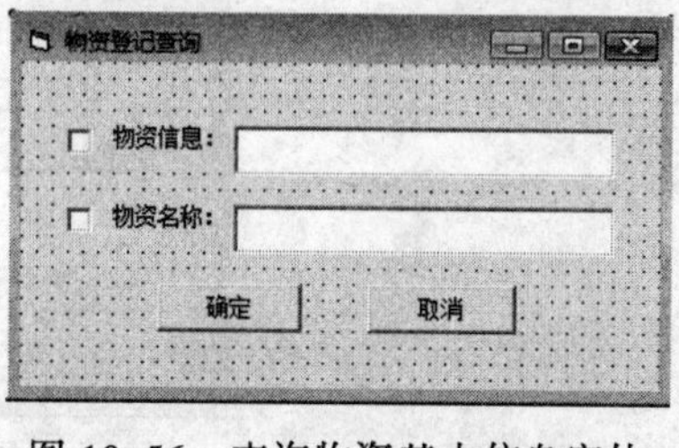

```
    Option Explicit
    Private Sub cmdOK_Click()
        Dim txtSQL As String
        Dim sQSql As String
        If chkItem(0).Value=vbChecked Then
```

图 10-56　查询物资基本信息窗体

```
            sQSql = " wzname ='" & Trim(txtItem(0) & " ") & "'"
        End If
        If chkItem(1).Value = vbChecked Then
            If Trim(sQSql & " ") = "" Then
                sQSql = " wzspec ='" & Trim(txtItem(1) & " ") & "'"
            Else
                sQSql = sQSql & " and wzspec = '" & Trim(txtItem(1) & " ") & "'"
            End If
        End If
        Me.Hide
        If Trim(sQSql) = "" Then
            MsgBox "请设置查询方式！", vbOKOnly + vbExclamation, "警告"
            Exit Sub
        Else
            If flagMedit Then
                Unload frmMater
            End If
            frmMater.txtSQL = "select * from material where" & sQSql
            frmMater.Show
        End If
End Sub
Private Sub lblitem_Click(Index As Integer)
    chkItem(Index).Value = vbChecked
    txtItem(Index).SetFocus
End Sub
Private Sub chkItem_Click(Index As Integer)
    txtItem(Index).SetFocus
End Sub
Private Sub txtItem_GotFocus(Index As Integer)
    txtItem(Index).SelStart = 0
    txtItem(Index).SelLength = Len(txtItem(Index))
End Sub
```

（3）入库信息管理模块的创建。

① 添加物资入库信息。选择"物资入库信息管理"|"添加物资入库信息"菜单命令，将出现如图 10-57 所示的 frmMaterIn1 窗体。

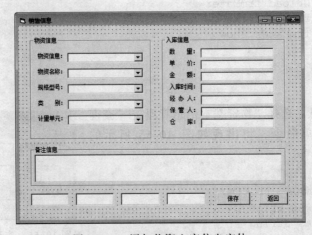

图 10-57　添加物资入库信息窗体

```
Option Explicit
'是否改动过记录，ture 为改过
Dim mblChange As Boolean
Dim mrc As ADODB.Recordset
Public txtSQL As String
Private Sub cboItem_Change(Index As Integer)
    '有变化设置 gblchange
    mblChange = True
End Sub
Private Sub cboItem_Click(Index As Integer)
    Dim sSql As String
    Dim MsgText As String
    Dim mrcc As ADODB.Recordset
    If gintImode = 1 Then
        '初始化员工名称和 ID
        If Index = 1 Then
            cboItem(0).Enabled = True
            cboItem(3).Enabled = True
            cboItem(4).Enabled = True
            cboItem(2).Clear
            cboItem(0).Clear
            cboItem(3).Clear
            cboItem(4).Clear
            txtSQL = "select wzid,wzspec,wzkind,wzunit from material where
wzname='" & Trim(cboItem(1)) & "'"
            Set mrcc = ExecuteSQL(txtSQL, MsgText)
            If Not mrcc.EOF Then
                    Do While Not mrcc.EOF
                    cboItem(0).AddItem mrcc!wzid
                    cboItem(2).AddItem mrcc!wzspec
                    cboItem(3).AddItem mrcc!wzkind
                    cboItem(4).AddItem mrcc!wzunit
                    mrcc.MoveNext
                Loop
                cboItem(0).Enabled = False
                cboItem(3).Enabled = False
                cboItem(4).Enabled = False
                cboItem(2).ListIndex = 0
                cmdSave.Enabled = True
            Else
                MsgBox "请先建立物资档案！", vbOKOnly + vbExclamation, "警告"
                cmdSave.Enabled = False
                Exit Sub
            End If
            mrcc.Close
        ElseIf Index = 2 Then
            cboItem(0).Enabled = True
            cboItem(3).Enabled = True
            cboItem(4).Enabled = True
            With cboItem(2)
                cboItem(0).ListIndex = .ListIndex
```

```
                    cboItem(3).ListIndex = .ListIndex
                    cboItem(4).ListIndex = .ListIndex
                End With
                cboItem(0).Enabled = False
                cboItem(3).Enabled = False
                cboItem(4).Enabled = False
            End If
        End If
        Exit Sub
    End Sub
    Private Sub cboItem_KeyDown(Index As Integer, KeyCode As Integer, Shift As
Integer)
    EnterToTab KeyCode
    End Sub
    Private Sub cmdExit_Click()
        If mblChange And cmdSave.Enabled Then
    If MsgBox("保存当前记录的变化吗？", vbOKCancel + vbExclamation, "警告") = vbOK
Then
                '保存
                Call cmdSave_Click
            End If
        End If
        Unload Me
    End Sub
    Private Sub cmdSave_Click()
        Dim intCount As Integer
        Dim sMeg As String
        Dim mrcc As ADODB.Recordset
        Dim MsgText As String
        For intCount = 0 To 5
            If Trim(txtItem(intCount) & " ") = "" Then
                Select Case intCount
                    Case 0        sMeg = "数量"
                    Case 1        sMeg = "单价"
                    Case 2        sMeg = "金额"
                    Case 3        sMeg = "入库时间"
                    Case 4        sMeg = "经办人"
                    Case 5        sMeg = "保管人"
                End Select
                sMeg = sMeg & "不能为空！"
                MsgBox sMeg, vbOKOnly + vbExclamation, "警告"
                txtItem(intCount).SetFocus
              Exit Sub
            End If
        Next intCount
        If IsDate(txtItem(3)) Then
            txtItem(3) = Format(txtItem(3), "yyyy-mm-dd")
        Else
    MsgBox "入库时间应输入日期（yyyy-mm-dd)！", vbOKOnly + vbExclamation, "警告"
        txtItem(3).SetFocus
        Exit Sub
```

```
            End If
        '判断余额库中是否有 rkid 的记录
        txtSQL = "select * from msurplus where yeid='" & Trim(cboItem(0)) & "'
and yebase='" & Trim(txtItem(6) & " ") & "'"
        Set mrc = ExecuteSQL(txtSQL, MsgText)
        If mrc.EOF = True Then                '为空
            '向余额库加入新记录
            mrc.Close
            txtSQL = "select * from msurplus"
            Set mrcc = ExecuteSQL(txtSQL, MsgText)
            mrcc.AddNew
            mrcc.Fields(0) = Trim(cboItem(0))
            For intCount = 1 To 4
                If Trim(cboItem(intCount) & " ") = "" Then
                    mrcc.Fields(intCount) = Null
                Else
                    mrcc.Fields(intCount) = Trim(cboItem(intCount))
                End If
            Next intCount
            mrcc.Fields(5) = 0
            mrcc.Fields(6) = 0
            mrcc.Fields(7) = Trim(txtItem(6) & " ")
            mrcc.Fields(8) = Null
            mrcc.Update
            mrcc.Close
        Else
            mrc.Close
        End If
        If gintImode = 2 Then
            '先删除已有记录
            txtSQL = "delete from msave where rkno='" & Trim(txtNo) & "'"
            Set mrc = ExecuteSQL(txtSQL, MsgText)
            txtSQL = "update msurplus set yeaccount=yeaccount-" & Trim(txtAccount)
& ",yevalue=yevalue-" & Trim(txtValue) & " where yeid='" & Trim(cboItem(0)) & "'
and yebase='" & Trim(txtBase) & "'"
            Set mrc = ExecuteSQL(txtSQL, MsgText)
        End If
        '再加入新记录
        txtSQL = "select * from msave"
        Set mrc = ExecuteSQL(txtSQL, MsgText)
        mrc.AddNew
        mrc.Fields(0) = Trim(txtNo)
        For intCount = 0 To 4
            If Trim(cboItem(intCount) & " ") = "" Then
                mrc.Fields(intCount + 1) = Null
            Else
                mrc.Fields(intCount + 1) = Trim(cboItem(intCount))
            End If
        Next intCount

        For intCount = 0 To 7
```

```
            If Trim(txtItem(intCount) & " ") = "" Then
                mrc.Fields(intCount + 6) = Null
            Else
                mrc.Fields(intCount + 6) = Trim(txtItem(intCount))
            End If
        Next intCount
        mrc.Update
        mrc.Close
        '刷新余额库
        txtSQL = "update msurplus set yeaccount=yeaccount+" & Trim(txtItem(0))
    & ",yevalue=yevalue+" & Trim(txtItem(2)) & " where yeid='" & Trim(cboItem(0)) &
    "' and yebase='" & Trim(txtItem(6) & " ") & "'"
        Set mrc = ExecuteSQL(txtSQL, MsgText)
        If gintImode = 1 Then
            For intCount = 0 To 7
                txtItem(intCount) = ""
            Next intCount
            txtNo = GetRkno
            mblChange = False
            If flagIedit Then
                Unload frmMaterIn
                frmMaterIn.txtSQL = "select * from msave"
                frmMaterIn.Show
            End If
        ElseIf gintImode = 2 Then
            Unload Me
            If flagIedit Then
                Unload frmMaterIn
            End If
            frmMaterIn.txtSQL = "select * from msave"
            frmMaterIn.Show
        End If
    End Sub
    Private Sub Form_Load()
        Dim sSql As String
        Dim intCount As Integer
        Dim MsgText As String
        If gintImode = 1 Then
            Me.Caption = Me.Caption & "添加"
            '初始化物资名称
            txtSQL = "select DISTINCT wzname from material"
            Set mrc = ExecuteSQL(txtSQL, MsgText)
            If Not mrc.EOF Then
                Do While Not mrc.EOF
                    cboItem(1).AddItem Trim(mrc!wzname)
                    mrc.MoveNext
                Loop
                cboItem(1).ListIndex = 0
            Else
                MsgBox "请先进行物资登记！", vbOKOnly + vbExclamation, "警告"
                cmdSave.Enabled = False
```

```
            Exit Sub
        End If
        mrc.Close
        txtAccount = "0"
        txtValue = "0"
        txtNo = GetRkno
        txtBase = " "
    ElseIf gintImode = 2 Then
        Set mrc = ExecuteSQL(txtSQL, MsgText)
        If mrc.EOF = False Then
            With mrc
                For intCount = 0 To 4
                    cboItem(intCount).AddItem .Fields(intCount + 1)
                    cboItem(intCount).ListIndex = 0
                Next intCount
                For intCount = 0 To 7
                    If Not IsNull(.Fields(intCount + 6)) Then
                        txtItem(intCount) = .Fields(intCount + 6)
                    End If
                Next intCount
                '保存更改数据
                txtAccount = !rkaccount
                txtValue = !rkvalue
                txtNo = !rkno
                txtBase = !rkbase & " "
            End With
        End If
        mrc.Close
        Me.Caption = Me.Caption & "修改"
    End If
    mblChange = False
End Sub
Private Sub Form_Unload(Cancel As Integer)
    gintImode = 0
End Sub
Private Sub txtItem_Change(Index As Integer)
    '有变化设置 gblchange
    mblChange = True
    If Index = 0 Or Index = 1 Then
        If Trim(txtItem(0) & " ") <> "" And Trim(txtItem(1) & " ") <> "" Then
        txtItem(2) = Format(CDbl(txtItem(0)) * CDbl(txtItem(1)), "#0.00")
        Else
            txtItem(2) = 0
        End If
    End If
End Sub
Private Sub txtItem_GotFocus(Index As Integer)
    txtItem(Index).SelStart = 0
    txtItem(Index).SelLength = Len(txtItem(Index))
End Sub
```

```
    Private Sub txtItem_KeyDown(Index As Integer, KeyCode As Integer, Shift As
Integer)
        EnterToTab KeyCode
    End Sub
    Private Function GetRkno() As String
        GetRkno = Format(Now, "yymmddhhmmss")
        Randomize
        GetRkno = GetRkno & Int((99 - 10 + 1) * Rnd + 10)
    End Function
    Private Sub txtItem_KeyPress(Index As Integer, KeyAscii As Integer)
        If Index = 0 Or Index = 1 Then
            'MsgBox KeyCode
            '对键入字符进行控制
            'txtQuantity(Index).Locked = False
            '小数点只允许输入一次
            If KeyAscii = 190 Then
                If InStr(Trim(txtItem(Index)), ".") = 0 Then
                    If Len(Trim(txtItem(Index))) > 0 Then
                        txtItem(Index).Locked = False
                    Else
                        txtItem(Index).Locked = True
                    End If
                Else
                    txtItem(Index).Locked = True
                End If
                Exit Sub
            End If
            '非数字不能输入
            If KeyAscii > 57 Or KeyAscii < 48 Then
              txtItem(Index).Locked = True
            Else
              txtItem(Index).Locked = False
            End If
            '允许 Backspace
            If KeyAscii = 8 Then
              txtItem(Index).Locked = False
            End If
            'Delete 键
            If KeyAscii = 46 Then
              txtItem(Index).Locked = False
            End If
        End If
    End Sub
```

② 修改物资入库信息。选择"物资入库信息管理" | "修改物资入库信息"菜单命令，将出现如图 10-58 所示的 frmMaterIn 窗体。其实现代码可参考修改物资基本信息模块。

删除物资入库信息。选择"物资入库信息管理" | "删除物资入库信息"菜单命令，在主窗体源代码基础上增加实现代码，可参考删除物资基本信息模块。

③ 查询物资入库信息。选择"物资入库信息管理" | "查询物资入库信息"菜单命令，将出现如图 10-59 所示的 frmMaterIn2 窗体，实现代码可参考查询物资基本信息模块。

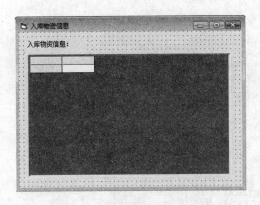

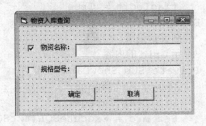

图 10-58 修改物资入库信息窗体   图 10-59 查询物资入库信息的窗体

（4）出库信息管理模块的创建。

① 添加物资出库信息。选择"物资出库信息管理"|"添加物资出库信息"菜单命令，将出现如图 10-60 所示的 FrmMaterOut1 窗体。

② 修改物资出库信息。选择"物资出库信息管理"|"修改物资出库信息"菜单命令，将出现如图 10-61 所示的 frmMaterOut 窗体。

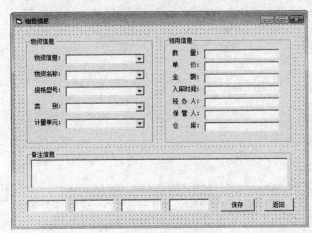

图 10-60 添加物资出库信息窗体   图 10-61 物资出库记录窗体

③ 删除物资出库信息。

④ 查询物资出库信息。选择"物资出库信息管理"|"查询物资出库信息"菜单命令，将出现如图 10-62 所示的 frmMaterOut2 窗体。

（5）物资余额信息管理模块的创建。

① 查询物资余额信息。选择"物资余额信息管理"|"查询物资基本信息"菜单，将出现如图 10-63 所示的 frmMaterList 窗体。

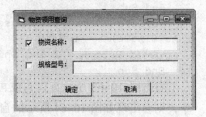

图 10-62 查询物资出库信息窗体

```
Option Explicit
Public txtSQL As String
Dim mrc As ADODB.Recordset
```

```
    Dim MsgText As String
    Private Sub Form_Load()
        ShowTitle
        ShowData
        flagLedit = True
    End Sub
    '详细显示记录
    '显示 Grid 的内容
    Private Sub ShowData()
        Dim j As Integer
        Dim i As Integer
        Set mrc = ExecuteSQL(txtSQL, MsgText)
            With msgList
            .Rows = 1
            Do While Not mrc.EOF
                .Rows = .Rows + 1
                For i = 1 To mrc.Fields.Count
                    Select Case mrc.Fields(i - 1).Type
                        Case adDBDate
    .TextMatrix(.Rows - 1, i) = Format(mrc.Fields(i - 1) & "", "yyyy-mm-dd")
                        Case Else
                            .TextMatrix(.Rows - 1, i) = mrc.Fields(i - 1) & ""
                    End Select
                Next i
                mrc.MoveNext
            Loop
        End With
            mrc.Close
    End Sub
    Private Sub msgList_DblClick()
        If flagLedit Then
            If msgList.Rows > 1 Then
                frmMaterList1.txtSQL = "select * from msurplus where yeid='" & Trim
    (msgList.TextMatrix(msgList.Row, 1)) & "' and yebase='" & Trim(msgList.TextMatrix
    (msgList.Row, 8)) & "'"
                frmMaterList1.Show 1
            End If
        End If
    End Sub
    Private Sub msgList_MouseUp(Button As Integer, Shift As Integer, X As Single,
    Y As Single)    '右键弹出
        If Button = 2 And Shift = 0 Then PopupMenu fMainForm.menuSurplus
    End Sub
```

右击图 10-63 所示窗口，或再次单击"物资余额信息管理"|"查询物资基本信息"菜单命令，则会出现如图 10-64 所示的窗口。

```
    Option Explicit
    Public sQSql As String
    Private Sub cmdOK_Click()
        If chkItem(0).Value = vbChecked Then
            sQSql = " yename ='" & Trim(txtItem(0) & " ") & "'"
        End If
```

```vb
    If chkItem(1).Value = vbChecked Then
        If Trim(sQSql & " ") = "" Then
            sQSql = " yespec = '" & Trim(txtItem(1) & " ") & "'"
        Else
            sQSql = sQSql & " and yespec = '" & Trim(txtItem(1) & " ") & "'"
        End If
    End If
    If chkItem(2).Value = vbChecked Then
        If Trim(sQSql & " ") = "" Then
            sQSql = " yebase = '" & Trim(txtItem(2) & " ") & "'"
        Else
            sQSql = sQSql & " and yebase = '" & Trim(txtItem(2) & " ") & "'"
        End If
    End If
    If Trim(sQSql) = "" Then
        MsgBox "请设置查询方式！", vbOKOnly + vbExclamation, "警告"
        Exit Sub
    Else
        If flagLedit Then
            Unload frmMaterList
        End If
        frmMaterList.txtSQL = "select * from msurplus where" & sQSql
        frmMaterList.Show
    End If
    Me.Hide
End Sub
Private Sub lblitem_Click(Index As Integer)
    chkItem(Index).Value = vbChecked
    txtItem(Index).SetFocus
End Sub
Private Sub chkItem_Click(Index As Integer)
    txtItem(Index).SetFocus
End Sub
Private Sub txtItem_GotFocus(Index As Integer)
    txtItem(Index).SelStart = 0
    txtItem(Index).SelLength = Len(txtItem(Index))
End Sub
```

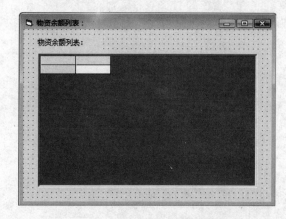

图 10-63　物资余额信息列表

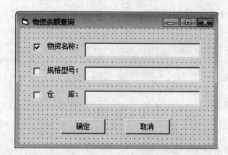

图 10-64　物资余额信息查询窗体

习题 10

1. 试简要说明数据表、字段、记录、关键字的概念。
2. 简述数据库、数据库管理系统与数据库系统的概念。
3. 简述说明数据表、字段、记录、关键字的概念。
4. Visual Basic 提供的数据访问对象模型有哪几种？特点是什么？
5. 如何使用可视化数据管理器来创建和管理数据库？
6. 如何使用"数据窗体向导"来自动创建 VB 数据库应用界面？
7. SQL 是什么？它都有哪些语句？功能是什么？
8. 编写一个通讯录程序，设计并创建数据库，然后编写程序实现"通讯录"数据的添加、删除、修改等操作。
9. 编写一个教师工资管理系统，该系统的功能包括：
   （1）存储教师的基本信息，例如，教师编号、姓名、性别、系部、职称、工作时间等。
   （2）按照职称来设定教师的基本工资标准。
   （3）完成每位教师工资的计算。其中，应发工资由基本工资、奖金组成，扣除掉公积金、失业险、医疗险，得到应发工资。
   （4）打印每位教师的工资条，包含以上工资信息。
10. 编写一个物资管理系统，实现物资基本信息、入库、出库以及余额信息的管理，并打印出物资信息的报表。
11. 编写一个人事档案程序，它可以显示数据库"人事档案"数据表中的记录内容。可以添加、删除记录。可以根据输入的姓名来查询相应的记录。

第11章

多媒体程序设计

通过本章的学习

您将能够：

● 掌握多媒体控件的主要属性、事件和 MCI 命令。

● 掌握使用 MMControl 控件进行多媒体程序设计的方法。

● 熟悉使用 Windows API 进行多媒体程序设计的方法。

您应具有：

● 多媒体控件的应用能力。

● 利用 Visual Basic 进行多媒体程序设计的能力。

Visual Basic 提供了强有力的多媒体技术支持，成为开发多媒体应用程序的理想平台。Visual Basic 提供了一个多媒体控制接口（Media Control Interface，MCI），让用户可以方便地使用计算机中的多媒体设备。MCI 是微软定义的多媒体接口标准，该接口包括了 CDAudia、Scaner、WaveAudio 等多媒体设备，能够满足大多数多媒体应用程序的需要，只需简单编程就可以实现对多媒体设备的控制，播放多媒体文件。

VB 还提供了访问 Windows 应用程序接口（API）的方法，通过调用 API 函数，可以深入到 Windows 内部访问操作系统，实现多媒体功能。

11.1 多媒体控件

多媒体（MMControl）控件是一个专门管理媒体控制接口 MCI 的 ActiveX 控件，是 VB 6.0 进行多媒体程序设计的重要部件。它能够管理的设备主要有声卡、MIDI 发生器、CD-ROM 驱动器、音频播放器、视频播放器和视频磁带录放器等，可以向这些设备发出 MCI 命令，并支持 Windows（*.avi）视频文件的播放。

多媒体控件并不存在于 VB 6.0 的标准工具箱中。为了使用 MMControl 控件，在"工程"菜单中选择"部件"命令，在弹出的"部件"对话框中勾选 Microsoft Multimedia Control 6.0 复选框，单击"确定"按钮，便可以在工具箱中添加 MMControl 控件，如图 11-1 所示。

MMControl 控件添加到窗体后，会出现如图 11-2 所示的一组下压式按钮，这些按钮用来向多媒体设备发出 MCI 命令。

图 11-1　MMControl 控件　　　　图 11-2　MMControl 控件

由图可见，这些按钮的外观和功能与我们平常使用的 CD 机、录音机很相似。从左到右的 9 个按钮依次为 Prev、Next、Play、Pause、Back、Step、Stop、Record、Eject。在使用这些按钮之前，应用程序必须先将相应的 MCI 设备打开，然后打开播放的文件，最后用 Open 命令进行播放。

用户如果需要同时播放多种媒体类型或者同时控制多个媒体设备，可以在一个窗体上放置多个 MCI 控件，通过各 MMControl 控件向计算机上的多媒体设备发出 MCI 命令，这样就可以控制多台 MCI 设备，每个控件对应一台 MCI 设备。

计算机中有多种类型的多媒体设备，分别处理不同类型的媒体文件。编写多媒体程序时通过使用它们的设备类别代号，即可调用相应的多媒体设备。表 11-1 列出了 MMControl 控件支持的常见多媒体设备。

表 11-1　常见多媒体设备类别

设备类型	DeviceType 属性	文件类型	说　　　明
CD audio	Cdaudio		激光唱盘播放器
Sequencer	Sequencer	.mid	音响设备数字接口（MIDI）序列发生器
waveaudio	Waveaudio	.wav	播放数字波形文件的音频设备
Digital video	DigitalVideo		动态数字视频图像设备
Digital Audio Tape	dat		数字化磁带音频播放器
Overlay	Overlay		模拟视频图像叠加设备
Scanner	Scanner		图像扫描仪
Vcr	VCR		可编程序控制的磁带录像机
AVI	AVIVideo	.avi	视频文件
videodisc	Videodisc		可编程序控制的激光视盘播放器
MPEG Video	MPEG Video	.mpg	采用 MPEG 压缩的电影文件，如 VCD
Other	Other		未定义 MCI 设备

1. MMControl 控件的主要属性

MMControl 控件的主要属性及说明如表 11-2 所示。

表 11-2　MMControl 控件的主要属性

属 性 名	属　性　值	说　　　明
AutoEnable	True 或 False	能否自动检测功能按钮的状态
Enable	True 或 False	设置某按钮是否有效
Visible	True 或 False	设置某按钮是否可见
Command	MCI 命令	指定将要执行的 MCI 命令

属 性 名	属 性 值	说 明
DeviceID	长整数	指定当前打开的 MCI 设备的设备 ID
DeviceType	设备类别代号	指定要打开的 MCI 设备的类型
FileName	文件名	设置媒体设备打开或存储的文件名
Frames	长整数	设置媒体设备进退的帧数
From、To	长整数	为 Play 或 Record 命令规定播放的起始位置与终止位置
hWndDisplay	长整数	指定电影播放窗口
Length	长整数	返回所使用的多媒体文件长度
Mode	524（未打开） 525（停止） 526（正在播放） 527（正在记录） 528（正在搜索） 529（暂停） 530（准备好）	返回打开的 MCI 设备的当前状态
Notify	True 或 False	决定下一条 MCI 命令是否使用 MCI 通知服务
NotifyValue	1（命令成功完成） 2（被其他命令接替） 4（被用户终止） 8（命令失败）	返回 MCI 命令执行结果
Position	长整数	返回打开的 MCI 设备的当前位置
Silent	True 或 False	决定是否播放声音
TimeFormat	0—微秒　　1—HMS 2—MSF　　3—F 4—HMSF　　5—SMPTE25 6—SMPTE30　　7—MPTE30DROP 8—字节　　9—采样数 10—TMSF	规定用来报告所有位置信息的时间格式 H（时）、M（分）、S（秒）、F（画面）、T（轨道）
Track	长整数	指定媒体设备的轨道
TrackLength	长整数	规定 Track 属性给出的曲目的长度
TrackPosition	长整数	规定 Track 属性给出的曲目的起始位置
Tracks	长整数	规定当前 MCI 设备上可用的曲目个数
UpdateInterval	整数	规定两次连续的 StatusUpdate 事件之间的毫秒数
UsesWindows	True 或 False	决定当前 MCI 设备上是否使用一个窗口来显示输出
Wait	True 或 False	决定 MMControl 控件是否要等到下一条 MCI 命令完成，才能将控件返回应用程序

2. MMControl 控件的主要事件

多媒体控件常用的事件有 ButtonClick 事件、ButtonCompleted 事件、StatusUpdate 事件和 Done 事件。其中，Button 可以是 MMControl 控件中的任意一个按钮。

（1）ButtonClick 事件：当用户在 MMControl 控件的按钮上单击后产生该事件。

格式：`Private Sub MMControl1_ButtonClick(Cancel As Integer)`

其中 Cancel 的取值为 True 或 False。为 True 时，缺省的 MCI 命令不执行；为 False 时，执行缺省的 MCI 命令。

（2）ButtonCompleted 事件：当 MMControl 控件激活的 MCI 命令结束时产生该事件。

格式： `Private Sub MMControl1_ButtonCompleted(Errorcode As Integer)`

其中 Errorcode 的取值为 0 或其他值。0 表示命令执行成功；其他值表示命令没有成功完成。

（3）Done 事件：当 Notify 属性为 True 时且第一个 MCI 命令结束时触发 Done 事件。

格式： `Private Sub MMControl_Done(NotifyCode As Integer)`

参数 NotifyCode 表示 MCI 命令是否成功。在设计时 Notify 属性是不可用的。运行时，每一次 Notify 属性的设定仅对一条 MCI 控制命令有效。由于一条 MCI 控制命令可能需要花费较长的时间执行，用户可以在 Done 事件中决定如何进一步处理程序。

（4）StatusUpdate 事件：按 UpdateInterval 属性所设置的时间间隔自动触发事件。

格式： `Private Sub MMControl_StatusUpdate()`

StatusUpdate 事件允许应用程序更新显示，以通知用户当前 MCI 设备的状态。应用程序可以从 Position、Length 和 Mode 等属性中获得状态信息。

3．MCI 命令

MMControl 控件使用一套高层次的、与设备无关的命令，称为媒体控制接口命令，简称 MCI 命令。这些命令可控制多种多媒体设备，并直接与 MMControl 控件的按钮相对应。例如，Play 命令就与"播放"按钮相对应。

MMControl 控件的 Command 属性可以指定该控件要执行的 MCI 命令，其语法格式为：

`Object.Command=Cmdstring$`

其中，Object 主要指 MMControl 控件，Cmdstring$是将要执行的 MCI 命令。例如：

`MMControl1.Command = "Open"`

MMControl 控件本质上是 MCI 命令集的 Visual Basic 接口。如 Play、Close 等命令在 Win32 API 的 MCI 命令结构中都有等价命令。例如，Play 对应 MCI_PLAY。表 11-3 列出了 MMControl 控件常用的 MCI 命令，同时还列出了它们对应的 Win32 命令。这些命令执行后，如果有错误产生，错误代码存放在 Error 属性中。

表 11-3　常用的 MCI 命令

命　令	MCI 命令	说　　　明
Open	MCI_OPEN	打开 MCI 设备
Close	MCI_CLOSE	关闭 MCI 设备
Play	MCI_PLAY	用 MCI 设备进行播放
Pause	MCI_PAUSE 或 MCI_RESUME	暂停播放或录制
Stop	MCI_STOP	停止 MCI 设备
Back	MCI_STEP	单步回倒
Step	MCI_STEP	步进
Prev	MCI_SEEK	使用 Seek 命令跳到当前曲目的起始位置或上一个曲目
Next	MCI_SEEK	使用 Seek 命令跳到下一个曲目的起始位置
Seek	MCI_SEEK	向前或向后查找一个位置
Record	MCI_RECORD	录制 MCI 设备的输入
Eject	MCI_SET	从 CD 驱动器中弹出媒体
Save	MCI_SAVE	保存打开的文件

注　意

在设计时，MMControl 控件的 Command 属性不可用。

11.2　多媒体应用程序设计

利用 Visaul Basic 设计多媒体应用程序时可以使用多媒体控件 MMControl，还可以使用 Windows API 多媒体函数。

11.2.1　使用 MMControl 控件

利用多媒体控件 MMControl 进行多媒体应用程序设计的一般步骤为：

（1）用 MMControl 控件的 DeviceType 属性指定多媒体设备的类别。

（2）如果用到媒体文件时，用 Filename 属性指定文件。

（3）用 Command 属性的 Open 值打开媒体设备。

（4）用 Command 属性其他值控制媒体设备。

（5）对特殊键（如 Pause 键）进行编程。

（6）用 Command 属性的 Close 值关闭媒体设备。

注　意

MMControl 控件是否可见并不影响其功能的使用。

【例 11.1】利用 MMControl 控件制作一个简单的视频播放器。当单击"打开"按钮后，从"打开文件"对话框中选择要播放的文件，然后利用 MMControl 控件进行播放。单击"关闭"按钮则关闭视频播放器。

（1）界面设计。

在 Form1 窗体上添加 1 个多媒体控件 MMControl1、1 个公共对话框控件 CommonDialog1、1 个图片框控件 Picture1 和 2 个命令按钮控件。调整好各控件的位置和大小，视频播放器的设计界面如图 11-3 所示。

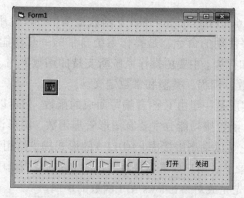

图 11-3　视频播放器的设计界面

（2）属性设置。视频播放器的属性设置如表 11-4 所示。

表 11-4　CD 播放机的主要属性

对　象	属　性	设计时属性值	说　明
Form1	Caption	我的视频播放器	窗体标题
Picture1	ScaleMode	3—Pixel	设置图片框的度量单位
Command1	Caption	打开	命令按钮标题
Command2	Caption	关闭	命令按钮标题

（3）编写代码如下：

```
Private Sub Command1_Click()
    On Error GoTo dealerror
    CommonDialog1.Filter="Windows 视频|*.avi"
    CommonDialog1.ShowOpen
    MMControl1.FileName=CommonDialog1.FileName
    MMControl1.DeviceType="avivideo"
    MMControl1.Command="open"
    MMControl1.hWndDisplay=Picture1.hWnd
    Exit Sub
dealerror:
End Sub
Private Sub Command2_Click()
    MMControl1.Command="close"
    End
End Sub
```

程序运行界面如图 11-4 所示。

图 11-4　视频播放器的运行界面

11.2.2　使用 Windows API 多媒体函数

1. Windows API 函数简介

VB 作为当今流行的 Windows 应用程序开发工具，可以完成大多数的编程任务，但有些操作比如访问操作系统、管理内存等，仅仅依靠 Visual Basic 语言本身是无法解决的，实现起来有较大困难。对于这类较为复杂的任务，可在 VB 中调用 Windows API 函数来实现，提高程序运行效率，降低编程难度。在 VB 应用程序中调用 API 函数，会使程序变得简单明了，功能更强大，实现起来方便快捷。

Windows API（Application Program Interface）函数是 Windows 应用程序编程接口的简称，是一组供 Windows 应用程序使用的命令，是操作系统自带的一套功能强大的函数集，用来控制 Windows 各个部件的外观和行为。主要由操作系统所支持的函数声明、参数定义和信息格式来构成，其中包含了许多的函数、例程、类型和常数定义。

Windows API 函数的实质是一组由 C 语言编写而成的函数，但可以被任何位于适当平台上的语言所调用。Windows API 函数按功能分主要有图形管理函数、图形设备函数、系统服务函数和多媒体应用函数几大类。它是以动态链接库（*.DLL）的形式提供给用户的，通常存在于 Windows 目录或 Windows\system 目录下。用户如果需要在 Visual Basic 应用程序中调用这些函数，就要在 Visual Basic 应用程序中事先完成对 Windows API 函数的声明。

2. Windows API 函数的声明

所有 Windows API 函数都可以在 VB 环境中使用。由于 Windows API 函数包含在 Windows 自带的动态链接库文件中，这些动态链接库文件位于 Visual Basic 应用程序之外，故使用它时必须先指定动态链接库所在的位置和调用时的参数。因此，在使用 Windows API 函数前必须先声明后调用。通过在 Visual Basic 应用程序中声明外部过程，就能够访问 Windows API 函数，调用它的方法与 Visual Basic 调用自己的过程一样。

在 Visual Basic 中，可以在代码窗口中"声明"部分写入一个 Declare 语句来提供有关 API 函数的信息。Declare 语句的语法格式如下：

```
[Public | Private] Declare [Sub | Function ] Name Lib "libname" [Alias
"aliasname"] [([Variable])] [As type]
```

说明 Declare 语句各个参数的含义如下：

- Public：在标准模块中声明过程。
- Private：在非标准模块中声明过程。
- Sub：如果过程无返回值，则声明为 Sub 类型。
- Function：如果过程有返回值，则声明为 Function 类型。
- Name：必需的，在 API 函数中调用适用于识别过程的名称。
- Lib：必需的，后跟动态链接库名。
- libname：必需的，指出有效的动态链接库名。
- Alias：可选的，指出所声明的过程在动态链接库中的别名。
- aliasname：声明的过程在动态链接库中的别名。
- Variable：可选，调用过程中所需要的参数。
- type：过程有返回值的返回值类型。

例如：

```
Public Declare Function sndPlaySound Lib "winmm.dll" Alias "sndPlaySoundA"
(ByVal lpszSoundName As String,ByVal uFlags As Long) As Long
```

这是 API 函数 sndPlaySound 的声明语句。该函数在标准模块中声明，可以在程序的任何地方调用它，有返回值，且类型是长整型。函数名为 sndPlaySound，存在于 winmm.dll 动态链接库中。sndPlaySoundA 是 sndPlaySound 在动态链接库中另外的一个名称。括号中两个变量，一个是字符串变量 lpszSoundName，一个是长整型变量 uFlags。ByVal 表示这两个变量是按值传递的，如果省略，则表示该变量是引用传递的。

3. 使用 API 浏览器

在 Visual Basic 中声明 API 函数，可以借助 Visual Basic 提供的专门工具——API 浏览器（API Viewer）。有了 API 浏览器，用户只需知道要调用的 API 函数名，而不需记住参数中的关键字和参数等，就可以查找和复制声明 Windows API 函数。

API 浏览器可以用来浏览包含在文本文件或 Microsoft Jet 数据库中的过程声明语句、常数和类型，它们存在于文本文件 Win32api.txt 中，该文件位于 Visual Basic 主目录下的 Winapi 子目录中。要查看并复制 Win32api.txt 中的过程，可以使用 API Viewer 应用程序，也可以使用其他的文本编辑器。要使用该文件中的函数、类型等定义，只需将其从该文件复制到 Visual Basic 模块中即可，提高了编程的效率和准确性。

有两种方法可以打开 API Viewer 应用程序：

方法一：在"开始"菜单中选择"程序"选项，然后选择"Microsoft Visual Basic 6.0 中文版"，再选择"Microsoft Visual Basic 6.0 中文版工具"，单击"API 浏览器"命令，即可打开如图 11-5 所示的"API 浏览器"对话框。

方法二：在"外接程序"菜单中选择"外接程序管理器"命令，在弹出的"外接程序管理器"窗口中选择 VB 6 API Viewer，在加载行为的对话框中选中"在启动中加载"和"加载/卸载"复选框，如图 11-6 所示。然后回到"外接程序"菜单中单击"API 浏览器"命令，即可打开如图 11-5 所示的"API 浏览器"对话框。

图 11-5   API 浏览器   图 11-6   外接程序管理器

要将文本文件 Win32api.txt 加载到浏览器中，可在图 11-5 单击"文件"菜单中的"加载文本文件"命令，选择 Win32api.txt 文件。用同样的方法可以加载一个数据库文件，只要单击"文件"菜单中的"加载数据库文件"，选择相应的数据库文件即可。

在"API 浏览器"对话框中要查看一个 API 函数并添加到 Visual Basic 代码中，可按以下步骤操作：

（1）在"API 浏览器"对话框中，将 Win32api.txt 文件加载到浏览器，在"API 类型"下拉列表框中选择声明。

（2）键入要查找的过程或函数的开头几个字母。

（3）在"可用项"列表框中选中复制的过程，然后单击"添加"按钮。该项目会出现在"选定项"列表框中。

（4）通过"声明范围"选项组中的"公有"或"私有"单选按钮来指出项目的范围。

（5）单击"复制"按钮，则"选定项"列表框中的所有项目都被复制。

（6）打开 Visual Basic 工程，进入需要添加 API 函数的模块，选择相应的插入点，然后从"编辑"菜单中选择"粘贴"命令。

也可使用文本编辑器（例如 Microsoft Word 或写字板）加载 Win32api.txt 文件，查找需要的过程，这种方法同样可以将过程复制到应用程序的 Visual Basic 模块中。

在实际的 VB 编程环境中，如果 API 函数用得比较多，为了提高检索的速度，可以将 Win32api.txt 文件转换为 Jet 数据库文件，使用数据库文件显示列表的速度要快得多。要将一个文本文件转换为一个 Jet 数据库文件，可按以下步骤执行：

（1）启动 API 浏览器应用程序。

（2）单击"文件"菜单中的"加载文本文件"命令，并打开想要转换的*.txt 文件。

（3）单击"文件"菜单中的"转换文本为数据库"命令，为数据库文件选择文件名和位置，然后单击"确定"按钮即可。

4．使用 API 函数设计多媒体程序

开发复杂的多媒体应用程序时，需要使用到高级的 MCI 命令，如用 sysinfo 命令可以得到设备的安装名称。这时，如果使用 Windows 中 Winmm.dll 动态链接程序提供的 100 多个处理多媒体的 API 函数，来查询和控制 MCI 设备会更得心应手。适合 VB 使用的 API 函数主要有 mciExecute()、mciSendCommand()、mciSendString()和 mciGetErrorString()等。

mciExecute()函数只有一个字符类型的形参，用于给 MCI 发送指令字符串，使用非常方便。

mciSendString()函数在传递字符串命令的同时，还可以在参数中获得命令的执行结果。

mciGetErrorString()函数用于获得上一个 MCI 命令的错误信息和错误代码。

下面是使用 mciExecute()函数的常用控制命令：

```
mciExecute "Open Cdaudio Alias cd"  '打开媒体设备
mciExecute "Play cd"                '播放别名为 cd 设备上的音乐
mciExecute "Stop cd"                '停止播放
mciExecute "Seek cd To end"         '移动到结束位置
mciExecute "Set cd Audio Left on"   '打开左声道
mciExecute "Set cd Door open"       '弹出光碟
mciExecute "Close cd "              '关闭媒体设备
```

其中 cd 是用户为多媒体设备定义的别名，所有小写的单词可以进行适当的改变以完成不同的命令。

【例 11.2】利用 mciExecute()函数制作 CD 播放器。

（1）界面设计。

新建 1 个窗体和 1 个标准模块的工程，在窗体上添加 1 个 ToolBar 控件 ToolBar1，并在其上添加 6 个按钮，标题依次为"打开"、"播放"、"暂停"、"倒带"、"弹碟"、"关闭"，Key 值依次为 TOpen、TPlay、TPause、TBack、TOpenDoor、TClose。

（2）编写代码。

在标准模块中添加 mciExecute()函数的声明如下：

```
Public Declare Function mciExecute Lib "winmm.dll" Alias "mciExecute" (ByVal lpstrCommand As String) As Long
```

在窗体模块中编写如下代码：

```
Private Sub Form_Load()  '初始化各按钮状态
    Toolbar1.Buttons(1).Enabled=True:Toolbar1.Buttons(2).Enabled=False
    Toolbar1.Buttons(3).Enabled=False:Toolbar1.Buttons(4).Enabled=False
    Toolbar1.Buttons(5).Enabled=False:Toolbar1.Buttons(6).Enabled=True
End Sub
Private Sub Toolbar1_ButtonClick(ByVal Button As MSComctlLib.Button)
    Select Case Button.Key
    Case "TOpen"                                '单击"打开"按钮
        mciExecute "Open Cdaudio Alias cd"      '打开媒体设备
        Toolbar1.Buttons(1).Enabled=False:Toolbar1.Buttons(2).Enabled=True
        Toolbar1.Buttons(3).Enabled=False:Toolbar1.Buttons(4).Enabled=False
        Toolbar1.Buttons(5).Enabled=False
```

```
        PlayCD                                              '调用 PlayCD 过程开始播放
    Case "TPlay"                                            '单击"播放"按钮
        PlayCD                                              '调用 PlayCD 过程开始播放
    Case "TPause"                                           '单击"暂停"按钮
        mciExecute "Stop cd"                                '暂停播放
        Toolbar1.Buttons(2).Enabled=True:Toolbar1.Buttons(3).Enabled=False
        Toolbar1.Buttons(4).Enabled=True : Toolbar1.Buttons(5).Enabled =True
    Case "TBack"                                            '单击"倒带"按钮
        mciExecute "Seek cd To Start"                       '移动到起始位置
        Toolbar1.Buttons(1).Enabled=False:Toolbar1.Buttons(2).Enabled=True
        Toolbar1.Buttons(3).Enabled=False:Toolbar1.Buttons(4).Enabled=False
        Toolbar1.Buttons(5).Enabled=True
    Case "TOpenDoor"      '单击"弹碟"按钮，该按钮的标题在"弹碟"和"装碟"之间转化
        If Toolbar1.Buttons(5).Caption="弹碟" Then
        mciExecute "Set cd Door open"
        Toolbar1.Buttons(5).Caption="装碟"
    Else
        mciExecute "Set cd Door closed"
        Toolbar1.Buttons(5).Caption="弹碟"
        End If
        Toolbar1.Buttons(1).Enabled=False:Toolbar1.Buttons(2).Enabled=True
        Toolbar1.Buttons(3).Enabled=False:Toolbar1.Buttons(4).Enabled=False
    Case "TClose"                                           '单击"关闭"按钮
        mciExecute "Close cd"                               '关闭媒体设备
    End Select
End Sub
Private Sub PlayCD()
    mciExecute "Play cd"                                    '开始播放
    Toolbar1.Buttons(2).Enabled=False:
Toolbar1.Buttons(3).Enabled=True
    Toolbar1.Buttons(4).Enabled=False:
Toolbar1.Buttons(5).Enabled=False
    End Sub
```

图 11-7 为程序运行界面。程序运行时单击"打开"按钮，打开媒体设备，放入 CD 唱片后自动开始播放。

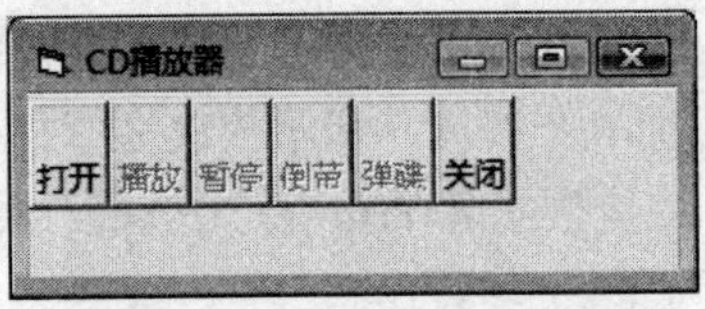

图 11-7 例 11.2 运行结果

实训 11　多媒体程序设计

一、实训目的

1. 掌握多媒体控件 MMControl 的属性、事件和常用的 MCI 命令。
2. 能够设计多媒体应用程序（如 MP3 播放器、VCD 播放器等）。

二、实训内容

1. 设计一个具有实用功能的 MP3 播放器

要求：该播放器能选择要播放的 MP3 歌曲，并显示 MP3 的歌曲名称，能够控制播放（播放/暂停/快进/快退/停止），能够控制播放的进度，能够显示当前播放的时间及总播放时间。

2．设计一个 VCD 播放器

要求：该播放器能控制播放（播放/暂停/快进/快退/停止），控制播放音量和进度。

三、实训操作步骤

1．设计一个具有实用功能的 MP3 播放器

设计步骤如下：

（1）设计应用程序界面。

在窗体上添加 7 个标签控件 Label1 ~ Label7、1 个命令按钮控件 Command1、1 个通用对话框控件 CommonDialog1、1 个滑块 Slider1、1 个多媒体控件 MMControl1，调整它们的大小和位置，设计好的"MP3 播放器"界面如图 11-8 所示，并按表 11-5 设置各控件的属性。

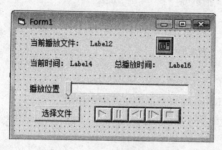

图 11-8 MP3 播放器界面

表 11-5 各控件的属性设置

对 象	属 性	属性设置值	说 明
Label1	Caption	当前播放文件	标签控件标题
Label3	Caption	当前时间	标签控件标题
Label5	Caption	总播放时间	标签控件标题
Label7	Caption	播放位置	标签控件标题
Slider1	SelectRange	True	选择范围
Command1	Caption	选择文件	命令按钮标题

注 意

滑块 Slider1、多媒体控件 MMControl1 和通用对话框控件 CommonDialog1 在 VB 的标准工具箱中并不存在，需要在"部件"对话框中添加，其对应的外部控件分别为 Microsoft Windows Common Controls 6.0（SP6）、Microsoft MultiMedia Control 6.0 和 Microsoft Common Dialog Controls 6.0（SP3）。

（2）编写程序代码。

在代码窗口中输入如下代码：

```
Private Sub Command1_Click()
Dim str1,str2 As String
CommonDialog1.Filter = "MP3 歌曲文件|*.Mp3"        '设置打开的文件类型
CommonDialog1.DialogTitle = "指定要播放的 MP3 文件"   '设置"打开"对话框的标题
CommonDialog1.ShowOpen                            '显示"打开"对话框
```

```
    MMControl1.Command = "close"                            '关闭以前可能打开的文件
    MMControl1.DeviceType = "MpegVideo"                     '设置 MP3 播放器的设备类型
    MMControl1.TimeFormat = mciFormatMilliseconds          '指定时间格式为 ms
    MMControl1.FileName = CommonDialog1.FileName
    MMControl1.Command = "open"                             '打开指定的文件
    Slider1.Min = 0                                         '设置进度条
    Slider1.Max = MMControl1.Length                         '媒体文件的总长度
    Slider1.LargeChange = Slider1.Max/10                    '设置滑块 Slider1 的步长
    Slider1.SmallChange = Slider1.Max/100
    str1 = CommonDialog1.FileName                           '取得打开的文件名
    str2 = Right(str1,Len(str1)-InStrRev(str1,"\"))        '只要文件名，不要路径
    Label2.Caption = str2
    Form1.Caption = "MP3 播放器 -- " & str2
    Label6.Caption = milliseconds(MMControl1.Length)       '将播放文件转换成 ms
    MMControl1.UpdateInterval = 100                         '更新间隔为 100ms
    MMControl1.Command = "play"                             '播放 MP3 歌曲
    End Sub

    Private Sub Form_UnLoad(cancel As Integer)
    MMControl1.Command = "close"                            '关闭 MMControl1
    End Sub

    Private Sub MMControl1_StatusUpdate()
    Slider1.Value = MMControl1.Position                     '把当前播放位置转换成当前时间
    Label4.Caption = milliseconds(MMControl1.Position)
    End Sub

    Private Sub Slider1_Click()                             '单击滑块，改变播放位置
    MMControl1.To = Slider1.Value
    MMControl1.Command = "seek"
    MMControl1.Command = "play"
    End Sub

    Private Sub Slider1_Scroll()                            '拖动滑块，改变播放位置
    MMControl1.To = Slider1.Value
    MMControl1.Command = "seek"
    MMControl1.Command = "play"
    End Sub

    Private Function milliseconds(ms As Long) As String     '将 ms 转换为分、秒形式
    Dim second, minute As Integer
    second = ms/1000
    minute = second\60
    second = second Mod 60
    milliseconds = Format(minute) & ":" &
Format(second, "00")
    End Function
```

（3）运行工程。

MP3 播放器的运行界面如图 11-9 所示。

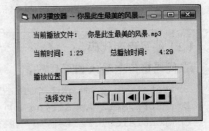

图 11-9　MP3 播放器的运行界面

2. 设计一个 VCD 播放器

（1）应用程序界面设计。

在窗体上添加 1 个标签控件 Label1、1 个定时器控件 Timer1、1 个通用对话框控件 CommonDialog1 和 1 个多媒体播放控件 MediaPlayer1，调整它们的大小和位置，设计好的 VCD 播放器界面如图 11-10 所示，并按表 11-6 设置各控件的属性。

图 11-10　VCD 播放器设计界面

表 11-6　各控件的属性设置

对　象	属　性	属性设置值	说　明
Label1	Caption	00:00:00	标签控件标题
	Alignment	2—Center	居中对齐
	Font	Arial，四号字	设置标签内容的字体和字号
	ForeColor	红色	设置标签内容的前景色
	BackStyle	0—Transparent	设置标签为透明
Form1	Caption	VCD 播放器	窗体 Form1 标题
Timer1	Interval	1000	设置定时器的时间间隔

> **注　意**
>
> 多媒体播放控件 MediaPlayer1 和通用对话框控件 CommonDialog1 需要在"部件"对话框中添加，方法为在"工程"菜单中单击"部件"命令，在弹出的"部件"对话框中分别勾选 Windows Media Player 和 Microsoft Common Dialog Controls 6.0 复选框，单击"确定"按钮将其添加到标准工具箱中。

（2）编写程序代码。

在应用程序的通用声明段输入如下代码：

```
Private Declare Function GetDriveType Lib "kernel32" Alias "GetDriveTypeA"
(ByVal nDrive As String) As Long
Rem  调用 API 函数 GetDriveType 来获得光驱号
Private Const DRIVE_CDROM = 5
Private temp As Integer
Private hh As Integer
Private mm As Integer
```

```vb
Private ss As Integer
Private Sub Form Load()
    Dim Drivename As String
    Dim I As Integer
    Close #1
    Left = 0
    Top = 0
    temp = 1
    hh = 0
    mm = 0
    ss = 0
    Label1.Left = MediaPlayer1.Left + MediaPlayer1.Width - Label1.Width
    CommonDialog1.Filter = "视频文件(*.avi)|*.avi|全部文件(*.*)|*.*"
    On Error Resume Next
        Drivename = ""
        For I = 65 To 90        '查找 CD-ROM 的驱动器号
            If GetDriveType(Chr$(I) & ":\") = DRIVE_CDROM Then
                Drivename = Chr$(I) & ":"
                Exit For
            End If
        Next I
        If Drivename = "" Then
            a = MsgBox("找不到 CD-ROM!", 0 + 16, "VCD 播放器")
        Else
            CommonDialog1.ShowOpen
            Open CommonDialog1.FileName For Binary As #1
            mFile = CommonDialog1.FileName
            'mFile = Drivename + "Mpegav\MUSIC01.DAT"
            MediaPlayer1.FileName = mFile
            MediaPlayer1.AutoStart = True
            Label1.Caption = "00:00:00"
            Timer1.Enabled = True
        End If
End Sub
Rem   以下代码用来控制播放状态改变时的时间显示
Private Sub MediaPlayer1_PlayStateChange(ByVal OldState As Long, ByVal
NewState As Long)
    If NewState = 1 Then Timer1.Enabled = False
    If NewState = 2 Then Timer1.Enabled = True
    If NewState = 0 Then
        Timer1.Enabled = False
        hh = 0
        ss = 0
        mm = 0
        Label1.Caption = Format$(hh, "00") + ":" + Format$(mm, "00") + ":" +
Format$(ss, "00")
    End If
End Sub
Rem   以下代码控制时间的不断显示
Private Sub Timer1_Timer()
    ss = ss + 1
    If ss >= 60 Then
```

```
            mm = mm + 1
            ss = 0
            If mm >= 60 Then
                hh = hh + 1
                mm = 0
            End If
        End If
        Label1.Caption = Format$(hh, "00") + ":" + Format$(mm, "00") + ":" +
Format$(ss, "00")
    End Sub
```

（3）运行工程。

VCD 播放器的运行界面如图 11-11 所示。用户还可以在属性窗口中设置 MediaPlayer 控件的属性，如是否显示状态栏、是否静音、设置左右声道均衡等。用户可查阅有关书籍，此处不再赘述。

图 11-11　VCD 播放器的运行界面

习题 11

1. 如何指定 MMControl 控件控制的多媒体设备类别？
2. 如何打开和关闭 MMControl 控件控制的多媒体设备？
3. 如何通过 MMControl 控件发送 MCI 命令？
4. 编写程序，用 MCI 命令来播放波形声音文件。
5. 利用 Multimedia MCI 控件制作一个多媒体播放器。
6. 如何声明 API 函数？
7. 利用 API Viewer 查看 API 函数 SetWindowPos，说出以下几点：
   （1）说明该函数的动态链接库名。
   （2）返回值的数据类型。
   （3）变量值的传递形式。
   （4）函数中参数的类型。
8. 编程利用 API 函数 Shell_NotifyIcon，把图标加载到系统托盘区。

第 12 章

编译工程与创建安装包

通过本章的学习

您将能够：

- 了解编译工程的过程。
- 掌握创建应用程序安装包的方法。

您应具有：

- 创建应用程序安装包的能力。

在 Visual Basic 的集成开发环境中创建一个应用程序后，并不意味着全部工作已完成，此时生成的应用程序只能在 Visual Basic 的集成开发环境中运行，要想使应用程序能够脱离 Visual Basic 的集成开发环境独立运行，首先要对应用程序进行编译并且生成.exe 或其他类型的文件，然后调用打包和展开向导创建安装程序。

12.1 编译工程

编译应用程序就是将创建的应用程序以及它的工程文件合并生成一个可执行文件。在发布应用程序之前，首先应该使用测试和调试工具对应用程序进行全面测试。在排除了所有可能的错误后，才可以开始对应用程序进行编译。编译应用程序的主要目的是使应用程序装入和运行的速度更快，为发布应用程序做准备，使应用程序更安全。

将应用程序编译成标准的可执行文件的步骤如下：

（1）选择要编译的工程文件，并打开它。

（2）确定编译完成后生成的可执行文件名称。方法为在"文件"菜单中选择"生成工程1.exe"命令，打开如图 12-1 所示的对话框。在该对话框中可以设置生成的可执行文件的名称和路径。

（3）设置应用程序的版本信息和编译参数。在"生成工程"对话框中单击"选项"按钮，打开"工程属性"对话框。在该对话框中有"生成"和"编译"选项卡。

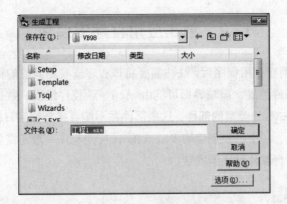

图 12-1 "生成工程"对话框

在如图 12-2 所示的"生成"选项卡中,可以设置应用程序的有关信息,如版本号、应用程序的标题和图标、版本信息及其他相关的参数。

在如图 12-3 所示的"编译"选项卡中可以选择编译的代码类型。其中 P-代码是指 P-code 或伪代码,是介于 Basic 程序中的高级指令和计算机处理器执行的低级本机代码之间的一种中间代码。在运行时刻,Visual Basic 将每一句伪代码转换成本机代码。如果将程序直接编译成本机代码,则取消了伪代码这一中间步骤。用"本机代码"选项来编译工程意味着代码将完整地编译为处理器芯片的本地指令,可以直接在计算机处理器上运行,而不是编译为 P-code。因此,"本机代码"的运行速度较快,程序较大,而 P-code 则相反,可根据实际情况选择后,单击"确定"按钮。

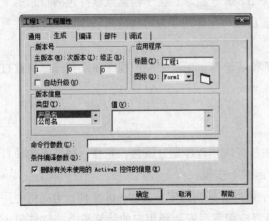

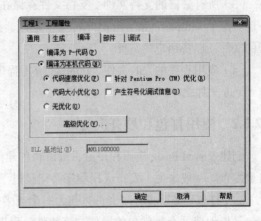

图 12-2 "工程属性"对话框"生成"选项卡　　图 12-3 "工程属性"对话框"编译"选项卡

(4)编译源代码。在"生成工程"对话框中单击"确定"按钮,即可开始编译应用程序。

编译完成后,将产生一个独立于 Visual Basic 集成开发环境的可执行文件,从理论上来讲,所生成的可执行文件可直接在 Windows 环境下执行。但实际上该可执行文件还不能在没有安装 Visual Basic 6.0 的计算机上运行,因为缺少许多应用程序运行所必需的动态链接库,文件的执行还依赖于一些类和库文件(如 DLL、OCX 文件或位图.bmp 文件)。为了使应用程序在任何机器上都能运行,经常需要将这些类和库文件与应用程序本身一起打包,制作并且发布应用程序的安装包。

12.2　创建应用程序安装包

通过 Visual Basic 创建应用程序后，往往需要将该程序安装到其他的机器上，但 Visual Basic 应用程序一般由多个部件组成，前端界面可能由 ActiveX 控件组成，数据处理则可能需要调用 ActiveX DLL、ActiveX EXE 等类型的部件，这些部件并不能直接复制到目标计算机上使用，它们都需要注册安装。因此，一个已经创建的 Visual Basic 应用程序一般还需要打包，然后再通过创建的应用程序安装包进行软件的注册安装。

12.2.1　标准安装包

标准安装包是一种专为用 setup.exe 程序安装的 .cab 文件而设计的软件包，.cab 文件是一种程序和数据文件等捆绑在一起的压缩文件，专门用于安装程序。

当创建标准软件包时，必须在创建软件包之前仔细考虑使用的发布方法。如果使用 CD 发布，或发布到 Web 站点或本地共享目录上，则既可以创建一个大的 .cab 文件，也可以创建多个较小的 .cab 文件。Visual Basic 提供了打包和展开向导来完成这项工作。

通常情况下，标准软件包由若干个文件组成，这些文件包括：

（1）setup.exe 文件。setup.exe 是一个预安装可执行程序。安装过程中第一个在用户机器上运行的程序就是 setup.exe。

（2）setup1.exe 文件。setup1.exe 是应用程序的主安装程序。

（3）所有必需的支持文件。支持文件存储在 \Support 子目录，位于创建该软件包的目录的下一层。除了 setup.exe 和 setup1.exe 文件之外，该目录还包含用于自定义应用程序的 .cab 文件所需的文件，以备用户的需要。

（4）应用程序的 .cab 文件。Internet 应用程序和基于 Windows 的应用程序在发布前都将被打包到 .cab 文件之中。

12.2.2　使用打包和展开向导

创建 Visual Basic 应用程序后，可以将创建的任何应用程序通过磁盘、光盘、网络等途径自由地发布。一般来说，发布应用程序必须经过下面两个步骤：

（1）打包：必须将程序文件打包为一个或多个可以部署到选定位置的 .cab 文件。为应用程序打包是指创建一个软件包的操作，该软件包可以将应用程序安装到用户的计算机上。软件包由一个或多个 .cab 文件组成，文件中包含了用户安装和运行应用程序所需的压缩工程文件和任何其他必需的文件。

这些附加的文件根据创建的软件包类型不同而不同。可以创建两种软件包：标准软件包或 Internet 软件包。如果计划通过磁盘、软盘或网络共享来发布应用程序，则应创建一个标准软件包。如果计划通过 Intranet 或 Internet 站点来发布，则应创建一个 Internet 软件包。除了创建标准和 Internet 软件包之外，还可以使用打包和展开向导的打包部分来创建从属文件，从属文件列出了必须随应用程序的工程文件一起发布的运行时部件。

（2）部署：必须将打包的应用程序放置到适当的位置，以便用户来安装应用程序。

在创建一个安装包时，常用"打包和展开向导"，如图12-4所示。打包和展开向导通过提供有关如何配置.cab文件的选项，能够轻松地为应用程序创建必需的.cab文件以及安装程序，使发布应用程序的许多步骤得以自动进行。与其他向导一样，用户只需按照"打包和展开向导"的提示输入相应信息即可。

有两种方法可以启动"打包和展开向导"。

方法一：将向导作为一个外接程序运行。如果要将该向导作为外接程序运行，则必须首先在"外接程序管理器"中设置必需的引用来加载该向导。可按照以下步骤执行。

① 在VB的集成开发环境中打开想要打包的工程。

② 从"外接程序"菜单中选择"外接程序管理器"，从该列表中选择"打包和展开向导"，然后单击"确定"按钮即可。

③ 在"外接程序"菜单中选择"打包和展开向导"来启动该向导。

方法二：将该向导作为一个独立的部件在开发环境外部运行，可按照以下步骤执行。

① 如果打包的工程已被打开，请保存该工程并关闭Visual Basic开发环境。

② 单击"开始"按钮，选择"程序"菜单，选择"Microsoft Visual Basic 6.0中文版"，再选择"Microsoft Visual Basic 6.0中文版工具"，单击"打包和展开向导"来启动该向导。

③ 在窗口的"选择工程"列表中，选择想要打包的工程。如果工程不在此列表中，可以单击"浏览"按钮找到该工程。

需要注意的是在运行打包和展开向导之前，应保存和编译工程。

1．打包应用程序

使用打包和展开向导进行打包的第一步就是选择一个工程。下面以"人事管理信息系统"为例，介绍如何对应用程序进行打包。具体步骤如下：

（1）在"打包和展开向导"对话框的"选择工程"文本框中输入要打包的工程名称。这里输入"人事管理信息系统"工程的名称。

（2）单击"打包"按钮，开始创建一个可以发布的应用程序。

（3）如果没有编译工程，打包和展开向导会要求编译工程。

（4）工程编译完成后，向导询问想制作什么类型的包，如图12-5所示。这里使用向导制作安装程序，因此，选择"标准安装包"选项，然后单击"下一步"按钮。

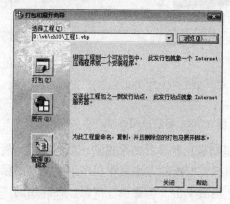

图 12-4　打包和展开向导

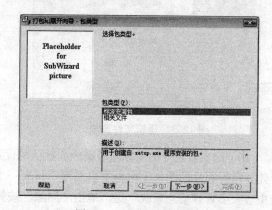

图 12-5　选择"包类型"

（5）确定安装文件的存放文件夹。这些文件最终会复制到发布媒体上，在文件夹列表中选择一个已有的目录，也可以单击"新建文件夹"按钮创建一个新的文件夹来保存安装程序。

（6）在"可用的驱动程序"列表中选择与应用程序相关的驱动程序。然后单击"下一步"按钮，出现如图 12-6 所示的界面。

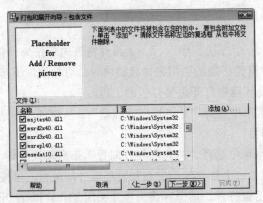

图 12-6　确定包含文件

（7）在"包含文件"对话框中添加需要和可执行文件同时安装的文件，如帮助文件、图形文件等，如果有，就可以单击"添加"按钮将它们添加进来。如果没有，则单击"下一步"按钮。

（8）询问发布媒体的大小，如图 12-7 所示。如果要生成的应用程序的安装程序放置在磁盘上，则需要选中"多个压缩文件"选项，然后在激活的"压缩文件大小"下拉列表框中选择媒体的大小。这种情况下向导所产生的最大文件只能是磁盘的最大空间。这里选择"单个的压缩文件"选项，将生成的安装程序放置在一个文件中，然后单击"下一步"按钮。

（9）输入安装程序的标题（显示在 Windows 的"程序"菜单中）。在"安装程序标题"文本框中输入一个合适的名称，这里使用向导提供的默认设置"人事管理信息系统"，然后单击"下一步"按钮，出现图 12-8 所示界面。

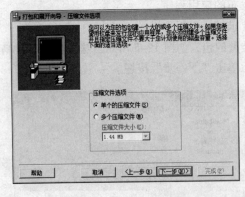

图 12-7　压缩文件选项

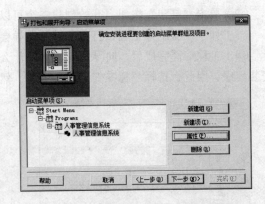

图 12-8　确定应用程序启动菜单和项目

（10）确定要建立的图标组和图标。默认的设置是用应用程序的名字建立一个图标组，然后再建立运行程序的图标。因为本应用程序只有一个图标，标准的方法是在程序组下建立图标。选中"人事管理信息系统"组，单击"删除"按钮，然后单击"新建项"按钮，在弹出的"启动菜单项目属性"对话框中输入应用程序的名称，单击"确定"按钮关闭对话框。完成建立组和图标后，单击"下一步"按钮。

（11）确认那些非系统文件的安装位置。所有的系统文件都将自动地安装在 Windows 的 System 目录下，其他的文件可以改变安装位置。这里不做改变，单击"下一步"按钮。

（12）某些文件(如 OCX)被当做共享文件，假如将这类文件添加到安装程序时，应该将它们设置为共享。这样，当用户卸载应用程序时，共享文件在被删除前会得到确认。在如图 12-9 所示的对话框中选择要设置为共享的文件，然后在"共享文件"列表框中选中该文件。单击"下一步"按钮。

（13）Visual Basic 将前面的各个操作步骤记录成一个脚本，这样在以后重新对同一个工程进行打包时可以跳过其中的某些步骤。在如图 12-10 所示的对话框的文本框中输入脚本的名称，然后单击"完成"按钮完成打包过程。

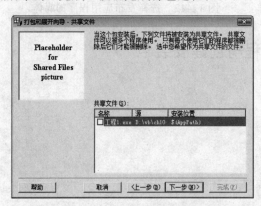

图 12-9　确定是否为"共享文件"　　　　图 12-10　完成打包操作

（14）当向导完成制作安装包以后，它会自动产生一个带有很多重要信息的报告。可以将该报告保存到计算机中，也可以直接单击"关闭"按钮，完成应用程序的整个打包过程。此时，向导将回到起始界面。

2. 发布应用程序

将一个应用程序打包后，制作安装程序的过程并没有结束，必须将打包后的应用程序发布到某一媒体上，例如软盘、其他机器等。发布一个应用程序的主要步骤如下：

（1）单击图 12-4 所示界面上的"展开"按钮，然后选择一个要发布的包。例如，在上面打包过程中保存的脚本名称是"标准安装软件包 1"，则在"打包脚本"列表框中选择该选项，然后单击"下一步"按钮。

（2）指定展开的方法，如图 12-11 所示。向导提供了两种方法："文件夹"和"Web 公布"，分别表示将应用程序的一个包发布到文件夹中还是发布到一个 Web 服务器上。假设将应用程序的安装程序包发布到一个文件夹中，选择"文件夹"选项后单击"下一步"按钮。

（3）在图 12-12 中选择发布应用程序的媒体，这里选择软盘，然后单击"下一步"按钮。

（4）在"脚本名称"文本框中输入一个脚本名称，将刚才的操作步骤保存到一个脚本中。单击"完成"按钮完成应用程序的发布工作，向导就会将应用程序的安装程序发布到软盘上，将来可以使用软盘来安装应用程序。

至此，打包和展开工作全部完成。

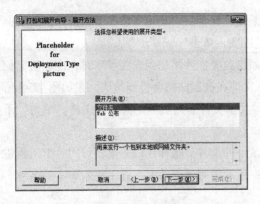
图 12-11 指定展开方法

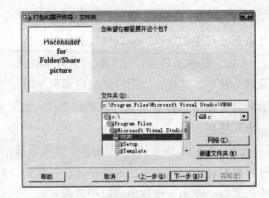
图 12-12 选择发布应用程序的媒体

实训 12 编译工程与创建安装包

一、实训目的

掌握创建安装包的方法。

二、实训内容

为实训 10 中的"物资管理系统"创建安装程序。

三、实训操作步骤

单击 Windows 的开始菜单，然后选择"程序 | Microsoft Visual Basic 6.0 中文版 | Microsoft Visual Basic 6.0 中文版工具 | Package & Deployment 向导"命令，启动打包和展开向导。

1. 打包应用程序

（1）在"打包和展开向导"对话框的"选择工程"文本框中输入要打包的工程名称。这里选择"物资管理系统"工程的工程文件 Material_MIS.vbp。

（2）单击"打包"按钮。

（3）编译工程。

（4）选择制作什么类型的包，这里使用向导制作安装程序，因此，选择"标准安装包"选项，然后单击"下一步"按钮。

（5）确定要存放打包和展开向导制作的安装文件的文件夹，这里新建文件夹 wzxxgl。

（6）在"可用的驱动程序"列表中选择 Jet 2.x:Jet 2.x 选项，表示使用 Jet 数据库引擎，然后单击"下一步"按钮。

（7）在"包含文件"对话框中添加需要和可执行文件同时安装的文件，单击"下一步"按钮。

（8）选择"单个的压缩文件"选项，将生成的安装程序放置在一个文件中，然后单击"下一步"按钮。

（9）输入安装程序的标题"物资信息管理系统"，单击"下一步"按钮。

（10）选中"物资管理系统"组，单击"删除"按钮，然后单击"新建项"按钮，在弹出的"启动菜单项目属性"对话框中输入应用程序的名称"物资管理系统"，单击"确定"按钮关闭对话框。完成建立组和图标后，单击"下一步"按钮，采用默认设置，单击"下一步"按钮。

（11）在"共享文件"列表框中选中该文件，单击"下一步"按钮。

（12）输入脚本的名称"物资管理系统脚本"，然后单击"完成"按钮完成打包过程。

（13）单击"关闭"按钮。

2. 发布应用程序

（1）单击"展开"按钮，在"打包脚本"列表框中选择"物资信息管理系统脚本"选项，然后单击"下一步"按钮。

（2）选择"文件夹"选项后单击"下一步"按钮。

（3）选择或新建一个文件夹，单击"下一步"按钮。

（4）在 "脚本名称"文本框中输入一个脚本名称"展开文件"，单击"完成"按钮。将来可以使用这个文件夹下的安装程序进行应用程序安装。

至此，"物资管理系统"的安装程序创建完毕。

习题 12

1. 如何编译工程？它的扩展名是什么？
2. 如何创建通过软盘发布的应用程序安装包？
3. 什么是标准安装包？由哪些文件组成？
4. 使用打包和展开向导可以创建哪两种不同类型的包？有什么不同？
5. 在计算机上练习两种常用启动打包和展开向导的方法。
6. 在计算机上利用打包和展开向导给一个应用程序打包，并安装到计算机上。

参 考 文 献

[1] 周晓宏. Visual Basic 6.0 程序设计实用教程[M]. 北京：高等教育出版社，2007.

[2] 李桐. Visual Basic 程序设计基础与应用[M]. 北京：海洋出版社，2004.

[3] 林卓然. Visual Basic 程序设计教程[M]. 北京：电子工业出版社，2004.

[4] 李天真. Visual Basic 程序设计[M]. 北京：科学出版社，2003.

[5] 刘炳文. Visual Basic 程序设计教程[M]. 北京：清华大学出版社，2003.

[6] 曾强聪. Visual Basic 6.0 程序设计教程[M]. 北京：中国水利水电出版社，2003.

[7] 柴欣，李惠然. Visual Basic 程序设计基础[M]. 北京：中国铁道出版社，2003.

[8] 安志远. Visual Basic 程序设计[M]. 北京：中国水利水电出版社，2003.

笔 记 栏